人民文学出版社

爱行天下

徐国良 著

图书在版编目(CIP)数据

爱行天下/徐国良著.—北京：人民文学出版社,2017
ISBN 978-7-02-013227-0

Ⅰ.①爱… Ⅱ.①徐… Ⅲ.①散文集—中国—当代 Ⅳ.①I267

中国版本图书馆 CIP 数据核字（2017）第 203329 号

责任编辑　李明生
装帧设计　马诗音
责任印制　王景林

出版发行　人民文学出版社
社　　址　北京市朝内大街 166 号
邮政编码　100705
网　　址　http://www.rw-cn.com

印　　刷　三河市宏盛印务有限公司
经　　销　全国新华书店等

字　　数　289 千字
开　　本　640 毫米×960 毫米　1/16
印　　张　26　插页 3
印　　数　1—5500
版　　次　2017 年 12 月北京第 1 版
印　　次　2017 年 12 月第 1 次印刷

书　　号　978-7-02-013227-0
定　　价　52.00 元

如有印装质量问题，请与本社图书销售中心调换。电话:010-65233595

目 录

爱的呼唤,爱的礼赞 ················· 雷达 1

一、爱及亲朋好友

康复日记 ·························· 3
铁戒指 ···························· 13
想起了结婚证 ······················ 19
陌生的"爱人" ······················ 25
妻子出了远门 ······················ 30
儿子少小离家去 ···················· 34
感恩父训 ·························· 38
学做父母 ·························· 42
给父亲洗澡 ························ 47
启蒙大师 ·························· 51
舅父的品格 ························ 55
家事110 ··························· 60
看家狗 ···························· 64
给人一点宽松 ······················ 68

二、爱及故乡故土

风水无价 …………………………………… 77

鲜活的祖坟 ………………………………… 83

烧情的湘菜 ………………………………… 88

蜡树炮 ……………………………………… 93

接漏 ………………………………………… 97

酸枣树的尊严 ……………………………… 101

我是沅江人 ………………………………… 106

屯昌街小记 ………………………………… 118

三亚的黄花梨 ……………………………… 123

梦走琼中 …………………………………… 128

收藏乡愁 …………………………………… 133

三、爱及自我生命

爱惜良心 …………………………………… 141

要把自己当人 ……………………………… 148

千万莫给自己打折 ………………………… 154

忽悠自己干啥 ……………………………… 157

开裆乐 ……………………………………… 162

别委屈了左手 ……………………………… 166

情人该走 …………………………………… 168

死的资格 …………………………………… 172

驾悟 ………………………………………… 175

四、爱及芸芸众生

山里人 ……………………………………… 183

山路情 ·· 187
养鸡的忏悔和启示 ···························· 190
善饭 ·· 200
爱心不能残缺 ·································· 204
谁是神经病 ····································· 212
最好的报复是微笑 ···························· 219
蛇法 ·· 223
爱心的"魔力" ································ 233
春园的"老妈" ································ 239
与畜生争食 ···································· 244

五、爱及事业职责

官是什么东西 ·································· 249
关于做官做事的碎悟 ························· 258
话说靠山 ······································· 267
无籽西瓜 ······································· 273
招商与招魂 ···································· 276
让农民更美的节日 ···························· 279
"创新妹" ······································ 283
海黄情 ··· 291
下台乐 ··· 300

六、爱及国家社稷

我的粮票 ······································· 307
月饼梦 ··· 311
热血凝固的大爱旗 ···························· 315
神圣的传递 ···································· 318

投稿	323
牵魂路	327
心灵的风景在山上	330
在家门口赏景	334
老马的心灵之"菜"	338

七、爱及生活万象

贫困中的收获	349
享受清贫	355
没有钱的日子	360
草鞋生意	367
珍惜痛苦	371
身无分文的时刻	374
纸被	378
父亲心中的树圣	383
管闲事的报应	388
"五不"舞	393
柴火饭	397
老婆的菜地	400

爱的呼唤,爱的礼赞

雷 达

国良先生的这本书,按散文、随笔、美文的种种标准来要求,可能更具边缘性文体的特点:它打破了某些常规,打通了某些界限,它质胜于文,注重于表达胜于文辞的修饰,但它所具备的充沛的内质,感人的力量,是许多过于雕琢的程式化的"美文"所无法达到的。所以,我首先要说的是,这是一本具有强烈的时代感,现实的针对性,颇能触及时代敏感神经的作品;它的一个最为突出的特色,就是紧紧围绕当代人的道德伦理现状,注重生活性、日常性,甚至世俗性,有一种"入世"的积极品性,它的核心是干预人的灵魂。读下来会发现,这些文章,据事论理、针砭时弊、真诚朴实、妙语迭出,很能引发人们的思考。

比如《康复日记》,记述了一位丈夫,以惊人的毅力,挽回了几乎不可挽回的生命,并且使得车祸后已成植物人的妻子,最终站了起来。这位丈夫说,我护理代琼四年多,几多悲痛?几多苦累?几多艰辛?天不晓得,地不晓得,代琼也不全晓得,但我自己晓得。这是一个丈夫的职责。我只有做好,才对得起"丈夫"这两个字。在康复代琼身体的同时,也康复了我对爱情的认识:只要有爱心、有恒心,什么人间奇迹都可能创造。这位丈夫还坦率地说,外国有个"情人节",中国有那么多人跟着过"情人节",为啥中国就不能有个"爱人节"呢?能有这个节来帮助人们纪念和留住那份纯真的爱情、那份美丽的念想多好!这使我想起了车尔尼雪夫斯基的话:"爱情的意义就在于帮助对方提高,同时也提高自己。"

在作者笔下,爱不是空洞的,也不是盲目的,爱是具体的,是有特定时代内涵的,因而是广阔而丰富的。爱,始终伴随着人类,爱有自己伟大的传统,爱是人类最伟大的感情,对中国人来说,中华民族的传统美德是爱的基础。一个人对祖国、对家乡、对人民、对父母、对师长、对周围所有人的爱与尊重,比世间任何东西都更重要。例如,《舅父的品格》,就是一篇感人的作品。这里的爱,不仅仅出于血缘、骨肉之情,而是这位弥留之际的舅父,有许多超乎常人、令人尊敬的高尚品德。他做村官一辈子,总是吃苦在前、享受在后,他宁可自己倒霉,也不愿群众倒霉。有人想要整他,煞费苦心,研究了一整夜,仍觉得无处下手。这可能会让一般人难以相信,真有这么几十年如一日的好村官吗?事实是最好的回答。就因为他心中有大爱。

当然,"爱"的现状是复杂的。在现实中,我们会看到大量关于爱的报道,不免常常感慨,毕竟还是好人多啊。这是事实。然而,同样不可忽视的是,爱的匮乏、爱的缺席,也所在多有。爱在最需要出现的时候,却往往没有出现,这令人憾恨。这就不能不让人思索我们这个时代的道德现状了。不必讳言,冷漠、隔阂、不关心他人也习惯于不被他人关心,正在成为不少人修炼的防身术,让心穿上盔甲,以冷对冷。人似乎变得更聪明,更实惠了,于是,见义勇为者,伸张正义者,为正义而斗争的大无畏牺牲精神,日渐稀少。有时候你会感到,这是不是一个平庸、富足、享乐主义和犬儒主义盛行的时代。一些人没头苍蝇似的追名逐利,不尊老、不尊师、不亲亲、不爱人,中华民族的传统美德,正在丢失。现在通讯虽然高度发达,但人心和人心往往是隔绝的,难以沟通的,人不关心人,只有利益关系至上,实用关系至上。一些人把幸福的坐标建立在官衔权力、物质财富上,必然导致为了获取权力、金钱的角斗,不正当竞争必然引发道德的堕落。物质占有和感官享乐的指数越来越高,幸福的指数必然越来越低。

在今天,呼唤爱是多么迫切,多么重要!《爱行天下》的字里行间,蕴含着徐国良在人类道德文明面临严峻挑战的形势下,对我们民族道德文明建设的思考。当今中国社会的急速变化,万花筒般的令人眼花缭乱的各种生活方式、价值取向、梦想追求相互博弈又相互兼容。人类积聚了几千年的精神遗产:善良、仁爱,似乎成为当代人精神的稀有元素。正如霍尔巴赫所说:"在一个极度自私的社会里,几乎所有的社会成员都互为仇敌。每个成员都只为自己生活,很少顾及他人。每个人都只受自己欲望的支配,只考虑与社会利益背道而驰的个人利益,正是那个人对人是豺狼的时候,作为那个社会成员的人,有时比起生活在深山密林中的野人还要不幸。"书中不少文章涉及造假,欺骗者的卑劣嘴脸,如《铁戒指》中的老板和周围的说情人,可谓司空见惯。

写故乡的文章占了重要分量。作者说,乡愁是本永恒的书;乡愁是首无尽的歌;乡愁是我永远苦涩而甜蜜的记忆。我写下点滴,留在纸上,想让这些有文字的乡愁,供我年老体衰后时常反刍,想让子孙后代不把乡愁当作传说。作者抒写了强烈的怀乡之情。几千年的人类社会一直存在着流动,当今社会的流动更为频繁和遥远。那些远离家乡漂泊异乡的人,必然怀念生养自己的故乡,必然怀念总角之交的老友,必然怀念故乡的生活。对故乡的怀念是家国情怀的召唤,是善良和挚爱的外现,可以演化为忧国忧民,弥合国家创伤的诉求,是我们民族几千年来文学创作的重大母题之一,是种美好的善爱情感。应该说,这些篇章也是全书最动人的部分。

在《爱行天下》里,作者一方面抒写了当代军人的思乡之情,通过讲述屋场演变、祖坟遭遇、童年困苦、故乡习俗、家乡巨变等许多感人故事,让乡愁成为一种催人奋进的文化和弘扬中华传统美德的平台;另一方面又生动传情地告诉人们,军人既爱自己的家乡和亲人,又视人民为父母,驻地是故乡。他们时刻胸怀"军队打胜仗,人民是靠山"的大爱之情和感恩之心。

值得一提的是,作者在这本书中还专门用一章九篇文章,畅叙了许多爱自己的故事和思想。作者认为,爱自己不应是个自私的命题,当今社会存在的缺德、腐败、违法犯罪、自杀凶杀行为,都是源于不懂、不会、不能珍爱自己。有些人因为不爱惜自己的良心、不把自己当人、经常忽悠自己、给自己打折,所以才自己害了自己。正如作者所言:"一个不把自己当人的人,怎能做好人!一个不把自己当人的人,你能指望他把别人当人来关爱和尊重吗?"一个真爱自己的人,一定会做个有良心的人、有爱心的人、脱离了低级趣味的人。"人活着,既是为自己,也是为亲人、为他人、为社会和国家担当一份义务和责任。我们既无权不把别人当人,也无权不把自己当人。"

今天的社会,特别需要彰扬人类精神的作家,特别需要传承人类正面精神的文学。正如普拉安东诺夫强调的:"要人类获得幸福,文学就必须首先使人成为人,即通过充满诗意光辉和精神力量的手段,帮助人们摆脱那种黑暗的、野蛮的、庸俗的生活状态,从而最终将人类的生活向上提升到一个值得追求的境界。"

我也曾在《新世纪文学的精神生态和资源危机》中谈到:"当代文学迫切需要正面价值。什么是正面价值?就是那种引向善、呼唤爱、看取光明、明辨是非、正面造就人的能力。"我也在《当前文学创作症候分析》中谈到:"作家的责任就是对人类生存境遇的深刻洞察,善于表达精神的作家能够做到把故事从趣味推向存在。他们应该是民族精神的高扬,伟大人性的礼赞,应该是对人类某些宝贵价值的肯定,例如:人格、尊严、正义、勤劳、坚韧、乐观、宽容,等等,有了这些,对文学而言,才有了魂魄。"

国良先生曾经系统地思考和研究过当今的伦理道德问题。我读过他的道德系列丛书——《德行天下》《诚行天下》《度行天下》《美行天下》《兵行天下》。这样系统的关于伦理道德的考察和书写,在当今中国文坛是极为难得的。2017年初,徐国良先生发来《爱行天下》的书稿,嘱我作序。读毕,思维被刚刚阅读的文字引入善良、仁爱的精神高空,写下以上文字。

2017年4月29日,写于北京

一、爱及亲朋好友

康复日记

医生护士说,刘代琼能活过来是个奇迹!更有知情者说,想尽千方百计使刘代琼冲过死亡封锁线、从植物人变成能说话、会走路的正常人的莫铁钢,更是奇迹王、奇迹范。

我越这般说,大家越迷糊,我们还是翻开他们的康复日记,由刘代琼的丈夫莫铁钢从头道来吧:

2013年1月5日(农历2012年12月24日),湖南的习俗那天过小年。下午两点钟左右,代琼带着女儿高高兴兴地从长沙回沅江过年。途经益阳高速,搭乘的轿车追尾大货车,代琼颅脑严重受伤,奄奄一息。货车司机立即拨打120,把代琼就近送到益阳市第三人民医院紧急手术。

我接到车祸电话赶到医院已是下午五点钟,代琼还没出手术室。我想,代琼伤得这么重,第三医院能否一次手术就做好呢?我立马联系小舅子的同学、市中心医院外科王主任,请他和中心医院的重症监护室主任到第三医院会诊。

六点钟代琼出手术室。人在重度昏迷中,血还在流,脸色苍白,死人一样。十分钟后,双瞳孔放大,医院发了第一次病危通知书。有经验的医师都明白,如不及时抢救,一旦形成脑疝就没法救了,两小时后必死无疑。我要求立马转到技术、设备、条件都要好一些的市中心医院做第二次手术。第二次手术又做了五个半小时。

二次手术后，几位医学专家继续会诊后认为：代琼的脑疝正在形成，益阳的医疗条件有限，很难解决这个问题。如果脑疝完全形成，人就没救了。要立马送长沙，但路上颠簸，危险性更大。医院又发出了第二次病危通知。

代琼生命垂危，既在益阳留不得，又走不得，如何是好？我焦急万分，心如刀绞。年关已至，大家都忙，我还是想方设法请了湖南湘雅医院附一医院重监室主任来益阳会诊。会诊后共同认为：如果送长沙，路上颠簸，很可能导致病情恶化，那就一点希望都没有了，还是先留在益阳采取一切有效措施抢救再说吧。

2013年的那个年，是我这辈子过得最黑暗、最痛苦的年，仿佛医院窗外树上的乌鸦都在嗖嗖北风中为我们悲鸣哀歌。它们叫得越欢，我心里越慌。我无心吃年饭，在医院的走廊上坐卧不宁，以泪当酒，祈祷老天。我不是不相信医术，我是不相信命运。过去，代琼全力支持我的工作，跟着我东奔西跑，拼命工作，相夫教女，付出的太多了，几乎没过上一天舒服日子。现在刚退休过上几天安稳日子，怎么就这样倒霉呢？我决不能让她这么匆匆走了，这对她太不公平，太残忍了！我是共产党员、当兵出身，我不信神，但在万般无奈之下，我甚至面向韶山祈祷：毛主席呀！我和代琼为党为民忠心耿耿奉献了一辈子，请您老人家保佑我们平安吧！

1月16日，我见代琼的病情没有半点好转，又托人请湘雅医院附二医院的脑神经外科博导蒋主任来会诊，并做了核磁共振。他建议马上转湘雅附二重监室，并暗示我，像她这样的病情很难逆转，除非有奇迹出现，要做好最坏的打算。我说，只要有一线希望,我就是砸锅卖铁也要尽到抢救责任。

在益阳重监室待了十一天,代琼的病情不见一丝好转,我实在沉不住气了,我们还没到山穷水尽的地步,怎能让她在益阳等死呢?古人讲"山重水复疑无路,柳暗花明又一村",那个"又一村"不会自己送上门来,要靠我们去寻找,去争取。万一找不到,至少我努力过,我尽力了,我也不后悔。于是我花了比平时多两倍的价钱(一万元)请来救护车,把代琼送到了湘雅医院附二医院的重症监护室。

到了附二,我还是干着急。我进不了重监室,一切只能拜托医生。我要求每天下午与主任医生陈宏见一次面,请他谈点治疗情况。我只想从他嘴里听到"又一村"出现的可能。可是,无论从他的嘴上还是脸上,既看不到"柳暗",也见不到"花明"。

最可怕的是,在附二重监室的三十八天中,代琼出现了二十二次全身出血,诊断为弥漫性出血,即肠、胃等内脏全面出血。死神正张开血盆大口,一步一步向代琼扑来。附二的病危通知书先后发了四次。最后一次,陈主任找到我,建议代琼转院。

我一听"转院",头都要炸了,心里凉到了极点。谁都知道,治疗这种病"北有协和,南有湘雅"。他要我们转院,往哪里转?他诡秘地冲我笑了笑:转回家嘛。听他如是一说,我又气又急,两腿发软,人都差点站不住了:照你这么说,我老婆没有半点希望了,只能回家等死!

他说,最多只有百分之十的希望。百分之十!我好像在地狱里见到了救星,一拍大腿:不是还有百分之十吗,你叫我转什么院?只要有百分之一的希望,我也要尽百分之百的努力救她!何况还有百分之十的希望呢?如果成功了,我不是还赚了百分之九嘛!我又不欠你们的钱,你们决不能放弃对我老婆的抢救!

陈主任低下头来,心情沉重地说,不是钱的问题,我们已经给她输了近百斤血,相当于正常人身上的四倍,远远超出了我们医院的输血指标,已经没有血源了。我说,难道没有一点儿办法弄到血?他说,办法是有,你必须搞到很多献血证来领取输血指标。于是我打电话发动所有的亲朋好友找献血证,甚至去献血站献血后拿证来。

输血后,代琼在重监室又住了一个月。病情总算有所好转,我总算见到了"柳影""花蕾"。她出了重监室,转到普通病房,我终于能亲自照顾她了。在普通病房待了二十多天,她一直处于昏迷状态,我还是很着急。问医生有何办法?医生说,她何时能苏醒,是个未知数。

这时,我的身体也差到了极点。她刚住院一个多月,我就因劳累加焦虑,体重从一百三十五斤降到了一百一十斤,吃不下饭。我天天给自己打气:千万不能倒下!我若这时倒下,代琼就完了。每当星光吻窗,树影拂床,我坐在代琼身边,一边给她按摩,一边给她打气:你当过生产队长、妇女主任、学生班长、医院院长、市计生站站长,干什么事都不服输、敢拼搏,在这个生死关头,你一定要拿出当年的魄力来,战胜死神,睁开眼睛!你过去一心扑在工作上,连我当兵的海南岛都没去过,你不是说过想去天涯海角看看吗,你早日醒来,我一定陪你去!我俩虽然快做外公外婆了,却从没认真谈过恋爱,我要挽着你的手,到全国各地走走,把过去失去的补回来……我每天在她耳边悄悄诉说着心里话、过年话、俏皮话、愧疚话,几乎把一辈子想对她说的话都说完了。她的五官虽然没有反应,可瞧她脸上,常有些微情感变化,我能感觉到。有了这种感觉,我对她更有信心了。为了使她早日苏醒,我每天都在阅读护理书籍,搜寻人间妙方,不断提升护理水平。病友们说,你比护理师还专业呢。我说,我不想当护理师,我只想当"催醒师",让老婆早日醒来。

在附二住了半年后,我又设法将她转到了湘雅博爱康复医院,做康复治疗。我每天协助护士给代琼吃药打针、胃管进食、导尿导屎(打开塞露)、人工机器按摩、上高压氧。为了使代琼的头部早日康复,做高压氧是一个很好的选择。医院给一般脑外伤病人做一个疗程十次,能做上一百次的病人不多。陪做高压氧是个很辛苦的活,耳压力大、鼻孔常流胆汁和血。代琼在湘雅住院三年,我陪做高压氧三百六十五次,创造了湘雅医院病号做高压氧之最。虽然有些痛苦,但如高尔基所说:"对于爱着的人来说,高山也会变成平地。"只要她能早日康复,再苦也是享受。她若不出此车祸,也许我这一辈子只能享受她的关照,没有我关照她的时候。

为了提高康复的针对性和成功率,我每天都为她写康复日记,把血压、心跳、脉搏、血糖等生命指数记录下来,每天对各种生命指数对比分析,对医院提出康复建议。

住院四个月后进行颅骨修复。第一次修复失败,颅内发炎,高烧不退。当接到附二补颅手术失败,又要进行第四次开颅取出颅内钛网的手术通知时,我抱着已昏迷几个月的老婆哭了好久。我哭泣着说:老婆,你的命真是太苦了,在昏迷中一连做了四次颅脑手术,我知道你很痛苦,只是没法说出来,无论多么痛苦你都要坚强挺住,不能放弃,决不能放弃!我和女儿,还有亲人们都在等你醒来,你不能丢下我们就这么走了啊!邻床的病友看到这个情景,也跟着流泪。

取下钛网后,她又进了重监室。

第二次颅骨修复手术是去附一做的,比较成功。但到此时,代琼已先后做了五次开颅手术,生命力低到了极点,血糖达到二十九，血脂、血压也非常高。康复医院提出一定要进重监室。我不同意，这种非抢救状况的病情，不必要进重监室，进了我没法照顾她。我根据日记记录的情况判断，她的主要原因是停止输液后，喝水不够，体内没法新陈代谢，造成体内循环不正常。如果进了重监室，我不能进去，没人不停地给她喂水，更不利于她康复。不进重监室，我慢慢喂她，能保证她每天喝水四斤左右，还能不停地给她按摩、翻身。不久，在我的精心护理下，她的一些生命指数明显好转。

像代琼这种病人，最容易发烧、长肉疮。发烧的主要病因是感冒、肺部感染和尿道感染。要防止这些疾病，除了锻炼，还要加强营养，使她有足够的体能和免疫功能。我用红萝卜、淮山、黄牯鱼煮烂熬成汤细心喂给她吃。保证她在整个患病前期没掉肉。为了保证她不长肉疮，我每天多次给她擦身，确保身体干净干爽。尤其在床上拉屎拉尿后，及时擦洗干净。有的人因为怕闻病人屎臭，没法耐心细心擦洗，才导致长肉疮。我后来闻到代琼的屎尿，已经没有臭的感觉了，一次也没马虎过。我每天多次给她翻身拍背，每个晚上至少起来给她翻身拍背四五次，保持她的血液正常循环。她在床上躺了两年半，没长半点肉疮、没有掉肉，手脚没有萎缩、变形，是对我最大的安慰。

代琼昏迷七个月后，终于醒来了，眼球能随手转，能听到声音，但仍处于植物人状态。虽然是个植物人，但她能睁开眼睛看到植物，看到亲人，看到世界，为进一步康复迈出了一大步。我欢喜若狂，几个月来的精心医护，两百多个日夜的苦累，总算有了回报。

为了使代琼尽快"脱植"，我采取了很多措施，除高压氧和精心护理外，我南下广州、深圳，北到北京天坛，寻医问药，设想过埋植植物人启动器和脑细胞再生手术，都因现实条件和效果不佳,风险太大,无奈放弃。后来,我女儿的同学吴总介绍了台湾中医师张钊汉先生创造的原始点疗法,并送来书和光盘。我看了一遍,被光盘中植物人苏醒的故事感动、兴奋不已。我如饥似渴地把书读了几十遍、光盘看了十多遍,按照书上和光盘中讲的,我每天给代琼做原始点按摩,效果非常明显。我又把治疗方法和效果反馈给张钊汉老师,得到了张老师的认可和指点。在他新发行的光盘中,还增加了代琼的康复情况。

那时,我们隔壁有个病友叫侯富强,已经康复得能走路了,只是屎尿失禁。我很想让代琼康复得像他那样。医生说,你想把一个植物人康复得能走路,真是笑话,绝对不可能! 我说我们向他学习都不行? 他说,学了也白学。我说你总不能剥夺我们向他学习的权利吧! 他说,你这是异想天开! 医生如此一说,非但没有打击我的积极性,反而提醒了我:世界上好多人间奇迹不都是因为有了"异想",才创造出来的吗? 我不"异想",怎能"天开"? 我连想法都没有,怎能使代琼站起来? 我就不相信在我们身上出不了奇迹!

硬话虽然说了,真要使"天开",必须有超常规的作为和付出。我想起毛主席曾经说过,外因是变化的条件,内因是变化的根据,外因通过内因而起作用。医院每天的正常理疗和我早晚各一小时原始点按摩,对代琼而言,是外在的被动锻炼。我要下决心让她通过主动锻炼,达到主动恢复身体内在功能的目的。于是,每天天不亮,我帮她穿好衣服,把她抱下床,用手脚顶住她的身体让她靠墙站立,她站多久,我陪站多久。从十五分钟、二十分钟到三十分钟,每天早、中、晚三次,天天如此,先站墙,后按摩,雷打不动。半年后,她不仅增强了体能,防止了肌肉萎缩,还增强了肠胃功能,防止了呼吸道感染。医生笑我们每天搞军训,号召别的病号向我们学习。但别人难坚持,因为一要有体力,二要有毅力,三要有为病人长期牺牲奉献的精神。有些人坚持一两个月不见成果就没耐心了。我是当兵出身,有梦想,更重实践;有短期目标,更有长远目标;懂得打持久战的艰难和可贵,许多意外的胜利就诞生在持久之中。

在我超常规精心护理和顽强坚持下,代琼的康复效果一天比一天好。她原来左脚不灵活,有偏瘫症状。我用绳子拴住她的左脚,不停地向前拉扯她的脚。后来左瘫症状居然没有了。医生觉得是个奇迹。更奇迹的还在后头。

十个月后,终于"天开"了！代琼不但能走路、能认人了,而且还能说简单的话。走得比老侯稳当,说得比老侯清楚。此时,不但医生们傻眼了,连好多病号都觉得太不可思议了！我和女儿高兴得哭了好几次,我的亲人都高兴得直掉泪。湘雅博爱康复医院要联系湖南卫视来报道,被我谢绝了。因为我对妻子的爱心、诚心、恒心、耐心、痴心,是完全发自内心的、应该的,不需要宣传。

我们的收获感动了许多新老病号,康复的士气大涨。有个开车的常德籍病号,早已对自己的康复没有信心。看到代琼的成功,他信心大增,顽强锻炼。我们约定,待他完全康复,我请他来我家做客。

在医院住了三年,2016年1月4日,我带着代琼高高兴兴地出院了。我知道,尽管我们理想的路还很长,我们面临的困难还很多,但我们对未来信心满满。

回到家,我不满足于让她能走路,我总想让她的身体得到全面恢复。除了每天继续早晚各做一个小时的原始点按摩,我们还天天用姜片温敷和喝姜汤补充内外热能。这种疗法很快见效:首先是代琼从此没得过癫痫,其次是血压、血脂、血糖"三高"正常了。血压从两百多,降到了一百二十左右,血糖从二十几点降到六至七点之间。"三高"降低了,其他疾病少多了。

身体恢复得较好后,我把精力转到她的大脑功能恢复上来。为了开发她的智力,我叫女儿买来点读机,每天让她点一读一,点二读二。后来又教她写字,先从一、二、三、四写起,后写自己的名字,再写好好学习,天天向上,以及每天看望她的人名。字写正了,教她每天写日记,做了什么,吃了什么,一一记下流水账。有时,她满足于现有的进步,不想再艰苦锻炼了,我反复给她讲道理,打比方,让她既享受到实现短期目标后的快乐,又眺望到实现长远目标的幸福。

后来,最大的困难是她对过去的事没有一点印象。为了帮她恢复记忆,每日除了必需的体能健身活动外,我带着她开展"八老"活动:看老照片,听老歌,打老牌,写老字,读老书,跳老舞,见老友,去老地方。人一辈子除了家人,印象最深的是自己住过的地方、吃过的东西。我带她去看我们曾经住过的房子,边看边讲过去在这些房子里发生的故事;我带她去菜市场,一个一个菜摊看我们过去常买的菜、她爱吃的菜,从而唤醒她对过去生活的记忆。慢慢地,有些同学朋友的名字她也能记得起来了。

我觉得,对脑伤病人的爱,不能只体现在关心护理上,还要像教育顽皮的孩童一样下狠心培养其生活自理能力。起初,代琼老觉得弯腰很困难,不想弯腰动手,每次穿鞋袜都依赖我,而且有点任性。我说,你现在处于身体全面恢复阶段,遇到难关不攻克,时间久后便成了顽疾,再想改变就难了。你以后生活的路还很长,再痛苦也要攻克这些难关,用眼前短期的痛苦避免将来长期的痛苦,值得。我坚持让她每天弯腰锻炼,先让她自己穿袜子,后让她自己穿鞋子。通过两个多月的狠心训练,现在她能自己穿衣服和鞋袜了,部分生活能够自理了,唯有大小便反应慢,来得急。她过去的大小便是完全失控的,现在有排便的感觉了,只是想拉时,十几秒钟内就要拉。我想再努力两年,让她达到全部生活自理。

今年三月,我兑现承诺,带着代琼来到了天涯海角,让她在天涯石旁留影,在亚龙湾沙滩散步,在美丽的三角梅前忘情欢舞。尽管手脚不是特别灵活,可她满脸挥洒着无限的喜悦。

有梦想才会有奇迹。我的梦想不会很遥远。我护理代琼四年多,几多悲痛?几多苦累?几多艰辛?天不晓得,地不晓得,代琼也不全晓得,但我自己晓得。这是一个丈夫的职责。我只有做好,才对得起"丈夫"这两个字。在康复代琼身体的同时,也康复了我对爱情的认识:只要有爱心、有恒心,什么人间奇迹都可能创造。正如车尔尼雪夫斯基所说的:"爱情的意义就在于帮助对方提高,同时也提高自己。"

铁 戒 指

恋爱时,我就给妻子许过愿:买只金戒指。

如今,崽都长成柱了,妻还没尝过戴戒指的味道。她虽无埋怨,而于我心,却有光打雷不下雨之愧。

1992年底,我到H城出差,特意跑了几家金银首饰店,在一家叫东达金行的店子,买到了一只价中形美的红宝石金戒指。我知道,戒指上嵌的宝石是人造的,可它红光耀眼,质地坚硬,戴在手上熠熠生辉,谁又在乎它是人造还是天然呢?

当我把红宝石戒指戴在妻子手上时,从她嘴角漫溢的喜悦之情,看得出她内心深处奔腾着激动的河。

第二天,妻戴着戒指去上班。同事们瞟见她手指上灼眼的红光,投来惊羡的目光。妻也按捺不住地在同事面前一展丈夫的深情。几个女同事索性把金戒指从妻的手上捋下来,轮着在每个人手上戴了一下,扬起手掌瞧了瞧,又递给他人。从此,每逢给病人做手术或干重体力活,妻生怕损坏金戒指,将它放在家中,装进柜里。有时,她发现戒指上有了斑点,撩起衣角擦了又擦,吹了又吹,心痛得要命。

两个月后,无论怎么擦,这戒指都不亮了,颜色褪得非金非银,全无往日辉煌。妻几次想问我,欲言又止。她绝对不相信丈夫诚心诚意、精挑细选的戒指是个冒牌货。她想：也许金子从新到旧都会变色，就像她手中的高压锅、手术刀，哪能越用越亮光呢？旧是不可抗拒的；旧也是一种价值嘛，那些贵重文物不都旧得很，甚至土得掉渣吗？越旧越显示其珍贵和稀罕。退色的金戒指戴在手上，人家还以为我戴的古董呢。她这么想着、戴着，把这只戒指看得更加珍贵了。

又戴了半个月，戒指上夺目的光芒全褪了，细颈处显出一条灰白。若从手掌上看过去，谁都会以为她戴的是个针顶子。有个细心的同事发现后，一口咬定："这戒指是假的！"

"假的？"我妻脸红脖粗，矢口否认，"不可能！"

回到家，她关起门，仔细检查戒指。并遵从朋友主意，拿着戒指欲往地上丢。手刚松开，又捏紧了——倘若不是假的，丢坏了多可惜，不能丢！她灵机一动，找来一把镊子在戒指上轻轻刮了一下，一块金皮无可奈何地脱落了，露出一片灰白。她又连刮几下，一片片镀金就像狐狸身上的伪装，一一揭去后，现出了原形。

天哪！真是假的！她一咬牙，狠狠地把金戒指朝地上一扔。戒指果然从地上弹起来，羞愧地躲进了床底。她无可奈何地肯定了这只戒指是假货，但她决不相信我会买只铁戒指给她。

一天，她终于忍不住向我要买戒指的发票，我问她要发票做什么？她说，没什么，只想看看价格。她从发票上看到戒指标有24K含金量，花去了丈夫整整一个月工资，从有名有姓的店子里买来的。而且，装戒指的盒子也是真的、美的。她转念一想，假的就假的吧，不能因为假戒指委屈了丈夫一片真心。从此后，她把那只铁戒指藏在抽屉里，把真情装在心底里。

有天，我的左脚摔伤在家休养。人一闲，对周围的观察仔细了许多,我忽然发现妻子手上没戴戒指,问她怎么不戴戒指了?她支支吾吾说收起来了。但瞧她的脸色,似有难言之隐。我说是不是嫌我买的不好?她连连摇头:"不会,不会,有你这片心就够了。"我再追问她:"那为什么不戴?"她终于憋不住了:"这戒指是假的!"

"假的?不可能!"我虽囊中羞涩,也不至于买只假戒指骗老婆。

"真是假的!"妻低垂着眼帘说。

我望着妻子手中的那只铁戒指,义愤填膺。自古道,"黄金无假,阿魏无真"。然如今,黄金也能卖假货,还有什么东西能不假?倘若让假钱、假药、假烟、假酒、假种子、假公章、假合同、假证明充斥着我们的社会,使崇高、圣洁、真诚、信任、友谊被"假"们蹂躏得一塌糊涂,迫使人们带着疑心进入市场、官场,带着疑虑与他人共事、交往,其结果必然是假作真时真亦假,人世间还有什么信任和真情可言?不知到哪一天,连自己是不是真的都没有把握了,这个社会就太可怕了!听说现在的克隆技术、3D打印就有复制人的功能。我真担心,当科学技术发展到人类自己都不相信自己的时候,科学还能为人类造福吗?千方百计用科学技术来造假坑人,这是科学的奇耻大辱!

我把这只铁戒指捏在手心,心中那种被人欺侮、愚弄的强烈愤慨喷涌而出。我说,明天就去找那店主换。妻子一把抓住我的拐杖:"戒指虽是假的,你对我的爱心却是真的,物质不是感情的等价物,没有换的必要,店里也未必给你换。再说,你是个团政委,为了一只戒指,找上门去,多没面子。"我说,我不是为了一只戒指,而是为了捍卫一份忠诚和良知;无论为官为民,都有打假的职责。

为了捍卫"真"的神圣,为了使购金者不再受害,趁去H城治脚伤的机会,我专程去了东达金行。司机邓中旺建议我,还是带两个兵去吧,万一有啥事,可保护你。我说,这是我的个人行为,不能带兵,你也不要进去。

当我说明来意,掏出铁戒指时,柜台小姐扫了一眼我双腋下的拐杖和打着石膏的左腿,一口否认这是他们店里卖出的。我早就料到他们会来这一招,于是,掏出他们开的发票,讲出我购买时选货的情节,拿出那个美丽的包装盒,把铁戒指放到仍躺在柜中的"孪生兄妹"面前比对时,柜台小姐一声不吭了——她早已哑巴吃饺子,心中有数。我请她给我出具一张该店卖铁戒指的证明,她说她做不了主,老板喝早茶去了,要等老板回来。我等了一个多小时,不见人影。只好留下话,第二天上午九时找老板。

第二天,我按时进店。店里除了柜台小姐,多出了几个"保安"模样的小伙子,一个个虎视眈眈地瞧着我。我客气地来到昨天见过的小姐面前,问:经理在吗?她说不在。不是说好九点见吗?小姐不语。我请她呼叫老板回来,她不动。

我早想好了对付无赖的办法,说你不叫老板回,我就坐在你们店里,举着铁戒指对所有顾客做广告。这时,门口正嘻嘻哈哈走进一群男女,他们见我举着的铁戒指,转身就走了。

半个小时后,店里又涌来一堆瞧热闹的人。一个瘦猴样的男人,终于从柜台后走出来:

"你想干什么?"他叉着腰,睥睨我的"四条腿"。

"我想要信誉、要真诚。"我故意把两根拐杖提起来,示意我不是那么容易弄倒的。

"我老实告诉你,我们开金店是有人保护的,你别在这里胡来!"猴脸摇头晃脑。

我一听"保护",气不打自来:"谁保护你?谁是你的后台?

你说给我听听!"

他自知漏嘴,低头不语。

我越想越气,卖假货公然抬出后台来,真是狗仗熊势!这时有人在我耳边小声嘀咕,××局的局长是他姐夫。我更是克制不住怒从胆边生,双拐使劲往地上一捅:"我告诉你,我的后台比你的大得多——"

猴脸抬起头来,愣愣地斜视着我,急切地等待我告知后台是谁。

我故意把头转向围观的群众:"我的后台是法律!是千千万万消费者!你再敢把铁皮当金子卖,我就砸烂你这个假金店!"我将那对拐杖高高举过头顶,壮士一般挺立在他的柜台前。

猴脸见我的口气不小,声大如雷,围观者越来越多,谴责声也越来越大,连忙改换口气:"有事好说,有事好说,大家不要伤了和气。"

我说:"'好说'就说好,第一,你出具卖铁戒指的证明到工商局备案;第二,保证从今往后不再卖假金货骗人!"

他双手合十,连连作揖:"你给我留口饭吃吧,我求求你了,大家都活得不容易,证明就不出了,退钱给你,我保证从今往后再不卖假货了。"

这时不知从哪里冒出一帮人,七嘴八舌地说:"退钱就算了,不要闹大了。""下次不卖这种货了,也不要逼人过甚。"

我从他们那眼神中料定也是卖假货的一路货。但见围观者太多,唯恐影响街道秩序,我也达到了警告他们的目的,拿了退款,气鼓鼓地走人。

后来,我把这事写出来登在《羊城晚报》上,《小小说》杂志把它当作小小说选载了。铁生生的真实故事,怎么就变成虚构的小说故事了呢？看来,真的是假作真时真亦假,建设真善美占主导地位的精神世界、道德风尚还任重道远啊!

想起了结婚证

1993年9月,作为广州军区的唯一代表,我应邀到北京参加全国群众体育工作先进单位、先进工作者表彰大会并观摩第七届全运会。因夫人从未去过北京,自费一同前往,圆了她三十年的北京梦。

解放军十个代表下榻在商务会馆。这种会议是不照顾家属住宿的。我去商务会馆总台打听,仅剩几间套房,四百多块钱一间。屈指数来,会期十天,要扔四千多块钱,太贵。

前台小姐说,会馆附近有一个很便宜的地下旅店。一听"地下",我心中咯噔一下,北京还有人胆敢违法开秘密旅店?但瞧小姐表情,没有丝毫神秘状。问清方位,我先去侦察。

打听两次,找到了这个旅店。虽然店牌挂得趾高气扬,进店却要顺着台阶低三下四。越往下走,越有种迈向地下墓室般的阴森感——这是个地地道道的地下旅店,一栋宿舍楼的地下室改建的。由两个退休老人管理,招了几个乡下姑娘做服务员。有权有钱的人决不会光顾这种地方。我见它离会议代表住的酒店近,总台值班的大爷和睦可亲,服务员热情实在,房间干净,价格合理,双人房仅三十八元一晚,虽然厕所洗漱间是公用的,这在北方很普遍,便建议夫人将就着住了下来。

她说一个人住地下室真害怕,我只好晚上来陪她。

头一天晚上,因为连日东跑西颠太辛苦,上床我就鼾声如雷了。

"嘭嘭嘭""嘭嘭嘭",睡梦中,一阵急促的敲门声把我惊醒。是起火了还是地震了?干吗这么晚还有人敲门?我问:"谁?""查房的!"门外的声音很强硬。

"查房的"?我看看表,凌晨两点多。这年头居然还有人半夜三更来查房,不是发现了案犯,至少也发现了嫖客,没搞错吧?

许是我们长住海岛,囿于军营,孤陋寡闻,对半夜查房,尤其是老婆在房间的情况下查房,很是反感。但人在他乡,县官不如现管,我只好叫夫人穿上外衣。她实在太困,忸怩着不想起来:"这种鬼地方,还查什么房?"

门外又"嘭嘭嘭"起来,声音很急。我说,也许真的碰鬼了,你还是起来做好打鬼的准备吧。

门开,一道冷峻的目光射了进来:"我们是派出所查房的!"说着,他亮出了公安工作证:"干吗半天不开门?"

"有女同志在,总要穿上衣服吧!"我也不想客气。

"哪里来的?"他急急地。

"海南来的。"我慢慢地。

一听说是海南来的,他好像真的发现了敌情,眼神顷刻间闪烁出警惕的光芒。

"干什么的?"他态度变凶。

"拿枪的。"我故意不说是当兵的。

他在一愣之后,似乎明白了:"身份证?"

他还没有进门之前,我就想到了这码事,趁夫人穿衣服的当儿,就把两口子的身份证、出入人民大会堂会场和七运会赛场的代表证找出来放在桌上。

他看了我俩的身份证、工作证,口气缓和了些许,脸上凶气渐消:"会议应该安排你们的住宿呀?"我说只安排代表,不安排家属,只能就近找个住处。无奈她胆子小,我只好来陪睡。

"你怎么能住这地方?"他眼里透着疑光。

我不理解他的意思,是我的身份不该住这么贱的旅店,还是这个地方太污秽、不干净或有黑店之嫌。但瞧站立门口的守总台的老大爷祥和的面容,似无邪污之嫌。我只好照实说了:"你别以为海南是大特区,其实海南是个穷特区,我们当兵的更穷。能在这里住几天,就很满足了。这地方便宜、干净、实在。"听我这么一说,他又东拉西扯几句后,走了。感觉我左右的房间都没查,专查我们这间房。

第二天早晨,我问总台值班的老大爷,为什么专查我的房?他说:"都查,都查,只是看到您在登记本上写着'海南''夫妻',他就在你那里查得认真些。"

第二天晚上,我满以为可以睡个安稳觉了。刚脱下衣服,门口又"嘭嘭"起来。我当是总台大爷叫我接电话,夫人只穿件上衣歪在床头,我去开门。

见鬼,又是查房的,并自我介绍说,他是这地方派出所的指导员。我说你们昨晚不是查过了吗?"为了您的安全,再看看证件。"我又把所有证件全部递给他,他并无心思细看这些证件,懒懒地扫了一眼后,抬起眼皮,不屑地朝我一瞥:"你当团政委的,应该去住宾馆嘛,不能报吗?"

我很感激他的关心:"会议安排了我的住处,但不安排老婆,我们自己开房住,找谁报?"

他忽然掉转话题,伸出手来:"有结婚证吗?"

一听"结婚证",我陡然慌神了,傻眼了,仿佛真的带着别人的老婆同居被人抓了似的,无言以答。

片刻的紧张心慌之后,我立马镇静下来。扯淡!都什么年代、什么年龄的人了,谁还想到夫妻出门带结婚证呢?我哈哈大笑起来:"我都四十多岁的人了,当兵的东奔西跑,还有什么结婚证,早已不知道扔到哪里去了。"我告诉他,我的身份证上清清楚楚地写明我是53608部队政委,夫人身份证上明明白白地写着她是海南屯昌县计划生育指导站干部,你可以向我们海南军区和国家体委会务组查证。

他说,查就不必了,按规定没有结婚证的男女不允许在宾馆旅店同宿。我猛然记起北京好像还真有这个规定,这也是"中国特色"或"北京特色"。既已犯规,就不能嘴硬,还是软着点好。我向他求情说,听说你也当过兵,你说我这个在部队当政委的,两口子都这把年纪了,夫妻第一次出远门,哪想到要带结婚证呢?老实告诉你吧,不是你提醒,我早已忘记我们曾经有过结婚证,我们结婚时就没想过离婚,谁还收藏结婚证?你就照顾照顾这个实际情况吧,我们去睡马路也不雅观嘛。

我见他笑了,又开了一句玩笑:"你放心,我们是百分之百的合法夫妻,要不然,不会带这么齐的证件在这里住的。"

我夫人也来劲了:"他要找情人,也不会找我这么个半老徐娘呀,现在到处有小姐。我要真是他的情妇,能跟他来住这个鬼地下室?没这么便宜的情妇!"

公安也忍不住笑了,看来再也找不出什么理由深更半夜赶走我们了。他说:"今晚就住下吧,明天必须弄个具有法律权威的证明来。"他转身时,那表情告诉我,明晚没商量!

他说得轻松,却叫我丈二高的和尚摸不着头脑。什么是具有法律权威的、能够证明我们是合法夫妻的证明呢?唯有结婚证。在这人生地不熟的北京市,我去哪里弄结婚证?

公安走后，我辗转反侧，老想着结婚证的事。

我不知道我国那些大大小小官员们带着夫人出国考察、旅游时，带结婚证没有？倘若没带结婚证与老婆同住，遇到外国公安来查房，当嫖客抓起来，多难看，岂不出了国际洋相，丢了中国人的脸？即便没人抓，像我们这样三更半夜穿衣提裤，几遭盘查，也怪难堪的。

我不知道我们中国现存的合法夫妻中，有多少人保存了结婚证？至少我们乡下的老夫老妻百分之九十没有结婚证，有的人一辈子没见过结婚证，他们能夫妻双双出门旅行吗？尤其每年冬天去我们海南旅游度假的老少夫妻们，十之八九没带结婚证。若是半夜查他们的房，没有结婚证不准同住，该叫多少人蒙羞受屈。

我不知道手上有了结婚证，就能保证婚姻的真实性吗？就能保证男女坚守"围城"，不在外面寻花问柳、养奸偷小吗？钱钟书先生曾将婚姻比作"围城"，"城外的人想冲进去，城里的人想逃出来"。要是保存了这张结婚证，就能保证城门紧锁，没有开小差的，那结婚证必定成了唐僧的紧箍咒。倘若仅凭一张结婚证就可以确保公开同居平安无事，在这个连人民币都能造假的年代，伪造一张结婚证岂不小菜一碟，这不给那些从事地下交易的人，又开发了一个赚钱的门道——贩卖假结婚证！

我不知道结婚证丢失后，该去哪里补办？我还没听说过有补办结婚证的机构。况且，我们结婚时连结婚照都没拍过，去哪里弄到当年的照片呢？更艰巨的是，当年给我们办结婚证的人都不在了，区政府也撤销了，为了办这个证，我该去哪里找到能证明这个证的证据或证人呢？

我不知道没有结婚证，以后我们夫妻还能出远门吗？尤其我的心脏有病，上了年纪后，出门在外，没有老伴在身边，半夜三更一口气接不上或血压升高,叫谁去?就是半夜不发病,午夜凌晨老被人家从床上叫醒接受盘查,也是挺没尊严的。即使再穷再没地位的人,也是爱脸面,要尊严的!

我真心希望有关部门健全法制、完善执法,让中国的普通老百姓出行便利、睡得安稳、拥有起码的生活尊严、人格尊严。我真心希望中国的结婚证只是体现爱情、证明婚姻的形式,不再成为老百姓日常生活的羁绊和有关部门胡乱执法的噱头!

陌生的"爱人"

　　天涯海角有许多妙趣横生的石头,而最能引领游客浪漫遐思的,要数爱情石。远眺,它犹如一对双手搭肩搂背,下身紧紧依偎,含情脉脉地相互凝视的情人。

　　有人说,爱情使人忘记时间,时间使人忘记爱情。天涯海角的爱情石也许正是洞察了人类爱情的缺陷,让阴阳两石交合在一起,脚踏南海,头顶蓝天,年年岁岁指天盟誓:真爱如石,永不背弃!

　　许多人到天涯海角来,既是为了祈求"石全石美"的人生,更是为了祈祷坚如磐石的真爱——爱情石是真爱的宣言、真爱的铁证、真爱的承诺。承诺是男人与女人的一场角力,不是皆大欢喜,就是两败俱伤。真爱就像这千千万万年来屹立于天涯海角的爱情磐石,任凭涛击浪打,岿然不动,寸步不离。

　　其实,真爱不必浪漫传奇、激动人心,更不用赌咒发誓、海誓山盟——太激烈反而难长久,来得太快反而走得更早。真爱只需危险时伸出一只手,困难时搭上一只手,病痛中牵着一只手,寒冷中端来一盆火,跋涉时送上一口水,风雨中递过一把伞,倒霉后捎来一声安慰,甚至坐在阳光下替对方拔去几根白发……

有个女士与丈夫性格不合,感情出现危机时住在娘家,有个男人见缝插针。晚上两人看电影回来,母亲见女儿手上拿着伞,整个身子几乎淋湿了,责怪她雨伞是怎么打的?女儿说两人共一把伞,是他打的伞。母亲问他淋湿了没有?女儿说,他还好,没淋湿多少。母亲长叹了一口气,没说话。

第二天,女儿与丈夫一起去民政局协商离婚的事,回家时遇上了一场更大的雨。进家门时身上衣服没淋湿一点儿。母亲又问,今天下这么大的雨,你为啥反而一身干爽?女儿说,他见风大雨斜,我打着伞不管用,就说与其两人都淋湿,不如保住我一身干的好,于是他干脆把自己的雨衣脱下来给我穿上了。我穿着雨衣又打伞,哪能淋湿呢?说罢,女儿两眼忧伤地望着窗外,母亲热泪盈眶地拍打着女儿的肩头:傻瓜呀,这才是能够陪你过日子的男人,你怎能离掉哟!

那女人一转身,伞都没打,一头扎进风雨中,寻找刚刚离婚的男人去了。

真爱其实就这么简单!

有天,我陪一行客人到天涯海角浏览。正欲劝他们在爱情石前合影留念时,其中一位客人提议:"还是你和你爱人先照吧。"

我一听"爱人"这个词,心中有种涩涩的陌生感,好似久别的情人相聚,既爱着,又羞着,还疏着。

"爱人"本是中华沃土上孕育的、中华传统婚姻道德和伦理积淀出来的夫妻的相互称呼。婚姻是为爱情安的家,爱人便是这个家的主人。爱人是肝胆相照,唇齿相依,真心相爱,相濡以沫,身心融为一体,血脉长在一起的夫妻。这种夫妻之爱别无二心,毫无虚假。

不久前我从报上看到一张照片,一位容貌"谦虚"的胖女士笑眯眯地指着中年男士腹部一个占去半边肚皮的"7"字形手术刀口坦然微笑。这个男子叫陈荣同，台湾人，八年前他捐了左肾给这个肾坏死的妻子，2009年，他又捐了百分之六十的肝脏给这个肝功能衰竭的妻子，成了全球首个捐两件器官抢救垂危妻子成功的男人。这个陈老弟以自己的两个主要器官甚至整个生命为代价，换取不再年轻貌美的"黄脸婆"妻子的生命，真乃伟大的爱人！有人觉得他那个真不年轻貌美的妻子指着他的伤口拍照的表情，有点不识好歹，不懂感恩，哪像是曾经接受两次人体重要器官捐赠的人应有的表情！可是，他妻子就是那么随随便便地指着、笑着，她接受丈夫的器官就像接受丈夫的一束鲜花、一枚戒指那样开心、坦然，从来没有考量（也用不着考量）自己是否年轻貌美，从来没有打算（也用不着打算）在镜头前装出一副感激涕零的样子——因为他们是真正的爱人！真爱人就像前些年歌舞厅里有人唱的："你是我的心，你是我的肝，你是我生命的四分之三"，我为你捐肾，我为你捐肝，我愿捐出生命帮你渡难关。

在我们中华民族的传统意识里，称配偶为爱人比称呼先生、太太更亲切。尤其在传统道德有所退化的今天，许多道貌岸然、貌合神离、有名无实、鸡鸣狗盗的夫妻已经令"先生""太太"们打折缩水得面目全非了，不少人一听到"爱人"这个词就羞愧不已。然而，当"爱人"二字越来越从都市人群的嘴里疏远之后，我的父老乡亲至今还恋恋不舍。他们不是舍不得"爱人"这个词，他们是舍不得、丢不掉"爱人"中所包含的那份专一、那份纯真、那份绝对忠诚！

其实，都市人也并非讨厌"爱人"，只是他们觉得现在的婚姻里真爱太少了，有的人爱情故事很多，真诚的爱心很少；有的人有婚无爱，结婚后像没结婚一样分居；有的人有爱无婚，没结婚时像结婚一样同居；甚至无婚之爱比有婚之爱更浪漫、更牢固、更坚挺。于是，不少人觉得"爱人"是枷锁，是紧箍咒，他们喜欢生活在从无婚走向有婚，又从有婚走向无婚的情爱中。

为啥现在宾馆酒店里整天都有办不完的结婚酒？因为过去绝大多数人一辈子只结一次婚，现在有些人一辈子要结多少次婚，连他们自己都没法回答。想结就结，想离就离，"爱人"对于他们已无任何实用价值，充其量算个"爱情合伙人"，有的连合作伙伴都不是。如果硬要高举"爱人"的旗帜，坚守法律和道德的阵地，维护爱人的真实，对自己是天大的委屈。与其这般真真假假、虚虚实实，还不如顺其自然的好——因为现在有些人需要这种虚虚实实、真真假假、缥缥缈缈的爱——这种爱情方式下构造出来的婚姻，显然不配称作"爱人"，他们也不愿意勉强自己、为难自己，干脆不叫"爱人"好了，也算是维护了"爱人"的真实和圣洁。

"爱人"最核心的价值是道德。有的人不仅贪财贪物，在婚姻中也贪心十足，总是吃着碗里盯着锅里。一旦财发大了、官做大了，就想换配偶。我对此持强烈批评态度。有人反驳我说，领导也是公民，公民都有平等享受婚姻自主的权利。我认为领导虽为公民，但不是普通公民。领导在婚姻中的这种离婚和结婚看似平等，其实很不平等——这种平等口号下掩盖的不平等，是强者对弱者的欺侮；当权者对无权者的欺侮；有性能力男人对无性能力女人的欺侮。他们都做了爷爷外公了，甚至孙子外孙够一个班了，忽然说和老伴没有感情，必须离婚。没有感情？他那几个儿女是怎么生出来的？现在人家为他生出了一窝儿女，又带大了一窝孙子，人老珠黄、皮松骨疏，就说没有感情，一脚把人家踹了，另寻新欢（绝大多数不用另寻，早有人在等候，或早已入了洞房，只是打枪的没有，偷偷地干活）。如果让他们革职为民,打起背包回老家,不再当各种级别的领导了,他们还能享受到这种自由吗?倘若按他们这种道德逻辑办事,全世界六十岁以上的女性岂不都将退出婚姻,让男人另娶新欢。果真如此,并非天下女人的不幸,最终不幸的还是男人——当女人们看清了男人的这种德行,谁还愿意嫁给男人们,谁还愿意为男人们生儿育女?

因此,我真想说,外国有个"情人节",中国有那么多人跟着过"情人节",为啥中国就不能有个"爱人节"呢?能有这个节来帮助人们纪念和留住那份纯真的爱情、那份美丽的念想多好!

妻子出了远门

　　自从你进了这个家门,只有我别你而去的习惯,没有你离我远行的先河。这回,你告诉我,你要出远门,去很远的地方旅游,是单位组织女同志去的。我曾暗示你,盛夏远游多炎热,不如等我休假陪你去云游。你点头又摇头,没有言语。我晓得,你不相信我此生会有时间旅游。我当兵这么多年,除去三进学堂,从未离开过军营,你没那种妻随夫游的福分。看来,这次是拦不住你对岛外世界的渴求了。拦得住你的身,也拦不住你的心,与其这般憋屈,还不如让你去的好。

　　你出了远门,我重温了多年没有的寂寞和孤独。这日子,这感觉,是惩罚,是悔过,是自省……那丢生了的家务,淡漠了的责任,氧化了的爱情,将重新拾起、翻新。

　　洗澡时要换的衣服呢?从前都是你挂在门后,今天怎么只摸到了两根挂衣的铁钉,还有你留下的隐约手温?每餐必服的药丸和开水呢?从前都是你端到我手上的,今天我怎么拿错了药瓶?这字怎么有意躲着我呢?长年来,我写稿遇到疑难字词,都是你替我翻《辞海》,今天我只好放下笔来大海捞字……

　　过去的都是梦。你不在家,我回到了必须自己动手料理自己生活的现实。尽管很烦,烦恼之后便有了醒悟:两口子过日子,并不需要那些海誓山盟、荡气回肠的爱情誓言和惊天动地、死去活来的爱情故事,要的是渗透在一言一行、一菜一饭、一针一线中的寻常爱;有些物、有些情,过去得到越多,越觉得不满足、不顺心、不如意,一旦陡然失去,爱和痛便生长出来。没有这失去的痛,哪懂得珍惜得到的真爱和幸福呢?

你曾经耳语过,孩子都十多岁了,不要说带我到哪里游览,连电影院也没陪我进过。我当时许下愿,有朝一日,卸甲为民,要陪你到小河边、柳树下、公园里、电影院,去填补恋爱的空缺,去寻找真爱的源泉。可是,至今连电视剧也没陪你看过一部完整的。

有段日子,我确实渴望看《渴望》。记得那天晚上,我不无得意地告诉你,今晚哪里也不去,陪你看《渴望》。你边看边给我讲前面几集的剧情,我边看边点头附和。你高兴,我能和你遥相呼应;你得意,终于有了夫妻双双看电视剧的乐趣。后来你听到我嘴里像咬着冰棒一般含糊其词的回答,觉得声音不对劲,起身一看,我早睡着了。你气得眼泪溃溃,想骂我两句,突然想起那天我随部队拉练走了七十里山路,你不忍心吵醒我,抬起衣袖抹罢泪水,从床上拿条毛巾被盖在我身上,又履行起赶蚊子的责任了。直到电视剧"挖台脚",你才把我摇醒。

我后悔死了,怪你没及时叫醒我。你说:"跟你这种当兵的过日子,只要你能在星期天晚上躺在沙发上用鼾声陪我看电视,我就满足了。"我当时好生激动。但是,当我问到刘惠芳的腿是怎么伤的,你却摇头。我说让惠芳这样的大好人拐腿太可惜了。"可惜什么呀,我这没拐腿的不和拐腿的一个样。"你冷冷地说。

对你的这种心情,当时我无法理解。我只知道你我都生活在军营,军务再忙,每年总能在一块过几天,就够满足够亲情了,没想到其心境相隔这么远。这次你离我远去,那种强烈的失落感才把我的心和你拉得近了些。我怎么就没想过,你随军到海南岛十多年来,为我的事业终年辛劳,当了十多年医生没有进修过,没有出过岛,没有离开过家,连大海也难得见上一面。你是怕我工作劳累无人宽慰?还是怕我生活艰苦没人照顾?你说,住在军营久了,你也成了一个兵,一听到紧急集合号,精神就格外紧张。那年,部队出了事故,我忙了一周,你也七天食不甘味寝不安枕。那天晚上,我带领部队去扑灭山火,整晚没回,你也一通宵没合眼,我还斥责你"杞国无事忧天倾"。不管你在工作和生活中吃了多少苦,受了多大的委屈,我不但没给过你什么安慰,还嫌弃你的唠叨。未承想,那唠叨就是爱啊!

  其实,你并非没有随我出岛的机会。去年5月,我到云南参观,你想跟我去见见石林。我当时想,妻子随丈夫出公差,自己出路费也会在群众中造成不好的影响,你也没再要求。后来我从云南带回一本游览石林和燕子洞的彩照,想让你开点眼荤。没承想,有一张哈尼族导游姑娘与我的合影,你看过后脸上阴阴的。我看得出,你在想,要是你去了,我右侧站的应该是你,而不是那位导游小姐。我给你讲了许多游石林的故事,你眼里闪烁着希冀的泪光。

  这回,你终于去旅游了,你应该去。圆了你的梦,也减少了我的愧疚和遗憾。没有分离的寂寞,我不懂得珍惜团聚的欢乐和富有。我把你困在军营的日子太长了,认为你为我所做的一切都是应该的,更无感恩之心,每天只知扶起筷子吃饭,丢掉饭碗上班,很少想到你餐餐为一家辛苦、天天赶路上班的累。稍有不顺,还在你面前耍威风、发酒疯。今天,当这两口子的"两"字少了一"人"时,我忽然觉得那失去的一"人"多么宝贵。我忽然想起屠格涅夫"没有完全的平等,就没有爱"的忠告。

　　今晚你住在哪里呢?以往每当我工作中有了烦恼和忧愁时,总是你开导我说,越是事业心强的人,烦恼和忧愁越多,成功之后就是欢乐。今晚我又遇到了情和法的斗争之忧,我多么希望你能给我一点支撑;我多么希望有一个晚上也让你在这沙发上伴着电视机的美妙歌声甜蜜地睡去,让我替你盖一回毛巾被,替你赶一次蚊子,轻轻地。

儿子少小离家去

儿子那年十三岁,我把他弄到省城上中学。

儿女是母亲身上的肉,儿行千里母担忧。做娘的疼儿,当然舍不得。走前忙乎一整天,走后隔三岔五打电话,想方设法捎吃的。相比之下,我整天忙于工作,顾不上牵挂。

朋友问:"就这么一个儿子,这么小的年纪,你让他在外面独立生活,放心吗?"

"不放心!"我毫不掩饰自己的情感。

"不放心还送去干啥?"

"正因为不放心,我才让他去。"

朋友一脸狐疑,觉得我言鬼怪。

似怪非怪。你瞧现在有些独生子女,四五岁还要奶奶喂饭,七八岁还要外婆穿衣,想摘天上的太阳,父母真做上天状;欲捞水中的月亮,父母假装脱衣裳。满足不了就哭闹、发泼、打滚。我见过一个七岁闺女在宾馆吃饭时,看见邻桌一位女游客脖子上的白金宝石项链很漂亮,非要给她戴一下。女游客也有怜花惜玉之心,笑眯眯地取下来给她戴上了。半个小时后,女游客要走了,小闺女硬是不肯归还。母亲骂了一句,她便在地上打滚,闹得桌上四方高朋不欢而散。由于光长身体不长志气和生存能力,不少小伙子不会洗衣服,大姑娘不会动针线,单车坏了叫老爹,衣服脏了喊老娘。

对这样的独生子女,做父母的不但出门不放心,死了也难瞑目。仔细一想,能怪儿女吗?哪个人天生就会做事,还不都是生活逼出来的,大人们教出来的。尤其是那些杰出的领导和企业家,哪一个不是从小就经受磨砺摔打。现在我们对儿女这也不放心那也不放心,想叫儿女热点剩饭剩菜,怕他们被煤气烧了;想叫儿女烧壶开水,唯恐被开水烫了;想叫儿女买瓶酱油,担心过马路时被车撞了……这种过度的舐犊之爱,害得子女这也不行那也不行,落得父母这也不放心那也不放心,一辈子放不下心。难道我们做父母的不应深省吗?

因为我多次变动工作单位,孩子从小缺乏安身静读的环境,学习成绩一直不佳。先前我很急,很不放心,经常打电话,经常寻问叮嘱。孩子说,就我们家的电话多,那些农村来的学生谁给他们打过电话?

经过这些年的观察,我不急了——牛有牛用,马有马用;公鸡不拉尿,各有各的道;不想当将军的士兵,未必不是好兵。任何一支军队,将军者寡,士兵者众,谁都想当将军,这是异想天开。把明明不可能的事当成目标来追求,不仅是画饼充饥,而且是自欺欺人。有的人就是因为过早立下将军志,一旦未能如愿,便与党和人民离心离德。有的人为了当将军,不惜一切手段,买官求衔,到头来既害了自己,也害了儿女。其实,当年拿破仑"不是每一个士兵都能成为将军,但不想成为将军的士兵不是一名好的士兵"的说法,从客观效果来看,本身就是矛盾的、错误的。他既然知道"不是每一个士兵都能成为将军",为什么还要教唆士兵为多数人根本不可能实现的目标去做梦呢?为什么还要说"不想成为将军的士兵不是一名好的士兵"

呢？其实，在战争中，许多好士兵、最优秀的士兵都死了，活下来当上了将军的，不一定是最勇敢、最优秀的士兵。要求别人把一个明明不可以实现的目标当现实来追求，这不是存心害人吗？任何一个将军指挥才能的形成和领导素质的提高，都是以无数士兵奉献牺牲为前提的，没有士兵的英勇战斗，流血牺牲，将军何以运筹帷幄，驰骋天下？何以成为将军！有人形容，一个真正从战场上打拼出来的将军，他肩上的将星是用战士的生命或白骨雕琢而成的。因此，鼓励士兵无怨无悔地当好一个忠于使命职责的好兵，比鼓励士兵当将军更重要、更可贵、更现实。

当今社会，不是缺少想当将军的人，而是缺少无怨无悔，不计得失，不讲价钱，默默无闻地当好普通一兵，尽好义务职责的士兵。那些为了自己当官坑人害人，跑官买官，以钱换官的人，对国家的祸害远比原子弹还厉害。那种打着"不想当将军的士兵不是好兵"的旗子，厚颜无耻跑官买官的行径，只能涣散党心军心，腐蚀民族精神。

因此，我从未做过将军梦，也不鼓吹儿子去做官，更别说做将军梦，我只对儿子提出三点基本要求：遵纪守法，不做缺德人；养活自己，不当寄生虫；找个老婆，不打光棍。朋友们说：你对儿子仅仅提出这"三不要求"未免太低级了。哈哈，实在不低。对独生子女来讲，落实这三点已经是"基本家策"了。遵纪守法不缺德，就是很强的政治原则。现在犯法的百分之八十是十八至三十岁的年轻人，且百分之八十以上的为男性。要使儿女不犯法，父母、学校及社会必须坚持不懈地对他们进行道德法纪教育，使他们经常绷紧遵纪守法这根弦，做个遵纪守法的好公民。养活自己，现在看来似乎容易，再过若干年，中国绝不可能存在造原子弹的不如卖咸鸭蛋的、拿手术刀的不如拿杀猪刀的这种不正常的现象了,没有较高文化或一技之长的人,没有一定的自我生存能力的人,肯定活得艰难,活不出较高的生活质量。要想生活有质量,必须掌握足够的真才实学和生存本领。不当光棍,虽然难避俗气和传宗接代之嫌,其实也是为社会着想。现今中国,男女比例失调,男人找对象必然青黄不接,光有豪华包装,缺少实用价值的男人,很难找到好媳妇。小伙子长到四十多岁还未成家,白天忙工作,晚上当夜游神,东游西逛,拈花惹草,势必成为社会不稳定因素。小伙子有了家,漂泊的心就有了常驻的港湾,飞翔的理想就安上了隐形的铁锚。

现在让儿子去过那种使我不放心的生活,让他从小学会洗衣服、找饭吃、知冷热、处邻里、懂节约;学会算计着自己口袋里的票子过日子;学会在感冒后找感冒灵、喝生姜水;学会与售票员阿姨磨嘴皮,挤上末班车傍晚赶回家;学会父母不在家时做出四菜一汤招待客人……我才能对他的生活、他的将来放心。

趁我们父母还年轻力壮,能承受一些风险时,让儿女们过些"不放心"的生活,万一将来有什么天灾人祸降临,我们这些为人父母者倒是真的可以放心了。

感恩父训

　　从爷爷那辈起,我家就实行"计划生育"了。我一无伯叔,二无兄弟,十亩地里一独苗,自然成了父母的宝崽。然而,父亲在对我的疼爱之中,也毫不留情地掺和了不少苛责。

　　年少时,我逞强好胜,爱打抱不平。虽无"兄弟部队"增援,却有孤军奋战之勇。终因寡不敌众,凯旋的少,倒霉的多。这倒没啥,鼻青脸肿我也会昂首挺胸。可怕的是"班师回朝"后,无论胜也败也是也非也,都免不了父亲一顿训责:"人与人交往,该让人时要让人,不可事事逞强逼人,更不能得理不饶人!"

　　对于他的"处世"之道,我从小就领教过。记得有年冬天,父亲开会回来刚躺下,忽听猪圈里有搬木器的响声。他起床用手电筒一照,一个装米糠用的木柜不见了。父亲拔腿朝禾场外追去。追了约莫半里路,父亲已清清楚楚地看见了那个贼。他只说了一句"柜子你拿回去用吧,但你要记住:靠偷别人的家伙过日子,长久不了",便转身回家了。

　　父亲回家后,把这事告诉母亲,我在门外听到了,很生气,问父亲为什么不揍他一顿把柜子背回来?父亲脸一板,一顿好训:"偷了你的家伙就打人呀?社员穷,我们当干部的有责任,他们要是有办法生活得更好,会来偷吗?打能解决什么问题?

给他一个机会,让他自己觉悟,不比打好?"

我不赞成父亲的这种"宽恕"法。奇怪的是,从那以后,那"贼"对我家人特别热情,我家有事需外人帮忙时,他总是主动跑来。现在,他已儿孙满堂,日子过得红红火火。由于我父亲对那件事守口如瓶,他到了晚年,一直挺着胸膛做人。

现在回想起来,父亲一生训我最多的,就是叫我在道德品质上不能出差错。有一天,我放学回家,在母亲平时藏钥匙的砖缝里找不到钥匙开门。肚子实在饿极了,便从我家自留地里抠了个红薯吃。父亲迎面走来看见了,开口便训:"是偷队里的还是拿别人的?"我只顾龇牙咧嘴地啃红薯,顾不上回答。父亲板着脸,两眼直瞪我,扬起的巴掌虽然没打下来,却给了我一顿饱训:"小时偷油,长大偷牛;小时偷针,长大偷金;钱财如粪土,人格值千金……"

童心在父训下发育,生命在父训中早熟。由于父亲的严格教育,我从小就努力走正道,守规矩,从而赢得了村民的信任和厚爱。读中学时放寒暑假回乡务农,生产队不是安排我看仓库、守瓜园、巡果园,就是叫我当记工员、过秤员。这些差事,在偏僻落后的小村里,是种至高无上的信任和荣誉。即便这样,父亲还是不放心地训责:"越是人家信任你、抬举你,越要自觉。俗话说,一个鸡蛋吃不饱,一个名声讲到老!"

入伍后,离家遥遥数千里,父亲仍未忘记训我的责任。他从信中得知我学无线电机务有困难,训导说:"记住那个'只要功夫深,铁杵磨成针'的典故,世上就没有学不会的本事,关键是你的功夫下够没有?"

后来,我由一个士兵成长为一名师团干部,仍频频收到老人家的训书。只是父亲信上的好些字,要苦心猜测才能辨认,有些字似乎是他的发明。

有年春节,我请父亲来部队过年。他看到我的一些战友、同乡提着水果来给他拜年,高兴之中又很不自在。客人前脚走,他后脚就训示我:"他们凭什么给我拜年?都是冲着你来的。他们为什么冲着你来?因为你是他们的首长,你手里有权。有权更要有德,要记住无功不受禄,即使可以受的,也要有来有往,以后把人情还给人家,不要欠了人情,更不要亏了良心!"

有个姓陈的待业青年,因为我帮他找过一份工作,除夕前一天,特意提着两瓶莲花白酒、两包烟和一袋糖果来看我。大冷天,他只套穿着两件衬衫,嘴唇冻得乌黑,牙齿磕碰得咯咯响,结结巴巴地说:"谢……谢谢你……我给你拜年!"他智商有些问题,家里生活很困难,即使我帮他找到了工作,收入也不高。他这份礼,我是绝对不能收的。我用父亲的训词说道:"收了你的礼,是杀菩萨吃肉,丧尽天良。"我费了半天口舌,才使他同意收回礼品。我见他为我买这些东西花了十多块钱,退了礼后,还塞给他十五块钱。他是流着泪走的。我也流泪了:以爱心、诚心、廉洁之心待人者,人民是不会忘记的,连痴人也知善恶好歹啊!我心中久久散不开那片退礼的涟漪。

父亲在一旁看到此情此景,很是激动,又少不了一番训责:"得人心者得天下啊!我们无论当多大的官,都是人民的勤务员,不能给人家办了一点事,就收人家的东西。袖子里全是清风,屁股上没有湿屎,堂堂正正做人,勤勤恳恳做事,来再大的运动都不怕,警车在门口叫得再凶,我们照样睡觉。"

训完,他眼眶里滚动着泪花,笑了。笑得很舒坦,很殷实,他似乎得到了企盼多年的收成。父亲的这种笑容,我只在故乡那片苍劲挺拔、郁郁葱葱的杉树林边间或那沉甸甸、金灿灿的橘园前看到过。

父亲在部队住了一个月就要走,他说,看到你们都好我就放心了,家里还有责任田。临走时,还重重扔下一句训示:"不要总是牵挂我和家,多想想你的责任你的工作,多想想你的事业你的前途。"

以后,父亲还多次来过部队。每次来,都没忘记他的"训"职。1996年,父亲患脑血栓无法行走,但也没能"栓"阻他的"训"责。直到我退休后,他认为不对的、担心的,必训无疑。直至2016年10月25日父亲临终前一天,他还在教训我:"少打点牌,少熬点夜呢,身体要紧!"

以往每每听到父亲的训斥,我总感到不舒服、不自在;我总认为他是凭借父威多此一举、言过其实、大话连篇,有时甚至耿耿于怀。随着年龄的增长,见多了社会的风风雨雨,特别是自己也做了父亲之后,我开始理解父亲的良苦用心和教子之方了。养不教,父之过!多少败家子、犯罪分子、腐败分子不都是首先失之于父教吗?我这一辈子之所以走得平稳顺当,且小有成就,老有所为,不正是因为父亲时刻匡扶、不断鞭策吗?现在想来,虽然我出身贫寒,但父亲给了我一笔无价之宝,那就是训导我成长为一个正直、善良、勤劳、本分、不断进取的人。父亲的训斥是带刺的玫瑰,是苦口的良药,是我终身受益的家教。特别是听到父亲临终前的训教,使我看到了一个伟大父亲至死不忘的教子责任。

如今父亲走了,我痛苦的不仅仅是"子欲养而亲不待",还有"想被训而父不在"。耳边少了那熟悉的父训,心里反而空空荡荡。我多次伫立父亲的坟前,在心底说,我多想再听你训一训啊!可那坟头静静的,只有坟顶那根在寒风中摇曳的竹枝发出微微声响——决不像父亲生前的训斥声,倒像一个慈父喃喃地叮咛。

学做父母

星期天晚上,众友在老王家聚餐。半斤米酒下肚,玩兴骤起。一人提议,四方呼应——打牌。男女各一桌。

手顺、兴起、战酣,沸沸扬扬的"扣、调"声,推动时钟悄悄地溜过了凌晨两点。

老王的女儿在隔壁被吵得实在无法入眠了:"爸爸,声音小点,我明天还要上学。"我估计她整个晚上都被我们折磨得未合眼皮——喝多了几杯的人,胡话、废话、俏皮话比洪水猛兽还要泛滥疯狂。

十分钟的安静后,战局发生了急剧变化——我双K双抠,还吃了庄家一双十,桌上又是聒噪四起。

老王的女儿硬是忍无可忍了:"你们还像父母吗?"

"你们还像父母吗?"——似一颗"锁喉弹",炸哑了所有的叽叽喳喳,令七八个为人父母者面红耳赤,面面相觑。

"你们还像父母吗?"一句玲珑少女的斥责,像铁耙子扒着我的良心、我的思绪,接二连三出错牌。

这牌再也无法打下去了。

回家躺在床上,脑海中徘徊着前段时间在基层调查了解青年思想道德情况时的见闻,脑海里忽然刮起了十级台风,把一串串故事推到了思绪的涛峰浪尖。在这些故事里,猛然生出一个沉重而又难于启齿的话题——学做父母。

放眼望去,如今有的父母,实在不像父母:

母亲嘴上叼着烟,双手像机器人手臂那样机械而又熟练地堆砌着"长城",脑袋也如机器一样朝女儿一摆:"去去去,搞学习去,你怎么这样贪玩。"

女儿没有动,母亲扬起了金光闪烁的手掌。

女儿跑了,却没忘记扭头"嗤"地一句:"麻将婆!"

母亲绝对没想到,在这硝烟弥漫、旷日持久的麻将战区,你的女儿要付出多大的毅力,才能读进一点与家庭环境极不相符的书文!

父亲开着专车到学校看儿子,听说儿子学习辛苦,从饭馆出来就拉儿子上街:"走,我带你找个小姐按摩去!"

儿子说:"学校有规定,不允许。"

父亲手一挥:"老子带你去怕什么!"

父亲根本没想到,你这是为儿子做的什么榜样?搞的什么传帮带?你的钱可以给儿子购买享受,购买上大学的后门,能够买到道德吗?一旦儿子缺了德,你有多少钱供他潇洒,又能潇洒几天?

部队规定,战士不准乱花钱,不准吸烟酗酒吃零食,号召人人有存款,不准向家里要钱。母亲却从数千里外打电话到营区门口的小店:"我家有钱,我儿子想吃什么喝什么,你让他赊账,年底我来还账。"

当儿子因为经常不假外出,花钱大手大脚,吃吃喝喝而入不敷出犯了错误,要作纪律处理时,母亲不但翻脸不认小店中那笔欠款,还袒护儿子说:"吃吃喝喝算什么问题,帮人讨债又有什么错,部队是小题大做,太不讲情面!"

无知的母亲呀,你这是关心儿子还是坑害儿子?儿子上了刑事法庭,你该不该押上道德伦理法庭?

那天,当我面对战士小唐低垂着的脑袋时,我的心在为一个父亲耻辱、愤恨。耻辱得颤抖,愤恨得直想骂娘!

小唐本是一个军事素质好,管理能力强,积极求进步,大有培养前途的骨干苗子。入伍前,他母亲被迫与村支书通奸多年的事,被父亲发现后,状告书记,书记判了一年徒刑。其母恨他父亲"一桶屎倒掉还嫌不臭,非要挑起来臭",羞辱难忍之下,弃家出走未归。小唐入伍不久,"支书"刑满释放,其父仍觉不解心头之恨,四处再告。无效后,跑到部队拉儿子回去"报仇雪恨"。儿子不从,他便胡说八道:"你连母亲都保卫不了,还保卫啥祖国?"在父亲一把鼻涕一把泪的鼓动下,小唐也摩拳擦掌起来,欲随父回去。虽经部队首长耐心细致的思想工作,小唐打消了回家"报仇雪恨"的念头,但从此背上了沉重的思想包袱。干部谈心一次好几天,收到父亲来信后又"感冒发烧"起来。同年入伍的战友,有的入了党,有的当了正副班长,他还处于时冷时热的状态中。他曾强烈要求当个骨干,干部考虑到他思想基础不牢,先送他去教导队培训。

正当小唐满怀信心参加教导队骨干集训时,其父因长期抗交水电费,被乡政府扣下优抚费顶账后,恼羞成怒地再次跑到部队拉儿子回去,口口声声说:"乡政府欺侮人,你不要当兵了,找他们评理去!"

儿子解释说:"现在连队很信任我,送我来教导队培训,我再也不能胡闹了。"

父亲大嘴一撇:"人家都入党当班长了,你集训有屁用?你要能提干,给老子出口气,就不回去了。如果提不了干,迟早都得退伍,迟回不如早回!"

——这样的男人也配当父亲吗?

有这样的父亲干扰捣乱,儿子能在军营努力学本事、安心尽义务吗?

尽管经过部队领导反复深入的思想工作,小唐未能登上父亲的贼船,然而,心灵的感染溃疡面积很大。要他完全抵御父亲的腐蚀,实在很难,他们毕竟是父子。

纵览当今千千万万父母的德行,恕我大胆直言:

有的人虽然儿女成群,却不是合格父母。

有的人甚至做了爷爷奶奶外公外婆,仍不是合格父母。

有的人虽然自称做了父母,其实,他们根本不懂什么叫父母。

父母是不能引进、克隆和开后门的。做父母的决不能"免单""打折""假唱"。既然你当上了父母,就要像个父母的样儿,认认真真为儿女塑造良好的做人形象,要学会正确关爱子女、教育子女,这是做父母天经地义的责任。托尔斯泰说过:"爱孩子是老母鸡都会做的事,关键是如何教育。"有人说,教育是深入灵魂的事,是精神上的扎根和熏染。父母作为儿女成长的第一老师、第一航标,一言一行时刻引导着儿女人生的航向。领对了,上正道;领歪了,定触礁。我不能说,儿女不争气都是父母没做好样子;也不能说,父母做了好样子,儿女就一定能争气;更不能要求父母事事处处都要比儿女优秀,但是,只要我们当上了父母,就要在精神和道德上做儿女的楷模。莫言的妈大字不识几个,但她一生勤劳善良。曾国藩的爷爷也不识字,但他胸怀大志,行善乡里。因为他们活出了令子孙钦佩的样子,所以他们的美德精神深深扎根在子孙的血液中、灵魂里。因为有祖先孔子堪为"万世师表",孔门历七十多代,代代有人杰;因为有祖先范仲淹"先天下之忧而忧,后天下之乐而乐"的美德传承，范家后代长盛不衰。

做儿女的楷模没有最好，只有更好。我们希望儿女待人有爱心，我们必须比儿女更有爱心；我们希望儿女为人善良，我们必须比儿女更善良；我们希望儿女做事讲诚信，我们必须比儿女更加诚实守信。我的好朋友王继勋说，为儿女做榜样是多方面的、一辈子的事。有的老板仗着自己钱多，拿婚姻当儿戏，要么养一堆小三小四，要么频繁结婚离婚，既是对别人不负责，也是对自己不负责，辛辛苦苦一辈子，没在儿女和亲人心中留下好形象。我就曾经想过，我老婆也曾年轻过、漂亮过，跟随我打拼了几十年，现在年纪大了，我若为了自己的所谓"性福"离婚，去找个二十多岁的姑娘不困难，可她找谁去？将来我的女婿也学我的样，那不把我女儿害惨了？我们做父母的，在婚姻恋爱上一定要讲良心、有担当，不能只图眼前快活，要为儿女积德做表率，先保上梁自身正，才有可能下梁不歪。即便下梁歪了，我也有资格和脸面修理。

周恩来同志曾经教导我们要活到老，学到老，我想也必然包括学做父母。我们的宣传机器不仅要把教育的眼光瞄准青年，还应该包括父母，帮助父母完善素质，使父母更像父母。因此，我曾经提议，扩大部队教育的外延，让父母们也来充充电，共同浇筑我们军队、民族的精神长城。

学做父母，做好父母，为儿女塑造优秀的人生楷模，这是父母对儿女最大的爱！

给父亲洗澡

老父寿高八十有余,患脑血栓后半身不遂,洗澡是最大的难事。请男保姆,能洗澡不会做饭;请女保姆,能做饭不能洗澡。况且,伺候有病的老人,很多人不愿干。只要我在家,为父亲洗澡,是我做儿子的责无旁贷的事。

因为我当兵离家四十多年,很少尽到做儿子的责任;因为父亲患病后我依然很少回家,没能尽到做儿子的孝心,所以,每次为父亲洗澡时,我总是怀着愧疚之心,将父亲从头到脚仔细搓洗,连肛门口都擦洗得干干净净。每次洗完澡后,父亲都红光满面,精神焕发。

也许因为我也六十有余,也许因为我也身体欠佳,也许因为我给父亲洗澡时虔诚得如同做功课,也许因为我还是个正师级干部……每次给父亲洗完澡后,他都要说声谢谢。而且还多次说,我这一世都没有洗过这么干净的澡,你把我身上一世的脏污全洗掉了。说着,说着,父亲老泪盈眶。

我说,儿子为父亲洗澡天经地义,千万别说谢。他说:"儿子也要谢!儿子也要谢啊!"父亲每说一声谢,我心中都会荡漾起感激的涟漪。

在我的记忆中,父亲是从不说软话的,更没给我说过感激的话。过去哪怕打我的道理错了，他也是对的，他从来没有错过。即使二十多年前我当上师级干部后，还经常指挥我为这家帮忙，给那家办事。我说，你哪有这么多事？我能管得了这么宽吗？他说，谁叫你姓徐，谁叫你是我的崽呢？我说，毛主席姓毛，也没把韶山人全搬到中南海去；邓小平姓邓，也没把全家安排在中央政治局！当官有当官的规矩，乱了规矩就是搞腐败，乱了规矩就没法做官了。他说这是为老百姓办事，怕什么！他叫我办的事，都有天大的理由。

如今，父亲老了，老成了一个时而听话、时而耍娇的小孩，每当儿女为他做了一点事，便感动得又哭又笑。后来，我渐渐觉得，在感恩的问题上，父亲比我站得高，看得远。

过去，我们只片面要求小辈感恩长辈，下级感恩上级，党员感恩组织，人民感恩国家。这种感恩就失去了根基和力量，失去了人们的自觉。感恩应该是相互的，感恩也需要榜样。只有当长辈为小辈、上级为下级、领导为群众做好感恩榜样，感恩才有可能成为人们自觉肩负的责任与义务，才能成为一种普遍的社会风气。父母要感恩儿女的孝行，晚年才能幸福；老板要感恩员工的辛苦，企业才能发达；医生要感恩病号的信任，医院才能生存；老师要感恩学生的勤奋，学校才能发展；将军要感恩士兵的牺牲，国家才能和平；领袖要感恩人民的拥戴，权力才能稳固；政党要感恩党员的奉献，组织才能强盛。如果全体社会成员互相感恩，互相激励，感恩就能成为一种牢固的社会公德和强大的社会力量。

这些年，为何有些曾经清廉的领导干部蜕变成了腐败分子，其主要原因之一，是他们认为能把这个单位、这个地方建设得今天这样好，完全是他们个人的能力和功劳，人民群众和下级都应该对他感恩报恩，他们捞多少都不过分。正如当年一位被处决的副省级领导的夫人所说："凭良心讲,我老公收五百万不算多。"在她看来,她老公贪的五百万是人民的"感恩费"。有了要求老百姓如此"感恩"的心态,他们能不腐败吗?倘若他们能够明白没有各级部下和百姓的尽职尽责甚至流血牺牲,他们将一事无成;他们应该永远感恩部下,感恩百姓;他们只有责任当好人民的公仆,没有任何理由向百姓伸手要"感恩"的道理,他们怎么可能用接受感恩的心理贪污腐败,更不可能贪成大小"老虎"!

这些年,为啥有些儿女与父母反目成仇,因为有些父母总觉得儿女是我生的养的,是我花钱供他们吃穿住玩和上学,身上的肉都是我给的,没有父母就没有儿女的一切,儿女在父母面前永远都是"负债户"、永远都不应该把头昂起来;父母叫干啥儿女就必须干啥,儿女不听父母的,就是忘恩负义,就有权打骂。他们认为,儿女给父母多少回报,尽多少孝都不过分,他们从未想到要感谢儿女。可是,儿女们都会这么想吗?都愿意这么做吗?久而久之,认识的反差越来越大,矛盾难免激化,使得有些儿女从感恩孝子变成了忘恩逆子。假如父母对儿女的感恩付出也有些许感谢之心,特别对儿女感恩不到的,多多包容,许多家庭矛盾是有可能及早化解的。

回顾我这几十年的为官生活,有许多人为我付出过、奉献过。我身边的司机邓中旺、李国防、徐维龙、林明亮和工勤人员朱洪林、陈义松、熊汉华、姚源、林惠填、罗丽广等照顾我无微不至,绝大多数没有得到我的任何关照。我的许多下级辛辛苦苦支持我的工作,一年到头还没少挨我的批评,选举时照样为我投票。军师几次党代会,不仅我没想到自己能得满票(当然,我也投了自己一票),别人也没想到。因为我心中有纪律,嘴上无哨兵,嘴巴太不会感恩。当有人提醒我,老徐你是满票呀,你应该给每个代表敬杯酒时,我也觉得,我最要感恩的是那些被我严厉批评过的同事和下级——感恩他们的宽宏大量,感恩他们的心底无私,感恩他们对我人格人品的信任!

  我的妻儿跟随我东跑西颠,从未叫我操过心。妻子与我恋爱时就是国家干部,干到退休还只是一个企业副科级,毫无怨言。儿子虽未出人头地,但靠自己的本事和能力脚踏实地工作,在自己的岗位上"自负盈亏",自得其乐。我的两个妹妹、妹夫在我当兵后的几十年里,分担了理应我承担的在父母面前尽孝的许多责任,使父母能够安度晚年。我能有今天的成就和幸福,当然要感谢、感恩他们和许许多多朋友乡邻。

  感恩百姓,感恩士兵,感恩部下,感恩亲人,是我永生的责任。而父亲是我最好的感恩老师,我每为父亲洗一次澡,他都用一些不经意的言行给我上了一堂深刻的感恩课。

  由己思人,由人思国,父母感恩儿女,上级感恩下级,领导感恩群众,将军感恩士兵,老师感恩学生,强者感恩弱者,政党感恩人民,也是人心和谐,社会安定,民族兴旺,国家繁荣之根本。

启 蒙 大 师

　　外公已经走了三十多年,我也做了爷爷。儿时的事大都如过眼烟云。但外公叫我"骑架马",我把外公当牛骑的情景,一直储存在我记忆的视屏。童年时,我去外公家,常常是外公背去又背回。我骑在外公的肩上,不时用手扯着外公的胡子,用脚在外公胸前打鼓,还捏住外公的鼻子叫他学牛叫。外公一边跑,一边哼出一声声"嗡——嗷——"的牛叫声,乐得我在他肩上摇头晃脑,手舞足蹈。外公用力扯住我的脚并发出警告:"别从牛背上摔下来了哟!"

　　回溯外公的人生,或许正因为他命苦,像牛,暗合注定了他的一生像牛一般劳累奔波。他幼年丧父,只读了两年私塾便肩起了家庭生活的重负,种稻种麻种果树跑生意,忙得整天屁股很少挨过凳子。我外婆三十六岁才破生,未满不惑便匆匆撇下我那四岁的舅父和不满两岁的母亲逝去,外公再未续娶。

　　当他肩背手牵着一双儿女长大成人,成家立业,已过花甲之年。按理,他该安享晚年了,可外公说:"人到七十五,正好做功夫。"我晓得,他还要为子孙操心不已。直到年逾古稀,依然日出而作,日落不息。许多次我去看外公,见他天不亮就起床。劝他多睡会儿,他说:"清早凉快好泼菜。"中午烈日晒破头,他热汗淋漓又下地,我劝他等太阳小点儿再出门,他说:"当着毒太阳薅土,好晒死草。"天黑得伸手不见五指他还没收工,说是"晚上不热好挖土"。我和表哥表弟们拿着筷子久等不见他回家,跑到村口双手合成喇叭筒叫他,他嘴上一个劲地说"你们先吃,我就回来,我就回来",手还在忙个不停。

遗憾的是,外公在六十多岁时得了间歇性的精神病,每年冬天梅花开时到第二年仲春病情发作,有人说他是"梅花癫"。该死的病魔异常狰狞地撕咬了可怜的外公二十余年,直至他去世。他发病时不往外跑,只躺在床上骂人唱歌。

外公原本是个地道的老实开明人,从前连小孩也没和他红过脸。有一次看皮影戏,有个穿木屐的人踩了他一脚,铁钉在他脚背上扎出两个血口子,那人惭愧得语无伦次。外公却连忙拱手说:"失礼了,是我的脚没放好。"平日里,他对谁都是笑眯眯的。村里人称他为"喜老倌",文雅一点儿的称他"喜先生"。其实他心里爱憎分明,是非有界,只因太信奉"忍为止""和为贵""不想让别人为难,不愿叫别人吃亏",所以他一生吃了许多哑巴亏。

外公时常告诫我"忍得一日之仇,免得百日之忧"。可他患病时,却面目全非,把过去蓄积心底的委屈和悲愤全都喷射出来,整天骂人——他骂人间的不平,骂大跃进中的瞎指挥,骂那些不听他忠告,乱砍滥伐的人,尤其锯走村口两棵百年老樟树的人。他得病就是从那天没有拦阻住那些人锯树,还伤了他的面子开始的。按现在的话说,外公应该是中国最早的环保勇士。

他骂起人来精力奇旺,有时骂得太激动,从床上跳将起来,甚至休克过。但他从不骂儿女孙辈,从不说粗话。骂过之后,便用唱歌来平衡心理,还原情绪。

我真不敢相信,只读了两年书的外公,患精神病后居然能把自己的整个人生用诗歌吟唱出来。因他视力不好,请了一个高中毕业后因婚姻事业不顺而同样患精神病的小伙子替他抄录,写了满满一个笔记本。然后,他把这本反映他整个人生的诗歌用湘北山歌调子唱出来。偶尔唱得忘记了,叫我给他对笔记本。我记得开头一段是:"出生历史年六岁,学校当中两年春;一册四书读完工,带读《天地古今》《百家姓》。"可惜那个笔记本当时并未引起子孙的珍重,外公走后下落不明。倘能找到这本自传体诗歌,兴许还能申请吉尼斯纪录。

不发病时,外公经常来我家。直到七十八岁的高龄,他到我家后还帮我家挖地、挑水、打苎麻、挑粪浇菜。有一天,我去抢他手上的扁担,他将我往旁边轻轻一推说:"别看你这一二十岁的后生,力气没有我好,你的骨头还像麻秆子一样脆,小心扭到腰。我是人到七十五,正好做功夫,扭几下不要紧。"我清楚,外公是想用他耄耋之年的生命呵护我。而我又怎能忍心看着外公再去吃那份本应属于孙辈的苦累呢?我拗不过外公,只好暗暗在背后保驾。

有次外公挑着猪粪水过小木桥时,真把腰扭了,躺了几天起不了床,害得我好生惭愧。我一个劲地责怪外公,说你这么大的年纪,眼睛又不好,还要打肿脸充胖子。他一把将我揽进怀里,张开缺得只剩下两口门牙的瘪嘴,又唱了起来:"牛吃草来牛出力,人吃饭来人做工。力气去了有回的,不能偷懒吃现存。"我望着外公那张清癯肌黄的脸庞,感动得泪流满面。

我入伍以后,一直没有给外公写过信寄过钱。我每次探亲,他总要从零乱得如杂物堆的床头摸索半天,抠出不知藏了多久的糖果、饼干、橘子扣在我手心,叫我吃。

记得那次回家最后一次见到外公,他已是八十六岁高龄,耳朵有些聋,视力更不行了。舅父把我带到他床边连叫了好几声,他才从被窝里伸出手来,在我脸上摸索片刻。当确认是我时,连忙从床上坐起来,叫舅父去放鞭炮迎接我。舅父说,已经放过了。他连连点头:"放了就好,放了就好。"我靠着他坐在床边,他从怀里掏出三个热乎乎的蜜橘递到我手上:"你吃,我给你留的,好久了。"我瞧着那橘子干得连皮都剥不开了,说,等会儿再吃。外公竟孩童般把嘴伸到我耳边说:"国良,我要看着你吃!"从外公那朦胧的眼神里,我读出了一个老者对孙辈的炽热爱心。我使劲把大拇指从蜜橘的肚眼里插进去,剥出了一小瓣放进嘴里,虽然那苦味、酒糟味有些冲鼻刺喉,但我故意把牙齿咬得咯咯响。外公见我吃得开心,乐得雪白的眉毛胡子扭起了秧歌。

忽然,他又像忘了什么大事,朝我诡秘一笑,从枕头下扒出一小包糖果。我一层一层地剥开手帕、塑料和草纸,终于看到一堆连商标也无法辨认的烂纸浆时,禁不住一阵心酸。我母亲在一旁大声说:"那糖果是哪年月的?全化了,不能吃了。"外公听说不能吃了,两颗豆大的泪珠从深陷的眼窝里幽然渗出:"是留得太久了,只怪我没有收好。"母亲说:"你不要难过,有你这份爱心就够了,外孙和吃了一样高兴。"

外公点点头,没有言语。但瞧他那眼神,充满遗憾和愧疚。

其实,真正有愧的是我。外公用他八十多年的美德善行和文化知识,以及循循善诱的教诲和潜移默化的影响,为我开启了做人的道德之门、做事的智慧之门、做官的安全之门、做文章的灵感之门,他不是教育我成长的一般老师,而是特殊大师。按理我要感恩,可我有心无行,愧恨终生。

舅父的品格

我的舅父李孟秋2009年大年初一那天走了。有人说,是我拜死的。果真如此,我乐意为这仁慈的罪过承担幸福的诅咒。舅父已经受尽了病入膏肓的痛苦,尽管有孝子贤女精心照料,甚至众孙承欢膝下,可他毕竟是八十岁的人了,多病缠身、瘫痪在床、屎尿失禁、无法言语,活着比死更痛苦,死是一种终于从痛苦中解脱的幸福。

舅父重病期间送过几次急救,我都没回。2009年回家陪父母过年,大年初一我便匆匆赶去给舅父拜年。按照家乡的习俗,初一拜祖宗,初二拜外公。我的爷爷奶奶早已作古,外公外婆早已过世,舅母也于一年前去世,初一给舅父拜年,成了顺理成章的头等大事。

那天,舅父虽不能说话,但见我去后,精神特好,吃完了一碗蒸鸡蛋。饭后告辞时,我看到舅父被病痛折磨得扭曲变形的面容,特别是气若游丝、有口难开的神情,心中顿生痛苦与不安。因我初三要赶回三亚,担心舅父时日不多,无法给他送终,于是双膝跪下,给舅父磕了三个头。起身时,我附在舅父耳朵边说,外甥我能有今天,最要感谢的是您的哺育与关爱,您是我心中永远的道德楷模,您是全世界最伟大的舅父之一。您百年之后,我一定要写一篇《我的舅父李孟秋》,让全中国乃至全世界的人都晓得我有一个好舅父,一个伟大的舅父!

听到这里,舅父眼角溢出两颗干涩的泪珠,喉头激烈颤动,仿佛要表白什么,虽然我没听明白,但还是频频点头,我要让舅父放心,我领会了他的心意。

我刚驱车进城,准备取些钱给亲戚拜年,表哥长庚打来电话,说舅父不行了,叫我速去。当我赶到舅父家,他老人家已经撒手归西。我到底还是没能给他送终。我一边为舅父抹身,一边想,莫非他是听完我那些话后,觉得心满意足了,斗志松懈了,决意撤出生命的阵地?

按乡俗,大年初一死了人,不能对外张扬,更不能办丧事。必须等到初四。我们给舅父穿上寿衣,在脚头点上油灯,烧完纸钱,儿女们大哭一场后,关上了门。我和表兄表弟们商量,因我父亲脑血栓后半身不遂,母亲身体不好,也要瞒他们两天。否则,这两天他们是无法安宁的。

晚上,我回到家,母亲见我神情不安,轻声问我,你舅舅身体么之样?我不敢直视母亲,望着门外舅父家的方向说,还可以。母亲似乎从我的眼神中看到了什么,没再言语。也许她也明白,就是有最大的不幸,初一这天也要忍着。初一晚上,我一夜没合眼。脑子里尽是舅父的形象、舅父的故事。

舅父四岁丧母,从小没有过上好日子。但在外公满脑子孔孟思想的熏陶下,他从小信守忠孝仁善、礼义廉耻、循规蹈矩、遵纪守法、为人厚道、勤劳朴实。

从1955年入党后,舅父当了几十年初级社长、大队长、大队党支部书记等农村领导干部,但在"三反""五反""整风""四清""文革"等所有政治运动中没挨过大整。有次,一个工作队领导下来调查,心里很不服气,为什么每次运动他李孟秋都能平安无事？我就不相信他没问题。于是找了一班人研究如何折腾我舅父。研究来研究去，说他一不贪，二不沾，三不色，四不赌，五不懒，六不偷，还不吃不喝（指公款吃喝），从严律己，只能批他的老好人作风。尔后上纲上线，什么地地道道的和事佬，阶级斗争意识差，什么立场不稳，路线不清等乱批了一通。不批还好，批来斗去，更使人觉得我舅父是个难得的清明、正派、仁爱、勤奋的好人，一辈子没做过损公肥私、违规违纪、整人坑人、没有把握的事，老老实实当官，扎扎实实工作，平平淡淡过日子。无论他在位还是退休，村里人都十分尊敬他，见面时都亲切地叫声李书记好！转过身，还要加上一句"真是个好人、好党员啊"！

他当村官时到底好到啥程度，我无法说透，但有两件事，村人迄今赞不绝口。1963年，丽园大队因人口变动要调整土地，舅父所在的新湾生产队必须调出一块自留山给邻队。生产队开了两个晚上的社员大会，谁都不愿把自己的山拿出来。舅父知道此事，主动把自家的祖坟山拿出来给邻队了。为这事，李氏家族数落我舅父好些年。舅父说，这种涉及群众切身利益的事，我这个当大队长的不带头吃亏，谁带头？祖宗在天有灵，也会理解我的。

1974年，丽园大队送我表弟永辉去县农校电工技术培训班学习了一个半月，毕业后安排在大队电排站工作。年底，大队一个退伍军人回来后要安排工作，他在部队也学过电工。舅父只好主动做永辉的思想工作，让他回队务农。永辉幼时多病，体虚力弱，干农活经常力不从心，好不容易学到一些电工技术，又叫他让位别人，难免心中纠结，情绪低落。

舅父对他说，我是共产党员、大队长，你是共产党员、大队长的崽，你不把这个岗位让出来，我怎么好叫别人让？表弟说，你是共产党员,就活该我倒霉呀!舅父说,为了新中国,好多共产党员和亲人连脑壳都搬了家,那不是倒了天大的霉!当干部的,宁愿自己和家里倒霉,也不能让群众倒霉!我表弟只好忍气吞声放弃了自己喜爱的工作,回家干起了繁重的农活。自此,表弟一直未能离开黄土地,身体不好,精神郁闷,生活不顺,以致后来服毒自杀。

舅父每每想起此事,心如刀绞,许多次背着人放声恸哭,但他从未怨恨过谁。他何尝不心痛子女?何尝不想做个好父亲?但他更明白共产党的宗旨;更想当个吃亏在前、享受在后,见艰苦就上、见贫困就帮,群众信得过、靠得住的好村官;更懂得只有当了好村官,子女脸上才有光。

舅父家子女较多,基本上没吃过一餐利索饭菜,常常是儿女们饭饱食足后,他上桌把菜碗的剩汤倒进碗里,就是一顿饭。他常说,菜汤米汤营养好,更养人。虽然生活困难,他对儿女们的爱心从不打折扣,而且特别疼我。听我妈说,我小时候爱吃鸡头,却从不主动夹,非要别人夹给我吃,看似讲客气,实乃耍霸气。有次到了舅父家,因为我去讲客气了,鸡头被别人先下手为强,我生闷气,饭都没有吃。后来还有人说我在桌子下打滚。打滚的事我记不得了,脑海里印象最深的是,以后每年去舅父家拜年,他总是先把鸡头夹到我碗里。农村待客,尤其困难年代,最好的菜就是鸡,想吃鸡头的人不少。他的儿女们未必不想吃?只是在舅父美德精神的熏陶下,我的那些老表们都很通情达理,啥事都让着我。可是,同一桌上遇到还有爱吃鸡头的客人尤其是老辈人,可就为难舅父了。记得有一天他从碗里夹出了两个鸡头,我好生奇怪。后来我妈说,为了保证我吃到鸡头,舅父把家里过年那天吃的鸡头特意留下来了。

有一年,舅父家盖房子,我去帮忙当小工。在楼板上铲泥巴时,我不小心踩在门板头上,门板一翘,我连人带门板和一个装泥巴的大木盆从楼上掉到地下,和我同高的门板几乎与我面对面同时落地,木盆摔在旁边。这可把舅父吓傻了,他跑过来连叫了三声"国良",见我还能说话,又把我从头到脚全身摸了一遍。他不相信我没受一点伤。也算我命大,只要那大门板掉在我脚背上,至少脚背骨头断裂。他叫我啥也不要干了,好生休息。我说大家都在忙,休啥息哩。但他决不允许我上楼,只让我在地上干些清理施工场地的零活。

晚饭后,累得腰都直不起来的舅父执意送我回家。我拗不过,只好依了。到了我家门口,我说你累了一整天,就在我家住一个晚上吧。他说明天还要忙呢,哪能睡呵!其实,留他睡也是百分之百的假客气。舅父这辈子总是替别人着想,生怕给别人添麻烦。他无兄无弟,只有我母亲这一个妹妹,却从未在我家睡过一晚。我每次回家探亲,他来我家吃完晚饭聊聊天,天再黑,也要走几里路回家。除了开会,他极少出远门。

舅父晚年身体多病,却仍是全家人的精神支柱,撑起一个传统家庭劳动致富的风帆,激励每个儿女快乐生活的信心。舅母不在,舅父就是家,家就是舅父。舅父一走,家里门上一把锁,儿女们各自回归在外谋生的家中,春节时再也不会团聚在那个没有父母的家了,心中难免苍凉和寂寞。而于我,去舅父家拜年,已成永远的回忆。

家 事 110

还没起床,有个小兄弟打电话来诉苦,说老婆几天都不理他了。昨晚出差回家,满以为可以转危为安。未承想,她脸上依然乌云密布,在饭桌上还下起了阵阵"泪雨"。他端起饭碗怎么也吃不下去。肚子饿,心里憋,一夜未眠,天不亮就想找我聊聊。

接到"报警",我立即询问"案情",其实很简单:夫妻双方家境不好,且有老人癌症缠身,丈夫无固定工作,妻子工资也不高,女儿一岁多了请不到保姆带,妻子忙里忙外,相夫育女,难免心焦。累极了,想骂几句,消消愁,此乃情理之中。可是,同样窝气的丈夫,此时只想得到妻子的关爱,不会为妻子着想。妻子一吵,他便失去理智,对妻子动起了拳脚。虽未流血伤骨,但妻子委屈难消,便打110报警。110一到,问她是把人抓去关起来还是怎么办?她的心却一下子软成了豆腐,猛然摇头,转身关起门来大哭一场。

从此,夫妻感情进入冷战阶段。

于是,110没有解决的问题,落到了我的头上。

近些年来,因丈夫欺侮妻子或妻子背叛丈夫、婆婆太霸道或儿媳太不孝,甚至儿子被爸爸打了想不通,来找我这个"家事

110"的不少。如何处理,还真有点为难。

有天清晨六点二十分,一个上小学的男孩见我起床出操打开门,立马从我家台阶上站起来,朝我大声哭喊:"伯伯,你救救我!你救救我呀!"

我吓了一跳,连忙把他拉进怀里,问他怎么啦?他说爸爸打我。我一听爸爸打他,悬着的心放了下来。我说,带我找你爸说理去。他扭动身子说:"你现在带我去骂他,他会打得更厉害!"我明白他的意思,说我先去出早操,出完操,我再找你爸好好谈谈,让你爸消了气,再送你回去好吗?

早操后,我找孩子的爸问明情况,原来是孩子偷了爸爸口袋里的钱,参与同学的扑克牌赌博。我脱口而出:"该打!"

"打"字刚出口,我即刻意识到,这不是火上浇油吗?哪有我这么做工作的,立马补上一句:"但是,打是解决不了问题的,有些孩子,父母越打,矛盾越激化,他破缸破摔,连家都不回了,大人拿他更没招,必须先从关爱入手,在维护父子亲情的基础上再来严加管教,教育才有效果。"

孩子的父亲频频点头:"首长说得对!首长说得对!"

我说,其实我也没有资格说你,我自己做得也不好。我们这些兵爸爸,大多对子女爱不够,严有余,像带兵一样教孩子,说一不二,令行禁止,肯定不行。

中国有句老话叫"清官难断家务事"。但是,我若不能断好这些家务事,他们又何苦来找我家丑外扬呢?即便"断"不了,我也不能让他们扫兴而归。思来想去,还是要尽到三点责任:第一,不看眼泪和情绪,不分强者和弱者,公正辨判是非,尽量使矛盾双方知其错在哪里,对在何处。第二,不问老少和大小,该表扬的表扬,该批评的批评,直言其过,扬正抑邪。第三,褒贬过后讲道理,将心比心解难题。大凡在家事上处理失当的,不是方法问题,就是心怀问题,要是大家觉悟都很高,能闹得风风雨雨,拳脚相交吗?因此,有些道理不想听也要讲,不是我自作聪明,自作多情,而是他(她)们迷途难返,我要送他(她)们一盏马灯。

有的男人至今还看重拳脚在解决家庭矛盾中的作用,真蠢。他们不想想,拳脚除了打造仇恨,积蓄火山,激发矛盾,还有何用?许多家庭命案,皆因拳脚引起。家庭有了矛盾就动武的人,是最没本事的人。连建设和谐家庭的能力都没有,还能为建设和谐单位、和谐社会、和谐国家做贡献吗?

古人讲,得人心者得天下,这是治国之理。治家,则是得人心者得家庭也,家和万事兴,此乃千古真理。家庭生活也要有理想信念,要有正能量,才能凝聚一家人的心。

还有的男女,一吵架就说要离婚,把离婚挂在嘴上,视为儿戏,从不考虑后果,更不聪明。其一,开口闭口说离婚,离心离德伤人心。俗话说,树怕伤皮,人怕伤心,人心受到伤害,将来很难愈合,感情裂痕多了,爱情必伤元气。其二,谁能担保离婚后会找到更好的配偶,要是再婚后找的还不如前者,岂不后悔死了。因此,结第二次婚的人最喜欢拿现在的爱人与过去的爱人相比较;离婚后再婚的人,离第二次婚的概率在百分之五十以上,有的人甚至一辈子都在演奏"离婚进行曲"。其三,有专家分析,离婚后再婚比未婚青年找对象的难度系数大八倍以上。从婚姻心理学来说,一般人找对象时,都要对离过婚的人打上一个问号,宁愿找死过配偶的人,也不愿找离过婚的人(尽管不少人离婚不是自己的错)。其四,专家还发现,我国大约有七成离婚夫妻离错了,他们完全可以不用离婚解决矛盾。许多人离婚不是因为他们的婚姻到了非离不可的地步,而是因为他们缺少忠诚的爱,总想对方无条件无代价地为自己献出全身心的爱,很少想到自己应为对方献出多少爱。有的人以为,我比你年轻,你要多爱我;我比你漂亮(帅气),你要多爱我;我比你有钱,你要多爱我;我比你能干,你要多爱我……这些想法,统统是错误的!夫妻之爱,必须是无条件、无前提、无代价的。有了条件、前提和代价,必无真爱。

婚姻跟革命一样,需要持久的无条件的忠诚和热情。没有真爱的婚姻是最脆弱的婚姻,遇到矛盾就只会寻找对方的毛病,从不检讨自己的过错,因而无法正确沟通,更找不到婚姻和家庭矛盾的症结。如果有了真爱,有了忠诚,有了批评与自我批评精神,他们的婚姻完全可以维持下去,甚至培养成美满姻缘、恩爱夫妻。

有的男女,在外很注意拉关系,就是搞不好夫妻关系,错!在现实社会,不管搞什么关系,首先要把夫妻关系、家庭关系搞好,夫妻关系都处理不好,两口子经常吵吵闹闹,还能和别人搞好关系,还能把一个单位弄得和谐发展?两口子不和谐的家庭,对儿女的生活和性格生成祸害很大,会使一家老少都没有幸福感,吃得再好也没用,因为大家心气不顺。

因此,我常问那些吵架就说离婚的男女:你们离婚后还想结婚吗?如果想,就暂缓离婚。因为,我担心你们离婚后,不是很难再婚,就是再婚后的生活比现在更糟!找的配偶比以前离掉的那位更不如意!

看 家 狗

又是一个周末。妻儿都去上他们的"班外之班"了。我理所当然成了"看家狗"。

其实,我并不愿意委屈本已十分委屈的自己,总想给自己赏赐一个"留守先生"的美名。然而,我的周末生活真的有点"狗"味。

报纸,我是每天都要看的,先把本周末及看完的报纸浏览一遍。但现在好看的文章总难寻觅。有些新闻,对于报纸来说必须登,不登不行。对于读者来说,实在是浪费——同一条新闻,所有报纸都登,浪费日趋涨价的纸张不说,浪费了读者太多的时光,害得我每条新闻都要去无效地"舔"上一眼,多烦人呀!还有那些臭广告,特别是那些专治性病、肾病、糖尿病、哮喘病、癫痫病的广告满报飞,好像全世界的人都得了疑难杂症,专等他们诊救。有的报纸还比较积德,把所有广告集中在一个版面或两个版面上,想找广告信息的去看就是了。有些报纸太缺德,把各种广告羊拉屎似的满报纸乱撒,存心叫你看报时把人眼睛当狗嘴用,这里嗅嗅,那里舔舔,总也找不到下嘴的地方。

扫荡完了报纸,我想再看看电视剧。遗憾的是,如今许多电视剧本来就胡编乱造,无病呻吟,无事生非,拍得羊拉屎似的松松垮垮,稀稀拉拉,还每天只放一两集,就像我当年拿着肉骨头吊狗的胃口,总使它吃不上,又总让它踮起两条腿在地上渴望、等待。尤其看到每集中间突然冒出一阵广告时,那种心情,好似正欲扒进嘴的饭中发现了蟑螂屎,难受极了。本来有些演员我是蛮喜欢的,可是,当他(她)突然从电视剧中插播的广告里毫不客气、毫不斯文地闪现出来,平素的喜欢劲荡然无存,取而代之的是厌恶。再贱的狗也讨厌在吃食时被骨头卡住喉咙啊!

这几年,我已被电视剧折磨出了"电视更年期",没有电视看的时候很想看,看了又心烦生火,直想骂人。比如,发现某个电视剧里有个把人说话结巴,还觉得逗乐。可是,那么多电视剧里,安排那么多说话结巴的人物,还是生活吗?还有人相信吗?中国有句老话叫"剩饭炒三遍狗都不吃",导演们没听说过?还有那些现代语言特别是网络语言,都用到几十年、几百年甚至几千年前的故事里去了,把观众当猪呀?尤其那个《××团长××团》简直是一群神经病人借着电视发神经。看着看着,我也身不由己地跟着他们神魂颠倒、语无伦次了。

后来,我学精了,不瞎看。待别人看过后,都说好的我再看。

有一天,刘新将军老弟打电话对我说,老哥:有个电视剧我建议你抽时间看看,里面有个人很像你,叫石光荣。周末,我请司机买回碟子,连看数小时,搭上一把泪,也没把我与石光荣对上号。妻子却说,你和石光荣一个性格,一个德行,还对不上号!

后来,同学胡伏安大校来电话说:老徐,还有个电视剧,你也要看看,《亮剑》里的李云龙很像你。我看了,更不像。李云龙的精神和品格是在战火中出生入死锤炼出来的,我可连硝烟都没闻过。没经历战火考验的人,决不能给自己戴高帽。虽然我不像,但我很喜欢这些电视这些人,连看二十小时没上床。妻子说,你看电视也像打仗,连饭都要送到手上。我说,我看电视你支前,一天到晚没少操心,因此,要我像李云龙一样用大炮轰你,很可能做不到。

电视看腻了,上网瞧瞧博客吧。博客上真热闹,热闹得像洗澡堂,形形色色的什么人都有,大大弥补了周末生活的枯燥。只是有的人明明是利用博客倾倒个人生活和心灵的垃圾,却硬要用一张美女照或有点刺激的旧闻当糖衣包裹着抛向人们,就像当年农民炸野狗的山猪炮一样,外面油腻腻、香喷喷,里面包着要命的炸药。太嘴馋的狗很容易上当。上当多了,我也学了一点狗的精灵,这里嗅嗅,那边闻闻,不轻易动嘴,看准了再咬。当然,博客上好东西不少,吃饱了撑着,就要活动活动,我也学着写起了博客。只是我写的东西不咸不淡没调料,也没多少人看,就像小娃儿过家家,自娱自乐。

一段时间下来,我忽然发现有了周末"狗窝"——猫在书房写博客。写累了或思路枯竭时,心一烦,邪念频生:他妈妈的,等退休了,我也要出去过过"真正闲散的生活",先找个包厢唱上一天一夜,再找个牌房打上一天一夜,尔后找个没有任何电话干扰的地方睡上两天两夜,多美呀!

真到退休后,我哪里也不想去了,连家门也不愿出。有开宾馆酒店的朋友、做成了大生意的朋友、当上了大官的朋友请我去度假,我总觉得金窝银窝,不如自家的狗窝。早晨起床,到我的盆景园看看;上午找一本闲书读读;中午把新闻瞧瞧;下午趴在电脑桌前敲敲,写点小闲文,能发就发,发不了自我欣赏;晚饭后,在大院里遛遛,看别人遛狗我遛人;一日三餐,想咋吃就咋弄,"狗窝"的生活真实自在。

遗憾的是,近年身体不佳,几次被迫离开"狗窝"进了"病窝"。我曾决心今年不住医院,后来还是去了。真是志气斗不过运气,精神犟不过身体。在医院里无聊,学着玩起了微信。有了这玩意儿,"狗窝"的日子更充实了。我还编了一段体会:"当病痛撕咬他(她)时,他(她)若还有心玩微信,就是死也会快乐地与世人说声再见,甚至把自己人生的最后'微'出去,然后轻轻将人生的视屏关上。汪汪汪。"

给人一点宽松

去年,有个年轻的病退干部带着新婚妻子,来看望我这个比他晚退几年的老首长。我既感激又心痛。他才四十岁,原本前途无量,因为找了一个在娱乐场所工作过的美女,恋爱三年后,父母还是坚决反对,在他回家探亲时,父母为了阻止他们交往,采取围追堵截,以死相逼,甚至动手打儿子的办法,生生把这个年轻干部逼成了精神病人。

我得知此事后,一方面反复开导他,一方面做其父母的工作。父母却坚持认为,儿子得病不是他们的错,是儿子鬼迷心窍,是儿子不听父母的话。如果儿子听话,他们何必逼他,是儿子逼得他们走投无路,才来硬的。这个干部回部队后,我把他请到家里,找他长谈过多次,也多次送他住过医院,时好时坏,无法正常工作,只好病退回乡,由父母照顾生活。他年纪轻轻,竟成了退休干部,实在令人痛心。好在父母终于给他找到一个称心的妻子,结婚后,病情渐好。此次是专程陪妻子来三亚旅游。我为他能过上正常人的生活而高兴。

他离开我家后,我彻夜难眠,思绪如海。

大约我五岁的时候,母亲为了养鸡改善生活,硬是从我嘴里抠出了十四个鸡蛋,去给母鸡孵小鸡。母鸡不知咋的,孵了半个月后,跑到外面觅食去了,再也不回窝履职。母亲把它抓进窝里,用一个鸡罩罩着,上面还压了两块砖头。罩了也没用,它整天站着,就是不趴下。眼看着蛋里小鸡快出壳了,却活活死掉了,气得母亲眼泪直冒。父亲说:"气什么,母鸡不孵蛋,硬逼也没用。"

从那天起,我幼小的心灵里就朦胧着一个道理:世上许多事情,是逼不成的。

1965年,我以这个逼迫母鸡孵蛋的故事为例,谈了学习领会毛泽东哲学思想中内因与外因、主观与客观问题的体会。后来当上了学习毛主席著作积极分子,大概与善于理论联系实际有关。

人一辈子要成就一番事业,没有压力不行。但是,光有压力而无内在动力,就成了逼,不但无法做成事,反而帮倒忙。有的事眼看要大功告成,一逼,反而前功尽弃。好些人吃了逼的亏,为啥没有吸取教训呢?

其实,那个干部的父母,也是20世纪60年代被双方父母逼着结的婚,到现在还没有磨合好,经常吵架。按理他们对逼婚应该深恶痛绝了。但是,二十多年后,他们又想方设法逼着儿子与相爱了三年的姑娘分手。这种逼人的做法,根源于中国几千年的封建主义思想。当中国特色的社会主义列车已经开进21世纪了,如果还坚守"君要臣死,臣不得不死;父要子亡,子不得不亡""父母命,不可违"的封建伦理,不仅仅是社会的倒退,亦乃人性的倒退,是根本做不到的。做不到的事更要做,只能靠逼。结果总是事与愿违。

当今社会,谁的爱情是逼来的?你以为他们是门当户对,他们就是不对心;你以为他们是男才女貌,他们偏偏貌合神离;你以为他们是狗咬吕洞宾——不识好人心,他们还说你是狗拿耗子——多管闲事。有些人的婚姻,外人认为是鲜花插在牛粪上,野草长在金銮殿,但他们情投意合,心甘情愿。"这就是爱,谁也说不清"。有的爱,原本不是很坚决,甚至犹豫不决,有人硬逼他们散伙,他们反而爱得更坚决,更无退路。这叫歪打正着。

现在做父母的有两大心事:一怕儿女吃不好;二怕儿女读不好。为了儿女读好书,许多父母操碎了心,甚至软劝硬压。为了应对父母的逼迫,许多儿女们伤透了心,以致明斗暗顶。古往今来,读书成才这事也是逼不来的。你别以为把他们送进了最好的学校,请了最好的老师,给了最多的生活费,他们就一定会好好学习,天天向上。读书也和那母鸡孵蛋一样,若自己不想孵,你就是做一个五星级鸡窝,再配上公鸡秘书,它还是不孵。读书不靠压力靠动力。

欧洲有句名言:你可以把马拉到河边,但你没办法强制马去喝水。

中国有句老话:强按牛头不喝水。

这些名言老话说的是一个道理,很多事情靠强制是"制"不成的。

我们那时读书,有的同学交不起学费,被老师赶出教室后,还死皮赖脸站在窗户边听课;下雨天,打着赤脚上学,路上溜滑,摔倒在水田里,一身湿透,爬起来不是回家换衣,而是往学校跑;冬天,地上结冰,摔得头破血流,没谁去包扎,也没谁给你包扎,头上淌着血坚持上课;没有饭吃,每餐吃一个红薯也要读书;星期天生产队和父母要留在家里干活,干完一整天活,晚上走几十里夜路也要赶到学校——任凭学途千难万苦,认准一条路:只有读好书,将来才有饱饭吃;只有读好书,将来才不受穷。如果自己不开窍,不想读书,提供的条件越好,越没有读书的动力——现在已经吃得这么好,穿得这么好,有这么多钱花,还读啥子书嘛?特别是考得不好时,父母越羞辱他们,他们越没有读书兴趣,越不想读。真爱孩子的父母,一定要把威逼换成鼓励,给人一点宽容。

一般来说,就像越肥的母猪越不会下崽一样,越富的人越缺少读书的原动力,硬逼没用。读书的积极性,不能靠逼,要靠熏。要从小点点滴滴熏陶出读书的兴趣,懂得读书的重要。熏陶不是要他们知道"书中自有黄金屋,书中自有颜如玉",至少要让他们明白,不读书,连现在的生活都保不住,连裤子也没有穿的,连饭都吃不上,还有谁不想读书呢?

读完书,参加工作后,有的父母又要逼着儿女们尽快做出成绩,干出事业来,为此还精心设计了进步程序,描绘出了发展蓝图。而实践的结果往往违背常人的思维逻辑:有些在学校成绩一般的同学,走出校门却做出了大成绩,干出了大事业。而在学校成绩优异,大家期望值很高的同学,出了校门却能力庸庸,业绩平平。有个厅里,有三个同班同学。读大学时啥官也没做的当上了厅长,上大学时的学生会主席、团委书记却在他手下当个处长副处长。有个县里,高中毕业没有考上大学的同学,后来当上了县长,而高中时的本班班长、清华大学高才生,后来在县里当局长。听说他当这个局长还是当县长的老同学,给各位副书记和常委们做了工作才提起来的。有个市里,老百姓公认的好官没选上副市长,而德才一般,原本作为差额选举对象的却选上了。这就是社会,就是人生。

自古以来,好人不一定当上官,也不一定能当好官。当官除了能力素质、天时地利人和,还有很多技巧计谋,就是当代人说的权术。一般说来,重能力素质的,往往轻视技巧计谋;而能力素质差的,若是再不下苦功钻研技巧计谋,还有什么盼头,这叫公鸡不拉尿，各有各的道。许多时候，能力素质赢不了技巧计谋，技巧计谋运用得好就成了"能力素质"，或者叫作"综合素质"。

现代人的工作压力太大，不仅父母亲人逼，自己也在逼自己。理想与现实不相符时，压力越大，越容易"爆胎"，别说进步了，弄不好还要翻车出事故。无论素质如何，业绩如何，还是顺其自然的好。顺其自然，生活得自然；硬要死抗自然，会弄得到处不自然。我认为，内心和谐天地宽，心中日夜有太阳。一个人只要心中充满阳光，天黑人心不会黑，总是朝着光明走。如果内心黑暗，天再亮也会走进人生的死胡同。

有些单位领导，总想逼着部下按自己的意志做人做事。因为当今的许多单位还是权大于法，部下生怕好汉吃了眼前亏，不敢明抗。不反抗不等于忠诚，有人表面上忠诚，恰恰是另一种形式的反抗。当领导的一定要把给人一点宽容当作真正的民主，当作真爱部下的行动。领导开会训话时，为啥那么多人打瞌睡，因为好多人是被迫来开会的，人来了耳朵没来，心没来，就是不睡也会想别的事去了。

一个单位人心不顺，就像人得了脑血栓，千万别以为是小事，压力太大，血管就会爆裂，要想办法找到栓点，溶解它。当然，栓塞人心的栓点不好溶解，这就要做思想工作。有的思想工作难见成效，与做思想工作的人自己思想不解放，方法太陈旧有关。当然，有的领导不喜欢动脑筋，从来没有自己的思想，只能当鹦鹉，那还解放什么思想？必须加强学习，提高做思想工作的能力素质。不能以己昏昏，使人昭昭。

构建和谐社会，就是为社会减压，为老百姓减压，创造顺人心、得人心、暖人心的环境。当今世界，为何只有咱们中国最安稳？构建和谐社会，发展和谐经济，让老百姓过上幸福和谐的生活是根本。虽然这种宝贵做法来得迟了一点,正因为来之不易,更应珍惜好运用好。最近,三亚有个叫马宪泉的企业家,在中国首创了"五和"文化,还写了一本《老马的五和梦》,其核心就是弘扬一种"人心和善、家庭和睦、社会和谐、世界和平、天人和合"的理念,让人们心和气顺地干事业、过日子,值得好好学习。

二、爱及故乡故土

风 水 无 价

好些人说我老家屋场的风水好。有人上门要买下。实际是想买下这屋场的风水。

他说,你开个价,我不还价。

我说,无价。他把眼睛瞪得牛大。

我说,你听我讲完故事再估价。他的嘴巴乐成了南瓜花。

千百年来,我故乡村民的屋场大都坐北朝南,前低后高,林抱池拥。虽无法按风水先生的要求左青龙右白虎、前朱雀后玄武建房,但也没谁敢违乡风民俗。近些年,虽然村民建房有些悖了祖宗规矩,但那些新式楼房也绝无兀立秃岭,坐南朝北的。

我家原本没有屋场。父母结婚时,是借用已过继的叔祖父家的牛栏,收拾干净撒上石灰后做的新房。土改时,虽然分到一间房子,也是一富家大院的库房。进出无路,抬脚要从邻居家里打穿插,害得人家没有半点私密感。这仅有的一间房,前打灶,后搭铺;灶上做饭,满屋生烟,殃及四邻。后来,父亲硬是将库房的北墙打出一个洞来安上门,让我家总算见到了阳光。只是那门口长年朝北,从未见过日出日落。在风水上,它只能叫后门。可我家没有前门,它便成了名副其实的"后正门"。

1968年,大屋场上要建村小学,大院的各家各户也要自立门户,养猪种菜,发展庭院经济,都将属于自家的房子撤走另建了。剩下我家那间库房像个截去了双臂的瘦骨嶙峋的弃儿,孤苦伶仃地站在一堆残砖碎瓦中瑟瑟发抖——再不挪窝,失去了前后左右支撑的这间旧房独宅必倒无疑!父母一商量,好歹建一栋新房吧。

我家缺劳力,又是个超支"专业户",在生产队和公社信用社欠了一屁股债,不敢奢望好的风水屋场,只能将新屋场就近安在菜园边上的茅草地里。这里挑砖搬瓦近,省工、省力、省钱。只是这茅草地上有座野坟,不知何年何月葬的何人。虽然坟头早已塌陷,作为坟的记忆,仍然残留在村民心中。坟地作屋场,乃风水大忌。许是人太穷时忌也少,安生为大,父母假装没看见,邻居也不想说破。那年头,哪管风水不风水,能找个地方安身就行。立冬刚过,亲朋好友来帮忙,只花了三天工夫二十四块钱,一栋一正间带一偏屋,俗称"猫屁股"的半草半瓦泥砖房,便怯生生地站立在这片黄土地上。

房虽盖好了,遗憾的是屋场先天不足。屋后是片撂荒多年的茅草坡,坡上散落着几座半凹半凸的无名墓;房前是一条长满荆棘的一人高的土坎。由于省却了挖屋场地基的功夫,连禾场也没有,出门就得"披荆斩棘"。左右全是只长狗尾巴草不长庄稼的黄土地。黄土坎下有个饮水用的浅水坑,浑黄的水面漂浮着猪血干似的泥苔,舀到碗里看不见碗底。

冬天,尖厉的北风满屋子乱窜,母亲用草把子塞住墙头缝隙也无济于事,钻进被窝还透心凉。该死的乌鸦倒不怕冷,有事无事总喜欢在屋顶上嚎几嗓子。在我们家乡,乌鸦整天围着叫是不吉利的,但我们奈何不了这些畜生,只能听天由命。夏天,因房子四周没有大树遮荫,烈日晒得黄土上的热气直往屋里钻,躺在地上还像睡蒸笼。调皮的麻雀子倒不嫌热,常在屋檐下一边扭秧歌,一边叽叽喳喳疯个没消停,使人倍觉心烦。越烦越热,越热越睡不着。

更倒霉的是,我家搬到新屋场后,养猪猪瘟,住人人病,欠债日积月累,到1971年底竟欠下了五百多元。邻居彭爷爷多次对我说:"良妹子,你这一世账都还不清呢,还想讨堂客呀!"我们家乡喜欢把男孩叫成女孩名,我当师级干部后,还有人这么叫。听了他这番话,我也有点"人穷怪屋场"了,觉得这屋场的风水太坑人。

我父亲不信邪:"哪个屋场不是人造的,栽好树木,填好禾场,风水不就好了?谁说我找不到儿媳妇?呸!我还要找孙媳妇哩!"那年正月初二,他一大早出门挖了几根楠竹,砍掉竹尾巴,一字儿排着栽在屋后。按老辈人留下的乡俗,栽楠竹时,要带个小孩去,把小孩打得哭一场。不哭,楠竹是不会活的。父亲疼女儿,没有打妹妹。我担心楠竹不会活。但我做梦都想它们能活一棵。因为楠竹的繁殖力强,活一棵就会"无数春笋满林生"。每天早晚,我都要端一盆洗脸水或洗脚水去浇一遍。

第二年春天,我家屋后羞答答地生出了几根竹笋。虽然那笋单瘦得不敢跟蜡烛比大小,也总算给我家屋场添了一点"风水"。自那笋生出以后,每年正月初二去叔爷、外公家拜年,我们父子必定拐弯折路,翻山越岭寻些树苗往屋场上栽。第一年栽不活,第二年补栽;第二年缺苗的,第三年再栽。正北角栽上了两排挡风的蜡树和杉树;东北角栽上了几束打凉席用的水竹和椿树;房前的禾场上栽了几棵松柏树;屋场左前方的菜地里栽了十多棵蜜橘、李子、枇杷、柑子等果树。晚上收工回来,即便肚子饿得咕噜响,全家人也要先围着屋场给树苗浇水施肥后再上饭桌。几年工夫,树成林了、竹成片了、果满园了。那年春天,我学着叔伯们的嫁接方法,将一棵毛桃子的树枝锯掉,嫁接了梅子树枝。到夏天,果真接活了。梅树枝凭借桃树蔸提供的充足营养,一年蹿出三尺高。从这时起,父亲默认我已经成为真正的庄稼汉了。

1972年冬,我入伍来到海南五指山,看到宝岛林葱果硕,四季如春的景象,常常联想到家乡那万木肃杀的冬天,联想到我家屋场上那些松、竹、果树。每天洗完脸,我总习惯地把洗脸水往营区的椰子、槟榔树蔸上浇。每次收到父母的来信,他们在信中都要说起我家屋场的树高了、竹粗了、桃树开花了、梅李结果了……

入伍的第三年,母亲给我寄来了一包酸梅干,还特意请人写信告诉我:这些梅干是我那年嫁接的梅树结的果;村里有些大肚子媳妇们想吃梅子没处买,就到我家来摘梅子;幸亏我嫁接了这棵梅树,给村里留下了种,常有人讨些枝芽去嫁接……看到这封信,我心里也像吃了梅子一样,酸甜酸甜的。

穿了五年军装,我终于有了第一次探亲的机会。越往家里走,心跳得越快。真到了家门前,却不敢认自家的屋场。只见那白雪皑皑的村坳上升腾着一片绿雾:墨绿的橘树、松柏;深绿的杉树、蜡树;翠绿的楠竹、水竹……遮天蔽日。绿雾中若隐若现地闪烁着玻璃瓦的反光之处,便是我家屋场。

离家五年,家乡变了模样,我家屋场更是旧貌换新颜,尤其那挺拔的楠竹,把我家屋舍遮蔽得像个"犹抱琵琶半遮面"的村姑。我目睹这片竹林,立马想起了郑板桥的诗:"我有心中十万竿,一时飞作淋漓墨。为凤为龙上九天,染遍云霞看新绿。"

穿过竹林,我径直往菜园走去。十多棵桃树、梨树已经落叶,壮壮实实地挺立着。几十棵矮小却规规矩矩点缀在菜园里的蜜橘树,散发出浓浓的橘香味。母亲告诉我,这些橘树是去年新栽的,我入伍那年栽的被"割尾巴"的挖走了……在屋场前边的土坎下,父母挖了一眼水井。我探头朝井里望去,井水清澈如镜,满满当当。我捧一口下肚,从舌根清甜到心头。

走进家门一看,这屋全变了。"猫屁股"改成了横屋,正房旁边新盖了一间堂屋。晚上,父亲趁着酒兴,指着屋顶眉飞色舞地侃开了:"这间横屋的大梁就是你那年种的椿树,斗着北风长大的,做梁不闪一点;那间堂屋上几根得力檩子,也是从屋场上砍的;今年底,我还要从菜园边上砍下几根杉树,风干后换下屋顶上的楠竹……"多嘴的小妹插了一句嘴:"现在你真的不怕儿媳妇不上门了。"

第二天早晨,因为旅途疲劳,我起床迟了。蒙眬中,被清脆的歌声拖出梦境。睁眼一看,喜鹊子在窗前杉树上拍翅晃头,载歌载舞。因为我家盖了瓦房,早已屈蹲竹林的麻雀子见我回来,似有满腹心事倾吐,大清早就在屋后竹林七嘴八舌了。还有那些八哥、红嘴鹊、画眉,忸怩着身姿在梅李桃树上嬉戏。真是屋场有绿荫,百鸟来相亲。至于我那位贤妻,当年是否为绿色屋场所吸引,难以断言。不过,听说她来我家看人家的那天,还没进门就闪进了屋场后的翠绿丛中。

一晃又是几年不回故里。去年春节我携妻小还乡。凡来家里看望我的乡亲,都夸我家屋场的风水好:"这屋场出了竹木,出了水果,出了一井好水,出了人缘,出了人才,好风水啊!""这屋场绿荫环抱,冬暖夏凉,人住能延年益寿,养牲口能六畜兴旺,真有灵气呀。"

父亲也按捺不住心头的喜悦,指着屋场周围绿茸茸的果树竹林,如数家珍:去年这屋场上的桃、梅、橘、李等水果和楠竹卖了一千多块钱;松柏树被一建筑单位相中,买走两棵装门面去了;这些果木不仅给家里增加了财富,还给乡邻们送去了不少口福;果熟时节来看望我们的亲戚朋友也多了。有两个篾匠路过我家屋场,看到一片竹林,顿发感慨,说不打点竹器太可惜了。硬要便宜点为我家加工竹货。父母一高兴,给每个儿女做了一套竹制桌椅板凳,打了一床凉席。

饱食一顿父母为我们收藏的蜜橘之后,母亲叫我去看猪。她凑近我耳根压低了笑声:"如今屋场养猪喂鸡都走运了。这几年,年年卖猪都有这个数。"她高高扬起双手,还美滋滋地告诉我,有人见我们兄妹都吃了国家粮,只剩下两老在家种田作土,劝我父母跟儿女享福去,高价买下我家这"风水屋场",我父亲头一扭:"什么风水不风水,要得好风水,你们自己植树造林去!"

鲜活的祖坟

自古忠孝难两全,我也不能例外。当兵离家四十多年,从未回家为祖宗扫过墓。前些年,一家人为官为民,风来雨去,有得有失,心烦时,也瞎猜过命运之事。妻经不起诱惑,曾让人算过一次命。那算命先生问罢生辰八字,微掀眼帘,略观手纹,轻闭双目,滔滔神侃。他先是说我妻命好、财好、福气好。而后观我妻面,竟然能断我命运仕途,尤其强调"你男人家的祖坟埋得好,有机会我要去会会他"。

妻子回来在我耳边嘀咕算命先生的"金口玉言",我不相信算命,却下意识地想到了祖坟。从前,日子过得清苦,活人的肚皮都常年凹瘪不起,哪有心思去管死人的坟墓。从戎后军务太忙,难得回乡,从未动过祭祖心思,没有拜过祖宗,故不知徐家祖坟在哪儿。

第二年春节回乡探亲。眼见前村后湾的乡邻鸣炮烧香,整修祖坟,甚是热闹,我也想瞧瞧徐家的祖坟。父亲说:"应该去看看,只是路程太远,改天再去吧。"说完,他似有难言之隐,叹了一口气,转身忙别的事去了。

腊月二十五,全家去给姨祖母过七十岁生日,父亲买了一盒仟响爆竹,顺路带着我和妻儿去祭祖。一路上,我美妙地想象着徐家祖坟的模样：一个个直径三米以上的椭圆的土堆，周围挺立着苍劲的松树，树下有青灰色的石碑，碑上镌刻着祖宗的生辰忌日……

我们从一条二级公路下去三百多米，到了一个叫徐家湾的小村。此村有十来户人家。父亲指着村西土坎下一处依稀可辨的旧屋场说，1947年前我家就住在这里，那时村里多数村民姓徐，后因天灾人祸，全都离乡背井逃荒去了。现今的徐家湾名不副实，没有一户姓徐的做种。村上西南方向有座老牛卧地似的小山，我父亲的爷爷和爷爷的父亲就安葬在山东面的半坡上。这山显然被移山造地学大寨运动"雕刻"过，圈圈梯田从"牛"脊上盘旋而下，远看像老家的搓衣板，近看像老母猪的额头。

老父带着我们环坡转了三圈，没有一个墓冢，更无墓碑、墓志铭可鉴。最后，父亲在一棵碗口粗的杉树下停住脚步说："其他祖宗坟墓的位置我记不清了，但记得我爷爷好像就葬在这里！"他恭恭敬敬地把鞭炮挂在树杈上，单腿跪下，侧着身子用烟头去点火，触了半天不见冒烟。他平时不抽烟，怀疑烟头火力不旺，把烟屁股放进嘴巴使劲吸了几口。他看到烟头燃旺后，又朝鞭炮引信挨去。鞭炮突然噼里啪啦炸响，父亲来不及起身，慌忙向后踉跄几步。虽未炸伤眼睛，裤子上留下一片鼓钉似的小洞。

父亲心痛地拍了拍裤腿，自言自语连说了好几声"愧对祖宗，愧对祖宗"，便虔诚地跪下来，朝着那棵杉树作了三个揖。他作完揖后，见我和妻儿没动，回头瞪了我们一眼。我这才灵醒过来，赶忙下跪磕头。可是，这棵杉树下除了一片鲜活葱绿的杉树、樟树苗和野草在北风中慵懒地摇动，并无半点突兀之处，何以证明祖宗坟茔就在树下？

我心中好生困惑:干吗要给一棵树磕头作揖呢?

父亲看出了我的心思。回家的路上,他心情沉重、忏悔不已地给我说起了祖坟的遭遇。上世纪六十年代,老家新湾大队要将这座山头开荒造田,恰好徐家祖宗墓地划在梯田垄中,大队捎信叫我家移坟。父亲当时在修水利的工地上,无法请假。于是,轰轰隆隆的拖拉机声推去了徐家祖坟留在地面的那些凹凸痕迹,以及在子孙心中的尊严。其实,我们老徐家的祖坟从来就没有享受过传统的伦理尊严。从天祖父那辈起,就穷得在方圆几十里出了大名。祖宗故去,都是草草下葬,没啥响动,甚至连墓碑也没给谁立过。

我曾祖父有我爷爷等四个儿子、我父亲等十一个孙子、我等十多个曾孙,三四代人中,三四十年内,没有一个子孙去祭扫过祖坟。逢年过节,也无子孙给祖坟锄草培土,任凭坟顶塌凹,以致后来连祖坟的位置都无法确认。现在回想起来,不全是徐家子孙不孝,除了离乡背井在外地谋生外,实在是穷得拿不出上坟凭吊的祀物,不愿让先人看到后辈还在受穷,让他们在地下操心忧虑。好在村人念及徐家有后,在被夷平了的我曾祖父的墓地栽了棵杉树,算是个标志。至于太爷爷以上的宗祖坟墓,早已了无痕迹。

八九十年代,人们普遍有了点钱,不少地方兴起了修坟建墓热,父亲和几个堂叔开了一台手扶拖拉机,荷锄持镐去修祖坟。到了那片山坡一看,层层梯田,处处新绿,从前乡亲栽种的杉树早已砍伐,且整座山头全是杉树和樟树,祖坟何处,实在无法确定。几个兄弟一商量:既然找不准墓穴,还是不修为好。倘若不是祖宗安歇之处,瞎堆两个土包供子孙谒拜,岂不滑稽可笑。要是把坟墓修在别人祖宗的墓穴上,我们徐姓子孙年年给他人的宗祖磕头烧香,更会让人笑掉大牙。

听完父亲关于祖坟的故事,我后悔不迭:前些年里,为什么不去给祖宗上坟磕头、焚香烧纸?仅仅是因为穷,因为在外当兵,因为没有一座黄土堆积的圆锥形墓冢和高大的墓碑吗?

著名作家陈世旭曾一针见血地指出:近些年,"风水"似乎成了显学,各路风水大师粉墨登场。许多人给逝者选择风水宝地下葬,无非是想借死者下葬地地下的所谓地气,保佑死者的后人,"气感而应,鬼福及人"。其实,风水无关祸福,讲风水的人借亲人的遗体谋利,本身就是不孝。即使有青龙白虎之神,也不会保佑他们。我们活着的人过日子,只要行善戒恶,好好做人做事,大可不必绞尽脑汁谋求所谓的风水,积德就是积风水。此时,我想起那位算命先生的"金口",灵台透亮,豁然顿悟:我家的祖坟为啥好,好就好在它们过去虽曾挤穴占地,如今却已了无痕迹隐入绿色故土,不仅为家乡贡献了一点可用之地,还免除了焚香烧钱放鞭炮造成的污染,呵护了一片蓝天,一块净土。对于我们泱泱大国来说,徐家祖宗的这点贡献实在微不足道。但这无数微不足道之和,不正是今天人类赖以生存的大地和宇宙的迫切需要吗?现在,国家强盛,家乡富裕,山河秀丽,天人和合,我们徐家子孙哪能不沾光享福呢?

后来,我看到我们烧香磕头的那片地上树叶和杂草还是嫩绿鲜活的,心中不禁有了疑问,说给父亲听:时令已是隆冬季节,为何这块地方还是绿色的?父亲一拍大腿,热泪盈眶:"是啊,这是祖宗的灵气所赐啊!"我环顾四周,看了看地形地貌说,可能是这片地向阳、暖和、水肥富足的缘故吧。父亲坚定地认为:"那也是祖宗福荫的结果呀!"瞧父亲一脸阳光,仿佛祖宗真的葬了风水宝地,虽然无坟可祭,但在他指定的墓地上,能看到冬天里的绿色与鲜活,倒也是一种超然的安慰。

前年,有人对我说,老祖宗你管不了,祖父祖母的墓冢还是要修整一下的,至少要立块像样的墓碑。因为我家太穷,祖母1946年去世时,借了人家几块薄板做棺材,挖个浅坑下葬的,以致后来水土流失,祖母的骸骨暴晒地面,被好心人拾起重新埋进地里。祖父1959年病逝在饥荒的三年自然灾害时期,墓坑挖在坡底坎边,下葬几个月坟墓就塌陷了。为二老修整墓冢,完全是情理之中。这些年,我家也曾多次请人往坟上堆土。我只是担心,如果现在轰轰烈烈地去打扰在凡土俗地里安歇了半个多世纪的祖父祖母,他们未必高兴。就像有的老人坐了一辈子牛车马车和拖拉机,觉得很舒服,坐进小卧车反而晕车呕吐;有的人喝惯了乡里酿造的土酒,猛地喝下昂贵的瓶装酒,特别是洋酒,反而难受一样,修个豪华墓冢,不一定符合过了一辈子清苦日子的祖父祖母的心愿。加上他们的坟墓周围早已翠竹葱葱,橘树郁郁,不如让他们在这绿天绿地里呼吸清新空气,不受打扰的好。

如今,每当有人问起我的祖坟,我眼前总是浮现出那些鲜活的树、鲜活的草、鲜活的山、鲜活的庄稼和鲜活的祖坟——在那鲜活的世界里,我仿佛看到了老祖宗们艰苦劳作的身影,我仿佛听到了老祖宗们地头歇息的咳嗽声。

烧情的湘菜

我是湘人,但过去曾多次规劝他人:有钱莫吃湘菜。

为啥?首先缘于中华名菜谱系里唯有湘菜最辣,令我肠胃难以承受。在中学时代我经年吃着自带的辣椒干菜,辣进辣出两头受罪,落下了肠胃毛病。其次,多数湘菜既咸又干,每每食后,口干舌燥,火旺心烦,喝水很多,腹中响鼓。最后,因我肝火旺、咽喉有炎症,吃辣菜易上火,烂嘴难愈,咳嗽不止。所以,每次因为应酬不得不走进湘菜馆时,总有一种"舍生取义""英勇壮烈"之感。另外,开湘菜馆的多为小老板,本钱不大,获利不多,卖一桌湘菜不如卖一只龙虾的利润多,交租纳税,所剩无几,自然难得打折。这便得罪了习惯于打折的工薪阶层,实乃无奈。于是,我常劝请客的朋友,有钱莫去湘菜馆。

然而,近些年我对湘菜的情感却在悄然恢复、升温。连那些过去知道我闻见湘菜便皱眉头的老朋友,都不敢相信我对湘菜有了感情,觉得蹊跷。我自己也觉得蛮好笑的,这人世间的爱厌怎能如此容易转化?仔细揣摩,又觉得势在必行——

中国有句老话叫"树高千丈,落叶归根"。我对这句话的理解是"人到暮年,渴望故乡"。不仅渴望人归故里,更渴望魂归故土。这个魂,就是越上年纪,对故乡的风俗人情愈加怀念,当

二、爱及故乡故土

然也包括乡菜。我离湘上岛已有四十余年,"湘"音未改鬓毛衰。现在我去湘菜馆,就是为了聆听乡音、遥望乡土、记住乡愁、回首故乡那段诞生和养育了我的艰难岁月。

每次走进湘菜馆,我都带着深沉的记忆寻觅儿时赖以充饥的野菜:野菌子、地木耳、蒿秆、蓼根、芦笋、黄瓜皮、西瓜皮、藜蒿饼、野蒜饼、藕根饼、藕丸子……可是,每次都令我感叹曾经沧海难为水。

尽管我当兵以后,再也不需那些野菜充饥抗饿了,尽管现在的年轻人,没有经历过那个饥肠辘辘的年代,但我们现代人的生活实在需要经常回味过去的饥饿来制造现在的饥饿感,回归本真,力戒侈靡,振奋食欲,补充精神。每当我目睹那几千上万元一桌的山珍海味吃不完白白浪费时,脑子里立刻浮现那天放学回家,在生产队食堂没有吃到晚饭的情景。本来已常年饥饿又两餐没吃饭的我,饿得浑身冒虚汗,坐在食堂门口怎么也爬不起来,幸亏邻居王奶奶从衣兜里掏出半个带着汗味儿的野薤子糠饼,才使我没有饿晕。现今宾馆酒店里的那些香菜、大蒜、大葱,已经足够香了,我总觉得没有当年那糠饼里的薤头香,总觉得吃不出当年那股薤头的香味来。

有些湘菜,虽是名菜,我从来不点,铁板鳝鱼就是其一。1960年7月的一天,由于我在"双抢"农忙中抱禾拖草表现积极,被生产队安排在食堂吃"光荣席"。所谓"光荣席",除了一碟辣椒、一碟豆角、一碗南瓜之外,多了一碗鳝鱼。鳝鱼是从稻田里捡的、被石灰水烧死的。大的剁成两三截,小的连肚也没破,直溜溜一条。那碗鳝鱼刚端上桌,八双筷子便乱箭穿靶似的射了过去。我夹到了一条蛔虫般大小的鳝鱼。由于在石灰水里泡的时间较长,肉色灰白,味道发臭。但在那个饥饿年代,能入口的东西都弥足珍贵,何况鳝鱼是难得的荤菜,一种强烈的食荤欲和馋劲驱使我没有嚼两口就囫囵吞了下去。那条小鳝鱼的头刚抵达我的喉头,仿佛活过来了,顺着食管,直溜溜向我腹中滑去。由于鳝鱼的表皮腐烂得太厉害,在滑行过程中被食管磨碎了,一股浓烈的腐肉味从喉中嗝了出来,熏得我直呕。呕出好几口饭菜,却没呕出那条小鳝鱼。那蛔虫大小的体形,苍白的颜色,奇臭的味儿,骤然令我联想到小时候从屁眼里跑出来的蛔虫,恶心之极,无法言表。数月后,仿佛那"蛔虫"还在食道爬行,臭味还在喉中涌动。从此我再也不吃鳝鱼了。

虽然不吃鳝鱼,每当我走进湘菜馆,像是走进了洞庭湖旁清馨的莲塘、走进雪峰山下古朴的农家,亲情扑面而来。吃湘菜,既有蛮好的送饭功能,又能在嘴上肚里打下烙印,还能省钱,是最经济的消费之处。那些叫"湖南人""爱晚亭""红太阳"和"毛家"的店名,时常诱惑得湘男湘女脚板发痒,行由心生,流连忘返。尤其那些因职责规矩难得回湘探亲的公务员和常年在外漂泊的创业者、打工者,去趟湘菜馆成了领略乡味、燃烧乡情的自然通道。许多餐饮老板正是看准了这点,在全世界打造出了一条湘菜之路,哪里有中国人,哪里就有湘菜馆,在美国、英国、法国、俄罗斯、土耳其甚至芬兰小镇库萨莫随处可见湘菜馆。

现在许多开湘菜馆的不是湘人,既体现了湘人的包容性,也体现了湘菜的包容性。三亚的"爱晚亭"就是江苏人开的,二十多年红红火火。既烧了湘人的钱,也燃了湘人的情。好些人好些时候原本不打算吃湘菜的,一看到"爱晚亭"三个毛体字,两脚就不由自主地去寻"爱"了。只是现今的湘菜,日渐缺少湘味,倒像是湘菜厂一个模板制作出来的。尤其许多特色湘菜,如藕丸子、红曲鱼、霉豆渣等越来越难得品尝。正因为如此,"爱晚亭""红太阳"等酒店都在"与时俱退",千方百计挖掘陈年岁月的老湘菜。

我总觉得,去湘菜馆吃饭是小事,叙说乡情机会难得。在湘菜馆里,平时关系拘谨的上下级,贫富差异的同学、朋友,湘菜一尝,酒杯一端,篱笆尽扫,直叙心声,互道苦甜。那些家长里短的烦忧,社会不公的愤慨,会场上不便说的真话,全在桌上端了出来、喷了出来。年长的到了饭饱酒足,难免摆出长辈的架势,教诲晚辈要如何做人做事。晚辈们不管想不想听,都会做出洗耳恭听的样子,以示对长辈的尊敬。有些酒桌之言,比如有个老同志说,湖南人老乡观念不重,更不会拉帮结派,曾国藩、毛泽东就带了个好头,当年曾国藩若与左宗棠结盟起兵,早把清皇朝推翻了。可惜,他们非但没有结盟,还结下了梁子。像"文革"中那样,把几乎所有的湘籍开国元勋统统整倒的做法,更令人寒心!政治家要讲公私分明、六亲不认,但不能过了头。乍听有点信口开河,仔细品味,浓烈着正能量,燃烧着真性情。

湘人无论老少,酒喝到深处,爱上"政治"这道菜的习俗犹在,总喜欢谈论时事、国事、政事。饭桌上不谈党国的时候甚少,也很少不发生争论的,仿佛人人都有责任担当、忧国忧民。湘人太争强好胜、太爱"霸蛮"、太喜欢政治,时常赢在嘴上,输在命上;打江山时英勇,坐江山时"皮影"。好在常常有"酒鬼""酒神"出面和稀泥,到底是争得面红耳赤,还是醉得面若桃花,旁人无从知晓。

现在的三亚成了候鸟城市,祖籍湘楚的亲朋好友从五湖四海汇聚天涯海角过年过节时,去湘菜馆成了重要的团聚方式,花销不多,亲情倍增。那红辣椒炒鱼子的火辣味,呛得身子一抖一抖的;剁辣椒蒸鱼头的酸辣味,辣得眼睛一眨一眨的;白辣椒炒腊肉的干辣味,辣得嘴巴一唰一唰的……大家总觉得只有这样才过瘾,才真叫"湘"到五脏六腑,"湘"及每个毛孔。连那些并非湘籍的吃腻了山珍海味的帅哥靓妹,那些下海劳碌奔波、疲惫不堪的打工仔,那些"受寒"多年的土豪老总们,也常到湘菜馆去换换口味,补充一点冒热汗、防感冒、烧激情的能量。

许多中外客人走出湘菜馆时,常常咂巴着嘴说:"今天花钱又少,吃得真饱!"

蜡 树 炮

不知何时兴起的规矩,故乡人过年总离不开鞭炮。从腊月廿四开始就爆竹声声闹山村——杀年猪要放鞭炮,祭祖要放鞭炮,吃年饭要放鞭炮,大年初一清早开门要放鞭炮,郎们女婿来拜年要放鞭炮,贵客进出门时还要放鞭炮……有时,放鞭炮比吃饭还紧要。

不过,真到了连饭都吃不饱的年月,就是有天大的鞭炮情结,也没有心思和余钱买鞭炮了。上世纪50年代,我家每年过年都要买一盒鞭炮回来,剪成三段,分别在吃年饭时、大年初一早晨和正月十五放。由于家乡的春天特潮湿,挨到正月十五,那几个鞭炮早没了脾气,连放屁的声响都不如。到了60年代,家里穷得连几毛钱的鞭炮也买不起了。有个年三十晚上,父亲叹了一口气,突然高兴得打起哈哈来:"有办法了!"——父亲想起了爷爷曾经教他放过的蜡树炮。

我的家乡有种奇特的树:木质坚韧结实可做扁担,树叶椭圆肥厚可以吹奏,四季常青冰冻不衰,既能够寄生蜡虫生长白蜡,又能种在屋场上遮风挡雨的树,乡里人叫它蜡树。更有趣的是,砍根新鲜蜡树枝往火上一架,蜡树叶被烧烤发热后立即膨胀、鼓泡、炸裂,发出"噼噼啪啪"的响声,极像鞭炮的爆炸声。

从此，每年除夕早晨，父亲从猪圈上取下一捆稻草，砍来一堆蜡树枝，右手朝我一挥："放鞭炮的事交给你了。"我明明晓得用蜡树叶当鞭炮炸，是讨饭的唱戏——穷快乐，但父亲的信任和蜡树炮声的诱惑，驱使我把这事当作光荣任务受领下来并认真执行。

每年年饭还没有端上桌，我唯恐邻居家的爆竹响早了，分不清哪个是我家蜡树炮的响声，便迫不及待地把稻草点着，将蜡树枝架上去。噼噼啪啪的蜡树炮声，炸得满天脆响。炸瑞雪，炸丰年，炸得远近山村回鸣激荡。蜡树炮声一响，全家人都放下手头活计，从屋里跑出来，围着火堆观赏聆听。五保户刘三爹看见我放蜡树炮，捋了一把胡子说："鞭炮哪有这响声匀称、清脆，老天爷听了都会发善心，让穷人过上好日子。"只是每当父亲找到那个缺口的青花陶瓷酒杯倒满白酒（没酒的时候以水代酒），准备朝门口作揖时，我的蜡树炮早已烧完，稻草火也濒临熄灭。父亲脸上掠过一丝不悦，但年三十不便发火，很快又自我安慰说："什么时候放都一样，只要心意到了就行。"说着朝地上倒下一杯酒，祭拜过天地祖宗后，呼唤全家老小上桌去了。

正月初一早晨，哪怕漫天风雪，我都起得很早，匆匆忙忙给父母拜过年后，就烧蜡树炮去了。先在堂屋门前烧两枝，说是拜天地；后在猪圈伙房门口烧两枝，说是拜灶神；最后在菜园边烧两枝，说是拜财神。剩下的本应放在路口，等来拜年的姑姑姑父进家门时烧，可我总觉得还没过够瘾，寻找各种可拜的借口烧起来，直熏得眼泪直流，脸上满是被汗水黏着的黑乎乎的草木灰方才罢休。至于拜的那些神呀仙呀，是个什么模样，为什么要拜，我一概不懂，我更不知晓能否炸出梦想的日子，我只图心里高兴，能过够鞭炮瘾就行。

为了绿化屋场,也为了储备充足的蜡树炮源,每年从正月初二开始,我和父亲就忙着在屋场上种蜡树苗。直到现在我家屋场还有几棵蜡树。

1971年过年那天,父亲硬着头皮买了一盒仟响浏阳爆竹。吃年饭时,我刚准备点着,父亲猛地吹灭了我手上的火柴:"慢慢——慢,快快——快剪成三截,留一截初一早晨放,留一截你老表们来拜年时放,一次放完太糟蹋了。"我刚剪完,母亲从灶屋赶出来:"一挂鞭子剪成几截放,不吉利,要不得!"父亲不再吭声,我又把剪断的鞭子丢在一起放了。父亲眼睁睁盯着最后一个爆竹炸完,好生遗憾地摇了摇头:"那明天早晨,你还是放蜡树炮吧。"

我心里清楚,从前我家也把一串鞭炮剪成三截放过,为啥母亲没说不吉利,现在日子好过一点,母亲心中便有了"吉利"意识。其实,就是日子再好过,父亲也是个宁愿烧蜡树炮,不想花钱买鞭炮的人,他节约抠门儿了一世。

第二天一早,父亲叫我砍点蜡树枝到菜地炸一炸,我没有遵令。因除夕夜我看书到鸡叫三遍才睡,实在太困。说了一声头痛,翻个身又睡着了。父亲是否在菜地烧了蜡树炮,我没听见。吃午饭时,瞧他那脸色,似有儿大爹难当的味道。我想,到来年春节一定要好好烧堆蜡树炮,让父亲高兴一把。

没料到,那年年底我居然当上了兵,一走就是几十年。这些年月,家乡的日子有了翻天覆地的变化,过年过节时,许多人家买回成箱成车的烟花爆竹,谁还去烧蜡树炮呢?可我从军天涯,难得回家享受村民欢度富裕小康的鞭炮声。

前些日子,小妹来信说,去年母亲病了好几场,都是因为她吃年饭时哭了。她一哭,害得父母无法抑制思念儿孙的情感,一桌年饭被泪水浇得结了冰。今年,妹妹为了父母吃年饭时能心情愉快,特意买了一盒笑得肚子痛的相声精品磁带,在吃年饭时播放。母亲说,我也想通了,一年三百六十五天儿孙都不在身边,不是照样吃饭过日子,何必这顿年饭自己跟自己过不去呢?

看罢小妹的来信,我心底漫过阵阵愧疚。我知道,在我从戎的这些年月里,从前吃年饭,父母都在桌上为我摆一只碗一双筷子。当我有了妻子儿子后,父母就在桌上摆了三只碗三双筷子。父亲晓得我爱喝一杯,还给我摆上一只杯子。三只碗里虽然没有装饭,那只杯中却年年斟满了酒。上世纪70年代斟的是红薯酒,80年代斟的是大米酒,90年代以后斟的是德山大曲或酒鬼酒。只是父亲酒量日下且又无人对饮,每年年饭喝不过三两杯。尤其是近年,即便有茅台上桌,父亲常常举杯欲饮又止,脸上也笑得日趋清淡、深沉。

父亲说,年岁老了不馋吃不图穿,只想儿孙能回家,一家老小热热闹闹团个年,再烧堆蜡树炮,炸个喜庆,炸个乡俗。

他还说,我晓得这个奢望很难实现,儿子是军人,军人身上担着国家的安危,自古忠孝难两全。但我老这么想,老这么盼,盼来望去,就觉得晚年的生活有了指望,有了意义。

接　漏

鼠年已过百余天,还没见过打湿地皮的雨水。

昨夜终于盼来了一场阵雨,我却愁中有喜,喜中有愁。喜者,琼州久旱,万物盼滋润,"好雨知时节",好雨识人心。愁者,卧室天棚八处漏雨,难寻干身之地。为防漏水淋浴,两口子蜷宿床头一角,扭成了麻花。

在我一生的衣食住行中,最铭心刻骨的是接漏。每当想起少年接漏的情景,浑身隆起鸡皮疙瘩。在接漏的日子里,我萌发出一种对太阳的特别渴望和对漏水的特别仇恨。尤其十天半月的梅雨天气过后天晴日丽,我便反复吟唱那首"太阳出来了"的歌曲,泪眼巴巴,别有情愫。我没吃过白毛女那些苦头,但有过白毛女的那种心情。我巴不得天天都是艳阳天,即便"烈日炎炎似火烧",也其乐融融。

干旱年头,故乡的夏天五六十天不见雨水,稻田龟裂,禾苗划根火柴就能点着。乡亲们拜天磕地祈雨,我的内心却矛盾着:老天不下雨,地里没收成,吃什么?民以食为天啊!老天下雨吧,暴晒了几十天的屋顶必然出现新的漏点。久旱后突然到来的那些狂风暴雨,总是斜斜地拼着劲往漏缝里钻。每当风暴来临,别人瞄准山坎、树丛就地躲雨,我们家的人抱着头直往家里冲去。回到家中像救火似的，搜刮所有桶盆坛缸接漏水。先保床上，后保衣柜，再有可能就保灶坑——淋湿了烧火柴，拿什么煮饭？

当家中所有可以用来盛水的物件都履行了接漏的职责后，那五音俱全、音域极宽的漏水交响曲，便开始了揪心烦人的演奏：脸盆叮叮，铁桶当当，澡盆咚咚，瓷坛嘀嘀，菜缸乓乓，茶盆呛呛……一阵风吹进来，"叮叮当当咚咚嘀嘀乓乓呛呛"，又一阵风吹出去，"呛乓呛乓咚嘀咚嘀叮当叮"，虽然令人揪心，倒也成谱成曲。再来一阵旋风可就糟了，"叮咚叮当乓咚呛咚呛叮叮乓当"，杂乱无章，像是收破烂的回家倒提麻袋倒杂物似的。我听得实在心烦透顶，难以成眠，直骂老天的老娘：哪有这么多眼泪和尿水哭不干拉不完呀！越骂，老天越发怒，一个炸雷，催急一阵暴雨，屋顶"沙沙沙"，房内"哗哗哗"，几乎所有漏水全射在盆外桶边。

漏水淋湿了我的梦，浇灌了我的愁，使我无法入眠。无奈的我，只好时常把漏水声当作花鼓戏和歌曲来欣赏，让儿时所有爱听的戏曲在漏水交响曲中重播，心里才平静些许，蒙蒙眬眬迷糊过去。

父亲毕竟上了年纪，常常被叮叮当当的漏水声吵得睡不着，深更半夜打着手电筒用竹竿捅漏点。有时因力度把握不好或手电不亮看不准，把瓦片捅下来了，"叭！"——"哗！"屋顶开了天窗，"瀑布"直泻，房内潮涨物浮。鞋子似无舵的小船在床前漂来漂去。老鼠崽们也被满地的漏水逼出了洞，在房中游来游去，浑身红皮不停地颤抖，叫人可怜。眼看着它们顺着床脚爬上了床角，一贯仇恨老鼠的父亲，此时此刻也没有勇气将它们打落水中。

儿时，我很喜欢雪。但对雪的情感同样非常矛盾。我既盼

酸枣树的尊严

前几年回家,母亲不止一次在我家屋场的酸枣树前对我说,当年你要是栽棵樟树或桂花树多好。母亲不提起,我根本没在乎这棵树的存在。母亲如此一说,我倒关注起这棵树了。

1970年春天的一个周末,我在从学校回家的路上,发现公路边躺着一棵七歪八扭的光棍树苗,根须无几。它的身边早已站立着一排种好的树苗,为何它被遗弃在路边?也许因它长得丑,没法成材;也许因它根须少,难得成活;也许因它非名贵之木,没啥栽种价值。我觉得让这棵可怜的树苗在路边活活晒死,不仅可惜,也不"树道",顺手拾起,拿回家中。

绕着屋场转了两圈,我不知在何处栽下它好。眼看天色已晚,我瞄准屋场东北角那排防风林中一个间隔比较宽的位置,将它挤了进去。挖树坑时,发现左右两侧的树根早已布满地下,斩断了好些树根,才掏出一个坑来。栽完它,我心中隐约有一丝歉意,更有些许担忧——这树苗本来先天营养不良,又将它栽在树根缝隙、高树腋下,能否成活、长大很难说,全靠它自己的造化了。我记得栽下它后,只浇过一次水。待又一个周末我放学回家,它已发出点点嫩芽。

一个月后,有人认出它是酸枣树。

也许这树生性太贱、太顽强、太无娇气，它在那排防风林中不但生存下来，而且年年向上，到1972年底我当兵离家时，它居然和那些早栽两年的蜡树平头齐肩了。后来一丛水竹发展到它的身边，将它团团包围起来。水竹是种特能吸收水肥、生长力极强、又特别排他的植物，我不知这棵酸枣树能否争斗过这些水竹。因为水竹能编凉席制斗笠，还能卖钱，家人自然亲竹疏树。尤其发现这棵酸枣树是棵不结果的公树、没啥用的歪树后，其死活更是无人问津了。于无声处，它默默无闻地生长着，冲出竹林，露出头角，终于长成两人合抱粗的大树。

可是，母亲总觉得这棵树白长了四十多年，如今虽成大树，却是一棵除了能做烧火柴外，一文不值的歪树。母亲何曾想过，它若是一棵樟树、桂花树抑或别的值钱的树，人们能让它生长四十多年吗？我当兵前和父亲一道在屋场上栽种过好些树。菜园边栽过一棵扁柏树，长得枝繁叶茂，1977年我第一次探家时就不见踪影了，说是被一个工厂买去搞绿化了。和酸枣树同年代栽的那些标致的蜡树，多数在年轻力壮时就被人砍去做了扁担。一棵长得旺盛的椿树，后来做了灶屋的梁木。如今生存下来的唯有这棵酸枣树。虽然有人打算砍它做板凳，有人准备锯它做门框，有人预谋偷它做桌子，甚至有人在它身上试过几斧头，都因材不遂心，斧下逃生。

我真该为这棵酸枣树庆幸，当它的同伴们早已消失在岁月的烟尘里、母亲的灶炉里、欲望的雾霾里，它却默默无语地在这屋场上生长了四十多年。如今它已长成一尊鲜活的雕塑，伫立在古老的村头；长成一串久远的记忆，储存在人们的心头。它细密的年轮刻满了乡村成长发展的历史密码。人是永远不会返老还童的，记忆却能使人的心灵获得短暂的年轻。将记忆放大，就是一个人的成长之路、一棵树的成长之路。如今，这棵酸枣树仍在不停地收藏着村庄成长的新记忆和历史的回声,虽无功绩彪炳史册,却心甘情愿默默无闻地为人们奉献记忆——长寿的树,就是活着的历史。

其实,在上世纪60年代以前,我们家乡每个像样的村庄的村口,都长有一两棵气宇轩昂、饱经沧桑的老树,叫风水树。我们村口那棵株树(现在看来,属红木系列),在我的记忆中坚挺壮美、伟岸参天,不仅福荫了村民,还养育了成百上千的鸟类。因没人能爬上去,好些珍稀鸟类都生长在那棵树上。有种翅膀上有白点的乌鸦,我在别的地方从未见过。老辈人说,那树下洞里藏有蛇精,有人看到跑出来一条金色的蛇。每年夏天在树下乘凉时,我经常两眼紧盯树洞,却从不见金影闪现。

忽然一天,县里来了一伙人,呼呼啦啦忙活几天,把这棵树伐倒,五马分尸运走了。我放学回家路过这里,忽然觉得村口一片空白,心中一片苍凉,一切童年时代生长在这棵树下的快乐从此消失,只留下遗憾和记忆。我内心纠结地问大人们,为什么要砍走这棵树?谁这么缺德砍走了这棵树?他们说,祖宗留下的古树都属于政府,政府想砍就砍,你有本事问政府去。我那时不懂什么叫政府,只觉得政府的破坏力太大,能有个法力无比的孙悟空管住政府就好。我更怀疑有没有金蛇精,如果有,何不显灵保护它的主、它的窝?从此,我更不相信啥精和怪了,那只是老人们嘴巴上的神奇。

当然,前几十年对生态的破坏不能全怪政府。我们村里生长四十年以上的树所剩无几,那些早逝的树呢?不全是政府砍的,还有人们的利欲之心、人们自己尊严的丧失和对自然尊严的藐视,害得树木森林遭了殃。

现在每当有生人来到我家屋场,我母亲便说,这棵树是我崽种的。母亲越是这么说,我在这棵酸枣树前越是愧疚不已。

世界上每个人、每个件物都有自己的尊严。别说树，就连垃圾桶和厕所都是有尊严的。虽然垃圾桶是用来装废物、脏物的，但它的职责和容貌是美丽庄严的，如果谁都往垃圾桶盖上吐口水、泼脏水、拉屎尿，使垃圾桶自己变成了垃圾，那是对垃圾桶尊严的极大伤害，谁还会往里面倒垃圾？厕所虽是用来排除屎尿的，如果哪家的厕所脏兮兮的，没有一点尊严，谁还乐意走进这个厕所？

我家这棵酸枣树，因为瘦弱和贫贱，没有经济价值，以前从未享受过有尊严的生存待遇，它却用低微的生命与命运抗争；用歪着的身子，堂堂正正、大大方方、坚韧不屈地生长了四十多年；用自己顽勇的生存能力赢得了一棵树的尊严。虽然它的主杆至今仍是歪的，它的头部却始终昂扬向上，朝着太阳生长，从任何角度看，都是一幅壮美的中国画。这种艰难生长的美，能带给人们许多启示和正能量。虽然它的树冠并不茂盛华盖，一年四季都显得杈少叶稀。正是这一缺点成就了它的伟大——虽是老资历大树，却从不一手遮天，总是让阳光穿透自己，洒向底层，洒向别人，使它的枝下、身旁别的树木花草枝繁叶茂，蓬蓬勃勃，快快乐乐。这种品格精神所赢得的尊严，远远大于许多名贵树木。有些树木虽然名贵，但它们越出名越娇气、霸气、傲气得高不可攀，反而死在酸枣树之前。

树如此，人生何尝不是如此。狐狸的皮毛很珍贵，猎人的枪口总是瞄准它们；金子的价值很珍贵，金子铸造的枷锁也最沉重。人们渴望权力、财富，甚至用尽毕生的精力去追求，却不知权大位极，最容易被"猎人的枪口瞄准"，权位越高，其尊严的危险越大。周永康、徐才厚、郭伯雄、令计划等高官尊严扫地的下场足以证明这一点。

世界上总有一些人或物不是为尊严而死，就是死于没尊严,这就是历史。世界上总有一些没死的人或物,渐渐活出了尊严,创造了尊严,这也是历史。感谢上天和大地赐给我这棵酸枣树,伴随它的成长,也潜移默化地成长了我的尊严感,使我得以有尊严地做人、做事、做官,有尊严地退休。

近些年,每次回家过年,我都要在酸枣树旁新栽几棵树苗。有人说,你都六十多岁了,还指望它们长大养老呀?我说,不仅我不指望它们,我儿子也不会指望它们,我这是"曾追浮云八千里,今守本心一树林"。

我是沅江人

家乡不仅是我生命的源头,也是我感情的归宿。每次回乡,都有一种特别的亲切感、归宿感。住久了,当然还想走,远方有我的事业,还有另外一个家。但是,无论走多远,心总被家乡这根无形的"思线"牵着,走不出家乡的手心。尤其当作家的,没有家乡情结,肯定写不出真正优秀的作品。作家刘亮程曾说,"文学写作,就是一场从故乡出发,最终抵达故乡的漫长旅程"。如果一位作家没有家乡情结,不愿意在作品中表现家乡,或羞于提及家乡,那是一个没有根的作家,成不了大器,出不了大作。我虽未成大器出大作,但我几乎所有的作品都流淌着家乡的血脉,喷射着家乡的地气。有朋友说,读你的文章,就知道你是个正版沅江人。

一

我们这些远离家乡的游子,工余饭后总喜欢"泛泡子"(吹牛、调侃),"泛"得最多的是家乡的风土人情、物产资源、名人轶事……"泛"起来就没完没了。"谁不说俺家乡好"哟!

刚入伍的第二年,有天黄昏,我又在椰子树下说起了在家乡送公粮的事。谁知,一个新调来的战友毫不客气地站了起来:"我去过你们沅江,送公粮再多有什么用?社员都住稻草屋,蚊帐门口放尿桶;老倌子腰上捆草绳,细伢子饿得三根筋……"他越说越开心,我越听越难受。我恨死了他那张嘴巴——对沅江了解到骨头缝里去了。

不过,这位战友说的倒是实情。我的家乡湖南沅江市(过去称县)本是世人公认的鱼米之乡。可是,在那极"左"肆虐的年代,鱼瘦谷不壮,百姓缺衣少粮。我们老家赤山,本是洞庭湖中一个宝岛,留给百姓的却是"赤山一板墙,丰收半年粮"的遗憾。我们杨阁老乡,本是地灵人杰之乡,却有人穷得上了吊。那年头,家乡人饿得嘴里只剩下一个字:吃。男女离婚,为了吃;婆媳吵架,因为吃;地里干活,尽说吃;好汉打赌,只赌吃。有人一餐吃完十八斤红薯,连皮都没剩。一对陈姓兄弟饿得实在受不了,夜晚撬开生产队食堂的门,偷走十二钵米饭(四两米一钵)全吃光,查出后被打得皮肉粘着衣服脱不下来,饭也吐了一地,还咧着嘴巴说:"总算吃了一餐饱饭,打死也值得。"上世纪70年代,我们部队最有名的吃喝故事,也是一个沅江人创造的:看一场电影,连吃六十根冰棍十六斤西瓜,一餐喝下四斤高度白酒还可打篮球。

回想起那些苦楚的日子,过得实在窝囊。记得我七岁那年,姑姑出嫁,我这个父母双双当大队干部的独崽,因为只有一件寡棉袄,躲在家里不肯出门送亲。母亲无奈,只好向邻居家的妹子借了一件蓝竹布罩衣给我套上。送完亲回家的路上,亲戚们笑我穿妹子的衣服,背时,羞得我半路就脱了下来。

我高中毕业回乡后,在村里当过民办老师,在公社当过宣传队长,宣传队的好些节目都是我亲自创作的,还在县里获过奖,《沅江文艺》多次刊登过我写的诗歌,县广播站播送过我的长篇朗诵诗,家家户户都听过。在家乡,我是个小有名气的文艺青年,至少认识我的人比我认识的人多得多。听说有几个姑娘曾私下到我家相亲看人家。她们在我家屋前屋后转了一圈,隔着窗户朝室内瞅了几眼后,脑袋摇得像拨浪鼓似的溜了。走就走吧,还留下一句打击我生存积极性的狠话:"我们都认得徐国良,是个好伢子,可惜家里太穷了,若嫁给他,鬼晓得何年何月才能翻身!"

现在想起来,真的庆幸当年没有哪个女孩给我温度,不然,会害得我若干年后难保不当"陈世美"。在我们沅江,无论你过去人品多好,无论你现在官当多大,只要休了乡妻,就一定是"陈世美"。除非你老婆偷人被抓,否则,骂你没商量。

我入伍前的那天晚上,生产队开欢送会。我掏遍全身,只买得起两包"沅水"烟(两角钱一包)。走进会场,我扫了一眼众乡亲,觉得不止四十人,光煤油灯照着脸的地方就坐了三十七个,还有偏屋里看不见脸的人呢。沅江人敬烟,如果给了张三不给李四,是最失礼的。我两手伸进裤袋里,把那两包烟捏出了汗,也没敢往外掏。老队长刘腊生爷爷似乎读懂了我的眼神,拍了一下我的肩膀:"烟不够,就算啦。"我慌忙嗫嚅着说:"够,够。"当敬完那两包烟后,果真还差四支。通情达理的几个婶子姑姑们忙不迭摆手:"我们不吃烟,我们不吃烟。"虽然她们解了我的难,可我还是强烈地意识到,我的脸红到了脖颈。

从那以后,每逢战友吹起家乡时,我就脚踩西瓜皮——溜之大吉,唯恐别人再笑话我这个沅江人。出差旅行,我从不说自己是沅江人。一天,有人在飞机上说起中国著名历史学家、前中国历史文献研究会会长张舜徽,全国种苎麻劳动模范黄业菊,著名农民诗人陈定国等沅江名人,我都只在旁边静静地听着,等到几个老者说起自己是沅江的退休干部,我才嗯了一声,说张舜徽是我们村的。

光阴荏苒,转眼到了1977年春节。我怀着忐忑不安的心情踏上了离别五年的乡土。那时,我的家乡、"文革"劫后的沅江赤山区,依然像个赤条条的泥塑老人站立在洞庭湖中——以粮为"光"和"割尾巴"的旋风,把她剥蚀得瘦骨嶙峋,弱不禁风。归队路上,我眼前闪现的依旧是一张张惆怅的脸。

当我又一次探家,已是三中全会后的第三个春天了。乡亲们的脸上荡漾着金色的春光,责任地里茂盛着绿色的希望,家家房前屋后种满了果树、苎麻,坡坡岭岭点缀着蜜橘、黄花,昔日赤裸裸的乡土,披上了色彩斑斓的"丰收装"。我那解放三十年没有盖一栋新瓦屋的牛老村,竟然新盖了十七栋瓦屋。连过了几十年腰上扎草绳生活的老救济户胡大伯,也扬眉吐气地住进了新瓦屋。我父亲拍着装满稻谷的仓柜说:"今年我家钱粮有余。"老母扬起了左手上的"不落日":"现在出工有手表,再也不用看天色啦!"

后来军务缠身,特别是当了作战团的主官后,我无暇回乡。听一个个来海南旅游的湘人讲,沅江是富上加富啦!走错路都碰到万元户;砖瓦房升格为小楼房;专业户变成了企业家;街上的妹子还跑到乡里搞对象……毕竟道听途说,不敢全信。

1991年底,科学文化报社吴副社长来我团采访。言谈中,他娓娓道起了沅江的变化。我真不敢相信,我那"社员没钱买油盐"的家乡,居然在短短几年时间里变成了湖南省最富裕的县。吴副社长见我喜形于色,忙问我是哪里人。他话音未落,我便扯开嗓门:"我是沅江人!"我生怕在座的秀才们听不清我的"沅江普通话",硬是把"沅江"二字咬得咯嘣响。

如今我已退休,回乡省亲的机会多了。每次回乡,看到许多沅江市改革发展的新气象,听到许多沅江人创业创新的故事后，我真希望那位使我羞愧了多年的战友再到我们沅江去走走，看看改革开放后的沅江市！看看名副其实的鱼米之乡！

二

改革开放以来，沅江每取得一点发展成就，都令在外生活的沅江儿女倍感欣慰自豪，都成为我们为国尽忠的力量源泉。平时在媒体上看到任何有关沅江改革发展的喜讯，都是我们干杯甚至喝高的理由。

给我印象最早的一件事是：1980年3月，杨阁老公社时任党委书记彭云同志在全国率先推行农业生产大包干到户，受到广大农民的衷心拥护。现在看来，他的那些做法既系统，又科学，大大解放了农村生产力。许多农民夸奖彭书记有头脑、敢担当、勇于开拓、善于创新。在当年"左"倾当道、思想保守的社会环境里，能出现这种敢闯敢创、敢为天下先的公社党委书记，难能可贵，实乃沅江人的骄傲。

后来，又听到了许多沅江企业家敢闯善创的故事。渔民出身的刘放军，从1981年底进入万子湖渔网厂担任厂长，就立志创新产品，但因体制所囿、资金所限、地理所阻与人才匮乏，直到乡渔网厂改成鑫海公司，也无法改变经营命运。在2006年体制改革时，他以壮士断腕的决心用六百万元买下负债累累的鑫海公司时，有人替他出了一身冷汗。说这种年头、这种市场，花这么多钱买渔网厂，还不如去养鱼。他说，只怪我爱这个浇灌了二十五年心血的厂子，爱这份织进了满怀情感的渔网事业，风险再大也要搏一搏。他认真总结了过去生产经营中目光短浅，思路不宽的经验教训，先后花一点六亿元，带领团队瞄准远洋、深海捕捞，研发新材料、开发新产品、攻克一百余个科技难关、进行三次重大设备改造、扩大生产规模十余倍。使沅江渔网走出了一条从淡水到近海,从近海到四大洋,远销世界二十五个国家的发展之路。年销售额从2006年的一千二百多万元发展到2016年的五点八三亿元,翻了几十倍。如今的湖南鑫海股份有限公司成为中国最大的渔网生产厂家,其产品稳居中国最先进的渔网产品系列,他本人还担任了中国渔船渔机渔具协会副会长。

湖南辣妹子食品股份有限公司董事长黄志群先生1997年毅然辞去经贸局副局长、主任科员公职,到沅江食品厂任厂长、党委书记时,也是有些勇气的。因为当时的沅江食品厂思想保守、管理落后、销路闭塞,导致企业濒临熄火。他上任后,不但用睿智的眼光,紧盯市场,创新了"辣妹子"品牌、"辣妹子"水果饮品食品等系列品牌及上百种湖鲜食品,还大胆创新体制,力主组建了湖南辣妹子食品股份有限公司,吹响了罐头生产人才、技术的集结号,使公司成为中国罐头十大品牌企业,每年为国家上缴上亿元税收。他主导生产的"辣妹子"产品被认定为国家绿色食品A级产品,"辣妹子"出口产品誉为湖南出口名牌,"辣妹子"辣椒酱、橘片爽被评为中国名牌商品。他主持制定的《辣椒素测定及辣度表示方法》《辣椒及辣椒制品的辣度感官评价方法》作为国家标准在全国推广。《速冻柑橘技术研究与示范》获国家科技成果奖。

正是因为以黄志群、刘放军、李跃先等为代表的许多沅江企业家的不断创新奉献,才使沅江经济有了强大的支撑,才使沅江创造和沅江制造对国家的贡献与日俱增。

三

沅江是湖南省自然条件最好最美的地方之一。山清水秀、鸟语花香，美不胜收。一年四季油菜花、橘子花、枇杷花、月季花、梅花、桃花、梨花、李花、荷花、黄花、菊花、茶花等百花争奇斗艳，不仅使沅江赢得了宜居城市的美称，更使沅江人的生活如花似锦，福气十足。凡到过沅江的，都觉得沅江人的生活有"四太"：

沅江人太会吃。由于沅江地处洞庭湖畔，自古以来吃的资源极为丰富，哪怕在最困难的1971年，我在沅江万子湖参加上百人的教育工作现场会时，还吃过一桌十八道菜不重复的全鱼宴。改革开放伊始，沅江人首先解放了嘴巴。各种餐馆、酒馆、鱼馆、面馆、粉馆、汤馆、粥馆、茶馆，百馆出征；各种农家乐、渔家乐、知青乐、乡村乐，百乐齐上；什么"活鱼宴""全鱼宴""芦笋宴""龙虾宴""鹅八宴""鸭八宴"，百宴齐放；什么天上飞的、地上跑的、水中游的、山上爬的、泥里钻的、土里埋的，百肴齐美。沅江人的餐桌上，湖鲜、河鲜、海鲜，样样俱全；水味、山味、土味，味味俱佳。只要法律允许的、人间能找到的，沅江一定有吃的。每次请客，桌上必定菜山菜海，楼上楼下。近年，有洞庭虫草之称的沅江芦笋，有降血脂、降血压、杀菌、清火功能的藜蒿秆、野芹菜、地木耳、马齿苋、鱼腥草、香椿、藕根、藕秆、棱角、蕨菜等野菜，备受喜爱，不但令人胃口大开，还能延年益寿。

沅江丰富的饮食资源，也孕育了众多民间厨师。他们三五结伴，购买了全套炊具，专门帮人办理红白喜酒，每天收入上千。沅江的饮食文化也把许多大娘大嫂熏陶成了心灵手巧的家庭厨师。我同学的夫人叶立亚女士用沅江银鱼、湖蚌、土鸡蛋、农家猪肉做材料烹饪出来的"四鲜汤",美味绝伦,人间难寻,小品一碗,终生难忘。她家请客,我唯一要求,在家吃。她自己会烹,还带出了三个厨师级的侄儿。

我知道沅江人会吃在历史上出了名。但我心疼如今有些沅江人吃得太辛苦:在饭桌上喝酒吃菜时,还要弄块槟榔含在嘴里,让浓烈的酒水和炽热的槟榔,加倍兴奋口腔和神经;在晚餐吃得酒足饭饱后,深夜十二点还要上街喝"漫酒";在打牌时烟火不断,就连喝茶嗑瓜子,也要把烟头搁在烟灰缸上当蚊香。有人恨恨地说:"好多沅江人是吃死的!"这话有些言过其实。但科学膳食,很有必要。

现今的沅江不是中国最富的,但沅江人的生活可能是中国最奢华的。沅江的酒店、茶馆很少空闲,餐桌翻台是常事。家庭条件稍微好点的,都去酒店请客,懒得做饭。请客,每人要发一包烟,而且大多是"和天下"和"芙蓉王"之类的高档烟,一桌饭钱,烟酒占了七成。

沅江人太爱办酒席。什么细伢子满月、满周岁、满三岁,年轻人满三十岁、三十六岁,两口子年龄相加七十岁、八十岁、一百岁、一百二十岁等,都成了办酒宴的缘由,过去闻所未闻。沅江人办喜酒,不只吃一餐,前一天晚上就开始吃,叫吃预备餐。第二天才吃正酒。有的第三天还在吃,叫吃撤席。北上广深的人很富,可他们从未享受这般吃法。

沅江人太会玩。通常玩法是两个人下棋,三个人打鬼胡子、跑胡子、撮胡子、斗地主、跑得快,四个人打扑克、打麻将、打骨牌(竹脑壳),或钓鱼、唱歌、跳舞、打拳。除了上学的、老弱病残不能动的,都能各取所玩。城里人会玩,农村人也不逊色。晴空万里,暖意融融,四个打牌,两个人看,还有一个人专门做饭。我原以为放开二胎后,年轻人会转移兴趣。少妇们说,生个气呀，还不如每天打打牌实在。只是大人们太会玩，销蚀了孩子们的学习劲头。

沅江人太爱热闹。喜事热闹，丧事也热闹。一个老人去世，一般都要在家停放几天几夜，吃吃喝喝几天几夜，吹吹打打几天几夜，唱唱哭哭几天几夜——不仅自家人哭，更有别人帮忙哭。道士班子里有专人哭、喝孝歌的班子里有专人哭，还有专门跑到别人家里哭灵的"哭手"和"哭家"。他们双膝跪地，边唱边哭，哭得撕心裂肺、泪流满面、汗流浃背。我估摸，有的人亲爹娘死了，也未必哭得如此生动、精彩和煽情。哭完了，伸出盘子袋子讨钱。若主人没给钱或给少了，继续哭。直哭得主人不耐烦、自己满足了，方才罢休。这种以哭灵为职业的人，恐怕全中国乃至全世界唯独沅江及其周边地区有。这支队伍的信息化程度很高，我父亲去世时，我见几位"哭家"哭得真辛苦，每人给了一百元。她们出门后将信息群发同行，说徐家有红票子（一百元）给，各路"哭家"纷至沓来……

四

沅江人走出家门后，有个共同的情感特征，特别思念家乡，尤其家乡的亲朋好友、美食习俗、风土人情。离乡越远，对家乡的思念越是超凡脱俗，只要见到家乡人，无论谁都很亲切。在北上广深等地，沅江人都以自己是沅江人自豪。当沅江市区五湖连通后，他们还动员北上广深的朋友去沅江买房，说沅江是真正的人间天堂。

在外的沅江人，都把"沅江"当作一个精神家园来团聚，只要谁混出了一点明堂，都会当作共同的骄傲来分享。有一年，我在北京获得中国首届旅游散文大赛一等奖，王群英邀请罗健、李若飞、刘克岳等沅江老乡为我庆贺。其实,这种文学奖,在中国并不是啥大奖,可他们认为,只要是沅江人得到的奖,小奖也是大奖,小喜也是大喜,轮流与我抱着奖杯照相,轮流与我高举酒杯干杯。我信口吟了一句:"酒杯邀奖杯,杯杯沅江味。"

在三亚,我多次陪同军地首长和名人明星上小岛视察、游览,坐的是太阳鸟集团生产的游艇快艇。当他们夸奖这些船舒适美观时,我心中如喝蜜,脸上似贴金,故意卖关子,请他们猜猜这些船是哪里造的?他们越猜不出,我越高兴。最后抖出包袱:湖南沅江市。只是没难住朱军和水均益他们,我话没说完他们就伸出了大拇指:看把大哥美的,你的老家湖南沅江造!我忘了,他们或他们的朋友都认识太阳鸟股份有限公司董事长李跃先,都去过沅江。我说,你们去沅江时吃过小河嘴的银鱼、四季红的豆腐乳、沅江的辣妹子吗?他们说,沅江美食何止这些,只可惜肚子装不下。

每次出国,我只要听到说湖南话的口音,特别是沅江口音,感到格外亲切。尤其到用餐时,思乡情绪更烈。2005年7月,我们西安政治学院全军师旅政委研究班去埃及学习考察。晚上,埃及国防部在尼罗河豪华游艇上宴请我们。尼罗河水在夜幕下缓缓流淌,两岸灯光和满天星光映在清澈的河水上,随着波涛顽皮地跳跃前行,景色美极了。铺满鲜花的餐桌上,除了每人一个鸡腿,一块牛排,只有一些生吃的青菜和比床单还薄的面片了。酒杯也摆着,里面倒的却是矿泉水。上桌之前,尽管我以区队长的身份对我的同学们交代过,都是老大不小的人和官了,请注意桌上的外交礼节。可一拿上刀叉,连我也顶不住辘辘饥肠的哀求,三下五除二,把属于我的鸡腿和牛排一扫而光。因我吃了生青菜闹肚子,再无何物可吃,呆呆地坐着,听主人眉飞色舞地聊天。

要是在中国，特别是我们沅江人请客，哪会让客人闲着嘴巴、饿着肚子听主人干侃呢？我们沅江人坚信，面子是由肚子来决定的，客人吃不饱肚子，主人哪有面子？所以，一定要把家里最好的东西拿给客人吃，千方百计让客人吃出喜悦来。可人家外国人请客，不是为了让你享受美食，更不会想到你能否吃饱，仅仅是为了礼节，为了交流，为了让你享受那种华而不实的面子。

宴会快结束时，埃及国防部副部长问我吃得怎样？我对翻译说，我即兴作了打油诗一首，翻给他听："两岸星光随波流，尼罗河景杯中收。开罗夜色饮不尽，壶中倒水不见酒。"没等翻译说完，他便哈哈大笑起来："上啤酒！"他在中国留过学，懂中文，他到中国的部队做过客，知晓中国军人的待客之道，决不会只在杯中倒水宴客的，更不会只用两三个菜打发客人，可人家就是那个习俗。他问我是中国哪里人，我说，我是中国湖南沅江人。他说，湖南，毛泽东的故乡，好地方，我说，沅江是湖南最好的地方，鱼米天堂。请你找机会去沅江看看，我们沅江人至少用六个小菜十六个大菜请你喝酒。他说，嚸！太多菜，浪费。我想他说得也对，我们沅江人宁愿浪费酒菜，也不愿浪费感情，浪费面子。可如今在异国他乡，连肚子都填不饱，哪能奢谈浪费？

2010年，我率三亚市文化旅游考察团去美、加学习考察。访问洛杉矶旅游部门结束时，已是中午十二点过十分了，对方居然没有说出半句留我们吃饭的客套话。我想此时，要是在我们沅江，已然午饭时，就是把你的手拖痛，也要留你吃了饭再走，何况你是万里迢迢来的远客。

后来去加拿大，我想我第一次当出国考察团的团长，让团员们饿肚子太没面子。在路上我就想到，我的沅江老乡王继勋在温哥华定居,找到他家就可以敞开肚皮争面子了。当年,北京人在纽约,可怜。如今,沅江人在温哥华,豪气!他钱不算太多,但别墅建在温哥华最高的山上富人区,每天都可鸟瞰温哥华全城。我说,你们奋斗了这么多年,总算让沅江人站立在温哥华人的头顶了,值得。语气虽然夸张,但那一刻,那一份沅江人的骄傲,发自肺腑。

王总不在家,由王太林争青老师率女儿女婿开三台车来接我们,在香港老板开的粤菜餐馆吃饭。团友们见王太特别大气,酒尽最好的上,菜尽最好的点,颇为激动地问她:"林老师是哪里人?"王太看似随意却无比自豪地抬头一笑:"和徐政委一个地方,湖南沅江人!"

酒杯未端,一道喜悦的阳光早已照耀在林老师原本红润光洁的脸上,格外灿烂生辉。

屯昌街小记

海南省海榆中线南行八十五公里处,有一座既不靠山又不傍水的小县城,那便是屯昌县的屯昌镇。

我初调屯昌镇部队时,镇里那条独一无二的屯昌街,是根市场经济极不发育的"瘦鸡肠"。四里窄街,地坑路凹,扛根竹竿都转不过身来,放个屁也能熏了几路人。节假墟日或彩票开奖的日子,看新奇、碰运气,或昨晚梦见了瓜、花和八的,一齐涌上街来,将这根"瘦鸡肠"撑得鼓鼓胀胀,近乎爆裂。从街旁楼顶向街中俯瞰,黑豆般攒动的人头,汇成一条长长的黑河,在各自的寻觅中懒懒地流动,尽管收成不多或一无所有。

近年,越是改革开放的浪潮把屯昌街搅得沸沸扬扬,风风火火,屯昌街的父老乡亲越不满意这根"瘦鸡肠"的狭小和脆弱。他们从中国改革的活书上读出了强烈的共识:要想富,修路去!屯昌的父母官顺应民心众意,自筹资金,仅用一年多时间,修出了一条与鸡肠街平行的三十六米宽三公里长的昌盛大道和两条东西走向的商品街,鸡肠街也正在经受扩张、取直、整形的特大手术。

伴随街道的扩张伸展,屯昌街的居民看到了自己目光的短浅、铺面的矮窄。他们取经运筹,大开店门,憋足劲为建设市场经济发达的新屯昌施展各自的招数。

屯昌街人的观念在快速发育的市场经济中嬗变。

我对屯昌街的印象也在不断摄取新风新貌新气象中革故鼎新。鸡肠街留给我的不再是贫穷落后时代的记忆,烙印更深的是浓醇的乡情、街情、友情和屯昌街的巨变。

屯昌街是条激情的街。卖出买进、引进转让、招商租赁……过怕了穷日子的人们整天在街上奔波运作、扫描市场、传递信息,只要有一线致富的希望,激情便倏地辐射、澎湃、燃烧。有段日子,那些想发得快活的人们曾一度沉迷于买卖彩票和打老虎机,有的倾家荡产,有的精神失常。蠢事也是先生。他们在失败中深思:闹那些玩意儿,误了财道,害了子孙,只有发展市场经济,勤劳致富,才是一条流不尽的财河。居民们把心思倾注在培育市场上,短短两年工夫,他们就建起了风格别致、经营灵活的粮食市场、蔬菜市场、甘蔗市场、菜牛市场、生猪市场……市场使屯昌人赚到了过去做梦也未曾想到的钱和比钱更宝贵的新信息、新技术;市场孕育了一个个屯昌人自己的大款、二款;款们又变着法子去瞄准新的需求、新的行业,建设和发展新的市场。今年正月十五屯昌街上的花灯舞狮比哪年都热闹辉煌,那是屯昌人在向新的市场经济目标奋进中的躁动。

屯昌街是厚道友谊的街。在街上找谁问个门牌找个人,准有人微笑指点,并把你送到十字路口才握别;在菜市场买瓜称豆,你若是嫌那秤太平了,嫂子婆婆收了钱还送你几根菜捎上一句话:"路上好点走,下次早点来。"屯昌街的人爱交友,不在乎是否有缘分。有天晚上我着便装在街边夜宵店等人,见邻桌几位青壮汉子"滋滋"地喝酒吸梭螺,很是惬意快活,便转身前去瞧热闹。他们见我这个外地人似乎没有吃过梭螺,热情地把装满香喷喷炒螺的菜碟推到我面前,同时举起了斟满三两白酒的大杯:"先生,你也来吸点螺喝一杯吧,味道好得很咧。"我推辞了几下不成,接过酒杯,一仰脖子。男子汉们高兴得手舞足蹈:"有酒量,够朋友。"言语中,他们知道了我的身份,反倒觉得委屈木讷,连说:"刚才不该贸然敬酒,你没事吧?"我却认为,那晚喝的不是酒水而是乡情友情,不足量,不够情。正是这种不知身份的交往才更显得情比酒醇,意比酒芳,我和几个屯昌小伙子就是在这种没有任何来由的场合结下缘分的。我劝好些老板去屯昌投资,在那里创业,放心、顺心、称心,尽管投资环境有待培育,肯定收获大于付出。

屯昌街是条开放的街。为了吸引国内外投资者,县委县政府颁发了几十条优惠措施。只要书记县长在家,凡来投资者一律亲待。有个外地老板在屯昌街上开了一家"仕居酒楼",生意日渐红火,饭香菜美价格便宜,惹得外国人到了屯昌也埋头直往店里挤,吃新鲜、吃实在、吃热闹。屯昌街的土著居民眼热了。非要弄几个酒店与"仕居"竞争。于是"胜意""海鲜""昌隆""金源"等南风北味的酒店拔地而起,立地生辉。"仕居"没有在竞争中失败,却竞出了屯昌街上饮食业的新繁荣和新水准;竞得有的老板自己炒了自己的鱿鱼,另请高明;竞得世世代代早餐吃惯了咸鱼稀饭的屯昌人,冷落了自家的锅灶:"上街喝早茶去!"携老拖幼,倾家而动。

改革的春风吹得屯昌街如少妇般日趋丰腴。

赚了钱的屯昌人,日渐不安于家门口的业绩,他们在广州、深圳、海口、三亚搞起了房地产、旅游业、酒店业、期货业……男人们在外面捞世界,女人们在街上置家业。不少男孩才几岁十几岁,父母早已给他们盖起了结婚成家的新房。我说,你们屯昌街上的父母也想得太早太远了。可他们觉得那是责任和义务,迟早要尽的。不过房子普遍盖得宽敞高大,说是方便儿子往后安装"现代化"。女孩子们朱唇一撇,但不怪父母偏心。她们决心自己挣钱自己花。花在身上、脚上、脸上、颈上、耳垂上。她们再也瞧不起母亲的茶油、雪花膏,用"海飞丝""白雪""雅尔康"把身上脸上洗得白白净净,把眉毛描得细细黑黑,飘到街上,你瞧我,我瞟你,嘴不说,心在比:比金比银,比美比新,比能挣会花。比得屯昌街上整日奔腾五彩夺目的河,比得家家户户迸发淘金的歌,比得老嫂阿婆们也沉不住气了:"只兴你们美呀,我们也不能白活,老阿婆要当姑娘过!"将白发染成黑发后,头上还要插朵花。于是,舞厅酒吧再也不是年轻人的天下。

屯昌街更是一条军民团结的街。街上的许多店铺馆站,都能讲述一串串军民共建、鱼水情深的佳话。上世纪80年代,县城附近有个姓谭的青年,凭一手娴熟的木匠技艺,在村里争得了首富之称,日子过得挺活泛。只是有天为了繁杂家事,小两口吵了一次恶架,妻子一气之下喝了半瓶农药。当丈夫发现奄奄一息的妻子时,束手无策。村民无奈,说送部队卫生队兴许还有希望。在目睹解放军医生通宵未合眼皮的灌肠、导尿、注射抢救中,谭师傅脑海也注进了一个大胆的决心:放弃多年的木匠活,到部队卫训班学医行医,救死扶伤,造福民众。

一年学习结业后,他又到地方医院实习了一年,凭着顽强的钻劲和聪慧的探求,达到了医师水平。在部队的支持下,他在屯昌街中办起了"昌洪诊所",昨天的谭师傅变成了今天的谭医生。小谭不仅运用解放军传授的技艺服务军民,更注重弘扬白求恩的医德医风,凡来看病买药的贫困群众、危急病人和解放军官兵,他只收成本,不赚非分。实在交不起钱的,先吃药打针,治好病再说。妻子在他的感召下,进城勤学药剂、护理,给他做起了帮手。两口子从此和睦行医,心心相印。如今,"昌洪诊所"在屯昌街上虽然门面规模不大,但老百姓有个头痛脑热、伤风感冒,都喜欢往那里走。"昌洪"每天在服务和生财中,无声地诉说着那段美丽的军民友谊,倾注着一腔双拥深情……

　　铁打的营盘流水的兵。我当兵四十余载,随使命"流"经过诸多闹市古城,唯独那条屯昌街、那个第二故乡,在我心灵刻下的思念悠深,以至永远。

三亚的黄花梨

黄花梨的中文学名为降香黄檀,是世人公认的珍贵木材。自古以来,三亚的山山岭岭都生长黄花梨。只是三亚人不叫黄花梨,常叫作油梨、糠梨、花梨或花梨母。三亚黄花梨的产地主要分布在梅山、崖城、南山、马岭、抱坡岭、南下岭和六道岭一线近海地区。市区附近的抱坡山、金鸡岭和鹿回头都曾生长许多黄花梨,只因长年围剿似的砍伐或放火烧山,如今梨影寥寥。

黄花梨虽然前期生长速度快,但能用于制作家具的芯材成长极为缓慢,至少需要五六十年以上。三亚的黄花梨因风多、雨少、气候干燥,生长期更长,一般需要百年以上才能长成家具材料。因此,三亚的黄花梨最是珍稀。

海南黄花梨芯材的颜色有浅黄、黄、金黄、浅褐色、红褐色、深褐色、紫红色和暗红色等。其中产于海南西南部颜色深、比重大、油性大的黄花梨,又称为油梨(含油率在百分之二十八左右),市场价值高于颜色浅、油性差的东部花梨,也叫糠梨。由于海南黄花梨材质细密,纹理柔美,木质坚实,温润如玉,荧光透亮,制作出来的家具细腻光滑,色泽深沉,香气沁人,富丽华美,典雅尊贵,坚韧耐用,千年难腐,为历朝历代所珍爱。再加上其具有活血化瘀、行气止痛、降血压、降血脂、止血镇痛,治疗高血压、冠心病、心绞痛、吐血咯血、心胃气痛、跌打损伤、风湿腰痛等药用功效，使之成为木中瑰宝，世人竞相收藏。尤其三亚的油梨，油性较重，入药效果更好，药用价值更高；材质密度高，细腻柔润，如琥珀般晶莹剔透，如琉璃般亮丽生辉，更是珍稀华贵，宝中之宝，市场价值自然更高。

三亚人早有用黄花梨制作家具、农具、木雕饰品和棺材的习惯，且十分珍爱黄花梨物件，曾长年为皇室进贡黄花梨制品。

然而，三亚人对黄花梨的情感颇为复杂。没谁不爱它，再穷的人家也懂得珍惜和收藏黄花梨制品，市区港门村的不少老居民家中，仍珍藏着黄花梨器具。但一些人在黄花梨面前却又常常表现出自私的爱，使许多黄花梨还没长成材就被过早地砍伐或放火烧山种山兰稻时烧坏了。只剩下黄花梨树蔸、树根潜伏在泥土中顽强生存。到清乾隆年间，黄花梨木源已基本枯竭，民间多制作小件黄花梨器物，以黄花梨笔筒最为常见。近几十年来，在泥土中挖掘黄花梨树蔸、树根制作工艺品，已成为黄花梨爱好者的奢好。师部农场有个叫黄华才的退休职工，上世纪90年代曾在抱坡山挖掘了一百多个黄花梨树蔸，最大的有一百多斤重。他时常为了一个树蔸，挖掘十天半月。可惜这些树蔸一夜之间被人偷盗精光，还毒死了两条大狼狗，一个酝酿中的真正的三亚黄花梨根雕馆胎死腹中。

1993年我来三亚工作后，也曾上山寻觅黄花梨，未见一棵成材树。有人发现我家后山树林中生长了一棵树杆有茶杯大的幼花梨，黑夜偷偷密告我，并提出砍下送给我。我告诫他，千万不要砍，这样大的黄花梨，其芯材不过手指粗，让它再长十年，兴许能做个酒杯茶杯。他说，我不砍，别人也会砍。我说，别人要砍是别人的事，你不为我砍，我就不会心痛。后来，他还是禁不住砍了，好久才羞愧地告诉我，那花梨格真的只有手指粗,连擀面杖都做不了。我气得骂了一句"自私鬼,败材子"！

三亚乃至海南野生黄花梨走到今天的绝境,都是人们自私心理害的——倘若自己得不到,也不愿别人得到。假如人们能少点自私,人人都有为子孙造福留材的美德,野生黄花梨会远离我们,躲进深山老林吗？

从上世纪80年代初开始,就有好些人在马岭、崖城、天涯、荔枝沟农民家中收购黄花梨及其家具老料。到2003年,一般料的收购价每斤从几十到几百块钱不等。然如今,好的料已达八九千元一斤,连旧的门窗料、农具料也几乎收购殆尽。在一些黄花梨家具厂商的仓库里,只能看到像山药一样的弯曲小料,胳膊般粗的已成稀罕之物。

在三亚做黄花梨生意的,大都是外地人。三亚的黄花梨市场主要集中在四块：王永涛海南黄花梨收藏馆,李是亨海南黄花梨收藏馆,王金良石木坊和若干小散店家。现今三亚馆藏的黄花梨,本地料极少,大都是从外地购进的材料,且多为老料。老料吸收了大地之精华,日月之灵气,具有特别的厚重感、沧桑感、神秘感和大美感。有的黄花梨老料,尤其油梨节疤很多,这些节疤铜钱大小,花纹圆晕,平整光滑,自然美观,香气持久,从不开裂,多呈狐狸头、老人头及老人头毛发等纹理,诡异艳美,令人神思。人们将黄花梨这种独特的美貌称为"鬼脸"。其实,与其说是"鬼脸",不如说是"鬼眼"。老料中的每只"鬼眼"都曾阅尽人世沧桑;每只"鬼眼"里都有说不尽的蹉跎故事,吟不完的悲喜史诗;每只"鬼眼"都能告诉今人发生在那些岁月长河中的人与花梨、人与自然、人与人的情感纠结。各路黄花梨商绞尽脑汁,运用他们所掌握的花梨文化、生态文化、木雕文化、美学文化及神学文化等,又将这些故事、史诗改编、演绎出许许多多新的故事、新的歌赋甚至新的纠结来。

在王永涛海南黄花梨收藏馆近万件藏品中，有个罕见的大块老料做成的顶箱柜，全是从老家具、农具身上拆下老料后重新加工制作的，售价一千六百八十万元。总经理田海明说，到底拆了多少件老家具，我无法统计。因为黄花梨老家具身上，并非全是花梨材，有的板是条不是，有的面是底不是，有的手是腿不是。为了一个新的宏大的黄花梨杰出组合，人们只能忍痛拆散它们。每当拆散一件老家具，我们仿佛听到了它们妻离子散般的哭泣，但当那些老料找到新的高贵精美的归宿，实现它们的更大价值后，我们又仿佛听到它们欣喜若狂的笑声。那些"鬼眼"，又开始阅览人间幸福美好的新生活。

这些年，黄花梨价格不断飙升，少不了人为炒作。来黄花梨店看热闹的、欣赏黄花梨文化的多，掏钱买的少，一个店一天卖不出多少黄花梨物件。但各路黄花梨商并不急于出手，一是做黄花梨生意的人，大多有厚实的家底和较好的文化视野，不靠卖黄花梨赚钱吃饭。二是做黄花梨生意的老板大多是玩家，他们摆在货架上特别是收藏馆的黄花梨物件，既是为了卖，也是为了藏，为了把玩，即便一件都卖不出去，他们也不着急。真到有人来买那些珍贵物件时，他们反而会难过得如同母女哭嫁般流泪。三是因为黄花梨资源几近枯竭，新种的生长期太长，海南黄花梨家族百年内不会人丁兴旺，随着民富国安，人们对黄花梨的需求量越来越大，更何况老料比新料值钱，传世家具和工艺品的经济价值与收藏价值的升值空间颇大，他们有的是机会卖。还有好些有钱人认为，存钱不如存黄花梨，不但能满足日常消费需求，还能给人们带来美的享受和文化熏陶。

三亚黄花梨辉煌与苦难并存的命运，带给人们铭心刻骨的启示：人类掠夺自然，自然也会亏待人类；人类扼杀了黄花梨的生存权，黄花梨也削减了人类的幸福值；真正的爱，不是自私地占有,而是无私地护佑,因为黄花梨成材时间太长,人们只有对黄花梨极尽大爱之责,黄花梨才能成为人们的福星。令人欣喜的是,三亚有好些远见卓识之士不但不砍子孙树,不发缺德财,还为保护生态,造福子孙,花重金栽种黄花梨。十年前,三亚椰海金滩实业发展有限公司董事长王永涛把过去开矿做房地产赚的钱,全拿来租地买苗,种了三千五百亩黄花梨。六十六岁的三亚丹海实业发展有限公司董事长陈运忠,先后花费两亿多元在三亚落笔洞附近栽种了三千二百亩黄花梨等珍贵木材,其中黄花梨一百二十万棵,大的树杆已有二十至三十公分直径。我问,您都这把年纪了,恐怕享受不到这些黄花梨带来的福气了,为何还花大本钱栽种黄花梨呢?他说,正因为从前人们缺少前人种树后人乘凉的思想,才使得今天的黄花梨如此稀罕金贵,才使得黄花梨故乡的百姓今天不能享受花梨带来的幸福快乐,才驱使我下定决心大种黄花梨。只要我们的子孙后代能享受到我种的黄花梨,就是我最大的福气。

梦 走 琼 中

最近,我老是梦走琼中。其实,琼中那地方我没待过,琼中人中我无亲无戚,我只是从前多次去过琼中而已。为啥琼中成了我的梦中思念呢?连我自己也没弄明白。直到前年7月,在我时隔十二年之后又去琼中,方才明白琼中为何令我魂牵梦醉。

琼中,这名字实诚。海南的简称叫琼,它就在海南的中部。这里山青水绿,雨露温润,绿韵悠然,温泉飞瀑,生态优美,瓜果长香,资源丰茂,盛享"海南绿肺,绿色宝库"。这里黎苗风情,古朴深韵,人文景观,源远流长,素有海南黎苗文化之源。我虽然退休多年,极少外出旅游,然琼中是我的梦想之地,还有几个老友在琼中邀请,不去心不安宁。

县政协副主席李伏云同志陪同我先看了石斛、绿橙种植基地,而后看了养鸡、养蜂、养鹅专业户,虽然规模小,但投资少,运作好,见效快,符合农民的生产心理。琼中县委县政府正是理解了农民的这种生产心理,既科学引导,科学领进,又不强求,更不贪大求豪,让农民在看得懂,摸得着的生产实践中,学会科学种养,勤劳致富,和谐发财。长征镇新寨村委会新丰小组村民黎和光一家每年养鸡七千余只,全部养在自家屋场林间山野,吃混合饲料,在山上散养,且大都是阉鸡,每年收入二十余万元。这种在山林间养大的鸡,不像那些在养鸡场笼里饲养的大种鸡,笨头笨脑,傻大憨粗,使人吃了难免忧心忡忡。这些琼中山林鸡,能飞能打能上树,油光发亮,细皮嫩肉,端上桌,闻上味,就叫人长食欲,添精神,增能量。

在山村转悠大半天后,我想在农民家吃饭。主随客便,顺路来到琼中县长征镇万众村一个村民家。虽是顺路,虽是便饭,好几个人忙乎了一阵。雷公笋、山竹笋、白斩鹅、烤牛肉、烤塘鱼、羊肉火锅摆了满桌子。虽仅六个菜,每道菜都体现了琼中人的实心诚意,鱼是整条的,笋是整根的,肉是大块的,全是自产的。下筷之前,总叫我犹豫不决:吃哪块最小?吃哪根最短?

因我急着赶夜路去海口,到了就上桌,上桌就开战,以致主人请的陪同人员,是在我们开吃后陆续入席的。凭我几十年酒场经验,陪同的人越多越倒霉,我几次暗示,不要请人陪了,随便吃点走人。可碍于面子,不便多说。到最后,村书记黄茂彬来了,琼中县原副县长兼公安局长严以滨同志专程从海口赶来了,连村主任的弟弟外甥女等都来了。男女分组,轮番敬酒,还不断呼喊着"干""干""干"的口号,闹得整个屋场上像过节似的。

米酒是村民自酿的,桶装的,没人斟酒,每人面前倒满一大碗,每个碗边放了一个不带把的玻璃小酒杯,每喝完一杯后,大家自觉用两只手指夹着杯子从碗中打酒放在面前。如此操弄,起初我有些不习惯。后来我瞧见严县长李主席等人都这么做,立马脸红起来。我都退休五年了,从军前也是农民出身,还有啥放不下的呢?有人说,人活在世上,大致有三种境界:一是拿不起,放不下;二是拿得起,放不下;三是拿得起,放得下。生活在一、二种境界的人,都活得很烦很累,我为什么不活在第三种境界呢?

我原以为,两只手指夹着杯子在碗里打酒,有失文雅。其实,在五指山区的黎族村寨里,真正的文雅就是放弃:放弃所谓的官人架子;放弃所谓的文人风度;放弃所谓的卫生讲究,让随意成为习惯,让自己融入群众。当我真的放弃了,不知不觉,一碗米酒消灭得干干净净。主人连忙给我碗中添酒。我说,等大家碗里都喝完了再加不迟。他们二话不说,端起自己面前的半碗酒,张嘴扣了进去。见此情景,我内心好生狼狈——自我们上桌后,这家主人一直在忙碌,忙里偷闲给我们敬了好几轮酒,一口菜都没顾得上吃。琼中人就这么实在,实在得宁愿自己委屈受苦,也要让客人高兴,二十多年前我就领教过。

1988年夏,我所在的部队受领了赴南沙守礁的任务。时任琼中县委书记何利华、县长黄交儒亲自带领县四套班子的领导牵着牛,赶着猪,扛着酒来我部慰问,亲自给守礁官兵敬壮行酒。每批守礁官兵凯旋归来时,他们又来接风洗尘。有一天,我和团长激动地同时握着何利华书记与黄交儒县长的手说,我们部队没驻守在琼中境内,离你们山高路远,你们经常把我们当亲人来慰问,为我们守礁官兵提神鼓劲,叫我们怎么报答你们呢?黄交儒将酒杯往桌上一蹾,两只槟榔眼朝我一瞪:"老哥,你这是说什么话呢?拥军不分远近,爱国没有亲疏!保卫祖国海洋国土,是我们炎黄子孙共同的责任,你们官兵代表我们海南人民去守礁护疆,我们不表示一点心意,心中能安宁吗?"一席话,说得我哑口无言,我将泪水酒水一起倒进杯中,向他俩深深鞠躬之后,连干了三杯。黄交儒却端起一碗米酒,来了个底朝天,然后嘴巴一抹:"战士们南沙守礁,业在今朝,功在千秋,我黄交儒一碗米酒聊表爱心,谁转业退伍后愿意去我们琼中工作的,我们一定认真安排,决不让为保卫祖国流血流汗的人在琼中吃亏流泪!"

这一幕,守礁官兵个个看在眼里,记在心中,成为他们战胜艰难困苦,为国忠诚奉献的强大动力。二十多年后,许多战友每每忆起这一情景,心生敬意,感动万分。

果真不久,这个部队的好几个干部转业后,舍弃大城市,来到了琼中。李伏云就是其中之一。他在部队当过连长、指导员、宣传干事、股长、营教导员、团政治处主任、人武部政委,是个能文能武之才。转业到琼中当了管农业的副县长,一干就是两届。好些人不相信他这个湖南城镇来的兵能当好海南管农业的官,可他偏偏当上了,干好了,还学会了满口海南话、黎家话,多次受到省部领导的表彰。如今年龄偏大,转到政协工作,毫无怨言,继续为琼中的振兴和发展献计献策,流汗出力。还有个叫李中原的士官,居然在琼中办起了农场,并带动周围农民科学致富,和黎族苗族群众亲如一家。

这些年,我看报看电视,特别关注琼中。当我看到琼中少年女子足球队在瑞典哥德堡市获得了2015年"哥德堡杯"世界青少年足球锦标赛U12女子组的冠军后,那鲜艳的五星红旗,那雄壮的国歌,既点燃了期盼多时的琼州大地,也点燃了我对琼中小姑娘们的崇敬之情。

当我看到琼中黎族苗族自治县民歌展演团表演的舞蹈《木屐哒哒》,在北京参加感动中国2016群众文化艺术周暨"群文杯"第四届舞蹈比赛,以精彩的表演,精美的创作,最佳的台风脱颖而出,荣获"金靴奖"及最佳台风奖的新闻时,我也情不自禁地和着电视里的音乐手舞足蹈起来,那木屐的哒哒声,把我的思绪拉回到二十多年前野营训练路过琼中的情形。

我和严以滨认识近三十年了。当年我们部队在琼中有仓库和农场，难免有些军地矛盾，他在其中做了许多强力协调工作，避免纠纷发生，维护了军民感情和军地团结。每次部队野营训练路过琼中，他都及时主动地把社情民情通报我们，并派公安干警做好部队驻地安全警卫工作。他说，解放军为保卫祖国忙备战，我们也要为保卫解放军做贡献。有次部队训练时遗失一个望远镜。他得知后对我说，部队按时开拔，我保证给你找回来送过去。果然，不到两个小时他就亲自送来了。我说，你那么忙，何苦亲自呢？他说，部队无小事，拥军是大事，亲自理应当！我始终念记他这份拥军情、实在心，我们两人只要见面，就有说不完的话，喝不醉的酒。

那天，我们两个退休老友都动了感情，都把自己当作二十多年前的年轻人来干了，真乃酒逢知己千杯少，两人衬衫湿透了。好在那饭桌是摆在露天菠萝蜜树下的，山风阵阵吹来，浑身清爽凉快。

收 藏 乡 愁

二十多年前,当文人的作品中还未流行"乡愁"这个名词时,我就开始收藏"乡愁"了。我的乡愁不仅铭刻在我皱纹渐满的额头上,还流淌在我"永不褪色"的湘式普通话里。于是有人调侃我,出门四十多年,乡音顽固不改,肯定乡情长驻。

每次探亲,我都要从故乡带回一些记忆"乡愁"的物件。蓑衣、斗笠、草鞋这三件伴随我童年艰难生活的常用品,是我最早带回来的。父母和好些乡亲很不理解:都什么年代了,还找这些东西做什么?他们认为,我带走这些东西,是为了忆苦思甜,翻身不忘本。

其实,他们只说对了一部分。我当时收藏这些,并非全是"乡愁"使然,我实在怀念戴斗笠穿蓑衣的日子、卖草鞋挣零钱的生活。后来,我还请人带来了早年舂米用的石臼、臼头、母亲出嫁时的帽筒、陶瓷缸、少年时我自己制作的毛主席像章等。

有许多我记忆深刻的农具,已经没法收藏了。如水车,在上世纪的大旱年月,乡亲们曾用十多台水车接力车水,硬是从湖坝内把洞庭湖水车到了村头山上的稻田里,每台水车都记刻着乡人的艰辛。为了抗旱,我夜晚车水时打瞌睡,脚板踏空,车跎打在小腿上,皮破血流,顾不上包扎,跛着腿脚继续车水。没谁把我当作未成年人,我自己也没把自己当孩子。

十七岁时,我能独自一人扛起百来斤重的手车子(两人肩并肩用手驱动的水车),生产队每次都安排我和一个姑娘搭配用手车子车水。在激情燃烧的上世纪六七十年代,一对少男少女车水,谁也不想让对方瞧不起自己,越累越来情绪,车水的速度越快。水车转动的速度越快,水洒在身上也越多,直到两人身上半湿才罢休。那时的村姑"颜值"不高,但很清纯、善良、守道。没有乳罩戴,都用一块宽厚的有色布把胸前包裹得平平整整,生怕胸前太凸(不像现在,不凸就塞东西作假)。因为是有色布罩,再湿也不会走啥光。至于车水时是否车出过爱的泉流,我记不得了,有也羞于让它流露,只会用积极劳动来洒水释情。

可惜,如今找不到一台水车,更找不回那种男女情爱的朦胧羞涩了。有村民提醒我说,现在的年轻人谈情说爱,谁还羞涩,大都喜欢吃快餐,快打快撤,快结快离。我们村的年轻人有十多个离过婚。为啥?他们说,为了自由"性福"。我说,有了你们的自由"性福",儿女们能幸福吗?父母会幸福吗?这种建立在儿女和父母忧愁甚至痛苦基础上的"性福",还能叫"性福"吗?其实,如今离婚的比比皆是,哪能问那么多为什么。

还有那些犁田用的蒲滚、浪耙,四五十岁以下的村民已不知曾有过这些农具。因为现在村民犁田种地,没有过去精细,没谁想到用蒲滚把田泥搅碎成泥浆才插秧,能用铁耙耙一遍就很不错了。有的村里地都没人种了,家中麻将声声,地里荒草葱葱。这也是我的一份乡愁!我曾经对市委书记说,农民也要反腐败啊!他先是两眼瞪得箩筐大,顷刻又上抬下拉成了两个问号。我说:过去共产党领导农民翻身求解放,就是为了打土豪、分田地,现在田地分到手了,却让它荒芜、浪费,晴空万里,暖阳高照,四个人打麻将,两个人看,还有一个人专门做饭,地里活没人干,田地里草比人高,这不是腐败是什么?他呵了一声,半晌未语。

有种一人操作(右手推磨,左手放料)的小石磨,凝聚了我太多的苦梦。在上世纪60年代,我用这种手磨磨过麻子、荞麦,拌野蒿、野蒜充饥。听说邻村还有一副,我兴致勃勃跑去一看,只有下爿,没有上爿。这是艰苦岁月的生命之磨,伴随了我们民族几千年,在改革开放三四十年后,伴随乡民的苦日子一起消失了。

还有独轮车,我用得不多,但情有独钟,念念不忘。我十六岁那年,挑着一百四十斤稻谷去卖"周转粮",多么渴望能有一辆独轮车帮我减少肩膀的疼痛啊!现在连我的许多同龄人,都不知道何为"周转粮"了。年终分配时,我家辛辛苦苦一年下来,还倒欠生产队六十多元钱,只好把分给我家口粮中的六百多斤稻谷挑去公社粮站,以九元五角钱一百斤卖了"周转粮",换钱回来还账。来年要吃饭,再用十三元钱一百斤从粮站买回来。"卖周转"的家庭,越卖越穷。如今,农民的字典里早已删除了"卖周转"。房子破了,有危房补贴;生病住院,有医保;孤寡老人每年有几千元养老金。我的邻居五保户张自强叔叔,破落地主家庭出身,大半辈子生活潦倒。他做梦都没想到,十年前政府花一万多元给他买了四间砖瓦房。现在他有养老金加上一份田土,还收点杂货,每年都有存款,日子过得红红火火。我说,您老不是五保户,而是"五宝户",他笑洒了一脸阳光。

当然,最没法收藏的是故乡颇有特色的山水和这片山水上曾经有过的生活。过去我们村庄的中间是层层向湖汊延伸的稻田,稻田两侧是直通湖汊的水渠。这些水渠主要功能是灌溉稻田和雨季排水。稻熟季节,一排排金浪从村头向湖汊流去,一缕缕炊烟在村头袅袅升起,让人很容易想起"喜看稻菽千层浪,遍地英雄下夕烟"的诗句。

由于村子两侧的水沟较深,水肥且流动,沟中生长很多小鱼。下雨天,我常扛着用三脚架带个长竹把支起的三角形小渔网(家乡叫推扛子)去沟里撮鱼。尤其春夏雨季,沟里有许多从湖里逆水上游的鲫鱼、鲤鱼、鲇鱼等,我们统称上水鱼。越是雷声大作、暴雨倾盆,上水鱼越多。在电闪雷炸、暴雨倾盆中撮鱼,难免有些害怕,我边撮边唱"下定决心,不怕牺牲,排除万难,去争取胜利"给自己壮胆。我当时想,毛主席要是在雷暴雨中撮过鱼,写出来的诗词,肯定比橘子洲头更加壮怀激烈。

可惜,历史车轮悄无声息的碾压,连我老家那个小村子也没放过。就在我当兵四十多年的时间里,这些当年绿水长流,鱼虾常游的水沟全被填平变田了。每次回到家乡,我都想问:村里和稻田怎么排水呢?有村民说,田已分到各家各户,只能个人顾个人了。

每次回乡遇到电闪雷鸣、暴雨倾盆的天气,别人都往屋里躲,我却时常生出冲进雨中抓鱼的欲望。我很清楚,如今冲进雨中,肯定一无所获,哪有鱼虾?可我认为,能找回一点当年的感觉,即时下所说的乡愁,就是最大的收获。这种收获,对于心态修复,特别是"官态"修理,大有益处。前几年我常说:"菜好菜差无所谓,每餐有吃就是福;收多收少无所谓,不会欠账就是福;钱多钱少无所谓,身体健康就是福;官大官小无所谓,永不坐牢就是福;生男生女无所谓,懂事孝顺就是福;年老年少无所谓,生活自理就是福",全是我收藏乡愁,咀嚼乡愁的收获。

还有好些"软乡愁",更令我怀念。那时,家家户户门上也有锁,钥匙就插在门框上下,没谁起盗心。那时,修水利,修公路,男女通铺住在一个房,没谁起邪念。那时男女青年睡在一张竹床上乘凉,没谁动手动脚。

那时,区社干部常下乡,走到哪家遇到啥吃啥,叫"吃碰饭"。吃完"碰饭"交了粮票现金走人。实在太远,当天回不去,就睡在农民家。有几个区社干部和我偎过脚(睡在我的脚头)。有个叫王其伟的区特派员,是在我睡着后上的床,天亮后我发现我脚头睡了一个人,立马想起晚上我是脱了袜子上床的,没洗脚。我的脚那么臭,他怎能睡得着哟?起床后我脸涩涩的,连招呼都没敢和他打,背起书包溜出家门上学去了。现在还有哪个区乡领导在农民的床上和农民的儿子偎脚、闻脚臭呢?当然,也不完全是干部不想扎扎实实接地气,还有个接地气的环境问题。我当团政委和副师职干部时,每次下基层都和班排战士睡在一个大房间。后来,连队干部给我提意见说:首长,您最好不要睡班排,因为您打呼噜。我想起与别人同睡一房时,听到呼噜无法入眠的难受味,从此再也不为了自己接地气,让战士活受罪了。

有些乡愁,没有也不愁。比如,四十多年前,我们家乡苍黄的土地上,年年有种不完的红薯、杂粮,地里有干不完的活。现在几无白土,地上全种了果树和经济林,满地郁郁葱葱、鸟语花香,野鸡野兔横冲直撞。虽然看不到过去的苍茫景象,但眼前的绿景更加暖心;虽然再也看不到一间稻草泥砖房子,我永不怀念。我愿村民家家住上农家别墅,永不再点煤油灯,永远不再用水桶挑水——那些落后而贫穷的生活没啥值得怀念的!

有对四十多年前我在家挑水时常用的水桶,早已散架成一堆木板放在屋檐下,母亲准备做柴火饭时烧掉。我见到它们,想起当年我肩膀上还挂不住扁担时,用它们艰难挑水的情景,迅即把所有散架的木板捆起来,连同那根带着两个木钩子的扁担,藏到楼顶去了。母亲说,收堆烂木板有么之用,我说,这是记忆,只要看到它们,就看到了我的童年。

其实,我的童年就藏在鸡鸣狗吠声中。我每次回家,只要听到一声狗叫鸡鸣,就能重拾一段童年的梦。我的睡眠不好,只要晚上听到犬吠醒来,就很难再睡了。睡不着,净想些童少年月的事儿,净想些没完没了的乡愁。

乡愁,既是一种精神财富,也是一种精神负担。我的儿子就没有这些乡愁了,他一岁半来海南,连家乡的话都不会说,对家乡的印象几近空白。孙女馨馨更无乡愁,她睁开双眼看到的是蔚蓝的天空,湛蓝的大海,葱郁的椰树,火红的三角梅,她的故乡在三亚。

乡愁是本永恒的书;乡愁是首无尽的歌;乡愁是我永远苦涩而甜蜜的记忆。我写下点滴,留在纸上,想让这些有文字的乡愁,供我年老体衰后时常反刍,想让子孙后代不把乡愁当作传说。

三、爱及自我生命

爱 惜 良 心

法国作家蒙田说:"看来,世界上分配最公平的要算良心,因为从来没有人埋怨自己缺少良心。"可是,有些人虽然有了或自以为有了所谓的良心,却不会爱惜,甚至时常糟蹋自己的良心。

那年看到《南京晨报》报道,一位七十五岁的南京老汉在下公交车时,从公交车后门一头跌倒在地,没法爬起来,跟在身后的乘客却无人上前帮他。这时老汉大喊一声:"是我自己跌的,你们不用担心。"当他喊出这句话后,众乘客才敢上前救他。

看到这则新闻,我又一次痛心了。出现这种事情,不仅是南京人的悲哀和耻辱,也是我们中国人的悲哀和耻辱。在我们这个有着五千年文明历史的国家,扶起一个跌倒老人,救助一个意外伤者,并非难事,为何没人敢伸援手呢?

出现这种现象的最直接原因,一是确有部分人道德沦丧。眼见他人陷于危难之中而不生恻隐之心。二是有些人良心中了病毒。非但不懂感恩帮扶者,反而污蔑做好事的人为肇事者。三是法律出了故障。当有些帮助别人的好心人给自己惹了麻烦后,法律未能给予公证判决,使好人倒了霉。于是,不少人在心寒之后"引以为戒";于是,人与人之间出现了信任危机,因为担心遭讹,该伸手时不伸手;于是,有的人不相信法律的公正廉明,只相信多一事不如少一事。

弗兰西斯·培根曾说过:"一次不公正的判决,其恶果相当于十次犯罪。"由于我们过去对一些"倒地案"不公正的审判,直接或间接地打击了社会良心,糟蹋了仁爱和善良之心,误导了人们的德行,使见死不救成了常态,助人为乐成为风险。导致有的老人摔倒在街头,众目睽睽之下,竟无人敢上前救助;导致有人看见老人摔倒或病倒街头,实在于心不忍想救助时,一定要拉上几人或十几人做证,固定好证据,并让别人知道自己行为的目的,才敢动手;导致有人摔倒后需有别人救助时,必须事先发表声明"是我自己跌的,你们不用担心",否则没人敢救……导致整个社会信誉体系出现了"熊市",人与人之间的信誉度大大缩水。

最近,我又看到柯云路老师写的一篇文章说,四川泸州市七十七岁的万姓老太在买菜回家的路上不慎摔倒,过路的年轻人陈思为急忙拨打急救电话,并和医护人员一起将万老太送上救护车。当老人的儿媳赶到医院,见陈思为正围着老人忙前跑后,厉声喝住他:"你怎么把我婆婆撞伤了,把身份证交出来。"老实憨厚的陈思为一时百口难辩,乖乖地拿出了身份证。陈思为的父亲也误以为是儿子惹了祸,主动为万老太交了五千元住院费。万家人想当然地一致认定陈思为是肇事者。万家的儿子还说:"不是你撞倒的,咋会主动送到医院?咋会交钱治疗?咋会押身份证?"

他们的思维逻辑就是,你没肇事,为什么救人?你救了人,是因你肇了事,世界上没有白做好事的好人——因为他们自己从未做过这种好事,也从没想过做这种好事,所以,做好事的人无法不成为肇事者。

老实木讷的陈思为平生遭此冤屈,气愤万分,他先是自己打自己的耳光,后来用头撞墙,而后发展到精神恍惚,被确诊为精神分裂症。为他治病,家里花去了一大笔钱。无奈之下,陈家人只好状诉万家,要求返还其垫付的医疗费,作为陈思为的治疗费。

好在陈思为看到万老太太摔倒时,曾招呼对面茶馆的年轻人一起上前救助;好在老太太被抬上救护车前曾亲口对这位年轻人说过"这娃儿(陈思为)是个好人,不关他的事";好在附近阳台上一个做饭的人恰好目睹了这一幕;好在法官能够深入调查,对陈思为做出了公正判决。

——这个本不该成为案子的"良心案",警示我们每个有良心的中国人:一个地方的社会风气如果不能保护有良心、做好事的人,这个地方谁还想做好事?谁还敢做好事?一个地方的法律如果不能保护良心、维护良知,这个地方还会有法有理、有情有义吗?如果做好事的反倒成了肇事者,还不如见死不救的好,这个地方还有社会正义可言吗?德与法虽然是不可相互替代的,但离开道德和伦理的法律,不弱于一具气血皆死、没有灵魂的尸体,虽然像个人样,但已经没有人味了!

救人的反而成了肇事者,并得到抛弃道德和良心的判决,这不仅仅是对某个人的伤害,也是对天下良心的蹂躏与糟蹋!

由此导致人们心灵、人格的扭曲与道德是非观念的紊乱,比一场真正意义上的血腥屠杀有过之而无不及!

良心是一个古老的伦理概念。《孟子》中将恻隐、羞恶、恭敬、是非之心称为良心。朱熹则将良心视为宰制人心的"道心"。王阳明将良心看作澄澄朗朗的"本心"。道德意义上的良心是一种道德心理现象,是指主体对自身道德责任和道德义务的一种自觉意识和情感体验,以及以此为基础而形成的对于道德自我、道德活动进行评价与调控的心理机制。古罗马的西塞罗说:"对于道德实践来说,最好的观众就是人们自己的良心。"而斯多葛派的观点则是,良心是"人内心的神","圣神居在你的心中,他是我们做坏事的监督人,好事的防卫者"……无论何种表述,全世界的伦理学理论都认为良心乃是道德秩序的保证。如果一个人的良心变坏了,这个人再富,也只能是一个活着的尸体,没有任何生气和力量。

前些年,不爱惜甚至糟蹋良心的人与事有越来越多之势。比如某先生行车途中发现地上有一满身鲜血、痛苦不堪的人,立即送往医院抢救后,不但得不到其家人,特别是本人的感谢,反而被诬告成交通肇事者;比如某天有人发现大家给过不少钱的沿街乞讨的"残疾人",正在星级宾馆吃香喝辣,在歌舞厅潇洒人生;比如好心捎带求情搭便车的人,不料半路出了车祸,一夜之间成了十恶不赦的罪人,既受经济惩罚和人格指责,还要遭受拳打脚踢;比如有人掏尽家底,借钱给一个突遇危难、痛不欲生的老熟人后,借钱者成了黄世仁,被借者成了杨白劳,不但没有追回借款,反而挨了一顿暴打;比如明知有些产品卖出去是要伤人、害人、死人的,却昧着良心往市场上抛;比如明知有的商品质量有问题,因为收了人家的重金,昧着良心在报纸电视上做广告,吹得连自己的良心都起鸡皮疙瘩了,嘴上还在天花乱坠;比如南京企业家邵建波好心扶贫帮困后,竟然有人躺在他家门口等着给钱,给少了都不行,"不给我几千块钱我就不起来";比如在广州市打工的秦宏贵在大街上发现年轻女子遭人抢劫欺凌,见义勇为,挺身相救,被凶徒捅成重伤后,获救女子居然溜之大吉,不肯出面指证……

当然,在国际上这种糟蹋良心的事早已屡见不鲜:比如无端侵略别国,屠杀了人家几千万人,不但不认罪,不悔过,反而千方百计篡改甚至歪曲历史；比如疯狂发动了一场造成几十万人死亡、数千亿美元经济损失的现代战争后，很快有铁的事实证明发动这场战争的两个理由都是错误的，就是昧着良心不认错、不道歉、不认罪，还到处胡说八道；比如谁都知道那些宝贵文物是从发展中国家抢盗来的，不但不还给人家，还厚颜无耻地拿到市场上公开拍卖……

虽然现今社会大多数人是讲良心、爱良心的，但这种糟蹋、损害良心的事多了，其恶劣影响会像病毒一样蔓延。从此，有些人再也不敢见义勇为、孤身救人；再也不敢轻易对别人施舍；再也不敢放心借钱给别人；再也不敢轻易相信广告、接陌生人的电话……

社会正义之声与其责怪有人缺少良心，不如下狠心珍爱良心、保卫良心。只有使良心得到全社会、全世界共同的爱护、褒扬、奖赏，这个社会才会使善良、仁爱、忠诚的美德发扬光大、蔚然成风。这也是一个文明社会最基本的道德保障。

有年夏天，在德国留学的中国青年杨立从波恩港出发，沿着莱茵河骑自行车旅行。路过克里斯托镇时，他捡到一个装有几千欧元现金和几张信用卡的皮夹，毫不犹豫地送到市政厅后，连姓名都没留下便悄悄离开了。第三天，当他来到莱茵河边的又一座小镇投宿时，不料被几名警察拦住，说是受克里斯托小镇之托来寻找他。

来到警局，杨立很快就接到了克里斯托镇镇长打来的电话，他抑制不住欣喜地要求杨立回克里斯托镇领取五百欧元奖金和一枚荣誉市民奖章——这是镇上历来对拾金不昧者的奖励。杨立听镇长这么一说，不假思索地谢绝了。镇长问他，这是为什么？杨立说，施恩不图报，是我们中国的传统。

镇长告诉他，他离开后，镇上的人们立即开始打听这个善良的东方青年的下落。由于镇上的人只是听说杨立正沿着莱茵河旅行，连具体的方向都不知道。小镇的警局只好把杨立相貌的拼图电传给莱茵河上下游两岸的十多个城镇的警局，发动了百余名警察才把他找到。听说克里斯托镇的人们如此兴师动众地寻找他，杨立感动不已，但有些不理解：既然我已离开，何必如此费力寻找？如果找不到，还可替失主省下这笔钱嘛。

镇长严肃地回答说："施恩不图报，并不是你们中国人眼中简单的个人问题。你拒绝我们的请求已经相当于在破坏我们的价值规则。这些奖励你可以不在乎，但你必须接受。因为这不仅仅是对你个人的认可，也是整个社会对每个善举的尊重。对善举的尊重，是我们每个公民的责任，也让我们有资格去劝勉更多的人施援向善。所以，我们不能因为你的无私而放弃履行自己的责任。"

镇长的这番肺腑之言，不仅颠覆了深受中华传统熏陶的杨立对"施恩不图报"的传统理解，答应并回到了克里斯托，也让我们许多中国人认识了德意志民族珍爱和保卫良心的严谨与执着。他们不把知恩图报当作是对某个人的感激，而是整个社会对善举、良心的尊重；是培养人们讲良心、讲道德、向善乐施所必须遵守的道德基础。这种道德认知不单纯是从个人修养出发，而是着眼于社会的、民族的道德心态的培养，实在难能可贵！

从人的整个成长过程来看，影响人生的不仅仅是环境，更重要的是人的心态，积极的心态像太阳，照到哪里哪里亮，消极的心态像病毒，传到哪里哪遭殃。心态控制着人的思想行为，决定着人的精神情绪，影响着人的视野、谋略、斗志甚至一生。对善良之心、仁爱之心、忠诚之心和同情之心，别人不能伤害，自己更不能伤害。有些人说了没良心的话，做了没良心的事，特别是不仁不义、恩将仇报、阴险狡诈的事后,自以为神不知鬼不觉,其实,最瞒不过的是自己的良心,正如雨果所说,"无论哪个法官都不会比一个人的良心了解自己"。

托尔斯泰曾写过一本叫《天堂就在你心中》的书,说的是当一个人按照良心做事,他就如同生活在天堂里;当一个人昧着良心做事,他的心灵就如同生活在地狱一样痛苦。良心是每一个人内心最公正的审判官,有人骗得了别人,永远骗不了自己的良心;良心不安宁,心中永无安宁之日,生活永无安宁之时;良心对自己的惩罚,远比别人对自己的惩罚严厉得多,长久得多,痛苦得多,乃至永远。

因此,但凡想过上安宁、和谐、幸福日子的人,首先要保卫和爱惜好自己的心灵,守护好自己的良心,没良心的事不干,没有良心的话不说。如能坚守好这个关口,虽然难保有大富大贵,但可免除大灾大难,落个心灵平安、心情舒畅、心地坦然、人生无愧。

要把自己当人

当今社会,有些人越来越不把自己当人了。

一条马路,行车道、超车道、斑马线标示得清清楚楚,红绿灯显示得明明白白,该行车时行车,该走人时走人,各行其道,互不干涉,多好。可有的人非要闯红灯,在行车时间横穿马路甚至翻越隔栏,结果发生事故,撞破了头,压断了腿,残废了手,甚至结束了生命——这不是硬不把自己当人吗?

过去,我看到摩托车在行车道上逆向行驶,甚至在交警队门前的路口闯红灯,在汽车轮前打穿插、玩"杂技"时,惊叹他们不怕死。现在我痛惜他们不把自己当人。多少骑摩托车违章的人被撞伤撞死,多少闯红灯的人命丧车轮,多少横穿马路的人被汽车撞飞,都是不把自己当人的结果。

在法国,行人违章横穿行车道时被撞伤撞死,驾车人不但不赔偿,还要被撞者赔偿驾车人因此造成的损失。而我国现行的车辆事故赔偿规则,不管被撞者是否违反交通法规,开车的都要倒霉。看起来似乎是以人为本,保护弱者,实际是在促使一些人不把自己当人,使他们认为,谁撞了我都会倒霉,你们不敢撞我,因而明知有生命危险,还要硬闯、蛮横。当然,我国人口众多,又刚刚进入汽车时代,有些初入城市的人缺少交通法规教育,他们违章行路情有可原。但更多的人明知闯红灯横穿马路是违章,为了图方便放纵自己,这类人就不可原谅了。

有人明知自己要开车,端起酒杯不刹车。喝得嘴角流水腿脚打架,还要开车上路,劝不听,拦不住,生生把自己或别人撞伤、撞死——这不仅是不把自己当人,还不把别人当人!大前年8月4日至5日,两天之内在杭州、鸡西、成都发生三起酒后交通肇事案,造成四人死亡二十七人受伤,给我们留下了血的教训。现在全国都在查处酒后驾驶,就是帮助酒驾者守住做人的资格。

有的人吃晚饭的时候,明明已经喝得东倒西歪、不省人事,饭后又去歌厅、酒吧喝酒。从歌厅、酒吧出来,已是凌晨两三点钟,还要再吃夜宵再灌酒。如此这般数小时内喝几餐酒,就是酒仙也会醉倒,就是不锈钢胃也会长锈,何况人体都是肉长的!不喝伤胃、喝坏肝、喝死人才怪哩——这岂止是不把自己当人!有专家说,喝醉一次,等于得一次急性肝炎。经常喝醉,经常得肝炎的人,能长命吗?

一间房子、一片海滩、一条街道、一块草地,本来干干净净、漂漂亮亮,有的人非要随手丢、随口吐、随地扔、随便踩,把自己的生存生活环境糟蹋成了猪圈狗窝,不像人待的地方——这不是太不把自己当人了!别以为不把自己当人只是害了自己,你污染了环境,糟蹋了别人的生活,危害了别人的健康,还害得别人没法做个健康人,这就太缺人味了。

有的人吃了多次亏后,略有醒悟,三番五次赌咒发誓:我要好好工作学习,再贪玩不是人;我要下决心戒烟戒赌,再抽再赌不是人。然而,一听到麻将声,心就飞了,非玩得脸青嘴乌眼眶黑才收场;一看到烟,就恨不得连烟蒂都抽进去——又不把自己当人了。做不到就别发誓,发了誓又违背,自己糟蹋了自己做人的信誉。

有的人上有老下有小,稍不顺心就自杀。不仅自杀,还要跑到大街大楼上手舞足蹈、大呼小叫,害得公安干警忙上跑下,害得整条大街交通堵塞,害得成千上万的人不能按时上班、上课、上医院、上车船、上飞机,害得新闻记者挤破头——这更是不把自己当人。生命来得不易,生长成人更不容易,怎能把自己的生命当垃圾,随便往大街上抛,使得家人痛苦万分、城市不得安宁呢?

有的人,官做得好好的,饭吃得饱饱的,硬要向别人的口袋伸手、向公款伸手。有的官员在台上人模人样的,在台下却干着不把自己当人的勾当。一个经济不发达地区的市长,六年间敛财三千二百万元,日均受贿一点五万元。有关部门对他进行案前调查时,他还一边向组织表白清廉,一边受贿,被抓的前一天仍在和妻子商量如何收取他人的名画——这就太不把自己当人了。明知纪委来查了,还在我行我素,这岂止是不把自己当人,简直是死猪不怕开水烫。

堂堂大学校长、博士生导师,竟然抄袭别人的论文,有的甚至抄袭学生的论文,当作自己的研究成果发表、捞钱、骗奖。结果,东窗事发,不仅自己出丑、学校丢脸、师道受辱,还败坏了学风——这也是生生不把自己当人。傻子都知道,当代社会网络信息这么发达,鼠标一点,啥东西搜索不出来?偷啥也不能偷文章,骗谁也不能骗百姓。谁偷,受了高等教育的教授导师不能去偷,可他们偏偏去偷。大学教授、校长偷东西,连死人都会害羞,妓女都会脸红,学生还有啥学头?大学还有啥前途?

有的人太把自己当人,太不把别人当人,背后尽说别人的坏话,从不说别人的好话,也不检讨自己的不是。让人听了,好像这世上只有他(她)是好东西,别人都是坏东西。其实,这种不把别人当人的人，压根也没想过把自己当人；他（她）朝别人身上泼脏水时，从没想过这脏水是从自己嘴里倒出来的；他（她）诽谤别人时，首先就诽谤了自己。

人之所以为人，就是因为懂得尊重自己，把自己当人。一个不把自己当人的人，怎能做好人！一个不把自己当人的人，你还能指望他把别人当人来关爱和尊重吗？

咱们居住的地球，原本清清爽爽、洁洁净净，就是因为不把自己当人的人多了，地球才有了脏象，人间才有了脏事，生活才如此脏乱，社会才增加了许多失衡。

"二战"时期，在德国某集中营里，一群战俘不堪忍受法西斯的折磨，有些人逐渐不把自己当人看了，有的出卖人格，变节投敌；有的痛苦失望，寻求自杀。奥地利著名心理学家弗兰支也被关在这个集中营里，他对难友们说，在现在的情况下，要让我们的生命产生价值，只有靠我们自己。法西斯不把我们当人看，我们更要把自己当人看，让自己的生命创造价值……从此，这些战俘组织起来，学习知识，锻炼身体，用自己生命的尊严和法西斯顽强斗争，再也没人自杀了，再也没人变节投敌了，人人充满希望地活着。

由此看来，同样一个环境，同样一个地球，人们若把自己当人看，就会创造生命的奇迹；倘若不把自己当人看，好人也会走向自己的反面。抗战刚结束的一天，国民党新一军军长孙立人的部下潘德辉急匆匆找到孙将军，领着他跑到一个宅院门口，只听院子里哀求、惨叫声连连。潘德辉踢开门，见几个军官正抓了几个日本女人在院子里发泄。孙立人冲进去二话没说，挥起马鞭去抽打那些军官，一边抽一边骂："不是人，你们不是人！"随后，孙立人让潘德辉把这几个日本女人送回了家。

孙立人心里很清楚，新一军的官兵都和日寇有血海深仇，有仇难免有报复心理。但孙立人为什么不能饶恕他们呢？潘德辉后来说：因为我们是人，而日寇是禽兽，我们不能和禽兽一样。狗咬人是常事，人咬狗就不正常了。所以，我们的胜利，是文明战胜野蛮的胜利。后来在"孙立人案"的审查中，潘德辉这个军统出身，被军统派来监视孙立人的人，宁可坐牢、杀头，也不肯昧着良心诬陷孙立人——因为孙立人是他心中做人的楷模，因为他从孙立人那里学会了怎么做人。现在的台湾地区领导人整天心绪不正，颠三倒四，丑态百出，拢不住人心，关键是自己没做好人，台湾人民哪会跟他们瞎混！我建议向孙立人学一学做人，也许能改变命运。

人活着，既是为自己，也是为亲人、为他人、为社会和国家担当一份义务和责任。我们既无权不把别人当人，也无权不把自己当人。

当父母的，要注意在儿女面前的道德形象；当老师的，要注意在学生面前的行为举止；当领导的，要注意在群众面前的人品官德。既然做了父母、师长和领导，我们就没有资格不把自己当人。在我们的民族、我们的队伍里，有千千万万既把自己当人又把别人当人的典范。雷锋、王进喜、焦裕禄、周恩来就是杰出的代表。

1976年1月8日，周恩来逝世后，联合国总部降半旗为他致哀。许多国家驻联合国的代表感到惊奇，聚集在联合国门前的广场上，质问联合国总部：我们国家的元首去世，为什么享受不到这种待遇？当时的联合国秘书长瓦尔德海姆，在联合国大厦前发表了一分钟的演讲："为了悼念周恩来，联合国下半旗，这是我决定的。原因有二：一、中国是一个文明古国，她的金银财宝多得我们数不过来。可是她的周总理在外国银行没有一分钱存款！二、中国有十亿人口，占世界人口的四分之一，可她的总理没有一个孩子。你们任何国家的元首,如果能做到其中一条,在他逝世之日,总部将照样为他降半旗。"说完,他转身离去。广场上的外交官们一阵哑口无言后,继而掌声雷动。

  这个故事告诉我们:一个真正把自己当人的人,一定会赢得全世界、全人类甚至我们的敌人的尊敬。一个人无论年老年少、钱多钱少、官大官小,都要把自己当人。尤其在人类需求越来越呈现多元化的当代,如果自己不把自己当人,是很难活出人样来的!

千万莫给自己打折

2009年10月中旬,我去深圳出差,一老友得知我出了新书,颇为遗憾地说,人家都说你出了好多书,我怎么一本都没看到?什么时候也送一本让我拜读。

下午,我省下景点,专门去深圳书城买书。还好,总算找到了两本《度行天下》。也许是去书店买自己写的书有种特别的情感,也想顺便了解此书销售情况。我对收银小姐说,这书能否打点折?小姐头都没抬:我们这里从不打折!我说,你看看,这书是我写的,能否关照一下,打个折。她两眼皮上翻下掀,瞧瞧我再瞧瞧书上的照片,确定我不是假冒伪劣后,用十分揶揄的口气说:"你这人也真是的,人家都巴不得自己的书卖个高价钱,你怎么还给自己打折呢?"

"给自己打折?"我原本想纠正一下收银小姐的语法错误,可话到嘴边,我立马意识到,我犯的错误比她的语法错误更大——我此举又何尝不是在给自己打折哟!

记得改革开放之前,中国是没有"打折"这一说法的。无论买布买盐买酱油、卖菜卖蛋卖山货,还是上街吃饭,从未听说过"打折"二字。可是,今天的中国,打折已成为家喻户晓的做法,连小朋友买玩具都会问一句,能打折吧?尤其到了年底,特别是春节前,各种打折货竞相上市,折得你心惊肉跳后还心烦意乱。到底买什么好?在哪里还能买到更便宜的?本来一个小时能搞定的年货,却跑了五六个市场,花了五六个小时。

其实大家都明白,"折"就是"水"。能打折的东西、能打折的价,就是有水分。在一个通行打折的市场,无论谁开出什么价,即便是最真实的价位,人们都以为还有水分。买主总觉得卖主心口不一、心怀叵测、心狠手辣、心中有水;卖主总觉得买主心猿意马、心浮气躁、买心不定、心中有鬼。即使成交了,都说自己吃了亏,究竟谁亏谁赚,连自己也无法心知肚明。

能打折,既是利润有宽大的空间,又让人有价格与价值严重背离的水分感。同一品种型号的珍珠,有人花了三千元才买到,有人只花三百元就买下了。得了便宜的人,不但不会感谢卖主打折,他们还会从心底觉得这个老板太黑,三百元的东西怎能三千元卖给人家呢!于是,将珍珠拿在手上看了又看,越看越不相信自己的眼睛了:能打一两折的东西,还是东西吗?!

当这种商场打折行为辐射到生活、工作、学习、学术、交往、建设等一切做人、做事的社会行为道德中时,人们对自己的言行便习以为折了。有人说,如今升值最快的是住房、二奶、官帽和墓地,贬值最快的是职称、文凭、政绩和诚信。听到领导作报告,特别是讲成绩时,人们便在心里"折量":该有多少水分呢?看到那些新修的歪歪桥、裂口路时,人们便在心里"折问":国家的投资不知又有多少折进了腐败的腰包?听到电视里的虚假广告,人们便在心里"折思":还经得起打折吗?

打折的习俗一旦形成,便牵引人们的灵魂走进了水分和虚假,人世间再也难得唤回真情、真实和坦诚:没结婚的像结了婚的一样同居,结了婚的像没结婚的一样分居;没有钱的像有钱人一样装富,有钱人像没有钱的人一样哭穷;小孩子跟大人一样成熟,大人跟小孩一样幼稚;动物像人一样穿衣服,人像动物一样裸露……

　　有的人,主观上原本也不想折了自己,只因骨子里浸泡的"折念"太深,便如吸毒般难以自拔。一见到权力,就情不自禁地折了腰;一见到名利,就情不自禁地馋了眼;一见到金钱,就情不自禁地伸了手;一见到美色,就情不自禁地动了心……人一旦将自己的良心、信誉、道德打折了,这世界上还有什么不能折的呢?

　　更可悲的是,有人将自己打折当作常事、幸事来享受,即使是折得人格贬值,也乐此不疲。有的人为了领到残废证,将自己的健康打折;有的人为了多在官场混几年,将自己的年龄打折;有的人为了享受低保,将自己的收入打折;有的人为了分到经济适用房,将自己的婚姻打折;有的人为了攀上靠山,将自己的辈分打折、籍贯打折、爹娘打折……人们为什么对那些铺天盖地的博士、硕士文凭存在打折心理,因为水分太多。有的领导和老板没去学校上过几天课,我不知道他们的硕士、博士文凭是怎么考上的?德国国防部长卡尔-特奥多尔·楚·古滕贝格就是因其博士论文中有严重的抄袭剽窃行为,被迫于2011年3月1日宣布辞去了部长职务的。

　　然而,人格和尊严一旦折去了,祸害的不只是一两个人、一两代人,而是一个家庭、一个集体、一个地方甚至一个民族的未来!

忽悠自己干啥

前些日子,美籍华裔女孩叶菲曾因获得"美国总统奖"而受到国人赞誉,电视报纸忙乎了好一阵子。最近,还是叶菲获得的这一"美国总统奖",却又受到了媒体的质疑。现在国人终于明白,这个"美国总统奖"其实就是"总统教育奖",相当于中国的普通三好学生,是个很一般的奖励,在美国基础教育校长联合会的网站上,每个学校都可以自行上网订购奖状和证书,每年获此奖的人数成千上万。只有"总统学者奖"才是美国优秀高中生的最高荣誉,才享有总统接见并与总统合影的殊荣,全美每年只有一百四十一位学生获得这一奖项。事实上,除了"总统学者奖""总统教育奖",美国还有很多以"总统"冠名的奖项,如"总统体育奖""总统学生校园公共艺术奖""总统积极生活态度奖"等,虽然都号称"总统奖",但未必与总统有直接联系,就像一位美国家长说的,只是为了让孩子在奖状上看到总统的名字觉得自豪而已。

有人说,我们原先并不清楚其中的区别,否则,叶菲的这个"总统奖"也不会"受到国人赞誉",中央电视台《华人世界》栏目更不会为叶菲"做一档专题栏目",让叶菲在电视节目中展示"总统教育奖"奖状,我们被叶菲忽悠了。其实,这并非问题的关键，根本问题在于如果叶菲得到的是"总统学者奖"，而且真的"受到总统接见"，难道就值得如此热捧了吗？与其说我们被叶菲忽悠了，还不如说我们是被自己忽悠了。这种事近些年在中国还少吗？好些人被某"名医"忽悠得喝了很多自己的尿；好些人被某假医忽悠得只吃绿豆、茄子，不吃粮食、更不吃药；好些人被某法师忽悠得献了大把钞票后还献了贞操；更可悲的是有的硕士、博士和教授被某"大师"忽悠得瞎练这法那功，弄得家破人亡……

　　吃尽了被忽悠的苦头后，我们自己首先要检讨自己为什么会被别人忽悠？被别人忽悠的前提是我们自己心中无主，自己不能做自己思想的主人，自己经常忽悠自己。国外也有人经常犯此种错误。

　　我从许多作家的文章中知道这样一个故事：有一位衣着简朴、沉默寡言、态度谦虚的女作家被邀请参加一个笔会。坐在她身边的一位年轻的匈牙利男作家不认识她，以为她是位不入流的作家而已。于是，他用居高临下的态度问女作家："你有什么大作发表呢？是否能让我拜读一两部？"女作家回答说："我只是写写小说而已，谈不上什么大作。"这位匈牙利男作家更加坚定了自己的判断："你也是写小说的，那么我们算是同行了，我已经出版三百三十九部小说了，请问你出版了几部？"女作家十分谦逊地回答："我只写了一部。"男作家更有些鄙夷地问："噢，你只写了一部小说，能否告诉我这本小说叫什么名字？"女作家平静地答："《飘》。"那位狂妄的男作家顿时傻了眼。女作家的名字叫玛格丽特·米切尔，她的一生只写了一部小说。如今全世界都知道她的名字，而那位号称出版了三百三十九本小说的作家的名字，早已无人记得。

　　一个作家一生中只写一本小说，况且当时她自己并不知道这本小说对世界的影响和价值,这是需要很大的毅力和定力的。如果自己不能做自己思想和意志的主人,被贪大求多的浮躁世风和周围的言论左右,自己忽悠自己,这是万万做不到的。

大凡能够成就惊天伟业的人,都有一个突出的特点:能顶住各种诱惑,排除各种干扰,做自己思想的主人,决不忽悠自己。尤其当荣誉和掌声接踵而来时,能守住自己心中的"主"、心中的"神",把不忽悠自己当作对自己最大的爱护。

美国作家塞林格因创作了《麦田的守望者》而声誉与日俱增。当许多记者要来采访,甚至有人要来拜师时,他却隐退到乡下,极少出现在公共场合,以致法国某报纸在介绍他时,竟错将与他同姓的白宫新闻秘书的照片登了上去。还有一个美国作家福克纳因创作了《喧哗与骚动》《我弥留之际》等优秀作品而荣膺诺贝尔奖,成为一代大师。他获奖后,美国总统肯尼迪想宴请他和历届获得诺贝尔文学奖的美国作家。福克纳拒绝说:"我老了,不能去那么远的地方跟一帮陌生人吃饭。"

要是在中国,谁获得一个国际大奖或做出一点成绩,如果被国家领导请去吃饭,不仅会不远万里而去,还要想方设法上报纸、上电视、上博客、上微信,出尽风头。有的人出名,就是自己把自己忽悠到了极致,迫使自己做了自己的奴隶。尤其可悲的是,有的人原本长得很丑,他们硬要通过电视、网络等媒体施展各种招数,甚至不惜自曝丑闻,妄想把自己忽悠成名人。结果,越忽悠,越适得其反,在人们心中越丑不堪言。何苦哩!

有些人忽悠自己的目的,原本为了赚钱。没想到越忽悠,使自己的形象越差,越不值钱。当他在人们心目中一文不值的时候,还能赚到啥钱?我们无论做哪一行,首先不要想到自己能赚多少钱,而要想到自己能值多少钱,要努力使自己值钱。特别可怜的是有些领导干部,原本是很优秀能干的,因为官做大了、权力大了、名气大了后,缺少定力,在频繁的自我忽悠中,发展到精神恍惚、灵魂失控,顶不住名、利、权、色的诱惑,由"大忽悠"成了"大老虎"。上午还在台上作反腐败的忽悠报告,下午就被戴上了抓"老虎"的手铐,既忽悠了别人,也忽悠了自己。

如今,外国人自我忽悠的现象也常有。有个总统还没上任,就忽悠得全国乃至全世界目瞪口呆;上任伊始,也轰轰烈烈地忽悠了一把。当他处处碰壁后,才逐渐明白:做人不能忽悠,干事业不能忽悠,治国安邦更不能忽悠!忽悠手法用在某个企业、某个团体可能马虎过去,用在一个国家,是要祸国殃民的,人民能答应吗?人民不答应的事谁硬要忽悠,只能自取灭亡!

我们中国人自我忽悠的现象似乎仍是家常便饭,我们为啥不能聪明一点呢?看来,解放思想的任务远未完成,特别是还未从根本上解放自己。如果我们的思想和灵魂不能从官位、金钱、荣誉、功利、权色、迷信等桎梏中解放出来,我们永远不能挺直脊梁,做自己思想和精神的主人。我认为,解放思想,贵在解放自己。

令人欣慰的是,我们身边渐渐多了不少自我解放的典范。恒盛集团董事长陈春芳就是一例。他九岁就被地区评为学习毛主席著作标兵,十岁参加省首届学毛著积极分子代表大会,并到全省巡回演讲。高中毕业后当过生产队长、大队支书。1984年评为全国自学成才标兵,受到党和国家领导人接见。多次参加全国学术研讨会、经验交流会。在全国性报刊发表学术论文二十多篇。后来从区、县、地区一直干到省委政研室任处长。2000年为了让实践检验他的经济学理论,下海经商创业后,资源颇多,至少当年在同一单位工作、相处不错的同事,后来有六人当了省级领导甚至省长书记、二十多人当了厅级领导,可他从不找人家的麻烦,更不拉虎皮做大旗。无论"庭前花开花落"、"天上云卷云舒"、本人运来运转,始终坚守本心本真和本色,过着低调生活,从不伴高官、上媒体、参加高档娱乐活动,至今不抽烟、不喝酒、不唱歌、不跳舞、不打球。虽有资产数亿,坐飞机很少坐头等舱,住宾馆睡普通房。有人说他,有资源不懂用,有资金不会花,太浪费自己了。他说,高调必有高危,忽悠必有远忧,我凭本事吃饭、凭力量做事,有多大能耐做多少事,从无非分之想——因为我既爱惜自己,也爱惜别人;既不想害己,更不想害人,到死都不会忘记自己曾是学毛著标兵。

涸池倍显游鲋贵,岁寒更见松柏青。在当今世道,这种藐视忽悠的人,实在可贵可爱。这也是一种精神风雅,没有一定的修身、益智、尚德、励志功底,没有长期的人生观价值观修炼来提高自己的精神高度,是很难做到的。

开 裆 乐

许是人越老越怀旧、越老越顽童吧，这些年我时常想起穿开裆裤的日子。

穿开裆裤的日子最率真，无忧无虑、无拘无束、无邪无隐地快乐生活，不需懂得任何做人的技巧，更无交往的花招，想骂就骂，想哭就哭，想笑就笑，想闹就闹，想吃就吃，想尿就尿，男孩女孩都开放着屁股和裤裆，从无邪念，也不担心走光。

有一天，我们公社的几个妇女主任在我们生产队的澡堂洗澡，我也要跟着进去洗，妈不同意，说我是男人，她们是女人。我问妈，什么叫男人，什么叫女人。妈说，站着拉尿的是男人，蹲着拉尿的是女人。我又问妈，为什么有人站着拉尿，有人蹲着拉尿？妈说，等你长大后就懂了。

于是，我天天盼着自己早日长大。

当我渐渐长大，懂得了许多穿开裆裤时不懂的事情后，横在我面前新的不懂的事情却越来越多、越来越迷惘，人活得越来越有忧有虑、有拘有束、有好有恶、有实有虚、有真有假了，要说多累有多累。不会说话时，父母耐心地教我怎么说话。当我会说话了，父母却教我学会怎么闭嘴。实在闭不住嘴，也要学会见人说人话，见鬼说鬼话，千万不要说错话，更不能因为说错话惹事闯祸犯了法。可是,年龄越大,我却越来越不听话,甚至叛逆了父母的教诲,养成了不说真话实话心里憋屈、精神委屈的毛病。尽管此生因爱说真话实话吃过不少苦头,但始终无怨无悔。

穿开裆裤的日子最无私。我没兄没弟,直到九岁才有第一个妹妹,家里给我吃的东西自然较多些。有什么好吃的,我总觉得一个人吃没胃口,喜欢带出去和邻居家的小伙伴一起分享。看到他们吃得很香,我心里很甜。

那时村民经常为吃的犯愁,有天,妈看到一个大婶向我家走来,忙对我说:"我上厕所了,如果她要借米,就说没有了,明天你外公要来,我们家就剩这点米了。"可我一听大婶说他家男人几天没吃米饭了,天天吃红薯,胃痛得起不了床,想借点米煮粥给他喝,就把妈的话全忘了,毫不犹豫地把我家仅有的一升米借给她了。她走后,妈从厕所出来,把我的耳朵拧成了红烧猪耳朵。我眼里有泪,心中很坦荡。

后来外公得知此事,对我妈说:"这伢子长大后,一定是个角色。"

穿开裆裤的日子最不懂得记仇。因为童心无仇,晚上吵完架或打完架,第二天一觉醒来,好像什么事也没发生过,该玩还在一起玩,该乐还在一起乐。但有一件事例外,我记了一辈子。八岁那年,学校组织我们小学二年级学生勤工俭学挖发夏(一种中药药材)。我懵懵懂懂举锄挖下去,挖到了正欲低头捡发夏的李中秋同学(也是我的堂舅)的脑门顶上,当即鲜血直冲,满脸是血,老师脸都吓白了,抱着他就往公社卫生院跑。我也吓傻了,一屁股瘫坐在地上,半天没说一句话。第三天,见李中秋同学头上裹着纱布来上学,我已做好挨打的准备:第一,我把他挖得那么惨,打几下完全是应该的。第二,他比我大一岁,我也打不过他,让他打几下,消消气,我兴许能躲过这一灾。可是,他不但没动我一指头,反而走过来安慰我说,前天把你吓坏了吧,你再挖重点,就把我挖死了,好在你没力气,你不是故意的。唉,过几天我就好了,你不要着急了。他说得轻巧,可我心里非常难过。他越安慰我,我心里越难受,真的好险啦!这是我这辈子做得最危险的一件事,五十多年过去了,至今历历在目。若干年后,我曾几次向李中秋舅舅提起这事,他总是淡淡地说,有这么回事吗?我都不记得了。

　　穿开裆裤的日子最开心。每天早晨两眼一睁就去找小伙伴们成群结队地玩,虽然没少让皮肉吃亏,但玩出了勇敢,玩出了智慧。那时我没钱买玩具,也没处买,玩具全是自己做的。为了做手枪,我把家里准备做饭桌的厚木板找出来,趁在生产队做水车的木匠师傅们休息时,偷偷摸摸用他们的工具锯、砍、刨,先后做了三支木手枪,一杆长枪。枪做好后,我回家把锅底灰刮下来,用炒菜油调好,刷在枪上。我不晓得菜籽油和棉籽油很难干,经常是枪没涂黑,倒把自己的衣服染成了迷彩衫。我用这些"武器"在桃树园中打过"阻击",在棉花地里打过"伏击",在橘子坳中打过"游击",也使一些小伙伴负过伤,挂过彩。大人们追究起来,我成了祸根。身上挨了打,心里没怨气。

　　我在同村小伙伴中颇有一些摔跤的粉丝,引起邻村开裆裤们的妒忌,常常寻机向我挑战。有天,我用顺手牵羊的动作,一连摔倒了邻村的四个开裆裤。我们村的开裆裤为我庆贺,让我"骑马"回家。那是由三个开裆裤组成的"人头马"。身材高大的站在前面,背后两人分别用左手或右手搭在高个肩上,我屁股骑在背后两人的手臂上,双手撑在高个的肩头上,很有一点骑马的味儿。他们时而奔跑,时而跃进,还不时发出马的嘶鸣,我在"马"背上享受着天然的开心。

虽然二十多年后我在宣化黄羊滩指挥一个炮兵群实弹射击,一声令下,群炮齐轰时好不开心;虽然三十多年后我站在敞篷汽车上,喊着"同志们好""同志们辛苦了"走过几十个阅兵方阵时真的开心;虽然四十多年后我在万人大会上,不用稿子慷慨激昂地发表演说时颇为开心;虽然五十多年后我登上人民大会堂主席台领奖时十分开心,但是,那种开心是组织赋予的,领导关怀的,一旦离开权力的领地,一切开心随之而去。唯有穿开裆裤时的那份开心,是与生俱来的,没有任何依靠和机巧。

如今,穿开裆裤的日子与我渐行渐远,唯一能够留下的,是那些弥足珍贵的童趣记忆。记下它,也许能让今天的我多一点纯真,多一分爱心,多一些开心。

别委屈了左手

在过去很长时间里,我忽视了左手的价值和尊严。直到有天参加一个马拉松会议,不经意间我瞧见自己左手食指上的累累刀口、处处伤痕时,顿时有了好些感慨。

我的左手食指上共有六条伤痕,有三条是砍柴时右手砍的,有三条是切猪菜时右手切的,尤其食指尖那一道深深的斜线伤痕,是破开捆柴竹篾时右手握刀用力过猛劈的。尽管右手对左手的伤害如此巨大,然左手从无怨言:每遇砍柴、劈柴、切菜之类家务活,都是左手探路开路打头阵,即便被刺扎了、刀砍了,仍然一往无前;每次操枪打靶,总是左手战斗在最前沿,右手在左手的掩护下干点抠枪机的机灵活,打准了,功劳记在右手上,打不准责怪左手操枪不好;每当打扑克时,别人大都右手拿牌,我仍让左手拿牌,右手坐在家中收牌,如果牌不好,就怪左手手臭,右手从无过错;每当遇上好吃的,总让右手先去尝鲜品肴,左手默默无闻地端碗端碟;每当有朋友,特别是有头有脸的领导、名人、明星、美女来了,总让右手去风光应酬套近乎,左手默默无闻在后面提袋子、拿凳子……左手对右手忠诚奉献、大度无私的美德,是我这个左手的主人永远没法比的。

几十年来,我相信右手、器重右手、注视右手的功能和功劳,几乎漠视了左手的作用和价值。即便救火、抬石头两只手同时受伤时,我首先关注的是右手伤得咋样?一见右手无大碍,便连连说:"幸亏右手没有事。"

左手受了如此委屈,却永远心甘情愿当配角,跑龙套,累在先,苦在前,无怨无悔。

左手为我做出了这么多的牺牲,可我过去总是重右轻左、厚右薄左,使左手连最基本的爱护和尊严都未能得到。直到那天瞧见左手,特别是食指上可怜的伤痕时,我才幡然醒悟,对左手的愧疚和尊敬油然而生:左手右手都是我的手啊,我为什么过去对左手如此不公,甚至宁愿废了左手也不想伤及右手呢?

伟大的左手啊,我无颜面对你,可又不能不每天面对你。我两眼伫立在你面前,心灵默默致敬,脑海思绪万千——

既然每个人、每个家、每个集体、每个国家都离不开"左手",我们为什么不能公平地对待"左手",让"左手"得到应有的地位、享受应有的权力、发挥应有的作用呢?我们口口声声要构建和谐社会,连"左手"和"右手"都不能享受公平与公正,两只手能长久和谐、密切配合吗?过去,我们一味强调和谐,没有公正民主,能够和谐吗?即使面和,心里未必和顺。

由此看来,尊重左手,爱护左手,别亏待了左手,也是和谐生活的基础啊!

情人该走

我刚踏进朋友A君的家门,他就哭丧着脸说:"她走了!"
"谁走了?"我心中咯噔一下。
"还有谁?"
我恍然大悟。原来是指他的情人B小姐走了。
我对B小姐的印象不坏。记得我第一次到他们家时,B小姐见我进门,怯生生地叫了一声"大哥,您好",便迈着碎步埋头倒茶去了。吃饭时,她不喝饮料不沾酒,像做错了啥事似的总是埋着头,脸都快碰着饭碗了,也没抬起头来让人瞧清脸面。直到我上车,在她挥手之间,我才看清她的娇容:一张红苹果似的脸蛋上,眼睛鼻子嘴巴按比例搭配得无可挑剔,美目流盼,风情万种,给人一种天然的美感。

那次A君介绍她时,只说是新来的会计,没谁特别在意她的言行。后来我隐约观察到他俩的神情,特别是他没有按时回家吃饭时她的那种焦急感,觉得他们不像是会计和老总的关系。再后来我终于明白这是位多面手会计,是个地地道道时下流行的老板情人。

说句实在话,我原本对这些"情人""公关"甚至所有老总屁股后面涂脂抹粉珠光宝气的小姐都不屑一顾,特别瞧不起那些当情人、小三的美女大学生。资源那么好,何不自力更生干点正经事?而对A君的这个情人,因有先前的好感垫底,再加上我几次去府上,总见她端茶倒水、打字报账、去银行办理公司业务,忙得不亦乐乎,是个实实在在的自食其力者,大大有别于传统印象的、花瓶似的、只能摆设的"老板情人"。我非但没有鄙视她,还常常心生几分怜爱。每当她端茶倒酒时,我连"小姐"都不忍叫一声,总是说"小妹,别客气""小妹,我自己来"。

朋友A君见我在他的情人面前如此"慷慨美言",也就没了戒心。慢慢地,我知道了B小姐是大学财经专业的优秀毕业生,芳龄二十有五,是A君生意场上得力的高参和总管。

这么好的一对,怎么突然散了呢?我大感不解。当A君将其临走前的言行如实告知后,我果断地帮他下了结论:"你的情人该走!"

"为啥该走?我缺她吃?少她穿?亏她钱?没车坐?还是虐待过她?我除了没把身上的肉割给她做烧烤,什么都满足她了呀。再说,我这长相这年龄也不需要她扶贫帮困嘛,我真不明白啊!"越说,A君越是激动得横眼鼓腮、怒气冲天,两只眼睛像两座导弹发射井,眼眶边的泪水,俨如发射失败后泄漏在井口的推进剂,继而竟"呜呜呜"地号啕起来。那哭声,悲怆得如同被击中的飞机拖着黑烟从天空坠落时发出的哀鸣和呼吼。我忍不住训了他一句:"亏你还当过兵,白吃了几年皇粮!"

这些痛苦,都是因为情人,缘于情爱。

我认为,B小姐的离去,甚至花了自杀未死的代价,证明她已经从迷茫走向了理智,从物欲走向了灵欲,从单纯的美走向了成熟的美。

A君的妻子是个勤俭、温柔、善良的女人,他们原本是一对同甘共苦的真爱。当年A君冒险下海时,还是她从娘家讨来母亲养老的私房钱给他作的盘缠。A君在外创业这些年,她一人带着两个年幼的孩子上班上学、赡养老人,辛酸苦辣不言而喻。

当A君的腰包渐渐鼓起来后,走进A君视野的小姐越来越多,越来越风姿绰约、风流万千时,A君渐渐觉得男人独闯江湖的生活孤寂难耐了,认为"赚大钱,睡冷铺,喝凉水,太不值得"。于是,与B小姐的感情逐日生温,乃至开锅;与老婆的感情日趋降温,直至结冰。起初,他也有过迷惘黯淡的心境和怅然若失的情感,但很快被B小姐的脉脉温情与男唱女和的事业消融。

有一天晚上,当他逼着扶母携子千里寻夫来公司的妻子在离婚协议书上签字时,B小姐在隔壁房里听到他老娘、妻子、儿子那撕心裂肺的哭声,才如晴天霹雳轰顶,彻夜未眠。应该说,每个还有一点女性基因的女人,听到那三代人的哭声都会怦然心动的。

她抚摸着自己的胸口,悲痛万分,悔恨万千:哪个女人生完两个孩子,年过三十,还能红颜永驻,青春四溢呢?他现在休了妻子与我结婚,我会青春永驻吗?当我生了孩子,芳颜渐逝时,他不是又要休我而去,另配鸳鸯?就是不与我离婚,他还是要找情人的,我这个"二传"妻子就只能重蹈他前妻的覆辙,去当"望夫石"了。

有些女人啊,为什么这么贱呢?你不晓得女人每结一次婚,其婚姻价值便下降一成;男人每结一次婚,便多了一份盗窃情欲的本领吗?你不知道在这个谁都希望得到道德爱情,而实际存在许多不道德情爱的年代,情妇们是在求得不道德的情爱中做出了最悲壮的牺牲,是在用自己的痛苦献身开启了耻辱和漂泊的大门吗?我们为什么在伤害自己的同时,还要伤害另一个女人、孩子和家庭呢?连这些做女人的起码常识和基本道德都残缺的人,还配做人妻、人母吗?

女人不心痛女人,还算什么女人!

这情人——我决不能做了!

情人B小姐走了,走得潇洒,走得活该。正如所有美好的心灵都可以在爱情中展现一样,所有丑陋的心灵也会在婚姻中裸露。因为没有了距离,爱情里的美丽可能成为婚姻里的丑陋。当女人给男人做了情妇后,看起来似乎得到了一些好处,其实是最大的不幸。一旦女人被男人包作情妇,这个女人除了担当起专供男人发泄的性工具罢了,还能在男人心中找到半点爱人的感觉吗?

B小姐的走,是对自己最大的珍爱,是一种幸福的选择;A先生的放弃,也是一种幸福的开始。虽然这种幸福有点疼,分手是为了彻底结束这种疼痛。实在疼痛难忍,做个"紫色情人"或"绿色情人"如何?

A君从B小姐留下的那封长长的信笺中,似乎明白了许多道理,从沙发上一跃而起,驾车到海边兜风去了。但愿不会从椰林深处闪出一个新的情人。

倘若真有情人前赴后继,请听听B小姐面向大海的那声呐喊吧:"情人们,你何必这么无情地糟蹋自己!"

死 的 资 格

近几年阅读报刊,经常看到有人自杀的事。连万昌科技董事长高庆昌等九位亿万富翁都相继自杀了。心痛之余,我忍不住思想,是谁给他们自杀的权利和资格呢?他们想过自杀的权利和资格没有?

关于死亡,我曾经思考过。第一,生老病死是人生的必然,既然是谁都无法逃避的事,何不欣然接受?第二,死对谁都是公平的,没啥后门可开,尽管人们在世的生活五花八门,死后大家都一样赤条条去。第三,除非意外,死是逐渐发生的、有个持续的过程,大部分人的身体机能是慢慢衰退的,没到时候不要怕,到了时候由不得你。第四,死又是一件很容易的事。绝大多数人不能决定自己的生,但可决定自己的死,无非让自己长眠不醒。

我不仅对死有比较理性的思考,更重要的是在几十年军旅生涯中已多次接受生死考验,我从来没有怕过死。但是,我依然不愿轻易死、随便死、主动死,因为我还有活的本事、活的义务、活的担当,唯独没有死的资格。所以,2008年2月我去中央电视台出差突发心脏病时,我一直在心里提醒自己:我还没有死的资格,我不能死,我死不得。

我家三代单传。为了支持我安心海岛服役,几十年里父母吃尽了苦头。俩老先后几次病危,都叮嘱别人,不到断气时,不要通知我回家,以免影响我的工作和部队建设。他们一直生活在农村,寿高八十有余,身体每况愈下。父亲患了脑血栓,生活不能自理,母亲长年患有多种疾病,药未离身。而且这种长年生活在病痛中的老人脾气越来越差,老年病的症状日益明显。我若走了,他们怎么办?父母辛苦了一辈子,还没享过我一天福,到了耄耋之年,我若匆匆走了,他们不仅要忍受丧子之苦,谁来赡养他们也成了难题。我没资格死!

我只有一个儿子,至今尚未成家立业。过去我光顾忙工作,没有尽到做父亲的责任,儿子成家立业晚,与我有很大的关系。本想晚年将功补过,帮助儿子走好人生之路,如果我这么匆匆走了,实在有愧。我没资格死!

我曾经对朋友、战友、文友和社会承诺过,退休后要写完道德随笔七《天下》,现在才写了《德行天下》《诚行天下》《度行天下》,还有计划中的四《天下》没出笼,我哪有资格死?

现如今,有的年轻人一不顺心就走极端,要么自杀,要么杀人(杀人后也是自杀或等着处死)。他们根本没有想到,他们是没有资格随意处置自己生命的。他们的父母含辛茹苦把他们哺养大,就指望他们好好活着,无论平凡与伟大,他们都成了父母人生的全部意义和希望所在,他们没有资格扼杀父母一生的祈盼。做父母的把儿女哺育成人不容易,年老力衰后,儿女必须为父母养老送终,他们没有资格推卸这份义务和责任。国家把一个青年培养成才,花费了许多人力和财力,怎能因为一点小事不顺心就寻死呢?他们没有资格不给国家任何回报就走人。有的年轻人已经结婚成家并生儿育女,甚至儿女还嗷嗷待哺,更没有资格当自私鬼,在人间制造孤儿寡母。

有的人只觉得自己活着很委屈,没想到自杀后,会使更多的人受委屈;只觉得自己活着不容易,没想到自杀后,会使亲人们活得更不容易;只觉得自己活着太压抑,没想到自杀后,会使亲人生活得更压抑;只想着自己早日解脱,没想到自杀后,会使更多的人无法从痛苦中解脱。但凡听过父母因子女自杀后悲天怆地哭泣的人,都能听得出来,那是对儿女自杀资格的血泪指控!

　　最近一些年,明星名人寻短见的也不少,特别是韩国、日本明星。其实明星们更无资格自杀。因为明星的生活和工作已成为千千万万人,特别是年轻人精神的快乐和寄托所在,他们如此不负责任地走了,是对千千万万热爱他们的人,尤其是粉丝们心灵的伤害。他们没有资格用这种给千千万万人带来痛苦的自杀,结束自己的生命,扼杀众人的快乐。

　　有人说,自杀是自杀者解除痛苦的最好办法,他们实属无奈。错!我们每个人来到这个世界上,活着比死更艰难更复杂;每个人都肩负着一份或大或小的家庭责任、社会责任、人类发展责任;每个人活着,不是孤零零地活着,每个人死去,也不是孤零零地死去,他的命运与许多人的命运相连;有的人活着比死更痛苦,即使痛苦,也要活着,因为他死了,会使更多人痛苦。社会不会因少了一个人而瘫痪和倒退,但如果每个人都不负责任地在世上来来去去,这个社会断然无法正常运转,也不会允许人们不负责任地自由来去。

　　人世间最伟大的力量是爱的力量。爱,必须从自己开始。我不相信一个对自己的生命都不珍爱的人,能爱亲人、爱友邻、爱事业、爱国家、爱人民、爱山河大地芸芸众生。我们若能珍爱生命,远离自杀,就有机会克服困难,消除烦恼和忧愁。

　　活着就是希望!

　　有爱就有力量!

驾 悟

别跟自己生气

刚学会开车的日子,每天都有气生:好不容易等到绿灯亮了,该我走了,一辆摩托车横冲过来,差点亲上嘴;我正在匀速行驶,突然斜刺里杀出一辆的士,险些让我吻了它的屁股;有辆单车刚过去,又突然掉头回来,害得我急刹车,后面的车没反应过来,狠狠咬了我的车臀一口……

那些日子,出门就生气,上路就怄气。后来我发现,那是白气:好些骑摩托车的根本不懂交通规则,本性天马行空;好些开的士的比开救护车的还胆大,东插西钻是他们的特长,想用一分钟时间赚两分钟的钱,是他们的期盼;那些骑单车的更不用说,有的人前几年还是农民,也许现在仍是农民,今天的城市大街,就是他们昨天放牛的地方。谁给他们上过交通课?没人教过,怎能怪他们随心所欲地走路,也许他们仍将今天的大街当作他们昨日的牧牛地呢。

我瞎生气,人家根本不气,我是自己跟自己生气,气成了"路怒族",更麻烦。最直接的危害是:生气、赌气影响开车情绪,心头有气,脚尖添力,开车更急,也许我还没气死,就被撞死了。

后来,我想通了,不气了,自己把自己解放了。但有一次例外,绿灯亮了,我正加油起步时,一个骑摩托的男人,载着老婆孩子突然横穿过来,我还是忍不住追上去,把他慢慢逼到路边,停下车来教训他一顿:你车上拉着老小四个,还胡开乱闯,出了事怎么办?你不想让一家人多活几天吗?他说,关你屁事,管得着吗?我说,我迟早得管你。他两眼一瞪:你是哪个单位的?我头一仰:我是火葬场的!他头一甩:呸!我们家有的是地,才不去你那里,你留着油烧自己吧!

从那以后,我更不气了,生死由命优胜劣汰;万物轮回,地球常在——少操别人的心吧。

让客人先走

三亚人很少开快车,我经常遇到开快车的,多是外地人。在中国,恐怕没有哪个城市的外地车在当地占的比例有三亚这么大。于是我就有了看法:外地人开车比三亚人勇敢。昨天我已打了十秒钟转向灯,且靠近左边隔栏不足三米了,一个京N字头的车硬是猛按喇叭冲过来,我只好停车让路。等它疯过去后,我在车上狠狠来了一句:你以为在北京呀,牛什么!妻说,在北京他们才不敢牛呢,来到三亚他们才会牛。

后来我一想,外地司机来三亚牛,是有"牛因"的。首先因为黄金周期间,外地车成倍增加,三亚没有"黄金警力",只要不出事,警察不干涉,给某些缺少驾德的人提供了机会。其次因为黄金周期间,三亚经常发"车瘟",不动点脑筋,车走不动,本地人习惯了,外地人花那么多钱来玩几天,当然赶路心切。其三因为人出远门后,精神轻松了,对自己的约束放松了,连方向盘也放纵了——这是许多私家车旅游出事故的主要原因。

后来,我对那些开霸王车的外地车,多了几分宽容——因为他们是客人,不远万里来到三亚,就是想来放松、放纵、放牧的,让客人先走,就应该有当年俄罗斯人"让列宁同志先走"一般的恭敬和爱心。只是我老担心:有的人养成了爱强行超车的习惯,不是撞别人,就是被别人撞,迟早要出事。

开车就是开德

我经常发现两车相撞后,两个司机吵个没完没了,他们都认为自己是对的,别人是错的;自己驾驶技术好,别人二百五;"我爸是李刚",你能把我怎么样;我有钱,赔得起;只要没死人,错了也不认错。有这种德行的人最容易出事,最会出事,最能出事。

经验证明,在同等技术条件下,德行好的,出事肯定少。我开车的时间短,不敢保证我不出事,尤其意外降临时,缺乏应对经验。但我认为,只要遵守驾德,该让的让一让,千万不与别人抢道;能忍的忍一忍,千万别和别人赌气;能慢的慢一慢,千万不要太心急。不开英雄车、霸王车、赌气车,定会少出事,出不了大事。

许多事故,错就错在那一秒甚至零点几秒没把握好,为了赶那一秒钟,把自己弄伤了弄死了,抢了时间有啥用?赚了钱有啥用?赢了面子有啥用?给别人留下生路,就是给自己留下活路。我不知道对面开车的是什么人,车里坐的是什么人,可我知道自己是什么人,我要像爱护自己一样爱护别人。别人活得好,我自己才能活得好!我若是开车不慎,使别人残了、废了,背负巨债不说,刮风下雨时,别人头痛筋骨痛,不在心底里骂我,我也会自责不已,是我给他(她)制造了痛苦。我活一天,就会自责、痛苦一天。所以,油门一踩,我们要做到四个想一想:想一想我在家庭、社会肩负的责任——不能因开车不慎伤害自己;想一想那些因车祸痛苦不堪的人们——不能在人间制造新的痛苦;想一想从前走路爬山的日子——最慢的车轮也比两条腿快;想一想出事后惹来的麻烦——欲速不达更误事!

开车要守规矩,思维要超规矩

在路上,经常遇到这种情况:开车要讲规矩,应对突发情况却要超规矩思维。比如街上的隔离带,本是区别左右,规定往来的最可靠办法,许多人认为,在有隔离带的街上按交通法规开车绝对安全,绝无麻烦。但是,麻烦就出在你以为没有麻烦而产生的麻痹中。那年我的坐车正在隔离带边按规矩行驶,有个男孩突然从隔离带上跳下来,虽然司机向右急打方向盘,车也冲向了人行道,险些撞在椰树上,但男孩的牙齿还是撞到北京牌的"北京"二字上,人飞出了几米远。幸亏男孩命大,除断掉两颗门牙,全身无大伤。

这个事故让我有了第一次驾悟:中国的路复杂,中国的人更复杂;开车要守规矩,思维要超规矩。当时,我和司机都看到这个男孩坐在街道中央隔离带的铁栏杆上,男孩也眼睁睁地看到我们的车开过来,按规矩和习惯,不想自杀的人,是不会从隔离带上往下跳的,要跳也一定等我们的车开过去再跳。可这个孩子偏偏不按规矩过马路,更不按常规跳,他就是要在我们的车开来之时,在那千钧一发之际跳惊险,跳超人。在西方,这类事故的一切后果必须由肇事者自己承担,车主不但不付医药费,还要求肇事者赔付修车费、误工费。但我们是中国人在中国开车,只能接受中国法规不按规矩的惩罚。

因此,当我会开车后,时刻提醒自己,我按规矩开车,别人未必按规矩走路、开车,一定要警惕不守规矩的事发生:按规矩,行人过马路要走斑马线,司机遇斑马线要减速。现在很多人很多时候不走斑马线,他们习惯了中国式的过马路。所以,在行车途中,我们要时刻准备减速让人。没有这种准备,就有撞人的可能。按规矩,客车必须靠路边上下客,现在时常有客车停在马路中间(至少还隔一个车道)下客,稍有麻痹,就会亲上它的屁股。按规矩大车要让小车,现在经常有大车强行超小车,尤其皮卡车特勇敢,它的修理开支小,刮了你,招呼都不打,溜之大吉。

四、爱及芸芸众生

山 里 人

在海口、三亚,我们这些在五指山区待过一二十年的,特别是当过一二十年兵的,都自称"山里人"。无论我们来自哪里,无论在山里混得怎样,我们都会珍惜在山里共同工作、生活的缘分。

山里人见了山里人,有种格外的亲切劲。因为这种情感,是一个地瓜两人分、一个椰子轮着喝、河边光腚洗澡、山中赤膊狩猎生活的积淀……每当我们谈起当年山里日子的清爽、人性的清纯、生活的清寒……没完没了。

山里人永远有讲不完的故事,喝不完的米酒,道不完的情感。

山里人找山里人办事,比丈母娘找女婿还方便。山里人说话,像五指山市街上扛竹竿——直来直去,不会绕弯子,也不能绕弯子。感激的话,比山泉还清澈,生气的话,比山洪还咆哮,就看你要办的事、你给办的事合不合情理。

山里人做生意,像五指山的红藤——实心实眼。有人初到城里,吃了"生意精"的亏后,有高人提醒说,你们不会学狡猾一点吗?山里人说,干吗要学会狡猾呢?他骗了我一次两次,我不和他来往就是了,还能骗我三次四次?他就是找我吵架,我还懒得费口舌,山里人嘴笨,没有那么多新名词、俏皮话塞牙缝。有吵架的工夫,又可以种两垄地瓜玉米了,让他落到别人手里去吧,五指山外还有山哩。常在河边走,总有湿鞋日,爱骗人的人,总会有人收拾他。有了教训,凡与生人做生意,山里人先要审视他是否有山味、够山气、识山理、懂山规。若合道,就用山的气量、山的胸怀、山的憨实来交往。无论赚和亏,像山脊一样坦荡清明。

山里人在生活中提炼了自己的语言,一个词够你诠释一辈子。就说"捞干了"吧,城里人不懂也不会说。山里人实诚,没有投机心理,不愿白捡别人的好处。黎苗兄弟的稻谷,至今堆囤在路边坎上,从未有人想到"偷"字。要是偶然拾得一点收获大于付出的好处,那便是"捞干了"。比如山民们从镇上买到了便宜五分钱一斤的海鱼,回村一张扬,准有人说:"捞干了。"

有次连队杀猪,我从菜汤里打捞到一根沾有肉末子的猪腿骨,副班长立马羡慕地说:"班长今天捞干了!"我既庆幸自己的运气,又不愿独啃这根"捞干了"的骨头,啃了两口之后,就递给副班长。副班长啃了两口之后,又递给新兵李亮。山里的官更不愿"捞干了",得了群众送的一点心意,准要以礼相还,不让人家空手出门。哪次忘了还礼,白得了人家的好处,准在会上作检讨,挖"捞"根。

山里人走亲戚很务实,左手提只鸡,右手挟袋米或一坛酒。到了你家,即便你毫无准备,也不必着急。从客人手里接过鸡,一刀宰了就是菜——鸡身白斩、鸡杂炒青椒、鸡血做汤。再从客人手中接过米和酒,饭有了,酒也有了。饭做熟了就喝酒,从来不用假客套。

山里人待客也实在。大瓦罐里装着猪腿炖花生,茶盘里装着白斩鸡,茶缸茶杯倒满地瓜酒。喝完一缸,抱起酒罐直接往缸中倒,人未醉,心先醉。吃完饭,主人若无水果招待,客人便解开自己提来的袋子,掏出水果往桌上一摆:请吃水果。谁请谁的客,谁送谁的礼,不在乎。有吃的就行,吃完拉倒。

山里人晚上很少串门。晚上出去踩着毒蛇咋办?就是没遇上蛇,山蚂蟥们正仰着脑袋盼食哩,只要粘上你的脚,就往大腿上爬,而且特喜欢在生殖器周围喝血,被它们咬过的伤口,十天半月还流血。待在家里多惬意,老婆洗衣,老公洗碗;老公看书,老婆打扇;老公撰书,老婆抄稿。山外边的人说山里人是两条蚂蟥做裤带,三个蚊子一碟菜,那是胡扯,但也确有把蚊子看成苍蝇的时候。蚊子少,有好看的电视好听的歌,多坐一会儿。电视不合心意,伸个懒腰,打个哈欠上床去,早睡早起好做事,老老少少都精神。大姑娘眼眶上,没有城里姑娘的黑影线;小伙子脸上,很少城里男人的"伪装网"。

山里人进城也跳舞,但无花招花色。慢三慢四,像山泉潺湲;快三快四,像山洪奔腾咆哮;探戈伦巴,像爬山般艰难徘徊;迪斯科,像狩猎般狂猛激越。只要舞出了生活的快感,舞出了梦中的意境,舞出了心灵的汗水,就满足了所有欲望。

山里人给山里人做媒,最实惠。男女青年见面,看身架,瞧胳膊,能生育,会干活,勤持家,心眼好,不犯法,就般配。至于长相,没人太苛刻。上了床,灯一灭,美丑都一样。太漂亮,反而容易遭别人眼馋,走私漏情。

不过,偶尔也有后悔的。我们师里有个科长曾经开玩笑说:"我庆幸自己找了一个生态老婆——南瓜屁股冬瓜腰。我更庆幸自己找了个'四心'老婆——见面寒心,出门放心,想起来伤心,离掉又不忍心。"有人把这话传到他夫人耳中,揪着他的耳朵一顿好撸:"当年不是我同情你是个渡海作战的老光棍,你这辈子就会莲藕掉在公路上——永不生根。现在你占了老娘的便宜还四心三意,下辈子保你打单身!"骂得科长半个月没敢找人下象棋,每天自觉洗完两盆衣。大嫂的长相的确谦虚,为啥敢撸牛高马大的科长?地瘦庄稼好,母丑儿漂亮,三个儿女都像明星,都有出息,这是大嫂骄傲的本钱。有人说这是南北杂交的成果,科长是黑龙江人,大嫂是五指山的人。

说归说,骂归骂,山里男人不打老婆,山里老婆会过日子。先不说农村女子多贤惠,就连那些吃公家粮的娘儿们也勤俭。下了班,扛锄提铲往菜地跑;星期天,还要上山种地瓜种玉米种花生。说是五谷杂粮营养好,自己种的菜不施化肥农药,老人孩子吃了口味正,少生病。节假日,提着自家产的煮花生,带着儿女看电影。小崽吵着要吃冰棒,母亲嘴一撇:那东西硬邦邦,冷冰冰,谁知里面干净不干净,哪比得上咱家的土花生。她们右手剥出花生米,左手还捏着花生壳——拿回家打烂捣碎,是喂猪的好饲料。

山里的夫妻不离婚。那么艰难的岁月,能在一口锅里舀上几十年不容易,互献温情都愁没工夫,谁会神经短路闹离婚?但是,山里夫妻出山后,竟然有了离婚的。为食?为穿?为住?都摇头,不知到底为哪般。莫不是因为山外日子好过了,男人不能太有钱,女人不能太清闲……唉,要是那样,不出山就好了。山外钱是多了,真爱少了;楼房有了,老公(老婆)跑了……想不通,不好想。

山里人出山后,遇到了新的情感挑战,光靠山里人的思维,无力解答这些人生方程。第二天一骨碌爬起床,似乎找到了答案:走,进山去!兴许能找回失去的。不少人又从海口、三亚搬进山里——把根留住。

山 路 情

　　地上的路有千条万条，多少路在我脚下一瞬即逝，我不回首，不留恋，不羡慕。可那五指山区的路，总令我回肠荡气，魂牵梦缠，以至于我在城里每见到一个物件，都会生发出对五指山山路的联想。我自豪，我是从五指山山路上走过来的汉子；我庆幸，五指山的山路赐予我特殊的筋骨，特殊的灵性；我坚信，走过五指山山路的人，再遇上任何坎坷险阻，连眉头也不会皱。

　　我第一次领略到五指山山路的艰辛，是在通什市（现五指山市）毛道公社挑粮。五指山山区那些深山僻乡中黎族农民生产的粮食，尤其山楠稻大米洁白粗壮，既甜又香，只因层峦叠嶂的大山把黎村与闹市隔得太远，难得把香甜带给山外的人们。

　　1977年10月，当指导员的我带领一个排的战士进山挑粮。从公社到那些无法记清名字的小村，虽仅二十余里山路，却让人有如上天揽月般遥远。其实，那山路似路非路。有的路段是山洪冲刷出来的沟壑；有的路段是一根或几根木头搭起的连涧桥；有的路段是悬崖上踩出的脚窝窝；有的路段不知是哪辈子人丢在河中的一块块表面早已被脚板磨得光溜溜的零星岩石，没有三级跳远的功夫是过不去的。

第一次进山挑粮，我又是这支挑粮队伍的头儿，总想显示点力量和模范。凭入伍前送公粮的经验，挑上一百四十斤稻谷就上了路。开头几里路，还算轻松。那扁担在云里、雾里、沟中、河旁晃悠到太阳爬上山坡之后，我便觉得渐渐直不起腰来了。紧接着脚板打了泡，肩头磨破皮。上坡时头拱地，手在地上爬。下坡时更艰难。脚板踩在那些被雨水冲刷出来的黄豆般大小的粗沙上，一滑几丈远，不扭伤腰就扭伤脚。尽管我将腰弯得像把弓也无济于事。在一个陡坡上，我索性坐下来，先把麻袋往下一推，然后坐在坡上叉开两腿往下滑。虽然省却了一点力气，滑到坡底，顿觉屁股隐隐作痛，用手一摸，裤子早已磨烂，屁股成了猴腚。

　　最叫人难堪的是挑粮路上的邂逅。一天，我挑粮走到一处悬崖上，那路如同大树上缠着的一根山藤。右边刀劈剑削百丈渊，但闻水声不见水；左边峭壁屹立如鹰嘴，扶摇云天不见天。抬头瞧瞧壁上悬着的石头、大树，好像随时都会掉下来把我砸成肉泥。这样的路绝对是一夫当关，万夫莫开的单行线。

　　由于山雾太大，五步之外不见来人。当我背贴峭壁一步一寸地移到"藤"的中间，猛抬头，只见迎面侧过来一位黎族老阿公。我的扁担差点戳到了他的鼻尖。我傻眼了，这怎么过啊，在这不足一只脚宽的峭壁小路上，挑着担子的人侧身前进都心惊肉跳，侧身退比进更危险，加上我左肩已破皮，换了右肩，扁担麻袋一会儿磕着石头，一会儿牵扯了树根，扭秧歌似的，稍不小心就要栽进深渊。正当我惊慌无策之时，老阿公一边用手抓着石缝里的树根蹲下来，一边说着我听不懂的黎话。他连说带比画了好久，我不知他要干什么。他屁股悬在峭壁外，我真担心他会掉下去，他却若无其事的样子，又仰头向我微笑着说了几句。我仍不明白。

后来,他急了,腾出右手先拍拍我的腿,而后他在自己的头上从右向左画了一道弧线。我恍然大悟,他是叫我从他头上跨过去。这咋行?在我童年的记忆里,这是绝对忌讳的动作,谁要是被别人从头上跨过去,不但长不高,还要背时。记得儿时我开玩笑,从一个比我大两岁的小伙子头上跨过,当即被扇了两耳光。这眼前是个六旬开外的老人,我怎能非礼。我忙向他摇头。他见我没动,又用手轻轻拉了一下我的裤腿,他唯恐拉重了,我会坠下去。我抬了抬脚,又收回去了。他侧过脸,很是生气地说了一句,似乎在命令我必须马上从他头上跨过去!这时我肩上的扁担也像蜂蜇皮肉,疼痛难忍,又担心老阿公蹲得太久,树根松动,我终于横下心来,艰难地抬起脚,慢慢向老人头上跨去。他生怕我抬不起腿,一只脚站立出危险,把头压得几乎贴近了地面。我怀着深深的愧疚感从他头上跨了过去,回过头来虔诚地朝他点点头,他也回头笑着朝我说了一句很生硬的普通话"谢谢你,慢慢走"后,转身赶路去了。

我真是遭雷打哟,从爷爷辈的老人头上跨过,怎么还要人家谢谢呢?当我回过神来,准备再次感谢他时,他的背影已经消失在雾霭中,我心里很是过意不去。但我晓得谢他也是多余的,在五指山的山路上,当你担着担子上山爬坡时,只要有人路过,都会拉你一把,推你一程,甚至帮你挑一截路。帮过忙之后,不要谢谢不要微笑,你尽管赶你的路,就当他什么好事也没做过。在他们看来,这是本分。

如今,这些挑粮之路早已被宽阔的公路取而代之,可我对五指山区的山路,仍有千般恋情,万般眷意。它不仅仅使我懂得了跋涉的艰辛,攀登的痛苦,更使我明白了在人生的路上,只要多一点乐为他人的事业委屈、铺垫、奉献的精神和爱心,也能使自己在理想目标的实现中少一点堵塞,少一些不必要的烦恼。

养鸡的忏悔和启示

我公干这么多年,居不离地,房不离山,且长年在物质匮乏的地区生活,故亦工亦农,多年养鸡。虽养鸡学问无几,但养鸡种类较多,失败案例不少,特别是曾经用心观察和思考过养鸡,积累了一些心得。自以为这些心得无论对官对民都有用处,不吝与友共享。

性别失调的忧郁鸡

逢年过节,有朋友总忘不了给我家提几只鸡来,且多为母鸡。节后,幸存者便成了我家的产蛋工厂。我们只顾每天喂食捡蛋,打扫鸡舍,无暇考虑别的。时间久了,那些母鸡们个个披头散发,无精打采,食欲不振,两眼发呆,如同一伙打了败仗坐了牢的残兵败将,总也提不起神来。尤其雨天,水湿鸡毛,皮肉凸显,身子半裸,脑袋耷拉,像从魔窟中逃出的流浪者。我见它们走进鸡笼时那东倒西歪、瑟瑟发抖的样子,甚是心痛。

忽然有一天,不知谁破例给我家送来一只小公鸡。当这只衣冠不整、其貌不扬,但昂首挺胸、朝气蓬勃、嘴中不停地哼着爵士调的小公鸡走进鸡圈时,满圈的母鸡们顿时鲜活、神气起来,那身蓬松零乱的鸡毛也忽而舒展光亮了,争先恐后朝小公鸡奔来。有几只母鸡匆匆忙忙扭头用嘴整理着自己的羽毛,仿佛家庭主妇拍尘扫灰,迎接久别的亲人回家;有几只母鸡还情不自禁地哼起了"咯咯咯"的流行歌。面对小公鸡拍打着翅膀,蹦踏着一只脚往身边蹭来的风流挑逗之举,众母鸡不仅无一反抗,还个个俯首帖耳,默契配合,尽情寻乐。

第二天,母鸡们礼貌而专注地站在盆边看着小公鸡吃饱离去后,个个食欲大增,一拥而上,啄食得津津有味,仿佛一夜之间从地狱到了天堂。

起初,我对母鸡的这种变化有些不惑。后来,我蓦然想起故乡百姓关于"人畜一般"的说法,心中生发几许对母鸡们的愧疚。过去,我们居然从未想过它们抑郁寡欢、颓废不堪的原因,更不会从自然、生理上思考问题的症结,甚至没有任何同情心,也没采取任何措施,只怪它们下蛋日趋减少,不知它们心情不好食欲大减,没饿死就不错了,还下啥蛋呢?这种现象非我一家,比比皆是。这是我们对动物的隐形虐待和残害,可我们从未当过一回事。

既然生活在这种极不平衡的单性单亲环境中的母鸡们尚且如此,何况我们思维高度发达的人呢?人为地扼制自然欲望、亲情友情而孤独生活,怎能有利人类的生存发展呢?如今常有人提出过独身生活,懒得结婚甚至说舍不得结婚,把结婚比作爱情的坟墓,把家庭比作英雄好汉的累赘,等等。是否结婚,这是每个公民的自由,还没哪个国家哪条法律要求成年人必须结婚,我也不想对此过多思想。只是从我了解的情况看,多数四十岁以上尚未结婚的人,无论男女,生活并不幸福。从普遍意义上讲,没有家的生活是不健全不完整的生活,孤独、寂寞和抑郁摧残的不仅仅是人的精神,甚至还会改变人的大脑的生理过程、人的性格、人和人的关系。

学者杨阳最近撰文说,印度哲学家克里希那穆提认为,人们读书、娱乐、交友、恋爱、结婚、宗教、信仰、工作、活动、兴趣、爱好等,都是为了分心,分孤独的心。人们怕自己无事可干而感到孤独,而孤独感能引发慕名的焦虑、恐慌与不安。因为人是一种社会性动物,是群居动物,害怕孤独是由人的社会属性决定的与生俱来的。美国哈佛大学研究人员最近指出,没有朋友可能和吸烟一样有害,因为他们发现孤独与一种凝血蛋白水平的高低存在关系,而这种蛋白可能造成心脏病发作和中风。而有婚姻有家庭的生活尽管使人肩负着货车甚至火车般的劳累,却能排解孤独,充实生活,使人生更加丰富多彩,幸福快乐。

科学饲养的短命鸡

有一年,妻子买回七十多只毛茸茸的小鸡苗和若干饲料。那饲料是最新养鸡饲料科研成果,一块多钱一斤。妻子有指示,我们都不能进入养鸡房,以免带进细菌,使鸡得病。就她一个人每天进去喂食、喂水、打扫卫生。起初我有些不高兴,搞什么搞,不就是养点鸡吗,干吗弄得这么神神秘秘的?不高兴也没啥,我对这些养鸡养狗的事,本来就没多大兴趣,只是出于好奇,下班后如同探视重症监护室的病人那样,隔着窗口瞧瞧那群小鸡。看到它们每天像吹气球一样疯长,养到四十多天,全都长成了两三斤多重,肥胖胖、肉滚滚、皮嫩嫩、毛稀稀,虽然体壮腿粗,却站立不稳的白色大鸡时,全家人高兴得手舞足蹈,像是捡到了从天而降的馅饼。我们既为科学技术的神奇高兴,也为我家能够掌握科学养鸡技术高兴。过去,我们养大一只鸡多难呀,小时喂碎米,中时喂切细的青菜拌碎米,大了喂米糠地瓜,费心劳力一整年,也就长到一两斤。如今一只鸡喂一个多月后,如同气球一样吹起来了,多么不可思议!

最先按捺不住兴奋的是我,提议立马宰杀一只尝尝科学养鸡的味道。因这些鸡的毛没长齐,在开水中滚了两下,用手一摸,全身绒毛煺得干干净净,连表皮肉几乎都烫熟了。滚油下锅,蒜头生姜白酒加猛火爆炒几分钟,便已烂熟。

我真高兴,这科学养出来的鸡,易宰杀,易烹饪,熟得快。过去杀鸡,我最讨厌的是拔鸡毛,拔得眼珠子都快掉出来了,还毛乎拉碴的,只好用火烧。我这脾气,天生不是拔鸡毛的料,每次拔完鸡毛,心里累得吃鸡时早已不愿动筷子。

可这种添加剂养出来的鸡,虽然毛好拔,但味道太差,吃起来,找不到鸡肉味。我决不怀疑自己的烹饪水平,十岁我就开始炒菜做饭了,炒个鸡肉的要领还是娴熟有余的。老婆说,不是你的手艺问题,那是什么原因?全家人你看我,我看你,目瞪口呆。若干年后,用添加剂饲养鸡、鸭、鱼、猪等一切禽兽动物的工业化生产在中国遍地开花,在创造了新的GDP的同时,也创造了新的人口患病率。至于这类东西饲养出来的肉食品的味道如何,全中国人都有发言权。十多年前我曾撰文说,现在的肉(专指猪肉)没肉味,鸡没鸡味,鱼没鱼味,虾没虾味,要是吃得哪天人没人味了,那就是人灾国祸了!当然,聪明的中国人绝不会活人被尿憋死,有的是办法。养这种猪鱼鸡鸭的专业户,自己就不吃,全卖给别人吃。别人能有办法不吃的,也尽量少吃。于是乎,土鸡、土鸭、土猪、土菜、野菜这些家常菜作为对抗那些高科技、转基因食品的武器,被人们纷纷"推崇出旧"。只是大中城市的人没法子天天去找土的野的,只能任由市场"添加""科学"。

第四十五天中午,我下班回家,还没进院门,妻子就泪花盈盈地走到我跟前:"完了！完了！"我心中陡然一惊:什么完了？出什么大事了？她说:"鸡完了。"我早晨出门时,鸡都好好的,怎么说完就完了？她说:"你去看吧。"我三步并作两步奔到鸡笼前,已有七八只鸡横七竖八倒毙在笼里,地上还摆了四五只肉包子一样的死鸡。我说,你赶紧想办法呀！因为她是医生。她几乎哭着说,有什么办法,平时该喂的消炎药、感冒药都拌进饲料里喂过了。我想起团卫生队有个畜医大学毕业的本科生,问他有啥办法？他说,这种鸡瘟,只能预防,倘若发生了,就无回天之力。

中午起床,我再到鸡笼前瞧一眼,死了一半。到第二天上午,全笼覆没,一只没剩。从妻那张脸上,我读懂了一个家庭主妇心中的另一种失望甚至绝望。特别是她两手倒提着一只只肥胖的死鸡走出家门时,那脸阴沉得简直在为谁送葬似的。

我说,开心些,花钱不多,买了知识学问和教训,值得。另外,这些鸡没白养,它们可以让我种的满院子树木享受足够的肥料。可惜,石榴树下埋完两只鸡不到一个月,树枝就开始落叶枯黄了。

从此,我们家再也没养过饲料鸡;从此,我们家再也很少吃饲料鸡。

那次鸡瘟,对于我来说,意义更大的是,我对科学技术的发展有了新的领悟:科学技术也是一把双刃剑,不一定都是有益于人民的好东西,它能使少数人赚钱,多数人倒霉,原子弹、化学武器、细菌武器的科学发明,更是人类的灾难,首先发明这些东西的人,要遭天谴;科学技术发展的目的,不应该只叫人民饱肚,更要让人民长寿;科学能够救人,也能杀人,如此下去,人类将来一定会死在人类自己的手中,地球终究会毁在人类的各种发明里;人类真正的文明时代,不是科技的精巧,而是人类道法自然,回归自然。一只本来要十个月左右养大的鸡,四十多天就弄成了几斤重;一头本来要一年养大的猪,三四个月就弄成了几百斤;一条本来要两三年才能长大的鱼,几个月就弄成了几尺长,违背了生物生长的客观规律,这是科学的进步,也是对客观规律和自然客体的破坏。有些东西,特别是自然界生长的动植物,还是顺其自然生长的好,违背自然规律,人类必将受到惩罚。这些年,越来越多癌症病人、白血病人、猝死病人的出现,不是人类自己残害自己的结果,又是谁造的孽呢?因此,我对一切添加剂和转基因食品、农药食品都要打个问号。

长居囚笼的裸背鸡

关进鸡笼或鸡圈养的鸡,有个共同特征:屁股后面乃至背上的毛渐渐少了或没了。为了求证,我仔细观察过,是它们互相叨了,吃了。有人说,是因为它们缺钙;有人说,是因为它们消化不良;有人说,是因为它们坐久了鸡牢,为了排解苦闷,互相打闹的结果,就像村妇打逗,喜欢互相撕扯头发一样,每天互相扯几根,日久成秃。

更为严重的是,这些鸡关久了,虽然营养充足,光长肉,不下蛋,尤其那些黄母鸡,只只膘肥体壮,足有六七斤重,每餐吃得最多,走路也最没有母鸡的温柔,如同大肥猪或大公鸡似的,笨手笨脚,大摇大摆。我几次想把它们杀了吃掉,妻子说,这么肥,太多油,谁吃?我说,送给警卫连的战士们吃。她说,现在连队生活比我们家里还好,谁还稀罕你的大肥鸡。不久,有两只母鸡长得像公鸡了,鸡冠越来越红,越来越大,甚至倒复了,脖颈上也生出光亮的金红色羽毛。再后来,它们晚上像公鸡一样打鸣了。

起初,家人说我家的母鸡能像公鸡叫,我不相信。有天凌晨,母鸡打鸣时,妻子推醒我,得到确认。我只听说泰国有男孩变女孩的人妖,哪听说过世上有母鸡变成公鸡的鸡妖呢?而且这种变异,是自然的非手术的。妻说,这种鸡养在家里不吉利,赶快处理。

　　怎么处理?这种鸡杀了没人吃,送人更不行。我说,鸡到山前必有路,既然它们是因过去长期遭受囚禁,在压抑中变了性,现在我就彻底归还它们的自由。我提着这两只沉甸甸的肥鸡,径直往山沟走去,到了一处相对开阔地,将它们放下。可它们像初上幼儿园的孩子,蹲在我脚边,望着苍茫山野,畏畏缩缩,怯怯懦懦,原地不动。我说,你们走啊,去寻找属于你们的世界你们的自由啊!它们愣头愣脑地东张西望了好一阵,才漫不经心地向草丛走去。眼前纷纷腾飞的蚂蚱蝴蝶,还有草叶上懒散爬行的肉色虫子,它们全都视而不见,不知此为何物,更不知那是它们的美味佳肴。我转身往回走了几步,又忍不住回头瞧瞧它们,它们也抬头瞧瞧我。我以为它们会跟着我往回走,它们犹豫片刻,最终没挪腿。幸亏它们没跟着我往回走,否则,我肯定又会把它们带回来。那一刻,我的心情很矛盾。我既希望它们跟着我回来,又不希望它们回来。

　　回到家里,我半响没说话,甚至将好看的电视剧也关了,心情沉重得有点憋气。妻问我,哪里不舒服?是不是刚才走路累的?我没言语。我知道,我扔掉的是两只鸡,无论我扔了、杀了,鸡的前途都是死。可那一刻,我心里像扔了一个残疾的临死的婴儿一般难受。也许它们此时正被黄鼠狼或野猫戏弄得头破血流,奄奄一息,欲死不能,欲活不成;也许它们此时正被大蟒蛇吞食得剩下鸡头在蛇嘴外喘气(因为我们院子里经常有蟒蛇下山偷鸡吃),临死之前嘶哑的叫声里,终于恢复了母鸡的原声,除了咒骂蛇的残忍,更多的是痛骂人的无情,我的无情!是我们将它们长期囚禁在鸡圈里,使它们失去了理应得到的自由,当失去自由的生活逼迫得它们生理和心理变态后,又将它们弃之野外——不能给动物自由的饲养,无异于屠杀;是我们每天把人类的饭食强加给它们,使它们日趋丧失了鸡的动物性,生长了人的懒惰性、脆弱性,除了饭来张口,毫无自食其力功能,连"软饭男"都不如(他们多少还有点男人功夫);是我们禁锢了它们的欲望,剥夺了它们的生态,使它们变得母不母,公不公,名不正,言不顺,远听公鸡声,近看母鸡身,世上还有比这更残酷悲惨的吗?尤其知道它们变成"鸡妖"后,还把它们扔到荒山野地,让凶兽慢慢撕咬它们,用以求得人的清静,在这清静中能清除人心的荒谬吗?

日晒雨淋的坚强鸡

我二楼的书房窗口正对着鸡圈。有天,我从窗口看到两只野鸡从后山坡起飞,垂直降落在我家鸡圈内,众母鸡连同那只小公鸡,全都从饲料盆边狼狈而退,让野鸡们大吃一顿后,在地上擦罢嘴巴,摇头晃脑,腾空而去。这一刻,我真为家鸡们心痛,明明它们是这个鸡舍的主人,怎能容忍别人连招呼都不打一个,就随心所欲夺走属于主人的食物呢?平日里见它们互相打斗还蛮勇敢的,遇到外敌入侵时,怎么全成废物了?

我正在为这些家鸡的无能无用生气时,又一拨(两只)野鸡临空而降,正欲美滋滋地享受大餐。我家那只淘气的"野"母鸡,腾地从鸡圈外草地起飞,先是落在鸡圈围栏上,而后滑翔到地上,斗开脖颈羽毛,向野公鸡冲去,那架势比斗牛士还凶。野公鸡被这毫无防备的突袭打得措手不及,只好仓促起飞逃走。

野母鸡失去了保护伞，慌忙躲到鸡圈北角起飞溜走。

我高声为我家这只"野"母鸡点赞。好！好样的！

我家这只"野"母鸡，并非传统概念上的野鸡，只是因它性野，不服囚禁，常从鸡圈里飞到外面来找食，有时天黑了，不飞进鸡圈，自个儿在外面过夜，我们把它当成了野鸡。由于长期在外日晒雨淋，奔跑腾飞，练就了一身超强功夫。有时闻到鸡圈里有好吃的，它也会兴冲冲地飞回去打个牙祭。吃饱后，高兴了，在圈里待上一天。不高兴了，继续我行我素。我只听人说过牛圈里关猫，进出自由，未曾想过鸡圈里关鸡，也能进出自由，关键是有无本事。我曾抓住它剪过一次翅膀，毛长齐后，外甥打灯笼——照舅（旧）。因为只有这一只鸡在院子里野，每天在草地上盆景里随便都可找到它的绿色食品、野生高蛋白，并没对环卫造成破坏。另外，别的鸡功夫不行，没法子跟它学坏，我们就睁一只眼闭一只眼，让它成了自由鸡。有次，我锄草时，在盆景下捡过一窝蛋，估计是它下的，我还奖励它一把米。这是真正的土鸡蛋，留给孙女吃了。

我最爱看它追赶飞虫，尤其雨后飞蚂蚁的情形，它的脑袋脖子伸得几乎与地面平行，两个翅膀自然张开拍打，推动躯体前行，两腿奋力向前奔跑，虽然身子有些摇晃，两眼却始终直逼前方。它在运动中吃掉那些飞虫的概率很高，几乎没有白跑过。由于长期运动奔跑的缘故，它的身材比笼里的鸡要苗条匀称多了，是个标准的特种作战身材，上蹿下跳，灵活机动，而且思维敏捷。那次斗野鸡就很有战术思想。它懂得擒贼先擒王，集中优势兵力体力，首先消灭敌人的有生力量，所以瞄准战斗力强的野公鸡发起突袭，使野公鸡在毫无防备的情况下打败了。野公鸡跑了，野母鸡必然落荒而逃。如果首先选择野母鸡发起攻击，让野公鸡赢得充足的反应时间，而野鸡又善于陆空作战,家鸡是很难斗过它的,那一仗必败无疑。

还有一点,令我感慨良多,它长期在野外生活,日晒雨淋,居然从未感冒生病。尤其台风季节,连下几天暴雨,它浑身湿透,那身白鸡皮冷得有些发紫,也没感冒发烧。它若得病,谁知它病倒在哪里,我们肯定没心思找它这个不听话的野东西。

它这么坚强地生活了几年后,我索性打开院门,让它走进山野树林,获得彻底解放。它趁我家打开院门之际,回过几次院子,以后便难见踪影了,但它这个"坚强鸡"的身影,至今留在我心中。

后来,野鸡们在我家鸡圈中的表现,也令我于愤愤不平后顿生敬意。有时,家鸡们似乎太看不过去了,想上前议论几句,野鸡脖子上美丽的金黄色羽毛一竖,像是英武的斗士甩开斗篷,两腿微屈,摆出一个格斗状,家鸡们便乖乖退守。我实在可怜家鸡的无能,虽有嗟来之食和添加剂喂养出来的一身笨肉,却无半点自卫势力。当野鸡在它们的家园为所欲为时,它们除了放弃话语权和主权,还能做什么?它们哪有能耐在野鸡面前说"不"呢?野鸡虽然瘦小,但个个精明强干,能征善战,陆空搏击,斗志昂扬。家鸡与野鸡生存力与战斗力的差异,为我们人类提供了太多有益的思考,包括对后代的教育培养。

善　饭

有个周末的晚上,我和司机李国防上街购物,遇到两个二十岁左右的姑娘向我们讨钱。我见她们容貌端庄、穿戴整齐、举止文雅,不像图谋不轨之人,可能真有难处,理该帮助,于是停下脚步。她们说,是从安徽农村来海口找工作的,因熟人没联系上,工作没找到,身上带的钱花光了,已经两天没吃饭了,请解放军叔叔行行好。

我见这两个姑娘说话时态度诚恳,言语温善,也算是逮到了一个学雷锋行小善的机会,想把这个好事做到底。我说,先带你们去吃饭,吃完饭了帮你们找份工作。我们部队招待所缺服务员,这两个姑娘长相身材都不错,又是农村人,当服务员不成问题。

可是,无论我怎么说,她们不要我请吃饭,也不要我帮忙找工作,只要我给钱就行了。我说,既然你们两天没吃饭了,我先请你们吃饱饭;既然你们是来找工作的,吃完饭我就介绍你们去部队招待所当服务员,每月按时发工资,管吃管住又安全,等以后找到更好的工作了,你们再跳槽也行呀。她们见找不到理由拒绝我的帮助,显得不耐烦了:"你有钱就给,没钱就算了,操那么多心干吗!"

我听她们说话的声音和口气,根本不像两天没吃饭的人,起了疑心,于是提出一个条件:如果你们真的肚子饿了,先吃饭,吃完饭了,我给你们回家的路费。她们勉强同意了。

我们就近在一个夜宵店要了两盅汤、两碗鱼片粥、三个菜。饭菜端上桌后,我见她们爱吃不吃的神态,毫无饥不择食的样子,更加心中有数了。我心痛她们在这么美好的青春年华里,为了讨点小钱,毁损了自己的尊严。于是由远及近,由人及我,给她们讲起了劳动致富、由穷到富、建家立业的道理。还说了一个讨饭的浙江姑娘,来到此地受人启发后,白天到饭店当服务员,晚上擦皮鞋积累财富,最后当上了千万富婆的故事。她们听着、听着就将头埋在桌子上再也没抬起来,年龄稍大的姑娘心情沉重地说:"你们走吧,我们不要你们的钱了。"我见已经达到目的,又说了几句鼓励的话,埋完单走人。见我们走远了,她们抬头就跑。浪费了那些饭菜。

那天,我虽然没给两个姑娘一分善款,但我请她们吃了一顿"善饭"、尽了一份善良之心。

有人说,善是善意,良是美好,美好的善意便是善良。我认为,不问事由的给钱,只会造成人的懒惰,我们要将善良做成美好的事,不仅要给钱,还要给志、给德、给精神、给本事。我的这顿"善饭"、这份善心,比给善钱更重要、更值钱。

俄罗斯有句谚语叫"不是自己采来的蜜不甜"。中国人也有一句俗话叫"越吃现存饭越不爱劳动"。说的都是一个意思,没有吃过苦的人,不懂得艰难苦楚;没有经过自己劳动得到的东西,不会珍惜;越是过惯了不劳而获日子的人,越不想劳动;吃救济越多的人,年年坐在家里盼救济,没有吃过救济的人,只能认准自力更生一条路。为什么有的地方出现了政府越扶贫,人越懒,家越穷,越扶越穷的恶性循环?为什么有的人你越捐助他,他越不想做事,年年盼你捐助,捐少了还不高兴？为什么有的人干脆躺在江苏商人邵建波家门口等他给钱才起来？这就是人的一种惰性。

政府提倡精准扶贫是好事,但不能光顾"精准"钱物,还要做好"精准"的"勤劳致富""勤劳旺家"教育。对那些自然条件、生产条件好而懒惰受穷的人,只给不教,给的钱物越多,越害了他们。不但害了他们,还害了他们的子孙,连读书学习的动力都没有。我参加过多次扶贫工作,我撸起袖子,脱了长裤,甚至光着膀子亲自参加扶贫劳动。可那些贫困户上午九点钟还没起床。我忍不住去踢他们家的门,踢痛了我的脚,也踢痛了我的心：我亲爱的老乡,这样懒下去,何时才能富起来！

做善事的目的,不是刺激这种懒惰性的膨胀,而是要抑制和消灭这种懒惰,使人们懂得流自己的汗,吃自己的饭的道理,激励和引导人们自力更生,奋发图强。行善者要多给碗,少给饭。如果离开激励去行善,中国有一千万个邵建波也没用。正如韩小蕙老师在《慈善：做还是不做？》一文中所提醒我们的："慈善事业的本质不在于资助多少钱,而是通过激发'后进'者内心的创造力,帮助他们赶超上来。帮助也要适度,要恰到好处。如果'天上掉下馅饼'多了,他还会去努力奋斗吗！"

我老家有个邻居叫张太山,年已花甲一身病,还切除了一个肾。两个女儿早已出嫁,一个儿子当兵去了,他从未见过啥"馅饼"。冬天的早晨是最冷的时候,别人窝在被子里想暖和还来不及,他却每天五点钟起床,开着小货车去公路边摆摊卖自家收摘的橘子,为的是每斤多赚三四毛钱。一冬下来,虽然在公路边吃尽了灰尘和寒风,可他比别人多赚了四千元。我每次回家探亲,见他整天干活手脚不停,问他为啥不休息一下？他说,上了年纪睡不着,闲不住,习惯了,干点活,身体还舒服些。

我心头一热：那些自然、生产条件好，身体无大碍的扶贫户，若能像张太山一样，把勤劳当习惯，干点活反而身体舒服些，还会穷吗？子孙后代还会跟着倒霉吗？

爱心不能残缺

勇斗抢劫歹徒的英雄战士李国立就出在家门口。有幸三次躬听其报告。每听一次,便多一次震颤与激荡,多一次感悟和振奋。集零思碎想于一纸,恕我唐突直言。

一

徐洪刚勇斗抢劫歹徒时,车上乘客有四十余众,为何让他浑身捅了十四刀,只身托肠血泊中?李国立勇斗歹徒时,车上乘客也有十三人,为何让他孤军搏斗四公里,身上挨了二十七刀?宝鸡日报记者刘斌、宁丽君勇斗抢钱车匪时,车上乘客近二十名,为何人人沉默?

有人说,这是因为歹徒太残忍。

我说,这是因为正义之神太软弱,道德长城太空虚;这是因为有了那"多一事不如少一事""好汉不吃眼前亏"的明哲保身的德行;这是因为人们爱憎不分,缺少正义之爱!徐洪刚、李国立、刘斌、宁丽君这么热爱群众,在车上的群众怎能如此爱心残缺呢?

二

本应是坏人怕好人,邪恶怕正义。这些年,为何这般颠倒。颠倒得三个歹徒在一节上百号人的车厢里横抢直拿无阻无挡;颠倒得勇士把歹徒抢去的钱包交还失主时,失主不敢认领;颠倒得遭了抢,受了辱,还不敢出来做证……

我们的国家真需要千千万万个徐洪刚、李国立、刘斌、宁丽君。没有千千万万忠勇之士舍生忘死爱护人民、保卫人民,社会能安稳、人民能安宁吗?但是,如果我们的国家整天发生这种流血牺牲、英勇悲壮的故事,既是人民的骄傲,也是人民的耻辱和悲哀。倘若让用生命来爱护人民的人在生死关头也能得到一点爱,让流血的风险大家都来承担一点,还会生长那么多的悲壮与遗恨吗?

被徐洪刚救了性命的青年妇女吴道蓉说得多好:"如果社会上大家都像徐洪刚那样见义勇为,见难相助,坏人就不敢要横了。"

在一次公开审判抢劫团伙的大会上,有记者问歹徒:

你们作案为什么屡屡得逞?

回答:"没有人反抗嘛。"

又问:如果大家起来反抗,你们害怕吗?

回答:"哪还敢呢。"

记者哑默良久。

三

那年在某市街头,几百上千人眼睁睁围观流氓剥光一个姑娘的衣服,任她千呼万吼、拼死挣扎,无一挺身相救。我看到这则新闻后哭了,但无泪。可怜的围观者们想过没有,假如没有你们的围观,流氓的行径还有何"意义"？他们为何不在室内而偏要去大街上扒姑娘的衣裤？是大街上的围观效应助成了他们犯罪企图的实现啊！今天你的爱心残缺、冬眠,袖手旁观这一幕暴行,说不定明天这种罪恶就会落到你妻你妹你女儿身上,你还围观吗？

四

帝国主义的侵华史,实足是一部灭绝人性的抢劫史。中国人民的近代史,是一部血淋淋的遭受外来抢劫并与外来抢劫犯英勇搏斗的历史。

当年八国联军入侵北京时,也不过两万人马,为何把一个好端端的北京抢劫蹂躏一空？要是我们的祖先能够团结一致惩恶除寇,每人咬他们一口,也能把这个全世界最大的抢劫团伙嚼成肉泥,怎能留下被抢个精光还要赔款四亿五千万两白银的奇耻大辱呢？圆明园到现在还叹息、哭泣！

它是叹息我们的民族缺少骨气！

它是哭泣我们的民族对祖国缺少爱心！

对祖国没有爱心的民族,只有被蹂躏的资格,没有做主人的权力！

一个民族对祖国的爱心,是无敌的力量！

一个民族对祖国的爱心,靠少数人不成,必须万众一心！

中国的抗日战争为啥能够得胜利？是以共产党人为首的革命者唤起了全民族的爱国心。

五

我爷爷说,"跑日本"那年,蹿进我们村子的鬼子只有三人,其中还有两个讲中国话。他们把全村赶得鸡飞狗跳、杳无人影,能杀的杀了,能宰的宰了,能抢的抢光了,被强盗吓得惊哭的婴儿也被母亲捂死在怀里了。

这是为什么?

有人说,这是鬼子太残忍。

我说,是国魂走了神,是我们民族感冒发了烧,是因为村里没有共产党……

徐洪刚、李国立坐的那两台车上,除了他们两人,还有没有共产党员?我真盼望有,又不希望有。

报载,刘斌、宁丽君坐的那台车是党员开的,不过,这个"党员"在关键时刻,屁股没有和党坐在一起。他不仅对歹徒言听计从,还对见义勇为的英雄极端刻薄,指责他们"多管闲事"。这个"党员"虽然受到了党内严重警告和行政记过处分,但对党的极大侮辱也由此而生。据说,在李国立勇斗抢劫犯的那条公路上,也有一个副县长及其随行人员曾遭抢劫。副县长没有报案,歹徒后来被抓,自豪地供了出来。副县长虽然撤了职,留给人们的思索却难以撤除。

我们千万不能为我们党拥有八千万党员沾沾自喜,和平时期,能有多少党员真心实意当先锋做模范呢?再有鬼子入侵时,能有多少党员往前冲呢?我最担心的是,在外敌入侵时会有多少党员干部,特别是领导干部当汉奸?

六

每当看到电视、报纸上曝光村霸、乡霸、路霸、车霸、矿霸时,我总想不通:那里的党组织和共产党员呢?那里的公检法呢?那里的人大代表和政协委员呢?那里人民的道德良心和正义感呢?如果都还健在,歹徒何以称霸哟!

前些年,还有好些流氓和"霸"们当上了人大代表和政协委员,他们能代表谁的利益?不霸才怪呢?

七

孙子要去上夜班了,奶奶抚门千叮万嘱:"路上小心点,遇到坏蛋抢劫呀,甭跟他较劲,钱丢了还能赚回来……"

奶奶,您咋不说"遇到坏蛋勇敢些,骨气和人格丢了赚不回来,人人都勇敢些,坏蛋就成了秋后的蚂蚱了"!

前些年,丈夫要出远门做生意了,妻子深夜闭窗把丈夫的裤腰拆开,将一叠叠票子细针密线地缝了进去。最后还拉了拉裤腰,看结实不。

大嫂,你为什么不把钢铁缝进丈夫的脊梁里呢?让大丈夫宁为惩恶玉碎,不为苟且瓦全多好。

当然,现在出门不用带那么多现金了,多的是卡。卡有卡的麻烦,我就遇到过有人打我卡的主意。幸亏我脑袋没进水,没做亏心事,骗子没能唬住我。我想去报案,有关部门的人说,又没骗到手,仅凭一个电话号码,怎么查?怎么取证?后来电信诈骗如此猖獗,是因为前几年我们根本没把电信诈骗当回事。

八

我们的民族是善良的民族。没有善良就没有鹿回头、画中人;没有善良就没有昭君出塞、海陵东渡;没有善良,就没有西安事变的圆满解决、北平的和平解放;没有善良就没有抢救徐洪刚、李国立的英雄群体,就没有成千上万群众自发地上医院慰问英雄。

但善良之心不等于正义之举,在弘扬善德时,不能学唐僧。

如今不再提阶级斗争了,但是,人是有善恶之分的。在丑恶面前,善良的退却,就是对丑恶的点赞!在善良面前,对丑恶的容忍,就是对善良的残害!

在某种意义上说,恶行的滋生,是因为善良的沉睡!

面对那些伸向善良的爪牙都不敢挺身而出,怎敢冲向入侵的强敌呢?

每当我看到我国研制了一批又一批尖端武器时,高兴之余又在想,武器是没有良心的,关键是谁去用?对谁用?十年前,我曾说过,军队如此腐败,就不怕打起仗来枪走火吗?我怕背后响枪,所以不敢腐败,不敢干缺德事。

九

我们的民族是有疾恶如仇、见义勇为、不畏强暴传统的伟大民族,丑恶毕竟是少数。但在每次外敌入侵、抢劫时,既涌现出无数可歌可泣的英雄,也涌现出一小撮或大或小的汉奸、懦夫。他们虽然人数不多,却起到了侵略者起不到的作用。

替侵略者做事的人,比侵略者还坏!

为汉奸唱赞歌的人,比汉奸还可恶!

如今有许多人说,宁愿穷……也不能穷了教育。我说,宁愿穷得饿死、冻死,也不能穷了志气、穷了精神、穷了人格。办教育,首先要使我们的后代懂得是非善恶,爱憎分明,"勿以恶小而为之,勿以善小而不为"。可惜,现在的学校,无论小学大学,都不如从前重视德育了,学生、老师、家长的眼睛只盯着学生成绩单上的分数。每当有多少学生考上了清华、北大,有哪个学生在国外留学获得了什么奖,铺天盖地唱赞歌。然而,学生的道德是没有分数的,哪个学生犯了法,判了刑,学校培育出了成堆次品,没人负责,老师更不负责。

中华民族现今的最大危机,不是经济危机,而是教育危机、孙子后代的道德信仰危机。如果不从现在开始,全民重视思想道德建设,中国的明天,令人担忧!

十

最近,有两则故事令人深思:一是公安干警夜晚破门而入抓走伤害刘斌、宁丽君的抢劫歹徒张成礼时,张的两个女儿趴在炕沿做作业,始终头也没抬一下。二是四川一个十四岁的少年,对赌博成性的父亲屡次规劝抗议无效后,兑现了父亲的赌咒,砍断了他的两根手指,到公安局自首去了。

十多岁的孩子尚能做到爱憎分明,疾恶如仇,义无反顾,我们这些为人父母者,扪心自问,能不汗颜?但孩子的行为又令一些长辈感到不近人情、不太人性,担心他们将来的道德成长和性格形成。

这种担心也是必然的。因为社会是由千万个你我所组成的、命运高度相关并且关联度越来越高的共同体;人性本身就是极其复杂的天使和魔鬼的结合体；好的环境会抑制人的兽性，滋长人的人性，坏的环境会激发人的兽性，磨灭人的人性。评价社会环境好坏的标准很多，在当下主要是社会主义核心价值观，其中根本内容之一就是正义。通俗地讲，正义就是所有社会成员都应该遵守和得到的正确的道义。正义与每一个人的生活息息相关，渗透于人们生活的时时刻刻。所以，维护正义不能靠侠客、清官和少数英雄模范，更不能靠阎王和上帝。除了法律制度和社会组织，维护正义最重要、最有力的主体是我们每一个社会个体，我们每个人都是维护社会正义的第一责任人。

当坏人横行时，如果你退缩；当违法犯罪出现时，如果你当看客，似乎暂时保全了自己，实际上很危险，你已滑向了万劫不复的险境还以为身在桃花源——因为你纵容了黑恶势力，助长了坏人的嚣张气焰，下一个受害的可能就是你自己；因为你在别人遇险时没有尽到爱心，帮助他人，下次你面临险境时，他人也可能袖手旁观。

这个世界上从来就没有什么救世主，美好的世界要靠我们大家共同创造。中华民族是一个十多亿人休戚相关、生死与共的整体，每一个中国人都要有为了民族整体利益甘愿牺牲自我的意识，都要树立坚守正义，我责第一的理念，都要有为了维护正义甘洒一腔热血的勇气。只有这样，我们的社会才可能是善治的社会、有爱的社会、宜居的社会。

谁是神经病

一日深夜十一时,我们几位领导干部在榆林大院散步,迎面飘来一位身材修长、长发黑衣、自言自语、旁若无人的女子。因为路灯昏暗,我们无一认识此女。我们与其擦肩而过数秒钟后,大家几乎异口同声地说:"好像是个神经病!"

此话刚从嘴中蹦出,我立马后悔了:倘若不是神经病,她一定听清了我们对她的议论,她不臭骂我们一通,至少也要回敬一句:"你才神经病哩!"

奇怪的是,她非但没骂,还若无其事,继续自言自语朝前走。

由此,我更加坚定了自己的判断:她肯定是神经病。理由至少有五:一是年轻女子,深夜转悠;二是披头散发,衣裤陈旧;三是自言自语,神情呆忧;四是晃腰扭腚,步若神游;五是我们说她神经病,她居然毫无反应。

我又加重语气重复了一句:"这是谁的家属?得了神经病我们怎么没听说呀。"

大家也随之七嘴八舌附和了一通:是呀,怎么没听说呢;若是精神病,一定要抓紧治呀;大院里养个神经病怎么行,要告诉家长看管好自家人……

我越想越觉得不对劲,一种惯有的责任心驱使我拦下一辆面包车,招呼司机与我共同追过去,高度警惕而又小心翼翼地走到那个女子跟前,结结巴巴地问她是哪家的?住在哪里?家长叫什么名字?她见我这副紧张相,从容不迫地摘下塞在耳朵里的手机耳机,抬起纤纤玉手朝两鬓理了理瀑布在前额的秀发,露出美丽的脸蛋儿,冲我嫣然一笑:"怎么,晚上不允许散步吗?"

她这一笑,笑得我心里贼溜溜的。我差点脱口说道:我以为你是神经病呢,没想到你竟是个如此靓丽水灵的美人!但理智刹住了嘴巴,没使我也神经。我没话找话地胡乱说了几句劝她早点回家休息之类的话,便灰溜溜地往回走了。

我一边走,一边嘲笑自己,我劝说谁呢?人家在那里悠闲散步,并利用现代通信工具给朋友、家人或情人津津有味地打电话,关我什么事呢?我凭什么要去干涉人家,还把人家当作神经病。

这些年,我们这些吃了几十年公粮,自以为人生阅历丰富的领导,常常沾沾自喜自己的传统思维、自己的经验做法、自己的大大咧咧和自以为是,以致思想观念、思维方式生锈蒙尘,还当作出土文物自我欣赏,自我陶醉,实在可悲可怜。我们怀疑别人是神经病的时候,恰恰是自己的神经出了毛病。否则,我为啥平白无故说别人是神经病?有谁规定年轻漂亮女子不能深更半夜在营院的马路上转悠呢?我们不是也在转悠吗?披头散发为什么不能行走?那叫飘逸。衣裤陈旧为什么不能穿?那叫返璞,有人还特意把衣服剪破才穿哩。人家小手机吊在脖子上,小耳机塞进耳朵里,小话筒垂在嘴巴边,小手插进裤袋里,边走路边打电话,一举两得,悠哉乐哉,享受人生,怎能说人家是说胡话呢?再说,她不旁若无人地跟接电话的人窃窃私语,难道还要主动与我们这几个迎面走来的陌生男人找话说?

那才是真正的神经病哩。晃腰扭腚有啥错？那是T型舞台上时兴的模特步。那步若仙游有啥不好，你瞧人家那亭亭玉立的身材，穿着一件遮掉全部屁股半截大腿的运动衫，依然漂亮无比，那是如今有品位女子的潜质。我们为何喜欢把孤影夜游的美女视为神经病，而不将迪厅里狂吼疯舞的美女当作神经病呢？

可怜我们这些自作聪明的脑壳，在过去极"左"的年代里，总喜欢以左论是非，用左定美丑，经常把美丽与"封资修"画等号，以致说了那么多神经话，做了那么多神经事，害得好些人患了不该患的精神病。为什么三十多年后的今天，我们却反其道而行之，把美女的身影统统定位在舞台上、电视里、歌舞厅、交际场，如果偶尔有美女夜间孤身出现在马路上、小河边、树林中，反而说人家是神经病呢？

看来，思维方式的解放，远比经营方式、管理方式的变革要深刻和艰难得多。

现　代　忧　愁

星期天上午,去朋友家做客。屁股尚未落椅,陡闻他家闺女在卧室伤心哭泣。我倏地一惊,出啥事了?十八九岁的大姑娘自然晓得哭鼻子不光彩,尤其是明知客人进了门,仍一哭既往,肯定有比哭鼻子更丢脸的事情伤着她了——横竖是丢脸,就无所谓大丢小丢了。我欲开口问友,他一声唏嘘,将我拽到阳台细述根由。

原来是上周六她郊游时,一条很漂亮的裙子屁股后面被树枝划破了一条几公分长的口子。她不懂缝合,回家后用透明胶布从里层胶住便上班去了。殊不知透明胶布怕水,经洗衣机一搅,黏性大减。今早她匆匆忙忙上街时又穿了这条裙子。走到半路上胶布脱落,下单车时那口子又拉长了几公分。她全然不知开放的屁股,一路上引来不少幸灾乐祸的哄笑声。幸亏本单位女同事发现,她才恍然大悟,伤心透顶,回到家就找母亲发火泼泪。

我劝朋友,姑娘这么大了,也该让妈教会她一些女红了,十八九岁的大姑娘,裙子破了都不会缝,也真是!他连连摇头:如今家里全现代化、电器化了,年轻人除了上班就只想玩,谁还愿学针线活哩,谁还敢教她们针线活哟!

为啥有了现代化、电器化,就不能教针线活、学针线活了?缝纫机再方便,总不能背在身上跑嘛,掉个扣子,划个口子,自己缝几下不是更方便更省时更能提高工作效率吗?

由此,我想到了千千万万的独生子女及千千万万个现代化家庭,一种强烈的杞人忧天之感显现在我心灵的荧屏:这小伙子不会洗衣服、大姑娘不会动针线、妻子不会烧饭菜、丈夫不会装灯泡、木匠不会用刨子、理发师不会拿剪子的"现代化"再"化"下去,岂不是家电的功能越多,人的功能越少;家电的功能越进化,人的自我生存功能越退化?我真担心"现代"到某一天,人们吃饭都要用"进口机",过夫妻生活还需借助机器的动力,那人的生活还有何原汁原味、本性本能可言?人的自我生存功能的退化警示我们:为自己及子孙后代着想,家庭生活应该少一点自动的,多一点自己动。无论从生命在于运动的常识,还是人类生活的多元性、抑或命运的曲折性来说,都是必要的。

由此,我想到了许多新战士。按理说,现代青年的营养硬是不差,部队的生活水平也着实不低,餐桌上剩下的肥肉鱼头常常很可惜地倒入了猪潲桶。可是如今新战士的力气小得你不敢相信。一袋百斤重的大米,两个人抬还很费劲。有些新战士的骨头脆得我心痛。过去只听说有投弹投脱臼的,现在每年都有投弹骨折甚至粉碎性骨折的。至于五公里跑障碍摔断腿的,练双杠时碰断锁骨、做俯卧撑时扭伤筋的,更是常事。许多在我们过去看来连皮都不应该破的,他们却伤筋断骨了。缘何?有营长说:"他们是吃添加剂长大的,骨头脆得如餐桌上的玉米芯,一磕就碎。"

由此,我想到了自己的病。上世纪六七十年代生活那么艰苦,我却很少生病。即便感冒了,喝几碗白开水(条件好时喝碗辣椒或生姜汤),把头埋进被子里睡一觉,出身汗,就好了。现在三天两头不是头痛腰痛就是脖子痛。药物在我们现代人面前越来越显得力不从心或无所作为。过去靠白开水能治好的感冒,现在吃了四五种药、四五天药,仍不见好转,非要"感"上六七天冒、打上抗生素才收场。我曾经不信邪,感冒吃什么药哩,老办法——白开水加被子。脸是捂得通红的了,汗也出了两三身,只是鼻子通了又塞了,体温降了又升了,直至浑身疼痛起不了床,打了两次吊针才解决问题。感冒还是那感冒,发烧还是那发烧,为什么白开水加被子就不灵验了呢?兴许我年岁大了,儿子只有十五六岁还行吗。试过,差点闹出人命来,赶快吃药打针才转危为安。到底是现代病太狠,还是现代人不行抑或因现代人孕育了现代病?最近去革命老区走了一趟,到贫困山区接了一次兵,茅塞顿开。老区的父老乡亲也是现时代的人,人家那里白开水加生姜、辣椒和被子依然管用。为何用在我们身上不行?除了我们生活的现代特色日趋浓烈、生活的条件日趋优化、生活的水平日趋提高而又忽视身体机能的锻炼,还有什么呢?

由此,我想到了手机和网络。过去没有这些东西,开会出差在外,没啥信息反馈,家人也没啥不放心的。现在有了这些东西,横生出许多忧愁和牵挂:"怎么回事啊,两天都没来电话了,该不会出事吧?""到了广州,电话都没打一个,这飞机——"一种异常的恐怖笼罩全身,马上打开电视,搜寻新闻。

那天,我从海口开会回三亚。途中有朋友要去文昌看看,邀我作陪。我想没啥急办的事,陪就陪吧。去文昌来回耽误了三个小时。因我和司机的手机都没电了,没法向家里报告去向。

回到家里,妻子仿佛还在噩梦中,语无伦次地问道:"路上出……出什么事了？你怎么不回机？"我说路上没出事，拐到文昌去了一下，手机没电了。"手机没电了，不懂下车找电话亭打个电话告诉一声，吓死我了，急死我了！"她的泪水好似黄豆袋子穿了孔，骨碌碌撒了一地，话语喃喃，我已听不清她说什么，大概是骂我这个没良心的，不理解别人的心情。

过去没有手机，我良心大大的好。我什么时候回，从哪条路上回，家人全然不知，了无牵挂。尽管五指山区的公路弯得像刚从旧毛线衣上拆下的毛线，千回百折，他们放心得很。回到家后，若是路上没吃饭，她一边高高兴兴地淘米炒菜，一边高高兴兴地叙说别后心思，真乃小别胜新婚。现在有了这些现代化的东西，出门只要有半天没回电话，家人或朋友便担心、操心加疑心。若是两天不回话，准以为出了什么大事失联了；如果从海口到三亚三个小时没回家，便担心路上出了车祸。真回到家，又无话可说了（许多话在手机里说过了），丈夫没了归心似箭，妻子没了望眼欲穿，只有单纯的担心忧虑。

由此，我想到了许多现代病——有电视看真好，好些人不知道荧光屏放射出来的紫外线，对人体有害；有电冰箱真方便，有的人忘记了冰箱排出来的氟利昂对人体也有损；用电热器、液化器洗澡真暖和，有的人常忽视它们的漏电泄气危险；空调机叫人身在南疆如北国，有的人得了空调病；高速公路跑车真的快，有的人车飞出路外再没回……

谁能想到现代科技在为人们制造现代享受的同时，又平添了许多现代危害和痛苦呢？不管人们是否意识到，这些现代危害已经有形无形地降低了人们的安全率、免疫力和生存力。遗憾的是，现代生活中的许多人，只顾尽情享受而忽视了安全率、免疫力和生存力的提高，万一哪天来个天灾人祸，远比划破裙子露屁股更加痛苦了。

最好的报复是微笑

有位朋友的闺女遇到负心的恋人,气得不得了,痛得不得了,恨得不得了,下班回家就关门闭窗不出屋。父母担心闺女会得精神病甚至自杀,请我找她谈谈。

姑娘见我专程而去,很是感激。啥道理她都懂,就是觉得她各方面条件优于他,反而被他甩了,太没面子,以后怎么嫁人?要我找人好好教训那小子,让他长点记性,知点好歹,即使两人恋爱黄了,也要替她挣回一点面子。

我说,真的没必要,你不该为一个负心人生气伤心,忧伤只能伤了你自己,对背叛你的人毫发无损,你非但不该为这次失恋忧伤,反而要为终结了一场没有真爱的恋爱高兴——尽管你真爱他,他却把你的爱情当儿戏;尽管他是你心中的唯一,可你在他心中只是×分之一;尽管你为失恋而痛苦,他却早已投入别人的怀抱。因此,当他对你说"咱们分手吧",你千万不要流泪。即便你一时心里痛苦,也要微笑着说"感谢你的分手,让我早日结束了不幸",然后傲然离开。对负心的人,该忘就忘,人家对你无情,你何必自作多情再委屈自己。

好人的一生,难免会遇到薄情寡义、忘恩负义、恩将仇报甚至落井下石的人,对这些人有点报复心理可以理解,问题是怎样报复？我以为，最好的报复是微笑。微笑可以有多种模式。微笑对于人，特别是对于那些不道德的人、受到了天理惩罚的人，是最好的报复，比你抽他两耳光，更能震撼他的心灵。尤其是对你落井下过石的人，当他落井后，你还能丢下一根绳子，并绑上一个面包，不仅教训了他，也激活了千千万万颗良心。倘若一个人对他人非爱即恨，胸中时刻装着仇恨，那是自己把自己关进了精神囚笼，胸怀宽不了，目光远不了，生活乐不了，事业成不了。如果爱情不在，你对人的仁善、大爱常在，定能积大德、长大智、干大事、创大业。

我认为，女人来到世界上，不是为哪个男人活着；男人来到世界上，也不是为哪个女人活着。无论男女，首先要为自己活着，要珍爱自己，才有条件爱别人。你连自己都不心痛，哪有能力去心痛别人呢？

有记者问一位作家，你为什么活着？作家答，我活着不为什么，就是为了活着，爹妈造就了我的生命，难道我不活着去死不成？其实，记者的真实意图是想让作家说，他活着就是为了写作之类的豪言壮语。作家后来说，如果我活着就是为了写作，当我哪天不能再写作了，不就应该去死？

人的生命只有一次，活着就要好好地活着。要学会克制忧伤、消除仇恨、享受生活。活着的目的不是为了让你的情敌或仇人后悔与嫉妒，而是为了让你自己的人生快乐、幸福、精彩。

自古以来，国有国忧，家有家愁，官有官忧，民有民虑，问君能有几多愁，恰似一江春水向东流。我们要忧在心头，不能忧在眉头；要有忧患意识，不能整天忧愁生活。一个人生活中的阴影太多，多半是因自己挡住了太阳所致。你要想使自己和家人生活得阳光、幸福，只有走出心灵的阴影，多想想别人对你的好，多比比不如你的人，多到江河大海游一游，多到崇山峻岭走一走。人生纵有千般忧,江河不废万古流;珍惜生活每一天,快乐无价人无愁。

大道理想通了,说到具体问题,姑娘还是没理清头绪。我问她分手的原因是什么?她说,他嫌她长得不如几个同事的女友漂亮,太古板,不善交际应酬,更不会风流,整天只会读书,两人经常因玩不到一块而产生矛盾,甚至伤过朋友的面子。姑娘认为这恰恰是自己的优点,怎么在他眼里倒成了缺点?她一万个想不通!

我说,物以类聚,人以群分。那个男人就是喜欢时尚浪漫、能歌善舞、卿卿我我、小鸟依人的女人;喜欢风流潇洒、风花雪月、花天酒地的生活,你不适合他,他更不适合你。一个贪图安逸享受的男人,很难和一个有理想抱负的女人生活在一起,即使勉强生活在一起,也是貌合神离。对于貌合神离的婚姻来说,早分是福,迟分是祸。

世间无完人,每个人都会有一些天生的不足,比如长相谦虚、性格内向、不善交际、说话太直、性格急躁等。有了这些不完美,不如意,我们才知道幸福不会从天上掉下来,好事不会白白送上门,我们无机可图,没便宜可捡,唯有静心学习,积极进取,忍别人之不能忍,容别人之不能容,吃别人吃不了的苦,操别人操不了的心,做别人做不了的事,挖掘自己的潜力,提升自己的高度,一往无前地奋斗,定会取得别人无法取得的成功,得到别人无法得到的幸福……

姑娘终于听从我的劝告,与负心男握手告别,从容生活,积极工作,努力钻研本职业务,工作成绩显著。她的名声不仅没有受到伤害,许多小伙子还从她处理失恋问题的大度、宽容,看到她的仁善、大爱之心,真心喜欢她、钦慕她。

不久,姑娘考上了本专业研究生。

不久,有个英俊的成功男士被她的爱心"录取"。他说,他首先是冲着她的人品人格,其次才是她的才貌来"报考"的。他认为,成功男人只有与这样的女人生活在一起,日子才会安稳,赚钱才会安心,子女才有出息,事业才有希望。

那个负心男与她分手后,很快找到一个风流女子结为夫妻。仅相处了三个月,就觉得他们的生活如同有油没盐的菜肴,虽然油腻得很,但没味道,没盼头,提不起精气神。两口子小吵天天有,大吵三六九。在一场头破血流的"夫妻拳击秀"后,两人彻底拜拜了。

其间,负心男多次去找过我朋友的闺女,先是表示懊悔,后是表示忏悔,最后提出资助她读研的学费。姑娘含笑待之,微笑谢之,还劝他善待妻子,只有对别人充满爱心,才能得到别人的爱;劝他多读点书,多学点本事,只有对国家和社会有担当的人,才能在社会上有自己的立足之地。

也许是受姑娘的影响、教育和激励,负心男离婚后,很快振作精神,勤奋学习,后来也考研成功,站到了人生的新起点。

现在负心男与姑娘成了无性爱有友爱的好朋友。负心男有时还虔诚地叫她一声"老师好"!没错,她宽宏大量、笑对负心,积极进取、事业有成,理所当然成为他人生旅途的好老师。但是,倒过来说,他又何尝不是她的"老师"呢!没有他的负心、他的折腾,她也许至今仍生活在平庸、打闹的泥坑里。

蛇　法

湖南自古多蛇,捕蛇业盛行。唐朝柳宗元《捕蛇者说》,就是描写当时湖南永州的社会状况特别是捕蛇人的生活。新中国成立后,在生活艰难的年月,我们老家还有人沿袭了古老的捕蛇业。

我们村里想抓蛇的,都要拜师学法。拜蛇师有个乡土礼节,在农历五月初五那天,偷一只鸡孝敬师傅,烧香磕头后,师傅才开始隐秘地传道授法。从自己家抓的鸡不行,必须偷。

我是学毛著标兵,没脸去偷;我是几代单传的独崽,偷了也没人敢教我。但我特想学蛇法,拜不到师也要学,只好偷学。每当听到村里的叔叔伯伯们去抓蛇,无论跑多远的路,有多危险,我都是他们的跟屁虫。旁观他们抓蛇的动作要领后,回到家里趁热打铁,模拟训练。

有个堂叔见我学心迫切,就教我如何认蛇和抓蛇的基本技法,并特别叮嘱,扇头蜂(眼镜蛇)、百节蛇(银环蛇)之类的毒蛇千万别碰,你家只有你一个独崽,咬死了,不得了! 我说,你们不是学了蛇法吗,万一被咬了,你们帮我治嘛。他说,只有学过蛇法的人才咬不死,你没学过蛇法,咬了治不好。

为了学会稳、准、狠地抓到蛇而不被蛇咬伤,我经常在深更半夜黑灯瞎火时,提起自己的裤腰带练习一抓准。我第一次尝试抓蛇,是在村头鱼塘边抓到一条名叫烂木瓜的蛇,有一斤多重。这蛇性和人性颇有相似之处,有的人没啥本事,却整天喳喳呼呼凶巴巴,到处惹事;有的人一身功夫,却不露声色,谨言慎行。烂木瓜一身臭味,没啥本事没啥毒,但很凶,爱咬人。你拿任何东西去挑逗它,它都会"呼"地一下,张口就咬。一般蛇咬人后,都有牙齿断在人体里。我故意伸去腰围巾的一个角让它咬住,然后用力一拖。如此几个回合,它的门牙基本被我拖光了。

于是,我把它放在禾场上,让它逃走,我再去抓它。我知道它没毒,且门牙被我拔光,训练时心理素质特好。我抓它三十多次,只有三次被它咬到。我真佩服烂木瓜的斗志,我抓放它十多个回合后,它就应该明白,我这是拿它当训练工具,捉弄它。可我每次抓它时,它都果断而勇敢地回头咬我。正是它的这种咬劲,使我明白了抓蛇时的关键要领:无论啥时候,眼睛必须盯住蛇头;必须在零点几秒的时间里,准确无误地抓住蛇头与蛇脖子的结合部;不仅要眼疾手快,更要准。如果抓住了蛇头,蛇很不舒服,不断反抗,没法捉住;如果手抓在离蛇头太远处,蛇就会扭过头来咬人。烂木瓜锲而不舍的反抗与逃离,使我的抓蛇技法迅速提高。

烂木瓜这种蛇供销社不收购,我基本掌握了捉蛇的技法后,将它放生。它不相信我会放它走,爬了十多米后不走了。它停留了好几分钟,见我还没动手,确信我真的要给它自由,加快速度,匆匆钻进草丛。

烂木瓜真是一个优秀的陪练员,它走后我恋恋不舍。我至今仍在谴责自己,为何非要把它的门牙弄掉呢,让它咬几口又何妨。没有门牙,它会活得多么艰难哟!我甚至想象我若没门牙,怎么吃东西?可在那个年月,我没想那么多。我学抓蛇,就是为了卖钱。

  1968年5月的一天,我正从沅江六中校门出来,看见一堆学生在公路边大喊大叫,我急忙冲过去。他们说是看见一条很大的乌蛇,朝公路坎上的红薯地里跑了。一听到"蛇"字,我像战士听到冲锋号,以百米冲刺的速度,飞上七八尺高的土坎,蹿进齐膝深的红薯地。见有一路薯叶朝前运动,我超过去,看准乌蛇的尾部,左手指并拢,反手捞了过去,将蛇提了起来。几乎与此同时,右手掌迅捷反手向蛇身捋过去,一把抓住离蛇头四寸远的脖子,乌蛇扭头一口,险些咬到我的右手腕。我猛地收回右手,左手提起蛇尾将蛇身向左边甩过去。这个方法堂叔没教我,我是从一个耍蛇人那里偷学的。如果将蛇身甩动几下,蛇的骨节松动了,在短时间里,蛇的动作就不灵活了。有人用这个原理,把蛇盘在地上,将蛇头插进蛇腹下,蛇就原地不动了,说是使了"定蛇法"。我用烂木瓜试过,还给同学们表演过,好些人对我的"定蛇法"信以为真。

  乌蛇被我甩了几下,不再灵活凶猛。我瞅准蛇头与脖子的结合部,右手一把捋住,蛇头再也无法扭过来。我将蛇身在我的颈脖上绕了两圈,凯旋似的向区供销社走去,身后呼啦着一群小学生,像拥戴英雄一般。那条蛇两斤重,卖了一块四角钱,我买了两角钱的糖果犒劳那几个发现蛇的小同学,交完了欠学校的学费,还剩下两角钱。

  我太感谢那条乌蛇,这是我生命中第一次感恩体验:首先感谢它给了我尊严。在学校我是班干部,干啥事都想当模范,可交学费时,我常拖我们班的后腿。每次老师在课堂上念到拖欠学费的名单时,每次宣布欠学费的同学留下来时,我脸上像被人泼了辣椒水,恨不得把头藏进大腿里。如今人们说有钱的才是爷,我那时觉得,有钱的才是人。卖蛇的钱,使我终于可以抬头做人了,高兴得我差点喊"万岁"。其次,它让我吃了几餐好饭。因我没钱买菜,每餐都用从家里带去的酸辣干菜下饭。没有营养不说(那时根本没资格奢谈营养),还辣进辣出,两头受罪,肠胃生火,嘴角溃烂,嘴巴四周像老母猪的屁股,很少干净利索过。有了这两角钱,我终于吃了一周奢华伙食,至少每餐可以买一份一分钱一碗的菜汤,有时还买两分钱一份的萝卜或白菜。我还在萝卜片中发现过炸完油的猪油渣。第三,它使我有了抓蛇的实战经验。那些日子,我上课、做梦都在抓蛇。我甚至梦想高中毕业后,专门去干抓蛇的勾当。

那时我从未想过,是我剥夺了蛇的尊严,才赢得了自己的尊严;是我断送了蛇的生命,才使自己更好地活命;是我把蛇的生命变成了战利品,才积累了抓蛇的经验;我抓蛇的经验越多,罪孽越重。

后来,不知谁把我抓蛇的事告诉了我父母,周末回家,挨了一顿臭骂,差点动了棍子。

我告诉父母:"我学了蛇法,不会被咬到。万一咬到了,也有办法治,咬不死的。"妈说:"你还咬不死,前几天刘三爷都差点被蛇咬死了!"

啊!刘三爷被蛇咬了?刘三爷七十多岁,是我们村里教蛇法的祖师爷,按如今的说法是大师级的"蛇博导"。我的几个堂叔都是他的门徒。我不信他会被咬得那么惨。第二天,我专门去看刘三爷。见他全身浮肿,右手敷着草药,手臂肿得像腿粗,脸像死人般难看。若干年后,当我第一眼见到福尔马林浸泡过的人体标本时,我忽然想起啥时候见过这种颜色的肉体。搜索记忆库,脑屏中很快显现出那年被眼镜蛇咬个半死的刘三爷。

上中学时,我每个星期天都要在生产队劳动一天或半天。

出工时,我悄悄问堂叔,刘三爷不是教蛇法的活祖宗吗,怎么被蛇咬得那么惨?叔说,是扇头蜂(眼镜蛇)咬的。咬到时,刘三爷太大意了,没采取急救措施。等到蛇毒发作痛起来了,再用妇女的长头发绑住手臂;用活公鸡开膛破肚敷在伤口处;用半边莲、七叶一枝花等草药敷上,都不管用。眼镜蛇是血液毒,被咬后不及时采取措施,蛇毒就会随血液全身扩散,痛死人。眼看他晕死过去了,什么蛇法都不顶用了,才想到请公社卫生院的医生来急救,总算捡回了一条老命,但刘三爷的右手还是烂瘸了。

刘三爷被咬伤后,我停了三个月没抓蛇。我要反思那些传统的抓蛇技法有啥不合理、不科学的。另外,我们家乡有句俗话叫祸不单行,我的蛇法是偷学的,功夫没到家,不想凑这个"双"。但我整天手心痒痒,梦里还抓过几条蛇。

三个月后,我在上学的路上发现一条菜花蛇,终于忍不住又抓了。抓到蛇,就往供销社跑。我是没法金盆洗手了。我甚至盼望遇见毒蛇,因为毒蛇能卖到一块多钱一斤,无毒蛇只能卖七角一斤。虽然毒蛇咬到人后,有生命危险,但在那些贫穷的日子里,我觉得命算不了什么东西,人命没蛇值钱。抓到蛇,我就有了钱,有了饭菜,有了面子,有了幸福。

毒蛇大都短而粗,有点笨,比无毒蛇好抓。如果能制住蛇头,紧紧抓稳,不让它有扭头的可能,就不会被咬到。毒蛇看到人一般不会逃。眼镜蛇看到人后非但不逃,还要立起扁平的头,嘴中呼喊着"噗噗噗"的口号,喷射着毒液,主动向人发起进攻。好多人被眼镜蛇追赶过,只因它们跑得慢,很难追到人。我经常形容那些梗着脖子找人打架的小伙子,像眼镜蛇。银环蛇看到人后,像是武林高手遇见小毛贼,岿然不动,浑身阴气。有时它们躺在地上像死蛇一般,是绝顶高明的"潜伏",很容易麻痹人。它们咬人时,仍是一声不吭。因为银环蛇的这种德行,好些人畜被它们咬死后,还不知是怎么死的。有个年轻貌美的女教师下乡家访,在树林小解时,被银环蛇咬到,死在路边。那时人们出门身上几乎没钱带,谋财不可能。公安当强奸案侦察,可女教师的处女膜还是好的,身体也无伤痕。后来还是一个蛇法师傅提醒,检查她的下身有无被蛇咬的痕迹,果然阴部有蛇的牙印。一化验,是银环蛇作的孽。

暑假回家,听说我们公社最著名的抓蛇师傅——张家湾的张大爷被银环蛇咬死了,我心头一惊。张大爷是晚上收工回家时,抓到那条银环蛇的。一队人走过那条路,都没发现它,偏偏张大爷看到了。他回家用腰围巾包好蛇,准备第二天去供销社卖。邻村有个小孩说是被鬼吓了,一到晚上就大哭不止,要请他去"收吓"(赶鬼)。临出门时,他看到挂在床头蚊帐杆上的银环蛇把头伸出来了,顺手对着蛇头拍了一下,想将蛇头拍进去,重新绑紧围巾。没想到蛇咬到了他的手指。银环蛇毒是神经毒,人被咬后没有疼痛感。张大爷给小孩"收吓"完后,突然觉得头晕想睡,他下意识地摸了摸右手,立马要求这家人用睡椅抬他回去,越快越好!抬到半路就断了气。他是不想死在别人家里,给人添麻烦。

这两个蛇法大师一死一伤后,我对故乡的蛇法有了怀疑,却又断不了抓蛇的欲望——蛇能变钱。于是,我开始打探治疗蛇毒的药物,还买了一些蛇药回家。公社卫生院的徐述国医生告诉我,治疗剧毒蛇伤,一般的蛇药不行,一定要到大医院用血清类药品。如果是被银环蛇咬了,送医院都来不及。要想活命,必须立即切开伤口放血排毒,最好马上削掉那块肉,否则没法救。

从此,我特别关注剧毒蛇的知识信息。我们生产队的稻田

四、爱及芸芸众生

在公社供销社门边,暑假回家劳动休息时,我就往供销社收购杂货、蛇龟的地方跑。观察那些毒蛇的生存状况。剧毒蛇和普通蛇是分开关的,剧毒蛇的铁笼子上绑了两根铁丝。几条银环蛇懒懒地躺在里面,一动不动,即便进了铁笼子,它们依然保持潜伏状。倒是那些眼镜蛇不时竖起头来,吐着芯子朝来人"噗噗噗",没个消停。

有天,一个打鱼佬卖完鱼后,挑着两个空鱼筐来到蛇笼前,要拧开铁笼子伸手进去玩蛇。供销社的营业员发现后,制止他说:"这是剧毒蛇,咬了要死人的!"他头也没抬回答道:"我抓蛇时,你还没出生哩。"他的手刚伸进笼里,就被银环蛇咬到了手掌虎口。营业员急火了,不得不厉声把他赶走,将铁笼重新绑好。我走进去时,营业员老廖对我说,刚才那个打鱼的哈子(活宝或二百五的意思),将手伸进蛇笼,被银环蛇咬了一口。我劝他不要玩蛇,他还骂我。

我猛然觉得这是人命关天的大事,问那人去哪儿了。他说朝北货铺那边走了。我跑过去找到那人,问他刚才是不是被银环蛇咬了?他眼一瞪:"是呀,关你么事?"湖南汉寿口音。我说你晓不晓得,这种蛇咬了不治,很快要死人的!"要死人也不会死你嘛!"他头一横。我见这人是个十足的哈子,不能再费口舌。急忙跑去隔壁公社卫生院,问是否有最好的蛇药?徐述国医生说,只有南通蛇片。我说你赶快给我一盒,救了人再说,明天给钱。他认识我,也没多问。

我拿了药跑到供销社,有人说他走了。于是我顺路追去,见他摇摇晃晃地走到了我们村的村头上。我跟着他一口气追赶到艾家村河边。远远地看到他还没靠近那条船,就倒在码头上了。我跑上船时,船上的人已经慌慌张张把他抬到船舱里。见我跟屁股赶来,问我是怎么回事?我说来不及解释了,赶快把他的嘴巴撬开。我将南通蛇片捣碎,加点水,往他嘴里灌。可他的气只往外出,不往里吸,药水全吹出来了,一点儿也没灌进去。不到一分钟他就断气了。

这是我第一次亲眼看到被蛇咬的人,在我面前活活死去;也是我第一次看到拿自己的生命开了天大玩笑的哈子。我向船上的人叙说了我所知晓的情况,并告诉他们,没法救了,赶快运回家吧。其实,当我说到他是被银环蛇咬了,他们就晓得没法救了,几个人顿足捶胸号啕大哭起来。有个年老者边哭边喊:"这怎么得了啊!他家里还有老老少少七八张嘴巴,以后怎么活呀!"我越听越心痛,没法再听下去了,只好心痛加遗憾地回来了。

我走时没给生产队长请假。队长听我说了去救人的事,没扣我的工分,还表扬了几句。卫生院的徐医生听我说了没救活人的遗憾,也没要我的药钱。要钱,我当时也身无分文。我没钱去赊药救人,完全是打肿脸充胖子。

那晚,我一夜没睡着,脑袋里除了那个渔民的悲惨形象,还有一条条银环蛇在眼前晃来晃去。起初我认为,那渔民要是学了蛇法,也许就不会被蛇咬死。过后一想,张大爷、刘三爷都是大名鼎鼎的蛇法大师,不是照样被咬伤咬死吗?有的人倒霉,是因为不懂法;有的人倒霉,是因为太懂法。法能治身,不能治心。许多事,只有做过,才知道对和错;只有错过,才想起了后悔药。可惜,人世间没有后悔药。对钱的欲望,对权的欲望,对色的欲望,对名的欲望,都是没治住心的结果。欲望能置人于死地,能令人后悔莫及!

一个三十多岁的汉子,仅仅为了好奇,为了玩个新鲜,为了虚荣心,一秒钟的过错、一二十分钟时间,就把自己的性命玩丢了,实在可惜!在那个年代,许多人连自己的生命都不爱惜,就更不会爱惜蛇、龟等野生动物了。假如商店有尊重生命,保护野生动物的意识,哪会开辟这种收蛇、卖蛇的赚钱门道,并把能咬死人的蛇放在外面让人玩呢?假如我们有尊重生命,保护野生动物的意识,哪会去学法抓蛇,让商店收到剧毒蛇,让渔民玩到剧毒蛇呢?假如渔民汉子能爱惜自己的生命,哪会哈到轻率地玩银环蛇呢?是抓蛇、收蛇、玩蛇这三类不爱惜生命的人,合伙谋杀了蛇的生命、人的生命。然而,一个人的生命不仅仅属于他自己,还属于家人、亲人和社会,任何人都无权残害自己的生命。那个渔民,不仅把自己玩死了,也把需要他赡养的七八口人拖进了生活的苦海。

刘三爷的伤、张大爷和那个渔民的死,既是自己糟蹋自己生命的结果,也是蛇对人类的报复。

那天,我发誓:永不抓蛇!

当兵来到五指山区后,到处都是蛇,经常遇见蛇,供销社也收蛇,我从无"蛇"念。我当指导员时,一次部队夏季拉练路过保亭县八所公社一条陡峭的山路。尖刀班的战士突然停止了前进。我问什么情况?班长跑来报告说,山路上有条很大的眼镜王蛇,正在竖起脑袋发威。那段路只能容一人通过,部队没法绕行,请示我能否开枪干掉它?我一听是眼镜王,陡然紧张起来——那可是能咬死人的家伙。开枪,会惊动友邻部队和老百姓,肯定不行!我跑步过去一看,那家伙约有三斤重,卧在路中央,像是仗势故意阻止我军前进。它头朝部队,我无法从它正面下手。我叫班长远远地朝他拍巴掌挑逗它,吸引它的注意力。我抓住一根树枝,跃上山坎,绕到它的尾后,轻轻走过去,猛地提起它的尾巴,向山下甩去。在空中,凶狠的眼镜王还保持着回头咬我的战斗姿势。

战士们见此一幕,有的吓蒙了,有的喊好,随之掌声雷动。

通信员问我:"这么厉害的蛇,你都敢动,你一定学过蛇法吧?"我笑了笑,没吭声。战士们听说我懂蛇法,纷纷要我教他们抓蛇。我说,我曾发誓再也不抓蛇了,也不能教你们抓蛇。今天我并没抓蛇,只是请它给我们让路。后来我把那三个抓蛇玩蛇伤人死人的故事讲给大家听了,并十分严肃地说:"任何事都有因果报应,你抓多了蛇,要了蛇的命,说不定哪一天蛇也会要了你的命。"

从此,再也没有战士找我学抓蛇了;从此,我不但不抓蛇,还萌生了保护蛇的念头,每遇有人抓到蛇,特别是无毒蛇,我都奉劝他们放生。这不仅是守法,更主要的是报恩和赎罪。

我到三亚警备区工作后,警备区机关所在地榆林大院,经常有人抓到猎食的大蟒蛇。特别是冬天,蟒蛇饿极了,从山上下来,爬到家属区鸡笼里偷鸡吃。进笼时,蛇们的肚子是瘪的,吃了两三只鸡后,肚子撑大了,爬不出去,被人活活逮住。蛇肉是有些南方人心中的美食,酒店特别想要。我知道后,力主大家放生或交给部队养起来。养起来也是为了将来放生。我说,这五六十斤以上的蛇,没有几十年的修炼,长不到今天这般雄壮,每条蛇身上都有许多神勇经历和传奇故事,每条蛇都是一本无言的书。像它们这种资历的蛇,也相当于军队的大校或将军了,任何人抓到它们,都要善待,决不能将它们卖掉吃掉,更何况现在有了野生动物保护法,更何况我们是人民军队呢?

有人笑道,这就是你令我们放蛇的理论和办法?

我忽然想起三十八九年前抓蛇的故事,若有所思地回了一句:"对,是蛇法。"

说完,我自己都觉得好笑,怎么还没忘记"蛇法"呢?

爱心的"魔力"

"打架啦!""烧车啦!"声声惊呼,撕裂夜空。

"嘀!嘀!嘀!"三声喇叭,戛然而止,激起尘烟一团。

尘烟里射出一个身材不高却特别壮实的汉子,朝对峙的砍刀锄头铁棍阵中冲去。立足未稳,声震如雷:"都是邻里乡亲,都在这块土地上生活,有理说理,有事说事,有错纠错,打人坐牢,杀人偿命,小孩子不懂事犯了错,大人还要错上加错吗……"话没说完,两阵村民停止械斗,拖锄携刀悻悻散去。

这是2012年3月,发生在三亚凤凰镇妙山与六乡两村村民之间,因为小孩打架引发大人打斗纠纷的事。带领防暴队刚刚赶到的公安局副局长不解地问:"你陈周民有什么魔力,几句话就把村民劝散了,村民怎么这样听你的话?"

陈周民谦逊一笑:"我哪有啥魔力,充其量有一点对村民的善心和爱心。"

陈周民祖籍海南澄迈,外婆家在三亚,他出生在妙林村。虽然全家离村进城三十多年了,乡亲们遇到大事难事都想找他。1999年妙山村与林家村村民因小孩上学的事,引起大人打架斗殴时,他闻讯赶到,制止斗殴后,自己花钱把两个村的领导、长老、村民代表七十多人请到三亚湾酒店吃饭,做完调解教育工作,垫付完医药费,还督促两村签下了和谐生产生活的协议。至今十八年过去了,这两个村庄从未发生过大的矛盾纠纷。

早在那时,就有人问:这个陈周民,有什么魔力,能把两个村的矛盾调解得这么好。他说,并非我有"魔力",是乡亲们给力,是他们相信我对他们的爱善和忠诚。一个有责任的企业家,不仅要带动一方百姓富起来,也要引导一方百姓和谐生活。如果我家里富得流油,周围百姓穷得要命,打斗不停,我脸上有光、喝酒有味吗?

在三亚,许多人知道陈周民不是大老板,在妙山村只生活了五年。但他时刻牵挂这个村的百姓。二十年前,他自己家里日子过得紧紧巴巴,对乡亲爱莫能助。近十多年来,口袋里有点钱了,他就琢磨着如何为乡亲做点好事。因为他与乡亲们保持亲密联系,谁家有啥困难,都会及时通报他。就是不通报,他若知道,定会主动上门,排忧解难。哪家有老人过世,他买头牛送过去,给人家办丧事用。哪家的孩子上学困难,考上本科的资助五千元,专科资助四千元。近年仅在妙林村就为六十六名贫困学生捐助三十万元。对特别困难家庭的学生,他长年资助。2016年来,他还先后捐款一千余万元作为教育助学基金。平时他心中最牵挂的是五保户、困难户、孤寡老人和老党员,逢年过节,他挨家挨户走访慰问,问寒问暖,送钱给物。到王光佑家慰问时,老人激动地说,你就是我们村里的活雷锋啊!

村民哪家遇上天灾人祸,他若得之,无论远近,必定雪中送炭,尽心关爱。2010年10月,外出打工的凤凰镇羊新居委会青年谭敏,抢救落水儿童时不幸牺牲,孤儿寡母遇到的困难接踵而至。陈周民闻讯后,派人专程赶到谭敏家中,对亲属表示慰问,并送上三万元抚恤金。他说,谭敏与我非亲非故,三万元也不算多,我只是用我的行动告诉人们:对那些做了好事的人,特别是舍己救人的人报恩,不是受益者一个人的责任,而是全社会的义务。让好人有好报,不仅是对好人的尊重,也是对社会良心的尊重。如今好人不在了,我们活着的人,应该肩负起关爱责任,为这个破碎的家庭贡献一分力量。

2012年3月,凤凰镇槟榔村男孩黎天迪患再生障碍性贫血症,急需骨髓移植手术。这对于原本不富裕的家庭,无疑是雪上加霜。正当天迪的父母一筹莫展之际,陈周民送来了十万元爱心款,并发动槟榔村外出工作的人员积极捐款。许多村民感动地说,阿民虽然不是我们村里人,但谁家有难他都无私捐助,这种菩萨心肠的老板,真是老百姓的大恩人。

因为他对老百姓有感情,老百姓对他有感恩,心灵中自然有了忧患与共、休戚相关的沟通渠道。哪家有忧、哪家有愁、哪家有难、哪家有求,都想对陈周民说说。2010年,六乡村有三个年轻仔因为抢劫,被公安局网上通缉,长期逃跑在外。父母们愁得头发都快白完了,不知如何是好。陈周民得知这一信息,逐个上门了解情况。

原来,这三个十多岁的年轻仔,因为整天无所事事,又不懂法,把抢劫当作好玩和寻找刺激,一时糊涂犯了法。被公安局通缉后,又不知道抓起来要关多少年,所以长期战战兢兢躲藏在外。他找到他们,语重心长地说:"如果这样长期逃跑在外,有家不能回,有地不能种,更无法成家立业,结婚生仔,不仅把自己一生毁了,也把一个好端端的家给毁了。年轻人的人生之路还很长,总不能躲一辈子吧。我送你们去公安局自首,如果坐牢,伙食费我给你们出,父母我给你们照顾,出来后还有一大把时间可以重新做人,做好人,过好日子!"

三个年轻人见陈总说得情真意切,句句在理,终于想通了,乖乖跟着他到河西公安分局投案自首。公安局根据他们的犯罪情节，认罪态度，严格教育后，由陈周民担保，回村劳动改造。

可是，回到村里，这三个年轻人不会干农活，也吃不了干农活的苦。如若让他们继续无所事事，东游西逛，很可能重蹈覆辙，后果不堪设想。

陈周民见此，忧心忡忡。他找他们谈话时了解到，他们学过驾驶，只是没车开，丢生了技术。于是，他做出了一个大胆决定：借钱给他们买车。有人担心这是黄鼠狼借鸡，有去无回。陈周民说，即使冒点险，也要借。他们现在站在人生的十字路口，我们拉一把，他们很可能走向幸福。没人拉，他们又会回到邪路上去。买到车后，陈周民又担心他们没货拉，仍然闲在家。于是劝说朋友退出，把公司工地拉土拉砖的活让给他们干。每月结账时，部分工钱抵购车款，部分工钱留给他们生活用。

渐渐地，三个小伙子懂事了、成熟了、勤劳了、有钱了。当他们真切体会到勤劳致富的快乐后，在人前人后腰杆挺直了，脸上有光了，父母们更是神采飞扬，头发也由白转黑了。有个小伙子很快赢得了姑娘的芳心，热热闹闹办了喜事。另外两个小伙子也下定决心，要干出一番业绩，给陈总争气，让姑娘赏脸。

村里人都说，陈周民不仅挽救了三个年轻人，也挽救了三个家庭，真是积了大德。

陈周民一心为乡亲们办好事，乡亲们自然信服他，给他面子。烟草物流、东鹏二十五度、凯丰对面部队建设项目用地，花了两三年时间没有征下来。镇里请他出面给村民做工作。乡亲们虽然还有想法，但看在阿民的面子上，很快签了字。

老板们又问：陈周民有什么"魔力"？实在逼急了，陈周民也不谦虚："一个时刻把百姓放在心上的企业家,老百姓也会时刻把他放在心上,因为我平时把乡亲们当父母,关键时刻乡亲们就把我当儿子,给我面子给我力。现在有些事在老百姓心里通不过,是因为有的人只想啃老子,不想尽孝心!"

陈周民说的没假,连村民之间有矛盾,也常请他这个"公心儿子"出面协调。林家村与回新村,因老铁路上一块地有纠纷,都说自己是这块地的主人,打闹了好多年。陈周民了解到,回新村有钱缺地,林家村有地缺钱。于是,他协调回新村以政府征地价出钱给林家村,得到了地,林家村收到这笔钱后,大力发展热带瓜菜生产,两村各得其所,两全其美。

三亚的城边村改造启动了好些年,进展不快。至今批了二十家,规委会讨论通过了三家,真正施工动起来的只有一家。主要原因是撤迁难。村民不相信老板,老板不相信村民;老板拿到项目不敢投,村民担心老板把地弄到手拍屁股走人。因为陈周民总想让这片生他养他的土地上的农民生活得更加幸福美好,于是也报名参与三亚妙林地区城边村改造。

他的合作伙伴和朋友们听说他要参加城边村改造,坚决反对:一是投资大;二是回收慢;三是撤迁难;四是越是乡亲越难说话,做好了无人谢,弄不好,一辈子不得安宁;五是把钱投在城里,两三年就能稳赚。赚了钱拿点给村里也是做贡献。但陈周民对城边村改造信心十足。第一,他相信村民。他敬村民如父母,村民爱他如儿子,心心相印,互相信任,他一定能得到乡亲们的支持。第二,他相信自己。他把所有家底拿来投在这里,舍弃全部家产为乡亲造福,断了自己的回头路,只能与村民有福同享,有难同当。第三,他相信他的团队。有科学的管理,科学的规划设计,正确的改造方略,加上三亚农行的全力支持,会让乡亲宽心,政府放心。

果然，听说陈周民要投四十亿做妙林地区城边村改造，大多数村民举双手欢迎，主动给他献计献策。如今环境优美的三万平方米周转房已经建好，能让乡亲们在城边村改造期间正常生产生活。所有涉及村民生产生活的项目，都让村民代表参与审议评定，并带领七十六个村民代表远赴河南、河北参观考察了五个城中村改造成功的典型村庄和全国文明村，使乡亲们对新社区建设和未来生活充满希望和信心。在城边村改造的所有施工中，尽量使用本村劳力和技术员工，使城边村改造工程，成为村民致富平台。这些措施，使村民们打心眼里高兴。他们说，有这种全心全意为村民着想的企业家支持新农村建设，妙林梦一定能实现！

春园的"老妈"

在三亚春园海鲜广场,人们都亲昵地称呼董事长叶琳坤为"老妈"。如此称呼,虽然与当今中国时髦的"美称""豪称""牛称"极不相称,但员工与熟客喜欢叫,叶琳坤愿意听,便习以为常。

前些年,当三亚的餐饮酒店竞争、升级、"土豪"得无限风光时,"老妈"的春园海鲜广场却在不声不响地创新发展。开业十六年来,接待的客人超千万,许多人是回头客。他们既是"老妈"情怀唤来的,也是"老妈"带领春园人用自己特有的热心、诚心、爱心吹响"集结号"召来的。

当年叶琳坤给这个海鲜广场取下"春园"名字时,就期盼客人走进店子,有春风拂面、春雨润地的感觉。她要求所有员工用春天般的笑脸、春风般的热情待客,使客人食未进口,先领温情;所有海鲜明码标价,让客人看清价格,再过秤加工;所有烹饪在客人眼前进行,让客人随时对咸淡酸甜麻辣口味提出要求;所有海南特色饭、特色饼、特色饮料随叫随到,使春园的服务如春水般清明暖人。

她把客人当家人,使他们走进店里就有回家的感觉。老弱病残客人进店,无论是否吃饭,员工都会主动迎上去,该扶的扶,该推的推,该抱的抱。有个老太太要上厕所,儿子不方便扶母亲进女厕所,服务员小叶见状,跑步过去代客尽孝。客人原本打算上完厕所就走人,但见春园员工待人如此热诚,当即取消了去宾馆就餐的打算,改在春园。有的客人吃饭时,小孩淘气,服务员主动帮客人抱小孩。有的客人在三亚旅游气候不适应,容易上火,叶琳坤指示各分店为客人备好清凉茶和下火药。有的客人旅途奔波,吃坏了肚子,他们为客人免费提供肠胃药。

因为客人来到春园有回家的感觉,能享受老妈温情,许多客人离"家"后时常想"家",自己来不了,还叮嘱亲朋好友常来"家"里看一看。

2013年11月,有个山西客人从老家打来电话,说听朋友讲,春园的海鲜好,服务好,他们凌晨一点半飞到三亚,请春园给他们准备好螺、虾、扇贝、螃蟹等海鲜,在店里吃夜宵。可是,等到凌晨两点多还不见人影,打电话没人接。有人说,这么晚了,谁知他们还来不来,你们回去算了吧。"老妈"说,只要客人预约了,我们决不能失信。如果我们走后客人来了,就像儿子回到家,只见门上一把锁,进不了家,吃不上饭,那是什么心情?宁可儿负于妈,不可妈负于儿,就是等到天亮也要等!到了凌晨三点多,客人急匆匆走进店里。看到疲乏的服务员还在等他们,感动得热泪盈眶。

叶琳坤认为,长年累月做海鲜餐饮服务,不可能没有一点失误,尤其是春园这么大的海鲜排档。关键是我们发现问题后,如何用老妈般的情怀去理解客人、化解矛盾。有一天,六排八号的客人从外面买三斤螃蟹来店加工。端上桌后,发现少了两只蟹,大发雷霆。摊主叶善娥立马跑过去鞠躬检讨后,找服务员问明情况。原来是服务员加工螃蟹时,发现其中两只死蟹切开后有臭味,便自作主张扔掉了。她把这两只死蟹拿给客人看后,客人仍然怒气难消。她当即买来两瓶酒给客人赔礼道歉,还亲自陪他们喝酒。喝着,喝着,客人气消了、心顺了、脸红了,还要认叶善娥做姐姐,抱着叶姐照了好多相。

按理,此事这样处理也算圆满了。但叶琳坤并不满足。她召集各摊位店长开会,围绕如何提高服务素质,改进服务方法,防止好心办坏事展开讨论,使大家明白:做服务工作的,一定要有母亲的情怀,努力与客人心对心、心比心,既要对客人满腔热忱,又不自以为是;既要引导客人尽情品尝海鲜、特产,又不把自己的喜好强加给客人;既要让客人吃得放心,又要使客人吃得开心。凡是客人买来加工的海鲜,如有质量问题,都应事先征得客人同意才作处理。

叶琳坤常说,三亚是我们祖祖辈辈休养生息之地,要发万年财,不赚一朝钱。她仇恨欺客宰客,如同母亲心中容不得别人欺骗儿女一样。近些年,来三亚过年的客人连年火爆,消费需求量猛增,海鲜进货成本逐年增高。春园的有些摊主也想趁春节客多涨点价,发点小财。叶琳坤规定:春节期间,所有海鲜的最高卖价只能比市场批发价多十块钱;所有海鲜的加工费只能每斤涨一块钱;春节价格只能从初一执行到初七,初八所有海鲜恢复原价。

有人求她:"老妈,您行行好,让我们也多赚几块辛苦钱吧!"有人提出:"别的酒店春节价能从初一涨到十五,我们为什么不能?"叶琳坤脸上掠过丝丝内疚,却仍然坚定地告诉大家:"春园接待的大多是收入不高的普通市民、游客,很少达官贵人、土豪明星,客人赚钱不容易,我们赚钱也要靠汗滴禾下、细水长流。谁无法遵守春园的规矩,就请走人吧。"

许多人说,老妈不仅是春园员工的"老妈",也是所有顾客的"老妈"。由于她的坚守和模范,春园人始终诚信待客,四季如春。

2014年正月初四,有两个俄罗斯小伙像是要刻意考验春园的"家风"和员工对客人的诚心爱心,吃两斤虾,喝六瓶啤酒,却在春园坐了四个小时,到凌晨两点才走。有的服务员觉得只收了他们两斤虾的加工费(春节期间价格二十元),要招待他们四个小时,连水电钱都不够,太亏了。叶琳坤说,酒店没设最低消费,没规定消费时间,客人愿意吃多久是他们的权利。就是亏了本,也要热情服务,维护客人的利益和尊严。

在长期的服务工作中,叶琳坤体会到,要使员工真正与客人心对心,老板首先要与员工心贴心;要使客人充分享受春园的温暖,必须使员工内心储备足够的热能。如何激励员工在客人面前奉献更多的热心爱心,这是叶琳坤经常思考的问题。

2001年,叶琳坤决定承包三亚市儋州村社区居委会这块闲置坑洼池塘建设春园海鲜广场时,首先想到的是如何解决下岗职工的再就业和待业青年的就业困难。她把一百四十多个加工海鲜和卖海鲜的摊位全部承包给他们,解决了近两千人的吃饭问题。广场的每位员工人均收入在一千六百元以上,不少员工还买了新房,这无疑是一件积德的好事。可"老妈"并不满足让职工手里有个饭碗,还千方百计帮助员工排忧解难,提升幸福指数:无论哪个员工家中发生天灾人祸、有人重病住院等困难,她若得知,都会热心资助两三千甚至上万元;对家庭经济困难的二十多个摊主先后减免了租金;除给予每位员工子女上大专一千元、本科三千元的无偿资助之外,还长期资助社区内十个贫困家庭孩子上学;先后捐款五十多万元用于员工居住的社区道路建设……她做好事从不让人宣传,说这是"老妈"的职责,哪有当妈的为小辈们做点好事也要宣传的道理。

"老妈"不仅对本店员工关怀备至,对春园之外的弱势群体也是倾力相助。春园刚开业时,春园路黑灯瞎火,有些无业青年在此游荡无聊时,抢夺游客钱包。有的游客钱包被抢,没钱回家,"老妈"主动拿钱给客人买机票车票。但这解决不了根本问题,她决心要教训这些害群之马。当有客人呼救时,她组织员工围追堵截抢夺者。可那天员工将两个小伙子追得跳河之后,"老妈"的心又软了。她说:"不要追了,他们都是母亲的儿子,淹死了,做妈的谁不伤心?可怜天下老妈心吧!"

"老妈"是老三亚,熟悉这些年轻人的生活状况,因为没班上,没钱花,穷极无聊,才无事生非。第二天,她挨家挨户走访,主动请他们来春园上班。先后有十多个无业青年在春园上班后,戒除恶习,立了业,成了家,甚至找到了更好的工作。父母感激她,年轻人感谢她,最好的感谢就是发自肺腑地叫她一声"老妈"!

"老妈"的称呼,真实地反映了叶琳坤董事长的精神与情怀——对春园海鲜广场员工和千千万万顾客,她始终像老妈般关爱、体贴、心对心。她无愧于"老妈"!

如今,春园海鲜广场已成为三亚海鲜餐饮行业一颗闪亮的明星,享誉海南和全国旅游餐饮业。叶琳坤也先后获得全国"双学双比"女能手,"中国十大杰出母亲"提名奖,海南省"助人为乐模范"、"巾帼建功标兵",三亚市"首届十大女杰"、"优秀企业家"等荣誉。而"老妈"并不满足这些,她心中有更大的梦想:要让游客来春园更有幸福感;要让全体员工生活得更有尊严;要让所有朋友,特别是年轻人都能找到称心的工作。

与畜生争食

我从小爱种树,尤其爱种果树,到老了,秉性依然。只是近些年来,树上挂果后,烦恼也来了,最大的烦恼是与畜生争食。

住在大东海营区时,我种了莲雾、石榴、木瓜、人心果等。每到果熟季节,各种动物像是听到了集结号,纷至沓来,各取所爱,尽情享受,一点客气都不讲,一句客套话也不说,好像我家这些水果都是畜生们的专供食品,一边吃食,一边哼哼叽叽、说三道四,还摆弄各种萌姿向我卖萌。

更令人玩味的是,动物世界,也有霸权主义和超级大国。每当一只老公猴像皇帝上朝般撅起红屁股,拖着圆肚子,大摇大摆走来,其他动物便匆匆退避。就连最机灵的松鼠也在公猴近身之前,从水果树上闪到附近的印度紫檀树上去了。本来我就对这些只有动物本性,没有人类礼数的畜生在我家果树上的随心所欲颇有怨气,但见公猴如此牛气冲天,更是火上心头:无理掠夺,还要称王称霸,真是厚颜无耻!难怪乎屁股都是红的,已经羞到极致,不知何为羞耻了。

后来,从中央台看到一部反映猴群生活的纪录片,我才得知,这个离群独行的大公猴,是个在每四至五年一次的猴王换届竞选中,被更加威武雄壮的新猴王打败了的下台猴王。当年在位时为所欲为的猴王,在竞选中不但丢了王位,还被打得头破血流、伤痕累累、险些丢了性命,被迫离开猴群或远离猴群,孤独生活,实乃可怜。可惜,它没有人类思维,更不会玩微信,不然,我要将网上传播的一些人类政权更替的经验教训和权谋技巧微信给它,鼓励它别伤心、别泄气、总结教训从头再来。

从此,只要看到它形单影孤、独揽生活的可怜情景,我对它在我所种果树上的偷食举动不再生气,且时常生出几许怜悯。每次见它走到我家围墙上,我连忙从家里拿出苹果切成两块,像表忠心似的放在墙上,供它享用。当我走近它时,它只是礼节性地、从容不迫地后退两步,待我转身离开,便慢条斯理、头也不低地抓起其中一块苹果,悠然自得地啃食起来,两眼始终炯炯有神地注视前方。仅从这一点,仍可见一个下台猴王的王者余威。它的如此下场和处境,使我对人类、对执政者的德行和结果,生出几多联想、几多感慨,思绪有些缥缈。

三亚开展"双修""双城"建设一年多来,山绿了,水清了,路宽了,人和了,人和动物的关系更亲密了,好些被昔日劈山炸石后留下的光山秃岭,如今逐渐披上了绿装,不仅使人们的生活环境更美了,连动物的生存条件也更好了。好些动物尝到了人与自然和谐生存的甜头后,更加贪图幸福、追求自由。蟒蛇跑到了大街上,猴子安居在小区里,白鹭飞进了候车亭,鸟儿筑窝在写字楼。

最令我哭笑不得的是,我们小区停车场的树上近些日子飞来了好些无名鸟,像是鸟类大联欢,又像是鸟类夏令营,唱歌跳舞,打打闹闹,没完没了。到了晚上,它们仍不回家,成群结伙聚在小区停车场的树枝上过夜。每晚都要拉些屎掉在我车的挡风玻璃和车顶上,害得我每天都要洗车。

从前,对于各种鸟类和松鼠分享我家房前屋后的莲雾,我是持宽容态度的,因为莲雾结果很多,让它们吃点也算是为动物献爱心。可是,一旦多种鸟类轮番吃食、集团作业,留给人的就所剩无几了。更讨厌的是,凡是即将成熟的莲雾都被它们咬啄过,树上无一完整熟果。后来,有农民朋友建议我,用水果专用纸袋把水果套起来,效果果然很好,不仅使我吃到了几十个熟果,而且比不带套的脆嫩、清甜多了。每当我摘到一个熟果,心中就会闪现一种人畜争食的胜利感。当然,我还是考虑到了畜生们的需求,只套了三分之一,留下三分之二。只是带套的还没成熟,那三分之二早已食之精光。

一日散步,来到凤凰路与海螺路的交汇处。我看到了原来拟建两栋20层商品房的空地上,按市委市政府"双修""双城"建设要求,为市民建起的百果园,忍不住向园内走去,看看莲雾、芒果、荔枝、杨桃等水果的长势,特别是莲雾成熟后的情形。遗憾的是,这个近四十亩果园里的水果,如同我家的莲雾,也难免被畜生们先下嘴为强了。从某种意义上说,这个果园成了为市民养眼,为动物养胃的人畜欢乐园。

回家的路上,我心由情牵,几次回头瞧了瞧市民百果园。因为它的建设,使我们如今看到的临春岭山更美了、景更丽了。我想,假如前两年在此盖上了钢筋水泥大楼,我们路过此地,还能看到如此美丽的临春岭吗?仅此收获,当比吃几个莲雾、芒果强了许多。况且,让果于畜,也不失为三亚的野生动物做了一件好事,这也是常人难以企及的善举。

五、爱及事业职责

IV. 交通事業部門

官是什么东西

每遇新官上任,总有人说长道短。只是议论得太多太"灵魂深处",反倒引起了我的逆向思索:人们为啥如此关注这官呢?

朋友小周反问道:"你说说官是什么东西?"

"官是什么东西?"我真还从未思考过,一时瞠目结舌,无言以答。

为了面子,也为了长点知识,我冥思苦想了整整一夜,终于得出结论:官这东西,其实最不是个东西。

一

这当官的,首先要注意自己的形象,堂堂正正做人。因为你是官,同伍的瞧着你,百姓们盯着你,一举一动映在群众的眼里。历史上许多明君贤将告诫我们:要做好官,首先要做好人;当官一阵子,做人一辈子;连人都做不好,就没有资格和条件做好官;只有堂堂正正做人,才能清清白白做官,只有用一流的人品作底子,做官才能坐正位子,端正身子。

高尚的人格品行不仅是做官的必备条件,而且可以弥补领导能力之不足,强壮执政权威。有的官虽然水平不太高,但人品好,老实本分,有人跟他玩。有的官,水平不低,但人品不好,贪心太重,为人狡诈,没人敢跟他玩。尽管当官的难免从前有过这样那样的缺点或毛病,一旦当了官,就要努力提高素质,重塑自我,端正五官;就要高尚、纯洁、道德起来;就要说人话,走正道,办公事,上不愧国,下不愧民,时时处处给人民群众做表率——这是官德所需。别的不说,就说把权力关进笼子里这事,不能含糊。我到现在还替有些领导们想不通,干到处以上官职,只要不犯法,到死也不会缺吃少穿,生病有医保,儿女又不多,死了还要火化,最多的钱也带不进棺材,贪这么多钱做什么?尤其那些个大老虎们,当到那么大的官,祖宗十八代都荣耀了,搞啥腐败,弄得自己身败名裂不说,还要祸害子女,羞辱亲戚,值得吗?官至省部以上,还因贪污受贿坐牢,不仅可悲,更是愚蠢!

　　有人说,哪个官不想身后留名,是他们心存侥幸吧。我还是想不通,都当这么大的官了,还不懂得若要人不知,除非己莫为的道理?在勤政廉政这些大事上,群众的眼睛比天亮。谁想当"政治人妖",台上说人话,台下做鬼事,对党阳奉阴违,与人民离心离德;在台上讲反腐,台下搞腐败;在办公室里"讲廉政",在团伙圈子里腐败透顶,绝对逃不过群众的眼睛。即使现在还有些大老虎没被抓起来,群众心里早有数,都在看着、等着、盼着呢。不善于把权力关进制度笼子里的官,迟早要被法律关进笼子里。

　　群众对当官的总是要听其言,观其行的,领导干部表里不一,不但败坏了党的形象,伤了群众的心,还会对基层干部和群众的行为起误导作用。我们党从上世纪80年代就开始整党,抓党风廉政建设,一直抓到十八大前,虽然没停过,但效果不佳,为啥？根源就是反腐只反下不反上,只反小不反大,"上梁"是歪的,"下梁"哪能正？正了也没用！

一个执政党党员的信心、信念,不是靠嘴说出来的,而是靠党,特别是党中央领导集体做出来的。为什么现在全国人民对党中央充满信心,因为以习近平为核心的中央领导集体,不像过去某些领导,只会手舞足蹈夸夸其谈反别人,从不反自己和身边人,在干部任用上随心所欲,破坏了党的组织原则和规矩。现在的党中央是认认真真说,实实在在做,敢于从中央开刀,从身边人开刀,大小"老虎"一起抓。把周永康、徐才厚、郭伯雄、令计划、苏荣等关进法律的笼子里,不但不会损害我们党的威信,只会坚强我们党的躯体,增强全国人民对党的信心！毫不夸张地说,是习近平为核心的中央领导增强了党员和人民的信心,挽救了我们的党。"上梁"正了,对"下梁"自然起到了支撑、警示、示范作用。各级为官者自身正、自身净、自身硬、模范带头当先锋,发号施令就有了坚实的群众基础。如果官员只说不做,在群众心中就狗屁都不是了。群众不把你当官,你放屁都不响,还有谁举你的手？在你面前,他们不便说你,背着你,有的是词。你垮台了无所谓,委屈了群众过去对你的信任,耽误了党国大事,就是往群众心上捅刀子。

去年九月份,有个工厂的厂长、书记因行贿受贿双双抓去坐牢了。"十一"那天,该厂五对原定结婚的青年都取消了婚礼。他们说："厂里出了这道败胃口的'菜',喜酒喝不起来。"

如果当官的想自由一点,想发财,就不要做官好了。"做官即不许发财",这是吉鸿昌的老爹吉筠享老人临终前给儿子留下的"醒官恒言",也是千千万万老百姓的心愿。要做官,就莫图发财,留个清名垂史,万人称颂。你既想做官,又想发财,难免动用手中权力为发财铺路搭桥,以权谋财。其结果必然是财没发成,官也丢了,身败名裂,遗臭万年。有个大贪污受贿犯的忏悔着实令人刻骨铭心:"人家送给我的金项链,就是套在我脖子上的枷锁;人家送给我的金戒指、金手镯,就是戴在我手上的手铐;人家送给我的那些钱,就是送我上黄泉路的买路钱。"你不当官了,手中没有权力,无法滥用权力,谁还向你行贿?在法律纪律允许的范围内,你想干什么就干什么,没人盯着你。即便有不少毛病,也危害不大,谁去挑你的刺。

二

这当官的,硬要敬畏人民,敬畏良心,敢于为人民吃亏。谁都希望当官的为老百姓说话,说老实话,办老实事,做老实人。其实,谁当了官以后都难做到。哪个为官者不希望自己在位期间功业盖世、辉煌千秋呢?只缘社会向前,人无完人,焉能不犯错,焉能空前绝后。

当小官发现大官有错误缺点和失误时,为官的良心告诉你,一定要说实话、谏诤言。只是忠言逆耳、真话刺耳,听起来硬是不舒服。尤其是当为官者的业绩如日中天、威望空前时,你去给他提批评意见、泼当头凉水,这不是挑着粪桶进宴会厅,多败味口多扫兴呀。至于那些上了年纪的领导,一听报忧,还有可能血压上升,寝食难安,肝火上提。你是存心要搅得他进医院怎么的?不撸你才怪哩。你要保住官位,只能说好听的,报顺耳的,不想说假话也得说。说真话的倒霉,世代难免。刘罗锅在前清殿撒了一泡尿以后,不也是装醉装傻才免一死罪的吗?只是脑袋保住了,官职保住了甚至往上升了,良心糟蹋了,活得很累很屈很没温度。你若想当一个无愧于国家和人民的官儿,既不能卖国求荣,也不能卖民求禄。一定要报实情、说真话、谏诤言。大不了坐牢去——历史的功德碑从来都是为忠臣刻的。

当老百姓就好多了,有话就说,有屁就放,骂了娘也难造成重大影响,只要不是恶毒攻击,无人问罪。1961年下半年,我家乡的老百姓终于盼到了公共食堂的解散,高兴得连喜带骂"日你娘,散食堂,打烂钵子用碗装,种好田土做好工,谁还怕你扣我的粮",多开心,多舒服,只有老百姓才有这种享受。

三

这当官的,不是神仙,但也不能老犯大错误。从前我总想,若是没有庐山会议和"文化大革命",毛主席不就更伟大、更光辉了吗。我好傻,毛主席也是人,叫当官的啥错误都不犯,做不到。只是咱们中国太大,人口太多,不允许当官的随便犯错误,更不允许大官犯大错误。当大官的一句话可以地动山摇。一犯大错误就像发地震,防不了,躲不掉,祸之所及,国民遭殃。今年一个拨乱反正,明年一个调整整顿,一折腾,既苦了老百姓也苦了当官的。当普通老百姓就没有啥错误好犯,当小官的也犯不了多大的错误,因为他没有犯大错误和折腾老百姓的条件,要犯就犯法了。

当官的要想少犯错误,唯有奋发进取,刻苦学习;作风民主,集思广益;联系群众,常接地气;英明善断,尊重实际。自古以来,有水平的人不一定能做到官,做了官的也不一定有多高的水平,但要做好官,还是要有真才实学才行。你一天到晚既不读书又不看报,作报告照着稿子念,从来没有自己的思想,人云亦云,陈词老调,谁也难保不瞌睡。你遇事无主见,老靠拍脑袋作决策,拍胸脯定决心,拍大腿找教训,哪能振兴一方,造福一代？尤其是在社会主义市场经济条件下,中国和世界的联系越来越紧,你不学点现代科技知识,把生命科学当作长寿科学,把生物工程当作蔬菜工程,把网络技术当作游戏技巧,哪有不犯错误的呢？当官是暂时的,知识是永恒的。你实在不想学习进取了,就下台吧。虽然个人有所损失,可使老百姓免受其难。用小失免大失,不为失。

四

这当官的,还要六亲不认才行。因为你是官,总有七亲六戚来攀附你,出良谋帮顺忙的不多,企图依仗你的权势捞好处的倒是不少。你是听党和人民的,还是听七姑八姨的？只有一种选择。马尔克斯曾经说过,你越是拥有权力,你就越难以知道谁在对你撒谎而谁没有撒谎。特别是对配偶的话,要择善闻之,冷静思考。有的丈夫本是正人君子,但夫人贪图小利,爱财如命。有人瞄准这一缺口进攻,频频得手。战胜一个夫人,远比战胜一个领导容易得多,而夫人去战胜领导,远比一个下官亲自出马容易得多。一个领导若靠夫人输进的信息作决策,能拿出正确的主张来吗？许多"当官靠跑,发财靠倒""提钱打招呼"的事,就是从夫人耳语中演绎出来的。当然,不是所有夫人皆如此。夫人当官,对丈夫的话也要择善而闻。

历朝历代,凡能秉公执法,秉公办事之官,无一不是耳根坚硬的。朱元璋称帝时,闻知三女婿欧阳伦违纪贩卖私茶,勃然大怒,宣布处欧阳伦极刑。尽管文武百官相继保本,夫人马娘娘苦谏说情,安庆公主跪地哭求,这一切都没有改变他秉公执法的主意。"一个女婿半个儿",朱元璋怒斩爱婿,不会不心痛。这位戎马创业的皇帝为严肃法纪,连皇亲国戚也不例外,老百姓哪能不爱他护他？我们共产党人，如果连封建帝王都不如，还叫什么共产党？

如今大官小官逢会必说"反腐败"，可老百姓不只听你说，更要看你怎么做，看你家里人、身边人怎么做。你和你的家里人、身边人做好了，模范了，他们就看到了希望，坚定了信心，对领导的话不仅有人听，还可"不令而行"。倘若你自己和身边人像令计划家族、周永康家族那样腐败透顶，必然导致"上有政策，下有对策"，官话无权威。有人说"大腐败发号召，中腐败作报告，小腐败戴手铐"，那是过去的事。现在习近平主席领导的反腐倡廉，就叫好些曾经在台上作报告、发号召的大老虎戴了手铐。

我们中国人骂那些没有良心的人，喜欢说"你的良心被狗吃了"。有些腐败分子的良心不是被狗吃了，而是被人吃了。其实，有些领导干部原本也廉洁奉公，只因他们的家里人、身边人和亲戚朋友特别是夫人、公子和小姐拿虎皮作大旗，贪赃枉法，横行霸道，损坏了他们的形象，蛀空了他们的良心，垮台实属无奈。要当稳官，你必须力克众亲干扰。至爱亲朋们骂娘和指责怎么办，最好的办法是沉默。在沉默中常思权力本是人民给，位尊全靠公仆心。你若不能做到使原则脱离人情，就切莫为官了。做个平常百姓，保准你门可罗雀，诸事不烦。

五

这当官的，还要注意自己的肠胃。前些年，别说市长、县长，就连局长吃饭也不自由，这里开会，那里调研，这里吃请，那里请吃，吃了许多不该吃的，喝了许多不该喝的。不少官本来就有脂肪肝、高血压，还经常为吃喝发愁，不喝不行，不敬不行。尤其是那些能决定他前途荣禄的上级领导来了,更无退路。虽然那也叫奋不顾身,但没人同情。他这是在腐败中"奉献",在"奉献"中腐败,喝醉了倒霉,喝死了活该!

老婆孩子埋怨和责怪当官的不与家人共进晚餐,更是常事。有个县长向我叫苦:"当官的,吃饭也身不由己呀,我都有一个月没和老婆孩子上过桌了,再这样下去,他们会开除我的家籍。"你瞧瞧,不当这官,还能遭这份罪?地瓜稀饭粉条子,绕着边儿大口大口地喝,一家人吃得多开心。既不必为吃喝而胆战心惊,也不必担心得肥胖症、肠胃病了,更没有"吃了人家的嘴软"之类的麻烦。庆幸中央最近颁布了许多禁止公款吃喝的纪律条令,为官们抵制乱吃瞎喝提供了尚方宝剑,关键在自觉遵守。有些官们公款吃喝惯了,现在有人给吃喝上了紧箍咒,一时不习惯可以理解,但不能迁就。许多当官的说,遵守八项规定,既有利端正党风,也有利个人健康,这是实话。

少年时,我们村也常来些国家干部。到了吃饭的时间,生产队长兴许考虑到我家人口少,我妈炒菜的手艺好,总喜欢朝我们家喊一嗓子:"喂,李主任啦、王干部、张干部……到你们家去吃碰饭。""吃碰饭",即没有特意准备的饭,碰上哪家就到哪家吃。尽管那时农民手中无钱,桌上无荤,我妈还是很能干的,急急忙忙去翻鸡窝,有蛋就在桌上加"十个菜"——韭(九)菜炒蛋。没蛋,揭开坛子找些辣椒萝卜、刀豆摆上桌,也算加菜了。干部们到了农村似乎胃口大开,吃得很香。有时饭不够了,母亲朝我一使眼色,我便佯装吃饱,离桌而去。我倚在门边,看着干部们一边吃饭一边津津有味地与我父母东拉西扯着许多我闻所未闻的农村的、国家的事情,我的肚子也仿佛饱了。现在回想起来,当年干群关系好,是不是也该感谢"吃碰饭"呢?

六

　　说来道去,你说这官不是个东西,又确实是个东西,是公职、是权力、是义务、是责任、是信任,是老百姓心中的一个幽灵,是占有者梦中的一种祈求。刘晓庆说做女人难,做名女人难乎其难,我说呀,做官是万难之首难。非一身正气、两袖清风、三餐节俭、四肢勤快、五官端正、六亲不认者,不可为官也。古往今来,有不少人做不到这"一二三四五六",硬要去跑官要官,买官骗官,其结果是殊途同归:丢了魂,丢了格,丢了才,丢了德,丢了老娘丢了儿(更甭说朋友了),最后还是丢了官,甚至进了牢房,上了刑场;有不少人为了这"一二三四五六"即为了官,含辛茹苦,忍辱负重,殚精竭虑,鞠躬尽瘁,死而后已。焦裕禄、孔繁森就是代表。他们虽然去世了,但在老百姓心中,仍然是个官。他们是不用红头文件下发的指示和命令,他们是无须铁杆子撑起来的鲜红的旗帜。虽然也有不少官,甚至很大的官至今还活着,可老百姓说:"他们哪像官!"

　　官这东西啊,真是有中有无,无中有有,小中见大,大中见小。无论有无和大小,都生不带来死不带去,玄虚缥缈。只是称起来没重量,看起来有形象。无论有形无形,正形歪形,全在德行之中。

　　有官做,你就做吧,没官做,千万别勉强,做官也要随缘。若把官看得太重,官就成了枷锁,你永远不得解放;若用钱去买官,官就不是官了,连婊子都不如;若拿官去卖钱,钱就不是钱了,比狗屎还脏。

关于做官做事的碎悟

有天,我见台上讲课的领导老是嚷嚷:"我讲课,你们怎么老打瞌睡呢?打起精神来!"他越这么说,台下的人越像瘟鸡。我心里很纳闷,都当这么大的官了,讲一堂课怎么这样艰难呢?后来,轮到我上台了,我突然想起那天那位首长讲课时的情形,信口开河道:"我讲课时,你们觉得实在难受,就自动回家看书读报或睡觉吧,别在这里活受罪。"话刚出口,我替自己捏了一把汗,要是台下的人真走了,不是请君入瓮吧,多难堪!于是,我麻着胆子,离开凳子,脱离稿子(上级统一印发的这个讲稿的大部分内容,在教育动员时,领导的报告中讲过了),全讲自己对这一课的认识和体会,结果还真没人打瞌睡。于是,几十年来,我一直这么讲,直到退休。有人说,你有时讲课像在朗读自己的散文,有感而发,信口而来,把它们弄出来,可以当作散文品味。于是,我就把有次给党员干部讲如何为官做事的感悟整理出来了。

一

你老拿自己的优点与别人的缺点比,越比别人越差、领导越混、自己越好,到死也不服气。其实,真有水平的人从来不这么比,把自己的本事看得比天大的人,他一定掉在井底还没爬上来。

你的德才如何,自己说了不算,必须让别人评价。群众说一句,胜过你自己说一万句。自己说一万句,不如一句也不说。

你这人挺聪明,我劝你认真学点真本事,做匹真正的千里马,不要老想到将来画圈圈。只会画圈的领导,似乎是最聪明的领导。其实,只会画圈的领导最容易干出蠢事来——人心有眼圈没眼。

二

有的人总觉得这个单位用人不公平,那个单位用人不公平,只要自己没捞到好处的事,都是不公平的。其实,你站在中国地图或世界地图前面仔细瞧瞧,有哪一块土地是绝对平的?正因为不平,才构成了高山、峡谷、平原、湖泊、江河、大海;正因为不平,才有流动、奔腾、汇积、突兀。不平是自然,是规律,是辩证法。绝对平了,就不会有大自然的气象万千。大自然如此,社会也如此。公平总是相对的,不公平是绝对的。自古以来,但凡有真才实学者,总喜欢动脑筋思考问题,总有自己独到的见解;不盲从,不迷信,不喜欢瞎指挥;对一切不科学的东西,好说个"不"字;在领导面前,不会吹牛拍马、阿谀奉承、唯唯诺诺,常给领导留下不谦虚、不听话的感觉——他们一时不被领导器重,不能受到及时提拔使用,很正常。

不平既是压力,也是动力。有压力的钻头直往地球深处钻,钻出来的是宝。没压力的钻头总在地球的屁股上溜,溜出来的是泥。你瞧那些穷人家的孩子,为啥懂事的多,成大器的多，不平是他们最好的老师——因为命运对它们不公平，才有渴望、有进取、有拼搏，也才有非凡的收获。因此说，不平未必是坏事。许多才华和作为就是被不平逼出来的。没靠山、没后台、不会投机的人，只能靠拼命学，使劲干。拼来拼去，不就弄出了真本事、硬本事、超凡脱俗的大本事。许多著名的科学家、文学家、艺术家、军事家、思想家都是被不平和苦难逼出来的。苦难是成就人才最好的摇篮。战争虽然残酷，没有战火的烧烤，炼不出指挥若定的军事家；"文革"虽是灾难，也逼得一些原本不一定成才的人大器晚成；上山下乡虽是苦事，没有那段经历，许多人后来不会那么成熟。若是没有在家时亲历房屋起火时的鬼哭狼嚎，大堤决口时的惊心动魄，我后来带兵抢险救灾，也不会那么从容不迫。

有真本事硬本事在身的人，总会有人发现，总有用武之地。即使此处不留爷，也有留爷处，关键是理想之火、信念之灯不能灭。原新疆维吾尔族自治区党委书记张春贤、江西省委书记强卫、湖南省政协副主席谭仲池、宁夏回族自治区党委书记李建华、财政部长楼继伟、交通部长杨传堂，现人社部部长尹蔚民等许多地方高级干部，都是当年在部队没提上干，回到地方"而今迈步从头越"的。当年那些掌管他们提干命运的人，也没谁官职超过他们。这不是他们个人的骄傲，而是对"天生我材必有用"的证明。

三

过去的下级现在成了你的上级，这是官场上常见的事，有什么想不通的。你再回头看看，有些过去的老上级，现在不照样成了你的下级吗？我看过中央领导的履历，有几个与我父亲同期入党的,早已进了党中央,我父亲一辈子都在田中央。当官就像坐飞机,同时买的票,有的早到家了,有的还在候机室;买下午票的回到家中解裤腰带了,买上午票的也许正在飞机上系安全带——就看你坐的那班飞机运气如何。气也没用,急也没用,心宽就是"好运",一心一意干工作,领导看不到,群众有眼睛。

四

官场上不能说没有关系。有本事的人总觉得自己是靠本事吃饭、靠实干进取,无须投桃靠李、攀龙附凤,自然不寻关系,也没啥关系。没甚本事的人,自知死干不行,只好找关系。公鸡要拉尿,总得找条道。聋子耳朵不灵眼睛尖,瞎子眼睛不行耳朵灵,哑巴的耳朵嘴巴都不行,眼尖还会动脑筋。会拉关系的人,也不全是庸才,有些人在拉关系的过程中长了见识,学了本事,更换"软件"和"程序",也有用处,切莫老眼光看人。

但是,三朝五代到如今,聪明的统治者要治理好国家,要巩固好政权,都懂得重用有真才实学的人。只要你轻名利、重事业、学本事、强素质,何患无用?

五

你升官了,我祝贺;你没升官,我也祝贺。为啥?为了你的豁达和健康。我有个叔伯同学叫张国徽,在地区就业局当过四年多主官,在省九运会当过三年多筹资部长,在粮食局当过六年多副局长,在副处领导岗位上勤勤恳恳任劳任怨干了近十四年,多次受到领导表扬,立过不少功,还有大功。可是,研究提拔干部时，没人想起他。许多领导认为，他是个好人，提不提拔，都会老老实实做事。许多朋友替他打抱不平。他却说："领导和群众认为我是个好人，这就是对我的最高奖赏，我要珍惜'好人'的荣誉，坚守好人的品德，升不升官都埋头苦干"，"职务提拔不提拔是组织的事，工作干得出彩不出彩，心情愉快不愉快，身体健康不健康是自己的事，共产党员最难得的是，少想组织的事，干好自己的事"，"当再大的官，两腿一蹬，烧个精光，人品官德却装在群众心里，是烧不掉的"。

其实，官场就是个戏台，无论当多大的官，都是个演员。有人被安排演省长，有人被安排演厅长，有人被安排演科长，无论演什么角色，都会从台上下来，成为平民一个。官大官小与人品好坏没有关联，官大不一定人好，不一定朋友多。而大家都认为他是好人，脱掉当官的演出服后，肯定生活不会寂寞。退休后的张国徽就整天精神抖擞，热热闹闹，朋友众多。

有的领导升官很快，特别是当主官后，不可能不辛苦，忙得很辛苦，跑得很辛苦，吃得也很辛苦——刚退休的老干部，能不去看吗，不去就是忘恩负义，得意忘形；贫困的山区能不去走走吗，重视农民和扶贫，可是领导干部深入群众的一贯作风；刚上马的新项目能不去剪彩吗，那是支柱产业，冷落不得；中小学校能不去坐坐吗，百年大计，教育第一，它关系着中国梦的实现；幼儿园的孩子们能不去慰问一下吗，他们可是祖国的花朵和未来……当屁股不认识自家的凳子时，老百姓未必认他们的账，好些领导出气要比进气多，违心要比随心多，忧愁要比欢乐多。当一年主官如得一场大病矣。

本人当团政委时，日夜忙碌，工作标准仅剩下四句话："深更半夜莫响铃，保检法官别登门，一年到头不死人，主要任务能完成。"别瞧这四句话简单，我当了五年作战团政委，有三年没做到。如今还落下了"恐铃症"。凡凌晨一点后听到电话铃响,我立马穿解放鞋去接——深更半夜电话铃响,准没好事,穿解放鞋去接,便于紧急出动。

有一天,我们海南省军区李必兴司令员当着广州军区首长的面说:"徐国良这小子,和平时期委屈你了,战争年代你他娘的早就当英雄当将军了。"我毫不犹豫地回答说:"首长,我宁愿永远不当英雄不当将军,也不愿中华民族生活在战争灾难之中。"在场的首长被我这种毫不谦虚的回答弄得一时瞠目结舌。其实,我真的没想过当英雄、当大官,更没想过当将军,因为我心性耿直,眼里进不得沙子,心中存不得杂事,做不了违心事,干不了亏心事,当什么官都活得很累,官越大越累,没有幸福感。当个只在南海守过几年礁,还没打过仗的作战团政委,就觉得很累、很苦、很烦,若当更大的官,特别是主官,会更苦。所以,我没有为当官送过礼、行过贿。我觉得官大官小无所谓,心情快乐才是福。

六

多年前,我陪中组部原部长吕枫同志钓鱼时,请教过当官的问题。

我说,当官也像钓鱼,要沉得住气,要定得住心。不能有鱼就高兴,没鱼就躁动,更不能"频频起钩"。有的人性子太急,沉不住气,鱼钩入水才几分钟,不见动静就心浮气躁,匆忙换位;鱼钩刚有动静,又激动不已,慌忙起钩;当远处的鱼群得知他那里有点吃的,正三五成群相邀而来时,他已提起鱼竿换了地方。如此频频起钩,鱼儿总是扑空,他也总是扑空,浪费了时光,浪费了辛勤,浪费了感情。钓鱼往往有这种情况:没鱼是有鱼的开始,平静是热闹的前夜。关键要熬得住鱼儿上钩前的冷落,耐得住没有收获的寂寞。

一般来说,越有水平的人,个性越鲜明,"毛病"越突出。因为每个人的精力都是有限的。在事业上花的功夫多了,在处理人际关系上花的功夫自然少了,难得串门走户,拉拉扯扯。当他的业绩、政绩尚未横空出世时,伯乐们对他们的印象不深,对他们的考察会仔细些,长久些,也在必然,真正的千里马,也要沉得住气。

吕老颇为赞同我的观点,说许多时候,既是人钓鱼,也是鱼钓人。

一个以全心全意为人民服务为宗旨的共产党员,更要受得住有功无赏的委屈。《东周列国志》中的介子推,可算得上甘于委屈的英雄。晋文公及其流亡政府在如丧家之犬的流亡岁月里,一日狼奔豕突于荒山野岭,要吃没吃,要喝没喝,穷困之极,众随从一筹莫展。其时,随从之一的介子推眼一闭,牙一咬,从自己的屁股上割下一块肉,煮成肉汤给晋文公吃了。晋文公不仅解了饥饿之危,还大呼味道好极了。这就是中国历史上"割股啖君"的典故。令人遗憾的是,晋文公夺回政权、成为春秋霸主之后,曾大宴遍赏有功之臣,为所有当年舍命相随的难兄难弟封官加爵,唯独忘记了介子推。介子推默然而退,带着老母隐居绵山去了。后来经人提醒,晋文公记起了吃人肉的事,十分惭愧,亲自率众去绵山相请。而介子推决意匿于山中,坚辞不出,放火烧山也不出来做官。假如介子推沉不住气,居功大闹朝廷,后果又会怎样?又将留传下怎样的典故呢?

在官场上,有时无官也有光,无功就是有功。如果为官者能向介子推学习,还会有买官卖官等腐败下流的行径吗?

七

　　以习近平主席为核心的党中央,顺应天理民心,英勇无畏地把一批大老虎关进了法律的笼子里,全国人民欢欣鼓舞,拍手称快。那些还没有进笼子的"准老虎""准苍蝇"们,难道不应扪心自问:他们进去了,你们该当何罪?我认为,那些大老虎们走到今天,是你们把他们推向深渊的,是你们为他们掘出了坟墓,是你们挖空心思行贿送礼拍马屁,让他们私欲膨胀,贪得无厌。你们不"喂"他们,他们能成为"老虎",能走到今天吗?在他们面前,你们是有罪的!在正义和善良面前,你们也是有罪的!因为你们的行贿,损害了公平正义,侵占了不应得到的资源,巧取豪夺了不应属于你们的领导职务,使党和人民给予的、法律赋予的公权力,被你们用来当作贪污腐败的工具,当作"虎料"了。

　　我认为,既要严惩受贿者,也要法办行贿者。大多数行贿官员,也是受贿者。不贪污受贿,他们哪有那么多钱去送?凡是买官的,必然卖官;凡是行贿的,必然受贿。当他们靠行贿当上官后,就会更加疯狂地、肆无忌惮地贪腐,他们不仅要把过去喂虎的"饲料钱"捞回来,还要为买更大的官,聚敛更多的钱财,购买更多的"虎料",而且胆子越来越大。因为有大老虎做靠山,他们狐假虎威、为虎作伥、为所欲为,把国家利益、人民利益都当成了他们的"虎食",他们是真正的祸国殃民之徒。

　　前些年,我们军队已被腐败分子弄得军心涣散、士气不振。好在没打仗,否则国家倒了霉,人民遭了殃。大家想想,那些一心行贿买官的人,那些靠金钱买来的官们,能为人民奋不顾身、舍生取义吗?那些在人生仕途总被腐败欺压的人们,能服从腐败分子的指挥,一往无前吗?

  前些年,我多次说,这样下去,我真担心我们党的前途。感谢英明领袖习近平为核心的党中央挽救了军队、挽救了党!我衷心祝愿你们为了人民和国家,勇往直前,将反腐进行到底!人民不会忘记你们,中国不会忘记你们,历史不会忘记你们,千秋功德自在人心!

话 说 靠 山

常言道：一个篱笆三个桩，一个好汉三个帮。这本谓个人与集体之不可分、个人成才立业与人际之不可割，意在忠告为官者要走群众路线，善纳众言，切莫自以为是。然如今，有些人把这些劝世良言"整形"成了找关系，搞不正之风的依据。张三说，××近几年三级跳远上官衔，还不是找××帮的忙，没有这个靠山作"桩"，他还不和我同样烂篱笆一块，久副（扶）不正。李四说，××这几年卖油倒煤发了财，还不是××和××撑的腰，没有这两座靠山，他能充什么好汉，早死定了。王五承上说，你瞧现在办什么事不找靠山，就连当兵都要找熟人、拜门子……你呀，没有靠山没有钱，不干白不干，干了也白干！

众人如是说，我岂能不闻。闻后一思忖，只好对"靠山"略做解剖。

一

我承认，干任何事情有靠山真好。靠山就是可以依靠的有力量的人或集体。"军队打胜仗，人民是靠山"，"政策要落实，群众是靠山"。个人要进步，既靠主观努力，也离不开领导的赏识，同志的帮助。再有本事的人，没有别人的帮助和领导的赏识，也很难成就事业。有人说，世界上最高的山是靠山，倒也不无道理。

问题在于，我们怎样倚靠靠山又不依赖靠山。有几位干部，原本基础不差，素质不低。后来攀上了一座靠山，脸变了，嘴滑了，人懒了，长了"亲功"废了"硬功"，长了"嘴功"废了"做功"，丢了本职，疏了群众，说话办事，全是大牌领导作风。忽一日，靠山倒了，他们树倒猢狲散。欲改邪归正，又功夫早废。于是一泻千里，一蹶不振。可惜了几棵好苗子，枯萎在靠山脚下。

更有甚者，靠山成了掘墓人。官员犯罪，大都是靠山帮的倒忙。是靠山为他们提供了干坏事的环境和胆量，为他们提供了进监狱的推力。谷俊山自认为是座"山"，背后还有更大的靠山，没人能扳倒他，不是照样被判了死缓。从某种程度上说，谷俊山也是被靠山害的。没有靠山，他当年能那么有恃无恐、贪得无厌吗？给他十个胆也不敢！没有靠山，他也不会有今天的倒霉。好多大小老虎，从某个角度看，都是被靠山害的。反过来，他们自己作为别人的靠山，又害了许多部下。

领导们若真想爱护亲人和部下，决不能把自己当靠山——没"山"可靠可吃，部下们只好自己上山下海找吃的，只好自己去奋斗。奋斗来奋斗去，不就长了本事？吃惯了靠山的人，永远是个废物。

从许多靠山的教训中，许多人找到了一座人生永恒的靠山——踏踏实实学习，扎扎实实工作，老老实实做人，埋头苦干学本事，长知识，强素质。此山地震震不塌，洪水淹不掉，台风刮不走。他们坚定一个信念——三朝五代到如今，打江山治天下，都需要真才实学、勤劳奋发之辈；三朝五代到如今，有本事的人不一定有官做，做了官的也不一定有本事，但要做好官，必须有本事;有本事的人不一定发财,发了财的也不一定有本事,但要使福运长久,必须有本事;本事,父母不能遗传,靠山不能施舍,唯有勤学苦练路一条;靠本事吃饭,走正道生财,谁在台上都是靠山,谁来当头都有用处。

不靠靠山的日子是最安稳的日子;不靠靠山的幸福是最纯洁的幸福;不靠靠山的人活得最舒服。如果一个人自己能成为自己事业的靠山,他(她)就是珠穆朗玛峰了。

二

"靠"者,从力学上说,是一个物体凭借别的物体的支持立着或竖起来。当这个物体的重量超过支持体重量的一定比率,必然靠不住了,两者都要倒塌。

谁若自以为是座山,就会自觉或不自觉地把自己当成这个单位的老板,就喜欢说:"在这个单位,我说了算","只要我一句话,没有办不成的事","我不点头的事,谁也办不成",他的亲戚朋友就会滋生"背靠大树好乘凉"的思想,他的身边就会冒出一批专挖"靠山"的"新愚公"。各路人马来"靠"他,靠山吃山的人多了,他有多少力量来支撑?即便他这山上资源再丰富,也会被人砍光挖净杀绝,造成生态失衡,水土流失,山体滑坡,终将连山也保不住,还有什么可"靠"的?

近几年披露的一些贪污受贿的大案中,有一部分人从前也是勤俭、廉洁的。只是找他们做"靠山"的人越来越多后,手中的权力不够用了,便逐渐把党和人民给的权力当成了为妻子、儿女、七姑八姨、狐朋狗友谋私的工具。他们走上法庭或刑场时,方才幡然醒悟:他们是被那些靠山吃山的亲朋好友吃垮的、啃塌的、"靠"倒的,他们是可悲的"靠奴",只恨有钱难买后悔药。

古往今来,大凡明君贤相、有识之士,都懂得封山育林,保护好自己的"山",不把自己当"靠山"。清代"扬州八怪"之一的郑板桥,官至知县,也不算小了。虽晚年得子,却从不溺爱儿子,通过各种方法培养儿子自强自立,教育儿子不要倚"山"傍"山"。弥留之际,还叫儿子小宝亲手做几个馒头给他吃。当儿子做好馒头端到他的床前,他已撒手人寰,茶几上留下一张他写给儿子的遗嘱:"淌自己的汗,吃自己的饭,自己的事自己干。靠天靠人靠祖宗,不算是好汉。"郑板桥给儿子上的最后一课,可谓用心良苦。许多年轻人成就了大业,正是从郑板桥教子中悟出了"淌自己的汗,吃自己的饭",自己开创自己的前途,此乃真"好汉"的道理。

当代爱"山"贤人,更不罕见。孔繁森的夫人王庆芝就是一位爱"山"模范。作为地委书记的夫人,她当然知道靠山不小了。但她自觉做到有山不靠,"繁森的权,我不用"。1988年,王庆芝好不容易随孔繁森去了一趟北京。孔繁森征求她的意见说:"咱们能不能别用公家的车?"她冲丈夫一笑:"你就把心放肚里吧,你的光,咱不沾。"他们硬是坐公共汽车逛了北京的名胜。1994年,她的大女儿结婚时,按聊城的习惯,娘家必须派车送新娘,许多单位和部门也主动提出派车。王庆芝不想让人说她用繁森的地位行方便,坚持不要一台车。结果是亲家来车接走了新娘。凭孔繁森的地位和关系,王庆芝完全可以调到一个效益好的单位,可她一直待在经常领不全工资的印刷所……王庆芝不靠靠山,虽然经济拮据点,生活清贫些,但她不仅使自己的日子过得很安稳,也维护了孔繁森这座"靠山"的稳固和光彩。

三

党的十一届三中全会后,我们家乡出现了一种"怪"现象:那些家里穷得叮当响和出身"不好"的子女们,一个个不吭不哈考上了大学,读上了研究生。有户仅有三间泥墙草顶破房的汤姓人家,父亲连自己的名字都不会写,四个儿子全考上了重点大学,其中还有两硕一博。而那些家庭出身好、父母在台上做官、学习条件非常优越的家庭的子女,考上大学者寥寥无几。有的父亲当县官,儿子连中学都没法读完。好些做官的父母气得脑袋晃成了摇摆器:为啥?这是为啥?

为啥?只因有"山"靠与没"山"靠。在"文革"畸形年代,有靠山的青年找领导、跑关系、攀亲戚甚至拜干亲,找到了不要本事的工作,读上了不要考试的书。就是"文革"后,不少二百五也顶了父母的职,混到了一职半官,好些中学都没上过的,顶父母的职当上了老师。那些没有靠山的学生前后左右一看,上上下下一比,深知自己无山可靠,无救星可盼,仰天一声长叹,关起门来,读"死书"去了。在读书中学习和积累了自己救自己的本领。为什么上山下乡知青中出了一大批杰出的作家、专家、科学家?既是生活的馈赠,也是没有靠山的苦日子造化了他们。"文革"后,这些没有靠山的人将积蓄多年的知识,尽情地释放在报效祖国的岗位上,既造福了国家和人民,又辉煌了自己的人生。尽管过去他们对人生未曾有太高的奢望,但历史越来越让他们享受了公平正义。

在现实生活中,有靠山的成了一堆土,没靠山的成了一座山,常令不少父母惶然。其实道理很简单,家里有靠山、父母又不注意节约用"山"、限制用"山"的儿女们,从小坐享靠山福,吃穿住行都舒服,饭碗自有靠山找,谁想刻苦去读书,结果坐吃山空。没有靠山的子女们,不靠自己奋斗还能靠谁?只要他们不想一辈子受穷,就必须发狠读书、拼命工作。奋斗的结果,不就造出一座"山"来了?

按理说,日子越好过了,人们的生活应该越来越安稳、笃实才对。可摆在我们面前的现实是:日子越好过了,人们越容易浮躁、困惑、慵懒、堕落,甚至糟蹋生活。父母整天喝酒、跳舞、打麻将或吵架、打架、闹离婚,在儿女面前,除了给钱,再也无法给上半点正能量,儿女们能平心静气去读书学习吗?因此,为了后代的健康成长,父母必须给儿女制造一种没有靠山可依的成才环境。

其实,不仅我们中国人懂得"流自己的汗,吃自己的饭",许多外国人也深谙不依赖靠山而成才立业之道。前美国总统里根之子罗恩·里根,敢于向世俗的偏见挑战,决心依靠自己的功夫和汗水在体坛扬名立身。他投身于被称为"死亡游戏"的快艇竞赛,先后六次刷新世界纪录,令世人刮目相看。且不说罗恩·里根自觉不靠靠山的福荫、不吃父母施舍的人格如何高尚,就凭那敢于"玩"死亡运动的胆识,也堪称藐视靠山的壮举。

无籽西瓜

十多年前,外资老板廖总在三亚租了四百亩荒地,几经平整改良,变成了种植良种西瓜的宝地。他用葫芦瓜苗嫁接出的西瓜大获丰收。

葫芦瓜嫁接出的高产优质、皮薄无籽西瓜,很是诱惑人的。我等从农村吃食五谷杂粮、种过西瓜出来的领导当然不会坐失眼福。参观回来后我吹你传,于是各级领导、报社记者、协会专家纷至沓来,西瓜园里好不热闹。

令人难堪的是,每次我带人去参观,且多次遇到有人正在摘瓜装箱外运,可他们从不请你尝一口,即使我们询问情况时口干舌燥得说话打结,嘴里如同含了一块烧萝卜,这里的大小管理者也若无其事。在他们看来,这些馋人嘴眼的西瓜根本就不是吃的。起初,我以为是我职务的含金量不够。后来,我发现比我更大的官们,差点连瓜园门都不给进,更别说尝瓜了。

对于廖老板的这种小气,第一次去,我很生气;第二次去,我很窝火(不是我嘴馋,带去的大小报刊记者实在难为情,连瓜也不让人家吃一口,怎么写瓜);第三次去,逐渐熄火了,想通了;第四次去,我觉得这是崇高而又难能可贵的小气。面对如此慷慨的铁面无情的小气,望着这些六亲不认的企业管理者们,我渐渐感到了自己的庸俗卑贱和思想观念的落后——一个企业,没有平时的小气,哪有收获的喜气?没有瓜地里的小气,哪有账面上的大气?没有诸官不贿、片瓜不给的小气,哪有企业家创业的浩然正气?一个种瓜的外资老板要操持这种小气精神,该有多么艰难,该需要多大的胆识和勇气啊!

从这位企业家的小气,我想到了不少国有和集体企业厂长、经理、场长的可怜和无奈。倘若这块成熟在冬天里的新品种西瓜地姓"社"名"公",该有多少大小人物来考察、检查、视察。要考察、检查、视察瓜园,尤其在水果稀少的冬天,当然要品尝、鉴赏、鉴定。打完饱嗝、抹了嘴巴后,司机还会习惯地打开车尾股——夫人孩子们没尝过,也要请他们"多提宝贵意见"。至于对其他各行各业的新产品,以各种名义试用、试销、试验者,更是俯拾即是。如此轮番吃、拿和层层陪吃陪拿,企业怎能有好作风?企业怎能有高利润?企业怎能不穷呢?

在某种意义上说,过去一些集体、国有企业的贫穷,就是吃穷的、拿穷的。外国有个加拿大,中国有个大家拿。吃拿不仅减少了企业的收入,挫伤了员工的生产积极性,也损害了消费者的利益。常言道:吃了人家的嘴软,拿了人家的手软,不该表的态,表了,不该签的字,签了。明知那地方不可能蕴藏矿泉水,明明那"矿泉水"污染严重,因为吃拿了人家的,昧着良心在电视里依名仗势做广告:"××牌矿泉水纯属天然,含有多种营养……"明明那酒不咋的,却不吝笔墨厚颜题字:"××酒誉满中国。"虽经轰轰烈烈的题字、吹牛、广告宣传卖出了一些产品,可到年底算账,企业并没有赚到多少钱,赚的那点钱还不够塞那些广告嘴、买那些题字墨的。真正倒霉的除了企业还有消费者,受了大名人大明星的广告欺骗,买了假货孬货,还无处诉苦。

如果我们的厂长经理们能学学这位廖总的小气,该为国家和企业节省多少非正常开支,增加多少利润啊!

只是我有些担心,这廖总不管对谁都像个无籽西瓜,一粒子都不给,就不怕得罪人吗?

他哈哈一笑:"万事开头难,习惯成自然。再说来这里参观检查的人,都是有文化有学问有身份的人,都不缺少买一两个西瓜的钱。实在有谁生活困难,我可以支援他,就是不能在瓜园吃瓜。在瓜园吃瓜等于在粮仓吃粮,再不嘴馋的老鼠也会倾倾欲食,仿而效之。吃风一开,每天消耗几百上千斤瓜不说,还要败坏企业的风气,销蚀企业的正能量——员工们看到自己辛辛苦苦的劳动成果被人白白吃掉甚至浪费在地里,心痛之余,不但降低劳动积极性,还有可能浪费劳动成果,甚至自己也偷吃起来。这瓜还有种头吗?我种的是无籽西瓜,我管理企业也实践了无籽西瓜精神,不浪费一个'子',我自己也从不在瓜园吃瓜!"

倾听良久,我硬是被这位廖总的小气精神激动得有如听了一场英模报告会。当英雄是需要大义无私、视死如归的,当好企业家又何尝不是如此呢?我们许多国有企业的领导不是不懂得爱惜自己管理的企业,不是不懂得节俭的重要,不是不懂得吃拿的危害,不是不心痛自己企业的产品,可他们就是小气不起来,不敢小气。怕啥?怕得罪上司,丢掉乌纱;怕得罪左右,影响关系;怕得罪朋友,伤了感情……说到底,就是怕牺牲自我。倘若敢为国家和企业发扬这种不给客人送一个籽的无籽西瓜精神,何怕之有?

假如这个企业是你自己的,又作何设想呢?

愚认为,为了国家和集体生财、守财、聚财而小气,实乃无私崇高之大气也。

真爱企业的人,就要有廖总的"无籽西瓜"精神。

招商与招魂

　　某县长上任伊始,决心放开手脚大干一番,彻底改变本县的贫困面貌。但苦于财政紧张,资金短缺,资源贫乏,无法轰轰烈烈,总感壮志难酬。于是,他想到了当今流行的招商法,便八方筹措盘缠,率领多位副手、局长,频频出境招商。先去港澳日,后奔新马泰,再赴韩加美,先后花去差旅费百多万元,除招来两个港商三个老外在县府招待所海吃海喝几天,摇头晃脑一走了之,再也千呼万唤"商"不来。

　　外招不成,县长寝食不安:"外国人不爱咱这穷地方,可以理解,中国人还没有一点爱国情怀?"于是又组织人马,打点行装,浩浩荡荡,日夜兼程,奔赴北京、上海、广州、杭州、南京、济南、沈阳、厦门等地招商月余。内招果然奏效,引来五个企业六大公司,在山清水秀的穷乡僻壤上,联合规划了四个开发区。县长不亦乐乎,唯恐夜长梦多,说干就干,县里垫资,四个开发区紧锣密鼓地挂牌子、插旗子、放鞭子、剪绸子、碰杯子、提袋子……两年过去了,开发区已是子虚乌有,只剩下县里垫付的几十万元奠基费无人问津。

　　闻睹左右市县内引外联热火朝天,回想本县招商连连失败的结局,县长气得躺了一天一夜后,仍没想清失败的原因,仍在思考招商韬略。忽然,两眼一睁,心窍大开:"内招不成,何不搞'边招'呢?听说西藏新疆有不少老板有钱……"

县长提着密码箱刚要出门,夫人双手叉腰挡在门口:"我看你还是先招了魂再说!你当县长一年多了,在县里一天都待不住,整天像丢了魂似的,屁股还没坐热就往外跑。你也不瞧瞧咱县的投资环境,连个像样的公共厕所都没有,更不要说公路交通了,外国人到你这里投资,还要坐直升机提马桶来吗?再瞧瞧你们机关干部的工作作风,走路都怕踩死蚂蚁,早晨一杯茶,中午一张报,晚上搂着舞姐腰,只想天上掉馅饼,而且要刚好掉进嘴巴里,吃饱肚子不费力,傻瓜才会把钱投进你这里打水漂。你应该把魂招回来,扎扎实实搞建设,打基础,筑巢引凤!"

夫人一席话,震得县长全身发麻,歪在沙发上抽了半天闷烟。下午,穿起发霉的解放鞋下乡去了,三天后光着脊梁出现在全县农田水利基本建设工地上;三个月后挥汗战斗在县城通往区乡公路建设队伍里;半年后带着县府机关干部,投入了县城公共设施建设的周末义务劳动……一年之后,三个外商不请自到,投资办起了三个高科技农畜水产基地。

我历来不赞成老婆管老公的事,更反对夫人参政。但听了这个夫人劝县长老公招魂的故事,我着实为县长夫人的睿智和胆识感慨。在落后地区搞建设,招商引资非但没错,且要提倡鼓励。作为一个贫困县的县长,给了人家几乎用地不要钱的优越条件,为啥还是屡招无果呢?教训被夫人一言中的——光顾了招商,忘了"招魂"——自力更生,艰苦创业之魂;脚踏实地,埋头苦干之魂;具体情况具体分析,实事求是地发展本地经济之魂。如果只想人家来投资,自己不打好基础、转变作风,创造必要的投资环境;不愿出力流汗、埋头苦干,不但招不到一分钱，还要赔出去几十万、上百万元出差费、宴请费、攻关费，实在得不偿失。自力更生，艰苦创业，不仅是一种国魂、党魂、军魂和成家立业之魂，也是我们加速经济建设的精神之魂。只要我们立足本地条件，集中有限的人力、物力和财力，每年撸起袖子干几件实在事，哪怕是修建几十里通向贫困山区的黄土大道，绿化几千亩荒山秃岭，让人家看到你是真想干，你正在扎实干，往你这里掏钱有条件干，有希望发，还怕引不来金凤凰吗？

让农民更美的节日

作为著名国际旅游城市和国际旅游岛排头兵的三亚市,这些年举办的众多节庆活动已经足够市民眼花缭乱,心花怒放,目不暇接。为啥还有一个节日令农民欢欣鼓舞,拍手称快呢?带着这份好奇心,许多人不远万里来到了第五届中国月季花展暨首届三亚国际玫瑰节举办地——亚龙湾国际玫瑰谷。此园坐落在三亚市亚龙湾的红光、红旗与新坡三个黎族自然村之间,临近出海口,常年被山上洪水冲击,地势低洼渍水,颇有谷相,便有人唤作玫瑰谷。

三亚从无种植月季和玫瑰的历史。只因三亚圣兰德花卉文化产业有限公司董事长杨莹等人认准三亚是个能把阳光变成金子的地方,也一定能够让阳光变成玫瑰,在三亚市委市政府的全力支持下,从2007年10月开始,带领全体员工历经千辛万苦,试种千株万苗,终于培育成功了适合三亚这一热带地理气候生长的、种植成本较低、无须配套设施的系列玫瑰产品。公司给农民垫付生产成本,提供种植技术、花苗和肥料,首先鼓励吉阳镇大茅村农民种植了六十亩,卖花后扣除成本,每亩年均纯收入达到了两万元。该村农民高正才种了八点五亩玫瑰,一年收入二十一万元,平均每亩两万四千七百元。这对于过去每亩地年收入不到五百元的农户来说，真乃天大的喜事！

农民看到了种植玫瑰的实在利益后，既坚定了种植玫瑰的决心，也坚定了发展美丽产业的信心——这种产业不消耗传统资源，不破坏生态环境，还能美化农民的生活，美丽农民的日子，是个物质和精神双赢的产业。于是，三亚农民自发成立了十个玫瑰生产合作社，在公司加合作社加农户生产模式的协力推动下，成功种植了黑丝绒、卡罗拉、戴安娜、影星、坦尼克、金奖章、芬达拉等十几个玫瑰鲜切花品种之外，还种植了一百多种盆栽和用于路政、街景等场所美化的丰花系列、藤本系列品种，从而彻底改写了三亚乃至海南从不生产玫瑰的历史。

经过不断实践创新，三亚农民的热带玫瑰露地栽培技术达到了国内领先水平，受到中国月季、玫瑰界专家和国际玫瑰联合会梅兰主席的高度赞扬。他说，在三亚这样的热带地区能种出玫瑰花，是对世界月季、玫瑰种植技术的一大贡献。

当标示着三亚农民品牌的上等玫瑰花以每枝三元的价格，源源不断地销往上海及长三角地区花卉市场时，农民从广阔的财源中看到了种植玫瑰的光明前景，更加坚定了发展玫瑰生产的决心。在三亚市政府的大力支持下，亚龙湾博后村农民出租两千亩水渍盐碱地给兰德公司，通过抽沟、排涝、滤水、改良土壤等系列改造工程，建立了国内最大的玫瑰产业园。博后村农民除得到每亩地每年两千五百元租金和年终利润分红之外，还有近三百人安排在玫瑰谷上班，农民成了自己土地上的产业工人。

亚龙湾国际玫瑰谷汇集了全世界一千二百多个精品玫瑰和玫瑰之王，农民无须走出国门就能看到法国、英国、美国、匈牙利、荷兰、日本等世界主要玫瑰生产国的精品玫瑰。每当村民走进玫瑰园采花时，那些大红、金红、紫红、枣红、桃红、水红、大黄、金黄、淡黄、乳白等夺目耀眼的玫瑰花，在他们眼前绘制出一个色彩斑斓,千红万紫,美丽绝伦的玫瑰天地。仿佛天上的云、大海的浪,全都幻化成了玫瑰花,簇拥、包裹着他们,使他们置身于玫瑰的仙境、玫瑰的天堂。

农民在自己种植的玫瑰花的海洋里放牧心情,让生活与美丽共舞,让心灵与梦想欢歌,心中升腾一种从未有过的和谐、美丽、幸福感,令原本满足于温饱,陶醉于小康的农民,渐渐萌生了建设美丽家园、美好生活新的自觉和自信。他们不再把目光放在眼前的土地上,不再认为一日三餐吃饱吃好就是生活的目标,他们把让自己生活得更加美丽、更有尊严作为人生新的追求,并由此播种着美的畅想。最早享受这种美丽生活的是青年农民情侣。他们发现,在自己的玫瑰园拍婚纱照,不用出远门,不用打车,不必花钱,用自己的劳动成果美丽自己,是最划算最爽心的事儿。后来,婚庆、广告公司、摄影家、画家、自驾游者更是纷至沓来,热闹得玫瑰谷里天天像娶媳妇办喜酒一般。

玫瑰谷的人们敏锐地捕捉到了创新产业的新途径。他们很快决策并报请政府和有关部门批准,把农民的玫瑰园打造成一个集玫瑰种植、玫瑰产品加工、玫瑰文化展示、玫瑰婚庆、玫瑰餐饮、玫瑰旅游休闲度假等多种功能于一身的中国乃至亚洲最大的玫瑰生产基地和玫瑰文化主题景区。而第五届中国月季花展暨首届三亚国际玫瑰节的举办,也必须建设一个有玫瑰造景和玫瑰生产、玫瑰新产品展示的实景实物场地。三亚市委市政府顺应农民和企业发展玫瑰产业的需求,把举办第五届中国月季花展暨首届三亚国际玫瑰节的会场选在亚龙湾国际玫瑰谷,既克服了过去每个节庆活动都是临时搭建场地,活动完了撤场地,来年再办再重建,浪费不少财力物力的做法,通过举办一个节庆活动,打造了一个景区,拉动了一个产业,富裕了一方百姓,既使三亚农民用自己的劳动成果美丽了世界,又让世界看到了三亚农民种植玫瑰、建设美丽生活的创新精神和进取精神。游客来到今天的亚龙湾国际玫瑰谷，在赏玫瑰景、采玫瑰花、拍玫瑰照、喝玫瑰茶、饮玫瑰酒、观看玫瑰书法绘画摄影展、采购玫瑰特色产品和工艺品时，不仅享受了万紫千红美丽玫瑰的浸润，还经受了绚丽多彩玫瑰文化的熏陶。

当然，精神享受最多的还是三亚的农民。他们日夜行走在多彩而美丽的玫瑰世界里，心中的压力、生活的忧愁、劳动的疲惫被无数美感冲洗得荡然无存，当农民们真正做了自己心情的主人时，他们不再把劳动单纯地当作自我生存的事情，他们认为，能用自己的双手为世界生产美丽，是比赚钱更快乐的事儿。不仅所有的玫瑰都会成为他们对世界和人类的微笑，而且全世界所有的微笑都会美丽成他们心中的玫瑰。当全球游人都能享受三亚农民献上的玫瑰的芬芳和美丽时，三亚农民的心里美得像亚龙湾的大海，天天涛歌浪舞。

随着玫瑰谷的蓬勃发展，好些富裕起来的农民从村寨内搬了出来，在玫瑰园边盖起了二三层楼的小别墅。乍一看，的确有些影响玫瑰谷景区的外观形象。可是，富裕起来了的农民哪个不爱美呢？他们将农民别墅建在玫瑰园边，能一年到头观赏玫瑰花开，一天到晚闻到玫瑰花香，白天数着种玫瑰赚的票子，晚上睡着玫瑰花瓣铺就的被子，梦中还有玫瑰花香催眠，这种比神仙还美的生活，是黎族农民祖祖辈辈做梦都不曾想过的，今天的黎家子孙终于遇上了，他们怎能不想让美丽拥抱自己的生活、自己的日子呢？

我既羡慕这些农民兄弟，又为他们感到骄傲。只有二十一世纪的三亚农民才有这么美好的享受，只有改革开放后的三亚农民才能过上这么美好的日子，我在心底里祝愿他们明天的生活更加美丽。

"创 新 妹"

在广东省旅游控股集团有限公司,只要说到广东广晟酒店管理有限公司总经理兼三亚君锦滨海酒店董事长蔡九英,人们不无自豪地说:她是我们公司一块难得的好砖。在三亚君锦滨海酒店,有谁说到董事长蔡九英,员工们便竖起大拇指:她不仅是块好砖,更是块"金砖"。她到哪里工作,哪里就会面貌一新,生意兴隆,事业兴旺。

这些话传到蔡九英的耳里,她既点头,又摇头。

点头的是,她十六岁进入酒店行业,从原广州军区政治部金城宾馆的领班、主管、大堂副理做起,一直到如今的岗位,自觉保持一块砖的本色,搬到哪里都能爱岗敬业、无私奉献。虽没砌成摩天大厦,飞黄腾达,但她到哪个单位,都能兢兢业业,扎扎实实把生意做大,为单位增收,使自己的人生价值在追求中实现,在奋斗中闪光。

摇头的是,她并非啥金砖银砖,也没啥超人本事。她的本事就是无论在哪里工作,都能深深地爱着那个岗位和那份职责,爱着团队的成员,尽力使团队的每个人充分发挥本事,施展才能;她的本事就是让整个团队和她一道,在激烈的市场竞争中不断开拓创新,占领制高点,集结正能量。如果要说她是块好砖，充其量是块"创新砖"。

我说，还是叫她"创新妹"吧，亲切自然，也接"民气"，她亦其乐融融。

其实，"创新妹"也是个美人。有人说，她美得可以与许多影视明星比美赛萌。还有人说，她那双美目能让四海流盼，她那张美嘴，能让八方进账。"创新妹"哈哈一笑，美有个屁用！干酒店工作，创新才是生产力、创新才是人民币，创新才是酒店的命根、发展的动力。这是她干酒店三十二年最大的体会和本钱。

她说，酒店最能反映社会生产和人民生活发展的新水平、新潮流，最具有创新性。不创新就没人来，没人气就会被淘汰。很多人并非不知创新的重要，而是不愿变革自己的思维，不想打破常规和传统。号召爱岗奉献，就想到加班加点，废寝忘食；要求创收盈利，就提出增加投资，更换设备；提倡关心群众，就要求加工资，多发奖金……因此，学习是创新的基础，担当是创新的前提，变革思想观念是创新的关键。

"创新妹"刚到广东亚洲国际大酒店担任销售总监和副总时，酒店营业收入不高，还欠银行几亿元贷款。主要原因是销售观念落后呆板，墨守成规。酒店有不少套房长期闲置，使用率很低，却不知道怎么让它们生钱。而此时，亚酒附近有家过去日本电器、汽车经销商长期租住的酒店，因使用年限太久，要重新装修。蔡九英了解到这一信息后，立即向酒店主要领导建议，大胆改革创新，把过去使用率不高的套房改成长住公寓房。领导下定决心后，各部门密切配合，紧锣密鼓大干四十天，只花了几十万元，在指定的时间里，成功引进日本客人长住客房三十多间。不仅每年为酒店新增收四百二十万元，还受到国外客人欢迎，两家公司特意给酒店写来了感谢信。至今他们入住八年,早已把酒店当成了自己的家。

有人说起创新,就认为是高层的事,领导的事,与员工无关。"创新妹"认为,创新并不意味着要干出惊天伟业,关键要有创新的担当和勇气,要接地气。有天晚上十点三十分,广东省委机关有个领导打电话给她,说第二天下午有个紧急会议,要找个酒店召开。他们联系了几家酒店,都说下班了,太晚了,来不及了。看看亚酒这个国企酒店能否帮他们想点办法。她立即赶回酒店,了解情况,得知还有会场,立马接下了这个会议。

此事引发了她的思考:如果在网上建立一套会议预订系统,并联接到销售部、前台、大堂副理,需用会场的客人随时可上网查询、预订,酒店可随时受理、准备,不是既方便了客人,也为酒店增加了收入吗?

说干就干,半个月内,他们把酒店会议预订系统建立起来了。有了这套系统,场地还是那几个,员工还那一班,创造的效益却增加了几倍。有的会议厅一天之内接了四场客:上午、下午两个会议,中午、晚上两个宴会。有限的资源,创造了超常的收入。后来,这套系统被广州地区许多酒店采用。她也因创新有功,继荣获中国酒店星光奖"十大杰出职业经理人"奖以后,又获得中国酒店星光奖"中国酒店业最佳创新人物"奖。

这件事,更使她坚定了打破传统思维,创新酒店经营管理的信心,激发了她的创新智慧。在酒店干销售的,都是有些本事能耐的人,这部分人才跳槽的多,流失率高。流走一个,就会带走一批老客户,一大笔生意。过去许多人认为,留住人才是人力资源部门的事。她却认为,留住人才的主要责任在团队的队长和管理者。当领导的不仅要爱护部下,还要创新关爱部下,留住人才的思路。蔡九英认识到这个问题后,力主酒店决策者大胆创新用人机制。

一是用事业留人。过去,有些员工打拼三五年,积累了一定的管理经验,却因老实听话,该提的没提,该升的没升。蔡九英建议,就是没有岗位,也要提高待遇,让牛马各得其所。比如热情豪爽、勇于开拓的女同志,调商务、销售部门工作。稳重踏实、乐于奉献的男同志,调会展部门工作。让大多数员工觉得自己的岗位是最能发挥自己潜力的岗位,大大激发了他们的工作热情。

过去,酒店有个潜规则,必须在酒店前台工作几年以上,表现非常优秀的人才,才能调到销售部工作。亚酒前台预订部有个叫张旖旎的姑娘年轻靓丽、充满活力、多才多艺,不但工作热情积极,还善于动脑筋出主意,很适合去销售部工作。有人摆头:"她才进酒店半年,哪有经验?"

蔡九英通过多种渠道了解到她的人品、能力素质后,将她破格提拔到销售部工作。利用她能歌善舞的特长,让她组织各种晚会、技能竞赛、演讲比赛等,搞活了企业文化。利用她会三国语言的特长,安排她专门负责外国客人的联系和接待。在广交会期间,她创造了销售冠军的成绩,还赢得了国外客人多次赞扬,大大提高了酒店的知名度,成功开拓了许多潜在的客户群。不到一年时间,又将她破格提拔为销售经理。因为她也从"创新姐"那里学到了创新功,大胆突破传统营销思路,上任半年就为酒店创造了可观的社会效益和经济效益。

二是用绩效留人。彻底打破大锅饭、平均主义,建立绩效优先的激励措施,将薪资与工作绩效彻底挂钩,不仅使各类人才能真正多劳多得,更能多收多得。把为人才提高薪酬和福利,既当作成本,更当作投资。这种投资,既凝聚了人心,调动了人才的积极性,又取得了低成本高效益的回报,甚至一个顶仨。只有两个人的亚酒旅游分部,2009年创造了两千六百万元的营业额。

三是用制度留人。建立科学的现代企业管理制度,规范人才管理程序。在人才使用上,尽力摒弃"论资排辈""论亲排辈""论情排辈""论系排辈",让人才充分享受公平、公正、公开的竞争环境,使各类人才来了不想走,走了还想回。亚酒商务部经理蔡静君,有很强的个人魅力和销售技巧。虽因怀孕生仔离开亚酒两年,但在这两年内,一直与客户保持良好的关系,一直对酒店有感情。两年后,她拒绝别人高薪聘请,重新回到亚酒工作。因为她的到来,许多客户重新选择了亚酒。仅安利公司每月两次会议,就给酒店带来了七十二万元营业收入,全年增收近千万。直到现在,安利公司仍是亚酒最大最忠实的合作伙伴。蔡静君也被破格提拔为销售总监。

四是发展留人。她的基本经验是:既要重视酒店的发展,又要重视人才的发展。因为企业领导使用人才再公平、再公正,如果企业不发展,企业没有自己的特色文化,没有良好的福利待遇,不能使人才看到在这个单位干下去的前景和希望,年年"一张旧船票",登不上"新的客船",再有觉悟、再有感情的人迟早也会开溜。如果不重视人才的发展,今天的人才,就会成为明天的庸才。蔡九英非常重视根据人才自身的特点和专业特长,结合企业发展目标,帮助各类人才搞好职业生涯设计,舍得为人才的成长提供优质土壤和肥料,让他们不断吸收能量,释放能量,不断提升职业理想和收入梦想。

有人担心,人才培养好了留不住,白费力。蔡九英说,培养人才也要有博爱精神,不要怕人才毛干了会飞,就是飞走了,也要让他们在别的地方成为优秀人才,不给我们单位丢脸。因为有了这种宽阔的育才爱才胸怀,她每到一个单位,都能培育和吸引很多人才。三亚君锦滨海酒店原销售总监符燕玉,有多年销售经验,但缺少领导经验,工作方法有些粗,与前台、大堂副理在处理宾客投诉时,时常理不顺矛盾,导致工作不舒畅,想跳槽走人。蔡董事长除言传身教工作方法,培养她的管理能力之外,还安排她到集团旗下酒店学习管理知识,并帮助她学习考取中国饭店高级营销师,使她的管理能力、团结和谐力有了很大提高,还提拔她担任了酒店副总经理。她十分感激地说:过去我埋头做了二十多年销售工作,时常考虑的是局部利益和收入,缺少管人的学问。没想到来君锦上班让我增长了知识,拓宽了眼界,开阔了胸怀,还让我管理酒店的核心工作。现在虽然很忙很累,但累并快乐着。

三亚君锦滨海酒店是广东省旅游控股集团有限公司进军三亚的第一站。因为酒店房产是租用部队产权房做酒店用,办理各种证照困难多多,进入旅游市场门槛重重;近年禁止公费旅游,旅游市场热度降温;三亚每年新开张的世界级高档新度假酒店客房剧增;加上君锦是新开业酒店,队伍、设施、管理不健全等原因,酒店2012年5月1日试业后,八个月亏损五百万元,而且酒店营业的几十个证件一个也未办下。集团领导急了,立马寻找扭转乾坤的能人。思来想去,想到了"创新妹"。蔡九英上任伊始,深感压力山大。扭亏为盈,成为当务之急。

从何处下手扭亏?千头万绪中,她最先想到人们常说的思路决定出路。她决心改变思维,创新思路,节省成本。

她通过深入的市场调查了解到,三亚旅游市场淡旺不均,冷热不均,忙闲不均,如果按旺季、按常规配备资源,确立经营方法,势必造成浪费,增大成本。只有从实际出发,突破传统模式,精简组织机构和人员,减少人力成本,提高员工素质,才是硬出路。

首先,她拿自己开刀。不配秘书、司机、副手,所有能自己干的,亲自动手,时刻保持指挥员和战斗员两重身份、两个战场。黄金周期间,人手不够,她亲自到大堂接客,到餐厅端菜。老公来三亚探亲,见她整天累得汗水直流,心痛地说:"你这是何苦呢?多配几个跑腿的,也是工作需要,你这样苛刻自己,为单位省钱,把自己累垮,可没人为你的身体埋单哟。"她回头一笑:"有你嘛!"因为忙,老公一年才来三亚一次,她没法抽出时间陪陪,很是愧疚,但她相信老公能理解。可婆婆重病,她没有及时回老家看看,更没有在床前照顾尽孝,她不能原谅自己,心中有种负罪感。

人们常见蔡九英董事长每天在酒店、在客人面前天使般灿烂着笑容,有谁想过,她晚上累得筋疲力尽,回到那个简陋宿舍时,也曾黯然落泪过呢?没法子,为了工作,为了事业,为了创新,这是必需的代价!

当然,付出这种代价,不能光靠她一个人。她很快想到了精简领导。2013年1月至8月,酒店总经理、副总经理、房务总监、人力资源总监等五位高管先后离岗。酒店没再聘人补缺任职,其工作均由现任高管领导兼任。仅此,每年节省工资福利支出一百多万元。由于精简了领导,更有利改进领导作风,减少请示、审批、报告环节,大大提高了工作效率,密切了上下关系。员工见领导们整天忙忙碌碌,虽是心痛,但心中有了榜样,工作更加勤奋。

紧接着,她想到了精简部门和员工。过去酒店有十一个部门。庙门太多,难免扯皮。2013年,蔡九英下决心将原来的十一个部门精简合并为房务、餐饮(含中餐、西餐、中厨、西厨、员厨)、市场营销、财务(含采购)、人力资源、事务(含保安、物业、工程、行政)六个部门,优化了管理体制,减少了工作程序。

过去,酒店通常按照客房与员工一比一点五的比例配置。

君锦现有七百零一间客房,应有八百零六名员工。为了减少成本,他们只配了二百六十人,比过去的标准减少了五百四十六人。因精简机构,压缩编制,每年节省人力工资一千二百万元以上。当然,黄金周时,难免人手紧张。他们将整理客房实行计件工资。虽然员工早上班,晚下班,但每天比平时多了几倍工资,心里也很高兴。

搞好精兵简政,大大减少管理成本后,蔡九英听到顾客反映最多的,是酒店经营管理问题。她决心下大力创新经营模式。中餐厅原被香港老板承包经营,因其经营管理不善,生意冷清,亏损严重,直接影响了酒店的声誉。集团领导听取蔡九英的报告后,意识到问题的严重性,果断决定,收回餐厅,自主经营。

如何经营?蔡九英认真总结了香港老板失败的教训:三亚不是广州,更不是香港;现在不是过去,更不是随意公款吃喝的年月,企图靠高品质的鱼翅、鲍鱼、燕窝等高档菜赚钱,显然不合时宜,与时俱进谋创新才是出路。她到三亚许多酒店考察,广泛征求各方意见后决定:从接待对象出发,从社会环境出发,从党政要求出发,从顾客需求出发,把下里巴人和阳春白雪结合起来,把开胃省钱的湘菜与养生清淡的粤菜、海南菜、北方面食融为一体,开办了"湘粤情"中餐厅。开业后,请美食家和游客代表品尝谏言,不断吸取民间烹饪智慧,不断改革创新,使游客花最少的钱,吃到最合口合心的菜。剁椒芋头、椰子水火锅鸡等菜肴,花钱不多,却给客人留下了难忘的印象。

海 黄 情

在三亚,很少有人知道,从落笔洞往东走两公里处,有一个名不见经传而又名不虚传的"花梨谷"。走进这个三千二百余亩海南黄花梨种植基地,首先映入眼帘的是连绵不断的二十多公里防火隔离公路两侧多排笔直挺拔、枝繁叶茂、直径十五公分以上的海南黄花梨。它们像世界上最庞大的威武雄壮的花梨仪仗队,以标准俊美的花梨仪容夹道欢迎各路赏梨、探梨、购梨宾客的到来。

每当人们走进这个花梨飘香、鸟歌虫鸣、绿涛滚滚的花梨海洋,在吸吮花梨带来的沁人心脾的芳香,观赏挺拔葱郁的花梨林木时,无不赞叹这个花梨谷建设者陈运忠的气魄、眼界和情怀,更敬佩他对海南花梨那颗忠孝赤诚的心。

对于土生土长的海南乐东人陈运忠来说,从小就知道海南黄花梨的珍贵。上世纪70年代,看到一个吃皇粮的兄弟在民间收藏黄花梨,他心里也时常痒痒的。痒归痒,连肚子都难填饱,哪有钱去收藏不能当饭吃做衣穿的黄花梨呢?

改革开放,使陈运忠遇到了做梦也未曾想过的发财致富的机会,上世纪80年代初,他告别南海捕鱼生活进入商海。在深圳、南昌、庐山、海口、三亚等地创业期间,他耳边挥之不去的黄花梨信息，经常撩拨得他魂不守舍。九十年代末，手头有些余钱的他，从房地产市场"逆袭"，做起了花梨梦。谁知，这时的花梨芯材虽能偶尔找到，但价格更贵了。他几次把黄花梨掂在手上，却硬是不想掏出那个天价钱。有次，他发现了一张小花梨桌，打心里喜欢，但卖家要价非八万不可（现今至少要八十万）。他说能否少点？那人头一扭："我看在你是个老同志老实人，才喊出这一口价，你要就要，不要，别耽误我的事了！"那牛气，那任性，八万没商量！

　　回到家，他整整一夜未眠：海南黄花梨（民间通称海黄），是全世界公认的品质最好的黄花梨，名列全球名木之首，自古就有一木难求，价可夺金之说。可是，在海黄的出产地、海黄的故乡，怎么会使海黄变得如此稀罕了呢？海黄的出产地找不到海黄，海南还配做海黄的故乡吗？我们还配做海黄的故乡人吗？

　　他扫描了耳闻目睹的事实，从海黄辉煌而苦难的命运中，得出了一个沉重而铭心刻骨的启示：人类掠夺自然，自然也会亏待人类；人类扼杀了海黄的生存权，海黄也同样削减了人类的幸福值；海黄要走出如此稀缺的境地，免遭灭绝之灾，我们海黄的故乡人必须树立前人种树，后人乘凉的美德，培养对海黄的大爱大孝之情；必须强化对海黄的呵护之责，坚决克服"我得不到，也不能好了别人"的极端自私心理，坚决制止只砍不种，只收不护，甚至把许多未成材的海黄过早砍伐，白白浪费的孽行；必须持之以恒地呼唤社会各界发展海黄的责任担当，大力种植海黄，保护海黄。为了海南人民的子孙后代能够享受海黄之福，他决心彻底摒弃靠收藏、倒卖海黄赚钱的打算，押上所有家当，全力栽种黄花梨，一定要让海黄在海南大地蓬蓬勃勃生长起来。

　　从1999年开始，他着手选择黄花梨生产基地。他知道，海黄的最佳产地是海南的昌江、东方、东乐、三亚一线靠近海边二十公里纵深的环海带。经过精心筛选,反复比较,综合评审,并经三亚市政府审批,海南省经济计划部门批复,最终选定了三亚落笔洞马蹄山连片山坡荒地。该地环山坐落成"U"形,在古崖洲志上就叫花梨山。只因乱砍滥伐加缺水,到清末,这里不仅黄花梨绝种了,其他树木也寥寥无几,马蹄山果真成了一只光秃秃的马蹄儿。每到旱季,树枯草死满目荒凉,一到雨季,山洪成灾,沙流石滚,害得山下几个村庄近千亩农田常年颗粒无收。

为了给黄花梨提供一个基本的生存条件,他首先花三千多万元修起了两座水库,两条水渠,六个蓄水湖,常年蓄水提升水位。有了水的滋润,荒山秃岭很快变成了山清水秀之地,同时也拦洪蓄水灌溉了山下千亩农田,使昔日荒地变成了良田沃土。

地好还要靠苗好。他跑遍乐东、东方、昌江、保亭等县市,找回五万多株优良花梨种苗,兴致勃勃地种了下去。到第二年春天,他发现了一个大问题,因花梨苗太矮小,且数量多、面积大,种下去后,除草等管理没跟上,加上花梨苗生长速度比野草杂树慢多了,不出两个月,野草封顶,把许多花梨苗捂死了。没捂死的,也因杂草太高,花梨苗很难朝上生长,只能在杂草杂树的腋窝下长成一丛丛无用的花梨灌木。有些苗木虽然勉强生存下来,也因杂草裹遮小苗,让除草工人当作杂草铲除了。

总结经验教训后,从第二年开始,他买回花梨小苗先在苗圃场培育成一点五米以上的中苗,然后移栽到道路两旁密植、精管,待中苗生长至两米以上高度,再移栽到山上,使成活率达到百分之九十五以上。目前,基地已栽种海南黄花梨一百三十万株。

眼看着满山遍岭的花梨树一天天长高了,长粗了,他像看到自己的孩子长大成人,出人头地一样,整天高兴得合不拢嘴。三天两头,他都要在花梨树下走几遍,抓起花梨叶片亲一亲,吻一吻。尤其看到那些因土肥水足,长得比别的树苗高出一头,粗了一指的黄花梨树,他更是情有独钟,忍不住上前摸一摸,抱一抱,就像当年亲吻着考上大学的儿子。摸完了,抱够了,他还要柔情脉脉地围着花梨树上下察看,那种眼神,是他看到任何倾城美色或万千财富时从来没有过的。

正当陈运忠为自己的花梨苗茁壮成长而兴高采烈时,不料,一些新的忧愁袭上心来:有些花梨商人,面对海黄价格飙升的市场利诱,采取杀鸡取卵的方式,提前将一些刚成材的碗口粗的花梨树砍倒,开膛破肚,取出少得可怜的,甚至只能做拐杖或擀面杖的花梨芯材上市;有些农民急着用钱,将虽有二十公分左右直径,但芯材只有几公分的未成年花梨树提前出售;有些居民因棚改、拆迁和国家建设征地,被迫提前将花梨树砍伐。闻此,陈运忠忧心忡忡。他想,我虽然当不了整个海南黄花梨的保护神,但我有责任做好力所能及的事。他托人四处打探,发现因经济困难想提前出售活花梨的,遇到拆迁必须砍花梨树的,亲自上门,哪怕几万块钱一棵,也要买下来,运回花梨谷栽种。

有时,从乐东、东方、昌江等地买下的大、中黄花梨树,办理了树木移种许可证后,所租用挖掘机、汽车和人工钱,比买一棵树的钱还多。有人劝他,吃豆腐花掉肉价钱,太不合算,何必做这种赔钱的买卖。陈运忠说,谁都知道,种黄花梨投资大,见效慢,也许一辈子都见不到效益。正因为如此,我从选择了种黄花梨的那天开始,就选择了一种使命担当和牺牲奉献,我从来没考虑过赚钱与赔钱的事。也许眼前是赔了,但能为抢救和保护海南黄花梨做一点贡献,能使中华大地不绝海黄香和海黄美,我这辈子就稳赚了,也算我对得起海南的子孙后代了。

更赔钱的事还在后头。起初,因移种这些黄花梨大树经验不足,有些树栽下去,没发芽就死了,有的树虽然发了芽,但嫩芽长到几十公分长后,树还是死了。而且死之前没有任何预兆,发现树叶发黄时,扒出树头一看,早已烂根,甚至发臭了。他与技术人员跪在地上,一锹一锹挖出土来,仔细分析,查找原因。终于找到了死树的根源——因为三亚的红土黏性太大,雨水浸泡是稀泥,太阳一晒像铁板,种树时,用挖坑掘出的红土回填树坑,几场大雨过后,红土板结得密密实实,不透气,不爽水,必然烂根。后来,他们改用细沙拌黄土回填树坑的办法,效果很好,成活率达到百分之九十七。

有人说,十年树木,百年树人。其实,黄花梨何尝不是百年树材呢?有些花梨长到两米多高,眼看要成材了,陈运忠的笑容还未褪去,树却死了。陈运忠抱着一棵两百多斤重的黄花梨死树,心痛得泪流满面。他像戴孝守灵般在死去的花梨树身边默哀、观察、沉思许久后,一转身,到整个山谷对死树逐棵调查论证,终于找出了这些树的不同死因:一是生长在低洼处,被雨水长期渍泡而死;二是钻心虫、白蚂蚁太多,钻心、啃咬而死;三是植于山坎边山包上,冬天干旱而死。根源皆因管理不到位。他苦口婆心地教育员工说,对花梨的管理,既要有慈母心,又要有孝子情;既要真心爱,又要科学爱;花梨如人,是有灵魂有感情的,你对它尽了心,尽了责,它也会对你尽力回报。你若怠慢它,忽悠它,它也会怠慢和忽悠你。要种好黄花梨,不能只满足于出力流汗埋头干,还要把自己打造成优秀的花梨匠。

有天,他看到一棵直径十八公分的花梨树,因为水沟不通,长期浸泡水中死了,忍不住批评员工说,我不是由于死了几棵花梨，将来少了一台小车或一栋楼伤心，而是因为每棵树都是一个生命，这个生命在你们的辛苦培育下生长了这么多年，还没成材就这样白白废掉了，既浪费了大家的劳动和感情，也浪费了社会资源。有的员工看到陈运忠为黄花梨操碎了心，忍不住背地里议论说，陈总真是在为黄花梨尽忠尽孝呀！

陈运忠对黄花梨的忠孝，不是停留在嘴上，早已落实在行动中。针对管理中存在的问题，他组织员工献计献策，一一研究解决措施。为了保证海黄特有的材质，保持芯材、年轮宽窄不同且细密清晰、色彩鲜艳、香气怡然、木质坚硬，成为世界一绝的植物黄金，他与技术人员潜心研究了海黄的栽种季节，土壤条件，水肥调控，管理规则。他甚至认为，种植黄花梨不应过度施肥催长，要让海黄在海南独特的自然气候和水土条件下原汁原味、原生态地生长，使其自然天成，才能充分吸收大地之精华，日月之灵气，具有特别的厚重感、沧桑感、神秘感和大美感。

由于三亚市地处沿海，大小台风经常光顾或掠过，对种植，特别是移种黄花梨带来很大危害。每次台风过后，少则近万株，多则十多万株花梨被刮倒或连根拔起。为了最大可能减少台风带来的损失，每次台风到来之前，他带领员工顶着狂风暴雨撑树、砍枝、疏沟；台风过后，他和员工日夜奋战、扶树、绑架、栽树、培土、排水。有的员工太累后，直骂台风缺德，他却乐呵呵地开导大家说，台风来了不全是坏事，没有台风的光顾，我们的水库怎能蓄满这么多水？没有台风的吹打，海黄的材质纹理怎能这么结实美妙？他既要求员工像管养自己的儿女一样种好、管好每一棵花梨，他也像对待自己的子女一样关心爱护员工，从不拖欠员工工资，从不随意让员工加班加点，发现哪家遭灾受难，主动关爱，慷慨解囊。

在他承包的花梨谷里，原来有上百亩荔枝，因缺水少肥，几近枯死。他建库蓄水后,荔枝长得枝繁叶茂,硕果累累。因为三亚的荔枝比海口地区早熟一个多月上市,年年能卖个好价钱。后来听说他要废掉这些荔枝树种海黄,好些员工不理解,甚至坚决反对说,你种海黄不是为了赚钱吗?可那是几十年后的事,为啥眼前到手的活钱不赚呢?你种这么多海黄,将来海黄太多,就不值钱了,你不是亏大了?他沉思片刻,语气坚定而又耐心地说,我要是图赚钱,这些年我种海黄花费的几个亿,几代人都用不完。现在海黄虽能卖出天价钱,你们看看,哪个海南老百姓家里还有一件海黄家具?海南人民享受不到海黄家具,就像种粮的吃不上饭,打鱼的吃不到鱼一样,这不是海南人民的悲哀吗?要是通过我们的劳动和影响力,将来能让海南人民家家户户买得起、用得上海黄家具,家家户户都有海黄飘香,这不是我们对海南人民的最大贡献吗?这不正是我所祈盼的吗?再说,海黄是外地不可复制的产品,全世界有那么多人想着海黄、梦着海黄、盯着海黄,哪怕全海南都种上了海黄,也满足不了全世界日益增长的海黄需求。

  后来,他想得更高更远的是:要想保证海黄有一个长久的安全生长环境,仅靠他一个人种植是不够的,必须发动群众共同种植海黄,确保家家户户都有黄花梨。于是,他购买了五万多棵花梨苗,免费送给附近三汤、大园等几个村的村民栽种。因为村民的花梨苗大都种在熟土上,普遍比他们花梨谷的长得粗壮旺盛,现在就有人想出一万块钱一棵买走。后来,村民还听说有专家评估过,陈运忠花梨谷的花梨能卖一两百个亿,村民们更加看到了栽种海黄发财致富的美好前景,积极性更高了,经常到他的花梨谷来取经。陈运忠不仅手把手传帮带,还请三亚学院的李教授给他们讲授种植技术课。许多村民深情地说,老陈虽然下海经商这么多年,还没丢掉共产党员的本色,还没忘记入党初心,心里老想着如何让乡亲们和他一起富起来。

　　种好一山谷花梨,影响一大片群众,带动了成千上万的村民种花梨,这是陈运忠始料不及的比收获黄花梨更大的收获。他想,只要我们彼此影响、辐射下去,积攒发展海黄的正能量,海黄就一定会有兴旺发达、繁荣昌盛的未来。近年,为了加快海黄的发展速度,陈运忠自己开辟了海南黄花梨和珍贵树木苗圃,选用优质种子,在花梨谷培育成苗后送给村民,凡是来花梨谷求购花梨苗的,他一律免费赠送。现在周边群众家家户户大种黄花梨,山上山下,坡前坡后,院内院外,好一派花梨世界。

　　前年,部队有人找上门来,要拿花梨苗去广州种植。他想,广州那气候,黄花梨难活难长,不如挖些中树保险。按理,已成材的花梨树是要收钱的,可部队掏不起这个钱。他忍痛挖了六棵三米高的花梨,并一一告知移栽技术。

　　拉树的汽车走远了,他还像送别老情人似的,恋恋不舍地挥手致意。有人提醒他,大车厢里没坐人,驾驶室的人又看不到,你向谁挥手呵？他头也不回:咱们花梨谷的花梨远嫁广州,真有点舍不得！其实,他不是舍不得那些价值数万元的树,而是担心他们种不好,浪费那些宝贵的花梨生命。

　　中国人自古就相信天道酬勤,花梨谷的黄花梨在陈运忠和员工们的精心呵护下,正以感恩之心茂盛成长,也成长了陈运忠对黄花梨的感情。如果出差几天没去花梨谷,他像丢了魂似的。一回到花梨谷,平时言语不多的他,与那些花梨们有说不完的话,道不完的情。他仿佛看到花梨们在用自己殷红的内心、馥郁的降香和璀璨的语言,向他倾诉人树之情;他更从海黄的品质和风骨中,悟出了自己生活的意蕴和生命的价值。

　　他没法不承认,他已经与海南黄花梨产生了特殊的感情。

岗位上，可他们那病，是工作累的。不在那种台上，他们绝不可能英年早逝。

在台上时，我们整天说太累了。其实，许多累是要饭的背米不起——自讨的。因为我们演了许多不该演的角色；干了许多不该干的事；开了许多不该开的会；说了许多不该说的话；签了许多不该签的字；吃了许多不该吃的饭；喝了许多不该喝的酒；陪了许多不想陪的人……若不下台，再这么累下去，随着年龄增长，零部件老化，不累病累死才怪哩！

尤其是前些年，没有从严反腐，加上中国人爱热闹，我又工作在三亚这种"景口酒尖"，每天都有客要陪，每天都有陪不完的客，而我又是个性情中人，不会说假话，常常身不由己地喝、情不由心地喝、胃不由人地喝，虽然没把自己喝死，但喝出了一身病，得罪了不少人。有年"五一"过后，有个军委副主席来三亚视察，问我这个"五一"过得怎么样？我说，首长要我讲真话还是讲假话？他说，当然讲真话嘛。我答，讲真话，过得太辛苦，比平常更辛苦。光将军接待了几十个，我无分身之术，只能少将我去握个手，中将陪他喝顿酒，上将陪去天涯海角走一走，大校以下头一扭，连招呼都来不及打，连我的直接首长、刚退下来的省军区司令我都没法陪。

我退下来后，至少过了几个安宁年、宽心节，多活好几年。我怎能不快乐呢？我在三亚的台上时，没陪家人吃过一顿完整的年饭，都是按组织分工，每人陪几家。有的去慢了，很不高兴，大年三十还要挨人家骂。客人说，我一辈子能来三亚几次！可我们每年都要接待几百上千个"几次"，而且都是讨钱搞接待。委屈得流泪，也要抹干泪水当孝子。

如今，我终于在身体健康，还能跑几公里时下台了，做我想做的，玩我想玩的，吃我想吃的，喝我想喝的，乐我想乐的，多爽呀！过去我们整天在外劳碌奔波，现在回家给孙子当马骑，给老婆提菜篮，这才是真正的天伦之乐啊！即使哪天没人关心我们"廉颇老矣，尚能饭否"，我们照样吃自己想吃的，乐自己想乐的，多自由。

我们当了几十年官，尽管能力有大小、职务有高低、收入有多少，可大多在重要岗位待过、风口浪尖闯过、人前台上牛过。前些年，只要打不通谁的电话，我就担心，是不是被纪委或检察院请走了？不是我杞人忧天，不是我不相信朋友，而是现今社会有些制度和体制为领导干部违纪犯法提供了太多的机会和条件，现实社会的权、利、色对领导干部的诱惑太大了。前些年，有些部门、有些岗位上的领导，想不犯错误都难。

我第一次听说某领导被抓时，简直不相信自己的耳朵，像他那么老实的、有文化的、留过洋的、当过大学教授系主任的人，怎么可能犯受贿罪呢？尽管我们明白，在当今社会官至处以上，绝大多数人不会缺吃少穿，何必乱伸手，伸手必被捉。可权力太大且监控不到位的领导很难管得住自己。海南有个县委书记坐牢后总结教训说，我走到今天，是因为上级监督太远，同级监督太软，自我监督太难……在中国目前的体制和习俗下，尤其在海南这种县市委书记是厅级、县市长是处级的班子里，不是有点像爷爷带着孙子玩、爸爸领着儿子干吗？怎么监督？尽管我们口头上似乎都懂得人生有许多东西是用钱买不到的；人民公仆理应为人民服务而不是为人民币服务；为了钱糟蹋自己的前途和生命太不值得，可是，能真正悟透这些道理的，除了那些党性极强、觉悟极高的人，恐怕就是坐过牢的人或上过刑场的鬼了。

前几年，有转业干部对我发牢骚说，如今有"油水"的单位很难进。我说，进不了是好事，越有"油水"，犯法坐牢的概率越大,这些年那么多国土、规划、执法、交通、石油部门的领导坐牢,不都是被油水害的?!那些从制度漏洞流出来的"油水"实乃祸水也!当时他们不太信,现在信了。常在河边走就是不湿鞋,是高人的德行,一般人做不到。德行修炼不到位的,最好远离"河边"和"油水"。有的领导因喜欢"油水",上台几十年,提心吊胆、担惊受怕了几十年,虽然仕途无患,但活得憔悴、忧虑、沉重。如今终于能从领导岗位平安下台,实乃喜事一桩,乐事一件。他们应该庆幸自己终于能快乐生活了。

真正的快乐是心乐。有的老同志虽然人退下来了,心还没退,乐趣不大。我们院里的老同志都把自己摆得很正,没谁指望"年龄大,不要怕,还有政协和人大",下得干净利索;没谁认为自己做出了前无古人的业绩,担心年轻人上台后接不好班,管不好家。我们也曾年轻过。正因为年轻,所以需要放飞、需要历练、需要让年轻人自己去搏风击浪。我们若不退个一干二净,老在旁边顾问参谋、指手画脚,干涉新班子的事,人家哪能放开手脚干呢?人家哪能从内心尊敬我们呢?

现在最可贵的是,不少老同志有了彻底下台的定力,不给新上任的领导找麻烦、添乱子。有些事情,我们真要开了口、写了字、捎了信,人家不给办吧,有忘恩负义之嫌;人家若给办了,明显违规违纪。开了这个口子,以后他们还怎么挺直腰杆从严治党治政?老同志下台后,虽不能为党和国家分担更多忧愁,能不给新上任的领导出难题、帮倒忙,也是对党和国家最大的贡献。

有人说,退下来后,朝我们点头的少了,对我们仰头的多了,这算啥事呢?过去人家频频朝我们点头,还不是因为"人在屋檐下,哪能不低头"。如今我们终于不是"屋檐"了,难道不应该让人家在我们面前把头抬起来?再说,人家不在我们这里点头了,又要去新的"屋檐下"点头,如果我们还要老部下在我们面前点头不止,岂不让这些部下全成磕头虫了?

有人说,下台后来家里串门的人少了,去新领导家套近乎的多了。咳,我们当年不也是这么过来的吗?新领导见老领导家的常客大都转移到新领导家来了,老领导家门可罗雀,还不是新领导从自己家里拿了东西给老领导拜的年?下属们就那么点死工资,一家老小花销还不够,哪有余钱和心思给别人拜年呢?只能硬着头皮拜上司了——谁在台上给谁拜。其实,我们上台的那天就应该想到下台的今天,喝茅台酒要赖的时候,就要想到喝矿泉水都要自己买的时候。

还有人说,现在上门求我们办事的少了,我们上门求别人的事多了;批评别人的机会少了,被别人批评的次数多了;开个旧车上街还要经常被人拦住查酒驾、查嫌犯;打个牌还要被人破门查赌博……人走茶凉了。什么"人走茶凉"?还不是因为过去的茶都是别人烧的端的,连车门都是别人替我们开的,袋子是别人给我们提的。现在我们回到了自己给自己烧茶的日子里,搬张小凳子,拿个小杯子,在门口或树下一坐,想喝热的有热的,想喝温的有温的,多惬意、多快乐,哪能人走茶凉呢?

六、爱及国家社稷

我 的 粮 票

我入伍四十多年,走南闯北搬了几十次家,许多不该带的东西都丢了,唯有那三十斤全国粮票一直藏在箱底。今年六月又搬了一次家,妻子见我又把这些粮票宝贝一样搬进了新家,笑话我还担心这辈子没有饭吃呀?她一说起"没有饭吃"四个字,我思绪的时针立马倒转了四十多年。

那时候,毛主席等老一辈革命家为中国人民操心最多的是吃饭的事。可是,因为种种原因,直到改革开放前,中国人吃饭的问题始终未能彻底搞定。从小在我心中留下的最刻骨铭心的是关于吃饭的故事。

1960年,农村还在吃集体食堂。初秋的一天晚上,我们生产队里六个车夜水回来的社员还没吃晚饭,炊事员心急火燎地炒饭时,不小心把煤油灯碰倒掉进锅里,四两煤油倒进了两斤四两大米的饭里。闻到这刺鼻的煤油味,等饭吃的人个个皱起了眉头,迟迟没人去端饭。司务长确认这煤油饭真是没法吃了,于是咬咬牙宣布:"今晚这些饭就不收餐票了,谁愿意吃谁吃吧!"话没落音,六双手像十二支利箭射了过去。不要餐票的饭我也有点嘴馋,从锅里抓了一把便往嘴里扣。刚进胃里,就恶心得我胸口一抖,全吐了出来,还带走不少可怜的胃液。四十多年后的今天,只要想起那煤油饭的味道,我就想呕。可是,几个叔伯们好像什么感觉也没有,只顾埋头抢吃。

1962年,集体食堂解散了,自然灾害减轻了,社员们分了粮食欢天喜地回家自己做饭吃。有个姓李的大爷实在饿极了,叮嘱老伴晚上做两升米(每升零点八公斤)的饭。老伴不同意,两天的粮食,怎能一餐就吃掉呢?他两眼一瞪:"我饿了三年,今天吃上这顿饱饭,死了也值!"一锅米饭老伴只吃了两碗,其余全被李大爷吃光了,连锅巴也没剩下。第二天清早,老太太见老头没起床出工,以为他太累了。到了上午八点半钟去叫他时,身躯早已冰凉。

虽然不吃大食堂了,但每人每月四十斤稻谷,还是不够吃,我们家经常断粮。母亲是大队妇女主任,爱面子,老叫我去找左邻右舍借米。我是大队的儿童团长,也怕丑,因而经常为借米之事挨骂。

1972年底,为了保卫祖国,也为了吃饱饭,我这个独生子在公社书记蔡义文、团委书记易建华、武装部长王春豹等多人的帮助下,排除重重阻力终于当上了解放军。入伍离家时,亲朋好友送给我的最珍贵的礼物是三十斤全国粮票。我知道家里缺粮,想把这些粮票留下。父母坚决不干。他们担心我出门在外饿肚子。

来到五指山区的部队后,虽然油水不多,但能吃饱。那时我们最开心的事是比吃。我记得我一餐吃过九个白菜馅的大包子。有个广东汕头的战友小王居然吃了十二个。我见他肚子鼓得像青蛙,生怕他像李大爷那样撑死。他说,没事,我父亲比我还厉害哩,最多的一次吃了十多斤红薯。1975年底他回家探亲前一天,我问他有什么困难。他说,你要是有粮票,给我几斤。不瞒你说,我们家乡连地瓜干都不够吃,买饼干送人,是最好的礼物。我心想,他探亲时,司务长不是把一个月的伙食换算成钱和粮票给他了吗,怎么还找我要粮票呢?我只给了六斤。

一个月不到,他提前归队。我见他瘦得眼睛都陷成了天井,问他为啥?他羞羞答答地说,饿的。继而又诡秘地一笑,感谢你的粮票,使我多买了几斤饼干,给全村每户送了八两,给与我要好的女同学家多送了半斤,感动了他爸,第二天就托人来说媒。我说,你们汕头的姑娘没这么便宜吧?他笑了,"三转一响"当然不能少,但是饼干成了敲门砖,立了头等功。看到他兴高采烈的样子,我心中好一阵愧疚:为啥当时不多给他几斤粮票呢?

从那以后,凡遇战友探亲,我必问他们需不需要粮票。只要开了口,每人给五斤。

当了两年指导员后我才第一次探亲。离队前一天,司务长发给我一个月的伙食四十五斤粮票,路上吃饭购物用了十五斤。离家回部队之前,我把剩下的三十斤塞给妈。她不要,但我心里不踏实。回到部队,我分两次随信寄回家了。

第三次探家,中国已经开始改革开放了。刚进家门,父亲就拉着我去看他用水泥做的、占了四分之一间房的粮仓。他说,这个仓还小了点,现在油水重吃饭少了,我们家的粮食吃不完,今年还卖了一千斤公粮。妈凑近我耳边说,今后再也不会叫你出门借米了。

后来,我上学出差,手中的粮票进进出出,始终储备了三十斤。我想,我是独子,家里有啥事,只能指望我,手中有粮,心中不慌。未承想,改革开放仅仅四年,我国大部分地区就解决了吃饭难题,取消了粮票。十三亿中国人有饭吃,这是中华民族对全人类最大的贡献。

今天，虽然这些粮票没有丝毫购粮价值了，可我一直珍藏着。这是我对中国人民建设社会主义艰难曲折道路的回忆；这是我对我国改革开放伟大成果的敬仰；这是我对祖国母亲的感恩。今天的生活越好，我们越不应该忘记这些粮票。

月 饼 梦

  年少时，每逢中秋来临，我总爱做梦。梦见母亲将糯米煮成熟饭后，放在结实的水缸里，用粗壮的木棒舂糍粑。家乡有中秋吃糍粑的习俗。那时的梦中，除了糍粑，偶尔也有月饼。只因没钱买，吃月饼成了梦中之梦。

  上世纪50年代末至70年代初，我的眼中，很难见到中秋节吃月饼的欢乐。1965年，父亲到株洲做农民技术员，母亲带着妹妹去父亲处治病，七十多岁的姑外婆来我家与我做伴。中秋节那天，我身无分文，买不起月饼，实在想不起有什么东西可拿来过节。我挖空心思，用两根竹棍十字交叉撑开一块旧蚊帐布，做成一个扳网，放上几颗锤烂的田螺，沉入鱼塘，每隔八分钟提起一次，每次都能网到几条俗称"千年老"的永远长不大的小鱼仔。扳到十多次后，"千年老"们再也不上我的当了。我将扳网提出水面时，网里是空的，心里是凉的。

  晚饭，我用这二十多条米粉粗、小手指长的鱼仔炒辣椒，加上南瓜茄子，算是过了个有荤有腥的中秋。我原本想磨点米粉子，和上煮熟的南瓜，做几个圆圆的南瓜饼当月饼吃的。姑外婆不同意，说南瓜饼和南瓜饭一个味，等你长大成人有本事了，买真的月饼给我吃吧。

那夜,我抬头望月。月亮惨白得像死人脸,毫无血色。我无奈地对姑外婆说,我就不信这辈子买不起月饼,等我长大了,一定买很多很多月饼给您吃!

月光下,我忽而想起苏东坡的"明月几时有?把酒问青天",信口吟道"月饼几时有?捧腹问苍天",此言刚出口,我自责不已:我咋这么没骨气呢?后来我心坦然了,中国人日思夜想的,不就是平时有饭吃、过节有肉吃、中秋有月饼吃吗?肚子都填不饱的人,哪有赏月、拜月、颂月的心思?哪有"大江东去,浪淘尽,千古风流人物"的豪情?

1967年,日子稍有好转,母亲还生了一个妹妹。1968年中秋节时,父亲咬咬牙,花两角钱买了一个月饼。两角钱,我在学校可以买二十碗青菜汤送二十餐饭,用来买一个月饼,对我家来说,够奢侈了。我家五口人,我一时想不起五分法,只好横竖各一刀,将十公分直径的月饼切成四块。我第一时间表态不吃,将四块月饼分别捧到父母和两个妹妹手中。父亲接过月饼咬下一丁点后递给我,说月饼太甜,牙不好,不能吃,尝点味就行了。我心里清楚,父亲并非牙不好,而且啥都能吃,他是舍己为家。我说我肚子痛,不想吃。父亲说,你肚子痛也要吃!我被父亲强迫着把那四分之一月饼放进嘴里,几乎没尝到味就吞进肚子了。那天我暗暗发誓:一定好好读书,将来出息了,中秋节让全家每人都能吃上一个完整的月饼。

可是,直到我当兵入伍前,这个梦想仍未实现。尽管中秋节时,家里也做过糯米饼、南瓜饼替代月饼,但城里生产的月饼最多只买过两个。父亲说,月饼不都是面粉、瓜子、橘子皮加糖做的,哪有家里做的糍粑好吃,还贵死人!好在我和妹妹都懂事,不馋嘴,即便两个月饼,也是你推我让,两三餐才吃完。

那时,不只是我家穷,全村都穷,过中秋时,很少人买月饼。有年中秋的下午,大队小学的李桂英老师老远向我招手。我跑步过去,她递给我一个月饼。我说,我在家吃了,留给弟妹们吧。她用疑惑的目光扫了我一眼:你在家能吃到一个月饼?她心里清楚,除了像他们那种两口子都拿工资的家庭,农民很难享受到每人吃一个月饼的福气。我只好照直说,吃了一块。她说,那就把这一个吃了,尝尝吃一个月饼的滋味!我见她态度坚决,接过月饼,准备拿回家与妹妹分享。她说,你就在这里吃完再走!我要看着你吃。我迎着她慈祥的目光,流着泪把那个月饼狼吞虎咽了。

其实,我与她非亲非戚。有段时间大队小学临时在我家附近公屋上课,她儿女半夜生病,我几次给她做伴走夜路,抱弟妹到公社卫生所看过病。她总是念及我这点"贡献",经常给我纸墨笔等学习用品。直到我当兵离家时,还送给我三十斤粮票,并写了一封语重心长的鼓励信。

入伍后的第一个中秋,每个战士分到了一个月饼。我把那个月饼捧在手中,久久不忍张口。我想起了远在家乡的父母、妹妹、姑外婆、李老师,想起了那些苦涩的日子。很遗憾,姑外婆还没吃上我的月饼、李老师也没得到我的报恩,都先后去世了。

这些年,日子越来越好过了,梦却越来越少了。中秋来临,偶尔也做过梦,那梦里除了月饼,没有糍粑,而且是饼如山,灯如星,人如海,烛如林,街头巷尾处处卖月饼。历经三十多年改革开放,绝大多数中国人不仅中秋节有月饼吃,还逐步过上了富裕生活。月饼也由过去的单一品种,发展为伍仁、莲蓉、豆沙、蛋黄、火腿、海鲜、鲍鱼、燕窝、冰皮、维生素、巧克力奶油等几十个品种。我见有人让月饼长霉扔进垃圾箱,很是心痛。妻子说,怕浪费,你多吃点呀。我曾一餐吃完四个伍仁月饼。

其实,我并不喜食月饼,我只是永远忘不了那些刻骨铭心的月饼梦。

热血凝固的大爱旗

2008年5月12日发生的四川汶川大地震已经半年有余了,我脑海中依然闪动着一个个以身作则、冲锋在前、奋不顾身抢险救灾,大爱人民的共产党员的身影,他们是共产党人在灾难面前为人民点亮的一盏盏爱心灯、吟诵的一首首爱心诗、挥舞的一杆杆爱心旗。

这是一面从学校飘来的旗帜——德阳市汉旺镇东汽中学教导主任兼高二高三政治课老师谭千秋,在山崩地裂的那一瞬间,他奋勇张开双臂,趴在课桌上,死死护着身下四个学生,从死神手中夺回了四个年轻的生命,而他的后脑勺被水泥楼板砸出了一个大窟窿,手臂上砸出了一道道血"壕沟"。他那个战斗姿势,成了永恒在人民心中爱神的形象。老百姓说,他是个大好人,他是个大英雄,他是人民教师的一面旗帜,他是共产党员的良心……一个共产党员只要有这种大爱人民的良心,就有伟大的凝聚力、鼓舞力、战斗力,和平时期有人跟你走,战争年代有人跟你冲,生死关头有人跟你上。

这是一面从乡党委飘来的旗帜——四川安县高川乡纪委书记马传荣。当地震发生时,在党委书记和乡长都不在的情况下,马传荣迅速把冲出办公楼心有余悸的乡干部和正在乡里办事的村民,组成三个应急小组,奔向学校等单位,挖掘抢救被埋群众。下午六点,同村的乡邻跑来告诉他,他家有五个亲人被坍塌的房屋掩埋,他没有回去;随后得知母亲和弟弟遇难了,他还是没有回去;听说母亲快要下葬了,他才向乡党委书记请假,回去看了母亲最后一眼。有人说他"不孝"。马传荣说:"山震垮了,房震垮了,那么多受伤受灾群众看着我们党员干部,我们决不能垮!"在马传荣和乡干部的奋力工作下,高川乡两百多名重伤员、五千多名受灾群众被安全转移出来。

这是一面从公安局飘来的旗帜——四川彭州市公安局女民警蒋敏家中有十位亲人遇难,可她在灾难突袭时,顾不上回家寻找被废墟掩埋的爷爷、奶奶、母亲、女儿等亲人,顾不上爷爷奶奶、母亲和女儿遇难的悲痛,毅然决然投入抗震救灾战斗,为抢救、安顿无数群众的爷爷奶奶、父母和子女,连续奋战五天五夜,直到昏倒在帐篷外。

这是一面从陆航部队飘来的旗帜——原成都军区某陆航团机长邱光华,在抗震救灾中驾驶战机执行飞行任务六十三架次,运送物资二十五点八吨,运送救灾人员八十七名,转移受灾群众二百三十四名。而他年近八十岁的父母就住在重灾区茂县,家中房屋被毁,他在父母的头顶上连续飞行了十九天,从没回家看望过。有次抢运伤员,机降点距家不足八百米,在等待升空的间隙,他仍然没有离机回家,直至英勇牺牲在运送伤员的岗位上。他把共产党员对人民群众的大爱之情写在祖国的蓝天,他把满腔爱民热血洒在了川西大地。也许有人会说他在父母面前不是合格的孝子,但在千千万万受灾群众面前,他是最伟大的、流芳百世的孝子!

在汶川地震灾难到来之时,每座山川、每座废墟、每个有生命的地方、每个救灾最困难的地方,都会有共产党员英勇善战的坚挺脊梁,都会有共产党人高扬的爱心旗。在远离灾区的每寸中华民族的土地上,每天都有共产党人为抗震救灾交上特殊党费,做出特别贡献。截至6月17日,全国各地共产党员交纳的特殊党费已达九十七点三亿元。

在这场大地震中,有个叫唐雄的普通群众,妻子谢守菊被埋三天后获救。他在被废墟深埋一百三十九个小时的极度黑暗的分分秒秒里,始终"相信党一定会来救我"。当他成功获救后的第一句话就是:"我要入党!"

"我要入党!"这句发自内心深处的对党无比热爱和感激的话语,道出了无数普通群众对党的无限尊崇与向往之情。

"我要入党",就是要当旗帜;就是要视人民的利益高于一切,平安日子看得出,关键时刻冲得出,生死关头豁得出。就是要有为了人民的生存幸福,始终坚持"不抛弃,不放弃","只要有百分之一的希望,就要尽百分之百的努力"的坚定决心和坚强行动。在抗震救灾生死攸关的日子里,不断有生命奇迹出现,不断有人"火线入党"。

灾难是把双刃剑,它摧毁了物质世界,却锤炼了共产党员。有人说,天平可以称出物体的重量,但无法称出灵魂的重量。我认为,敢于为人民抛洒热血的共产党员的灵魂是绝对有重量的。在他们为了抢救人民群众的生命而勇于牺牲自己的生命时,他们的灵魂没有消失,而是变成了一座座山,化成了一杆杆旗——热血凝固的旗帜。只要有这些旗帜在,我们中华民族永远挺立于世界民族之林,坚强不屈,坚不可摧!

神圣的传递

  2008年3月24日,是个神圣而庄严的日子——2008年北京奥运会圣火点燃仪式在雅典奥林匹亚遗址隆重举行。圣火点燃的瞬间,我仿佛看到那人类文明、和平之光直射心中;当北京奥运火炬从奥林匹亚启程在世界五大洲传递,我们炎黄子孙心中充溢着从未有过的自豪与神圣。

  奥运圣火的传递,是人类借助火炬的光芒,引导心灵的更新;是人类以体育运动的形式,进行特殊的爱的长征。

  北京奥运圣火,传递了伟大的奥运精神,传递了人类进步的心愿,传递了世界和平的祈盼,传递了人民正义的呼声,传递了全球体育健儿的友谊,传递了中国改革开放的喜讯,传递了人类共同的爱心。

  那天,我从电视上看到点燃圣火的奥林匹亚遗址时,情不自禁地想起了咱们中国的圆明园遗址——那是帝国主义留给我们炎黄子孙"落后就要挨打"的训示;那是中国必须进步发展的启示;那是中华民族从落后走向进步的参照系。从奥林匹亚到万里长城,既是一次人类文明的交汇,又是一次人类文明新的进步与跃升;从遗址到鸟巢,既是体育文明的发展,又是社会进步的辉煌。圣火闪烁的是象征着人类和平进步之光,凝聚的是人类对美好未来的共同追求和祈盼。

"北京奥运,百年梦圆。"为了这一届奥运会,全体炎黄子孙祈盼了整整一个世纪——因为落后,封锁,我们不仅长期在奥运会上缺席,即便参加了,也罕有成绩。一个经济和体育的双重弱国,自然缺少申奥的底气。为了使我们的民族从圆明园废墟上站立起来,甩掉"东亚病夫"的帽子,为人类和平与发展做出我们应有的贡献,炎黄子孙因此苦苦探求,齐心奋斗。当我们历经千辛万苦、千难万险,终于使我国的经济实力、综合国力、人民生活水平发生了翻天覆地的变化,国内生产总值占全球的百分之五以上,中国经济对世界经济增长的贡献率超过百分之十,对国际贸易增长的贡献率超过百分之十二,政治、文化、社会建设等领域取得了举世瞩目的成就;终于使中国人民有了抬头挺胸的日子,有了举办奥运会的能力时,我们在申奥路上却又遭遇连连坎坷。我记得那年以一票之差没能申奥成功,多少人为之落泪,为之伤心!

2001年7月13日,我们终于申奥成功,我们终于迎来了中华土地上第一次奥运盛会。全体炎黄子孙和一切热爱中国,热爱和平的人们都为之无比兴奋。尽管我从小认定"男儿有泪不轻弹",可那天我在电视机前当着全家老小的面,硬是没有关住泪水的闸门。

当今世界的发展,迫切需要全世界人民团结在一起,手挽着手,肩并着肩,克服困难和落后,战胜恐怖与险恶,争取长久和平,赢得共同发展的和谐环境。奥运会正是顺应民意,成为寄托着全人类和平理想的盛会;奥运火炬在全球的传递,正是肩负着人民愿望,向全世界展示着世界和平友爱、文明进步的成果。

可是,当这么一届令全球人民高兴的、全世界二百零五个国家和地区奥委会百分之百参加的、历史上参赛国家和地区最多的北京奥运会到来之际，怎么就有人不高兴甚至想方设法破坏捣乱、打砸抢烧、颠倒黑白呢？怎么还有人为那些打砸抢者摇旗呐喊，甚至通过什么决议来保护杀人放火、制造恐怖事件的人呢？全世界都认为不能把体育盛事和政治搅在一起，为什么总有人别有用心地企图从政治目的出发搅乱北京奥运会这一全世界人民心中的盛会呢？

马里奥委会负责人阿卜杜拉耶·库利巴利2008年4月11日的谈话，使我们更加认清了问题的关键。他说："象征着人类和平、友谊和光明的奥运圣火在伦敦和巴黎传递中遭到亵渎，这说明某些对中国存有嫉妒和畏惧心理的人企图'劫持'奥运，以达到他们破坏中国形象、阻碍中国发展的目的。"库利巴利的话又一次真诚地提醒我们，尽管我们中华民族是一个热爱和平的民族；尽管我们中国的建设发展迫切需要和平稳定的国内国际环境；尽管我们不愿与任何人为敌，并在全世界庄严承诺决不干涉别国内部事务，不把自己的意志强加于人，致力于和平解决国际争端，奉行防御性国防政策，永远不称霸，永远不扩张，但我们中国的和平崛起和蒸蒸日上无法不让西方世界某些人感到心神不安，因为他们害怕中国的进步强大，害怕北京奥运会后世界会更多地了解中国，中国会更好地走向世界，使中国赢得和平建设的良机，于是极尽造谣诬蔑、捣乱破坏之能事。

可是，令那些借奥运发难，千方百计阻碍破坏火炬传递，颠倒黑白、歪曲事实，丑化中国的"藏独"分子和西方反华势力没有想到的是，他们的倒行逆施，反而帮了中国人民的大忙，使全中国和全世界人民更加坚信了一个真理：世界上任何一个国家都不可能在真正的和平中崛起，人类的和平发展征途充满艰险，要随时准备斗争。象征和平与友谊的奥运圣火在巴黎传递途中受阻,以及法国总统萨科齐与巴黎市长德拉诺埃的所作所为,不仅是法国政客们的耻辱,也是法国人民的耻辱!它使全中国人民和全世界人民充分认清了谁是真爱和平,谁是假爱和平,谁是真人权,谁是假人权;它在羞辱中国的同时,更羞辱了自己的灵魂和人格,使人们看穿了法国当权者原来是这般德行!它给全中国五十六个民族郑重地上了一课:我们必须团结,必须加油,必须强大,才能免受别人的欺侮,才能防止在中国的土地上出现新的"圆明园"。

可喜的是,正义载天地,圣火挡不住,和平聚人心。当我和千千万万的火炬手高举属于全人类的奥运圣火在全球传递之时,一切珍惜友谊,追求和平的人,都为之欢欣鼓舞。人们采用跑步、自行车、滑雪、骑马、划船、快艇、摩托车、骆驼等多种形式传递火炬,通过奥运圣火在五洲的传递,既传递了全人类的美好憧憬,又点燃了炎黄子孙的激情;既传递了团结、友谊、公平竞争的奥林匹克理想,也传递了全世界支持中国人民举办北京奥运会的浩然决心,使本次火炬传递成为真正的"和谐之旅"。

尽管"藏独"分子想利用奥运之机达到他们的目的,尽管在火炬传递的征途遇到一些别有用心的人阻碍破坏,但火炬每到一地,人们听到的大都是全世界人民正义的呼声。法国资深媒体人阿卜戴拉·瓦阿比在写给法国电视集团、法国电视二台和《世界报》等多家媒体的公开信中说,法国媒体对中国的报道充满偏见,很多人对中国现在的发展视而不见,尤其是那些拥有深厚帝国主义和新殖民主义传统的国家。他们不能接受曾经贫穷落后的中国在经历社会主义革命后的迅速发展。许多坚持正义的人们,通过各种手段表达了他们坚决支持2008年北京奥运会的坚定立场。俄罗斯国家杜马(议会下院)国际事务委员会主席科萨切夫说,俄罗斯必须捍卫奥运理想,对那些企图抵制北京奥运会的人予以坚决反击。副主席克利莫夫说,某些西方政客试图通过破坏奥运火炬传递来进行自我宣传和包装,他们甚至扬言抵制北京奥运会,我们决不能允许将奥运会政治化的做法。阿根廷总统克里斯蒂娜·费尔南德斯,巴基斯坦总统穆沙拉夫,瑞典首相弗雷德里克·赖因费尔特,智利总统巴切莱特,澳大利亚总理陆克文等许多国家领导公开发表演讲或谈话支持北京奥运,祝北京奥运圆满成功。哈萨克斯坦总统纳扎尔巴耶夫,巴基斯坦总统穆沙拉夫、总理吉拉尼,坦桑尼亚副总统阿里·穆哈迈德·谢因等许多国家领导人都亲自参加了火炬的接力传递。在火炬传递途中那一声声"北京奥运会,GO,GO,GO""我支持北京2008年奥运会"的正义的呐喊,使全世界人民又一次看到和平无敌,人心向善。

2008年5月初,奥运火炬将从三亚出发开始中国境内一百一十三个城市"梦想之旅"的传递。北京奥组委把圣火在祖国境内的首传城市选定在三亚市,既是三亚人民的光荣,更是对三亚有能力办好火炬在中国境内首传活动的信任。三亚人民把完成这一使命作为三亚人民的神圣职责,通过火炬首传活动,在全中国和全世界人民面前更好地展现三亚人民对奥运精神的深刻理解,展现美丽三亚,浪漫天涯的风采,展现三亚人民的美好品德和进取精神,展现三亚人民对世界人民的深厚友谊,让全世界的朋友汇聚三亚,充分享受"旅游奥运""绿色奥运""阳光奥运""科技奥运""人文奥运"的幸福与快乐。

作为中国人民解放军部队官兵第一个在中国内地传递奥运火炬的火炬手,我无比兴奋地完成了自己的神圣使命。我将永远珍惜这一荣誉,并把它当人生永远的正能量,为人民释放,为祖国奉献。

投　稿

一大早,报社编辑打来电话:建党九十周年快到了,老政委有稿子吗?我说只有三四天了,哪来得及哟。他说:我给你邮箱,今天写好,明天几秒钟工夫不就发过来了。我心中猛地"啊"了一声,自责"短路"。

我在键盘上敲着稿子,过去投稿的酸甜苦辣,像连续剧一样在脑海中播放。

四十年前,我在读高中。县文化馆和广播站的领导李喜南召集县业余文艺创作骨干开会,要我们为县广播站撰写庆祝建党五十周年的稿子。对于我这个未出校门的农村学生来说,能为县广播站写稿,真是天大的荣耀。尽管临近期末考试,我在"荣耀"的刺激下,在墨水瓶做的油灯下加了两个夜班,写出一首朗诵诗。修改了十多次,自我感觉良好,准备投稿。如果从邮电所寄,至少三天。我生怕稿子送晚了,选不上,瞎子点灯白费蜡。放学后,我向班主任请了假,匆匆往县城走去。

我的家和学校在洞庭湖中一个叫赤山的岛上,岛上有一条简易公路,从学校到县城二十五里路,还要坐半小时轮渡。但学校至县城没通班车。那时只有公社干部和邮递员才有单车,我们的交通工具就是"11路车"(两条腿)。走到半路,突然电闪雷鸣,暴雨倾盆。我左顾右盼,但见满地荒草,找不到一棵躲雨的树,只好将稿子叠好放进草帽里,戴在头上,双手紧紧拉住帽檐,冒雨赶路。我虽淋成了落汤鸡,还好,稿子没浸湿。走到县广播站送了稿子,雨未停,天漆黑。找个戴手表的人一问,已是晚上八点十五分,连夜走回学校已不可能。但身上只有两角钱,没法住旅店。到县花古剧团朋友易克昌处借睡。凌晨,耳旁反复响着老师"明天上课前你必须赶回来"的叮嘱,再也不敢入睡。我轻轻起床,想瞧瞧他手上的表,看不太清,大概是凌晨三四点左右。我给他留下一张纸条,顺着那条简易公路,深一脚浅一脚地向学校奔去。

　　回校后,我老想着点了二两多煤油,走了五十里路送的稿子是否采用。遗憾的是,学校不转播县广播站的广播。星期六下午放学,我心急火燎赶回家,正准备向邻居打听,忽然听到广播中传来美丽的女高音:"下面播送配乐诗朗诵:《万岁,伟大的共产党》,杨阁老公社徐国良来稿",我的眼泪唰地涌了出来。这是我平生第一次因喜而哭,因投稿而哭。

　　晚上睡觉,我忽然感到脚后跟疼痛,伸手一摸,脚后跟上磨破的几个血泡已经溃烂流水。痛是痛点,但那晚睡得很香。

　　1972年底,我参军到了海南岛,当新兵就进了原广州军区通信训练大队学习无线电机务。这是个军地通用的好专业,为了前途,我几乎日夜为提高业务素质奋斗,上厕所都掏出小卡片,记定律,背公式。回部队后没多久,又下连队当了班长。从班长提拔到排长、副指导员、指导员,快得连我自己都没反应过来。为了称职,我每天累得腰都伸不直,根本没心思也没时间写稿。1978年8月,组织上安排我上宣化炮兵学院后,面临着军事、政治全新的学习内容,没有半点心思写稿。即便我当时参加学院真理标准讨论的发言稿完全可以向军地报刊投稿,我也从来没那个想法。

1980年初,我从宣化炮兵学院政治系毕业,直接调到师政治部宣传科当干事,偶有闲暇,我又做起了作家梦。建党六十周年到来之前,我写了一篇歌颂党的散文。听说报社每天收到的稿件几麻袋,大都扔进了废纸筐。为了感动编辑,我请临时来队休假的妻子,一笔一画用正楷字抄好,寄给原广州军区战士报社。那些日子,我天天扫描该报歌颂党的文章。直到7月10日,我收到了一个从邮局退回的破信封,上面写着:"地址不清,无法投递,退回原处"。明明我写得工工整整的地址,现在怎么黑乎乎一片呢?且信封里胡乱塞进了别人的家书,我的稿子早已燕飞巢空。我去找邮电所理论,他们解释,可能在投递路上遭受暴雨袭击,信封泡水了。回到家里,我把这事说给妻子听,她和我一样叹息。

1984年,我又考上了华南师范大学政治教育系。我上的是部队领导干部班,学习和生活条件比较好。白天上课,晚上写文章,两年内先后发表了二十多篇(首)散文、诗歌。

当了三年作战团政委后,我觉得有些东西应该写下来,留给子孙,留给历史。一有灵感,我随手写在随身携带的笔记本上,瞅空修改几篇,再请机关战士抄写或油印投稿。有耕种,总会有所收获。我曾十多次获得全军和广州军区及省级单位文学创作奖。

建党七十周年纪念日到来之际,我加了一个大夜班,以我部官兵在南沙高脚屋守礁的战斗生活为素材,写了一篇守礁战士忠于党的稿子。为了赶时间,我请司机邓中旺大清早直接投进县城邮电局门前的邮筒里。吃午饭时,我忽然想起文中有两句话有泄密之嫌,必须删掉。小邓去邮局忙乎了一阵,气呼呼回来报告:已盖完邮戳,还未拉走,说了一箩筐好话都不许取回。我立马跑去邮局,找到领导,掏出军官证,对上信封上我的签名,邮局职员才很不情愿地把信退还给我,还重重训了一句:"不会写就不要写!投进拿出多烦人!"我也很生气,但炮弹装填进嘴里,没有发射——当兵的跟老百姓计较,有文化的与没文化的吵架,那是傻瓜干的活。只是从今往后,每次发稿前我都想起"不会写就不要写",认真检查后才投稿。

如今,我写稿投稿全用电脑完成,再也不用墨水瓶油灯照明了,再也不会为投稿走得脚底打泡了,再也不担心途中雨淋水浇白费力了,再也不必赶时间忍饥挨饿加班加点了,再也不会因为改错的事厚颜无耻地乞求邮局了,即便发现错误,无非再发一次邮件加以说明。

我这支业余文学创作之笔,为新中国的日新月异书写了四十多年。我的投稿之路,何尝不是中国共产党领导的新中国发展变化的一个缩影呢?

牵 魂 路

我这辈子,去过的地方千千万,走过的道路万万千。多少路如烟似雾眼前过,唯有三亚的路,如钉似铆揳心中。

我第一次来三亚,一辆气喘吁吁的班车,拉着我们从海口出发,整整咳喘了七个半小时。一路上,天气闷热灼烤如锅炉,车厢好似架在锅炉上的蒸笼,把满车人蒸馏得几近虚脱。公路凹凸坎坷像弹簧,汽车好似蹦床上的皮球,把所有人蹦颠得几近昏厥。到了三亚下车时,许多人还叫苦连连:"这条破路,真像一根抽人的鞭子!"

1984年后,随着三亚撤县设市声名远播,特别是部队训练演习需要,我来三亚日趋频繁。每次都能看到蛇形公路上刮车、撞车、翻车的险情和心惊肉跳的事故发生。1991年送我姑妈来三亚时,从三亚市内去天涯海角,只有解放路至凤凰村一条路,因为路窄、车多、牛横、路面牛屎成堆,行车如爬山。在亚运会南端点火台山下公路上,司机误将一块黑石头当牛屎,车底碰坏折腾了半天不说,还险些酿成大车祸。从那天起,我无论走到哪里,都特别关注道路建设,因为这是人命关天的大事。

1993年,我调到三亚工作,目睹了三亚道路建设的艰难历程。三亚的修路史像一首震撼心灵的交响曲,长年累月在我心中弹奏喜怒哀乐。

　　1996年，终于建成了海口至三亚的高速公路。从海口到三亚缩短了一半时间。但初期的高速公路却是一条令人毛骨悚然、没有隔栏的双向路，几乎每天都看到两车相撞的场景。特别是三亚至陵水段，不知何时在高速路中央立起了好些准备建立交桥的粗大水泥柱，这实在出乎所有驾驶员的意料，致使那些远道来三亚不熟路况的人在此丢了性命。有天，我看见一台皇冠车被这些水泥柱碰得粉身碎骨，四具尸体抛洒路边，情不自禁地想起了唐朝宰相杨炎的诗："一去一万里，千之千不还。崖州在何处，生度鬼门关。"

　　三亚建市后，历任领导都重视三亚的道路建设，先后贷款、集资、投资新修了凤凰路、三亚湾路、迎宾路、吉阳大道、学院路、荔枝沟路、南边海路等许多现代化的公路。遗憾的是，从田独到榆林，仍是一条一里九坑的"坑坑路"。特别是红沙路段，每次暴雨积水后，都要泡出若干大坑，坑里盛满积水。有的人以为只是路面积水，想冲过去了事，结果撞进这些深坑翻车伤亡。我在有关会议上曾大声疾呼：这些夺命路坑不填，谁敢来三亚？谁能来三亚？有人解释说，此路段属于省交通厅管，三亚无权修！

　　为人民补路填空做好事，还有权力之分、责任之争，没人批准不行！这就是当年中国落后而令人心酸的体制。

　　从老路上一个个血淋淋的事故中，三亚市的领导日趋认识到，思路决定出路，思维决定安危；为人民群众生命安全着想，要敢于破规矩、换思路！他们不断想方设法补路、修路、开路，好些"鸡肠路"拓宽了；"蹦极路"铲平了；"坑坑路"填实了。但因三亚道路基础太差，排水工程"非一日之寒"，有些路段，每逢暴雨依然成了"水路"或"河路"。

当台风"达维"鬼哭狼嚎向三亚扑来,严重威胁几座水库安全时,我部奉命执行抗洪抢险任务。我乘坐的越野车行至金鸡岭路上三亚中级人民法院附近,因为没有冲过"水路"而熄火堵道。我和司机急忙打开车门推车让路时,放在车内的水壶、水鞋、手电筒等全被洪水冲走。

台风带来的灾难使三亚人又一次明白:路关人命,路牵民魂;命要安,路要平;路修好,灾害少。

三十年来,三亚的主要领导换了八九任,每任领导都深知路通财通心通福通的道理,都把修路作为爱民工程、生命工程、幸福工程,科学规划,全力投资,不断提高修路技术和管理水平。为此,我曾根据三亚市委市政府指示,于1997年10月底带领我部三营官兵苦战二十天,修通了崖林公路。虽是土路,但也方便了雅亮乡部分黎族村民出行。如今,不仅市内公路纵横交错、四通八达,且农村村村组组通了水泥硬化公路。田独到天涯海角也由过去的一条路变成了三条路。有个广州的战友从海口上高速,一口气开到了天涯海角,他简直不敢相信自己的眼睛:"怎么没进三亚城内,没和牛们亲亲吻,就到了天涯海角呢?"

每当我行走在如花似锦的吉阳大道、大气磅礴的榆亚路、鲜花盛开的凤凰路、四季常青的迎宾路、椰风海韵的三亚湾路,我常常想起三亚路的过去和为修筑这些三亚的牵魂路而呕心沥血的人们。

三亚路三十年的变迁,如诗如画,绣进天涯儿女的心中,嵌入美丽三亚天地间。当"国际文化休闲旅游城市""中国首选旅游城市""中国十大休闲城市""中国首批优秀旅游城市""国家园林城市""中国最佳人居环境奖城市""国家卫生城市""全国双拥模范城"等美誉使得"美丽三亚,浪漫天涯"的城市名片更加光芒四射时,三亚人更加感激日益通达平安的三亚路。

心灵的风景在山上

三亚市内的临春岭,实在不高。谁承想,自从三亚市在临春岭修建了森林公园,2014年国庆节免费对市民和游客开放后,人们上临春岭的热情赶得上玩微信。

2014年12月的一天,我实在经不住朋友们的鼓吹,抑制不住内心的渴望,在妻子的陪同下,从家中向公园走去。那是个星期天下午,入园爬山的人很多,且多为年轻人甚至儿童,还有十来位怀抱婴儿的少妇妈妈。怀抱婴儿爬山,过去我很少见。

其实,部队训练时,我爬过不少三亚的山,这次重上临春岭,感觉截然不同。我觉得三亚人太有福气,大自然既给我们恩赐了最美的海水、沙滩,还给我们送上了四季葱郁、百花斗艳的山峦。然而,过去的三亚人和来三亚的客,最为钟情和醉心的是三亚温暖的阳光、湛蓝的海水、清新的空气、鲜美的海鲜、绿色的果蔬,对三亚的山视而不见。没想到,今天的三亚人竟然如此热衷去临春岭爬山。

当我爬了一千五百四十九个台阶登上临春岭的瞭望塔,三亚的海湾、城区尽收眼底。在此,能真切地俯瞰三亚城市日新月异的兴旺发展,能深切感受这个新型滨海城市的钟灵毓秀之气。向东南看,临春河像条翠绿的玉带,系在三亚这个美女身上,阳光下闪烁点点璀璨的绿光;凤凰岛如一顶白金皇冠戴在三亚美女的头上,岛上那四座美丽的帆形楼宇,如四颗宝石嵌在皇冠上,光芒四射;大树公馆更像三亚美女的裙子,鲜艳夺目,光彩照人。站在塔顶环顾四周,三亚又像个现代建筑的博物馆。有的楼如帆,有的房似树,有的厦如船,有的屋像剑,黄白红蓝紫绿灰,七彩缤纷。依我愚见,在三亚这么常年温暖的地方,屋顶不该用红色瓦,可偏偏三亚的许多房子尤其别墅用了红瓦,远看像一只只火凤凰在临春岭下、椰林深处飞翔。倒是海螺农场内的大片建筑,像一队队整齐划一、威武雄壮的士兵,踢着豪迈的正步向临春岭走来,接受临春岭的检阅。

往日在海边看海,无风也有三尺浪。汹涌的波涛,永不停歇地宣示着海的力量,令人望海生畏。在山顶观海,风平浪静,海天一色,即使山风呼啸,无垠的大海也宛如一个巨大的湖泊,湖面平滑如镜,粼光点点。我从眼下的海象中,感悟出一种人生:人遇难处时,常常觉得事情重大,精神负荷沉重。时过境迁,又会觉得那是小事一桩,不足挂齿。为什么当时很难过那个坎呢?原来是目光不够高远。从高处、远处看,近处的、眼前的困难,不过是人生长河的一朵浪花,来有影,去无踪,难关过,人更刚。

近些年,我总觉得三亚这座城市发展、膨胀得太快。如同一个发育太猛的少年,身高、体重与智力、体力,特别是生活自理能力不协调,使它的可爱与缺陷同生。可是,在临春岭上看三亚,它不过是一艘锚泊在三亚海边的大型邮轮,那些摩肩接踵的摩天大楼仿佛邮轮上的大小客房。临春河等水域,便是邮轮上流动的游泳池。我们平时在大街小巷看到的熙熙攘攘、忙忙碌碌的芸芸众生,从临春岭上看,只是邮轮上一些如蚁虫蠕动的人影,他们在为活而奔,为食而觅。只有登上临春岭,他们才能享受这难得的片刻清闲，才能暂时忘却山下的劳苦和忙碌，享受到人们常说的出俗和淡泊。出俗方可清宁，淡泊才能致远。但是，山巅虽清，不是久居之地，天黑之前，人们还是要回归山下的熙熙攘攘之中，为名利生计费心劳力。如果能在世俗中争得一丝脱俗，使自己的心灵享受片刻的宁静，也是一份难得的幸福。

走下瞭望塔时，我见许多人脸上流泻甜美风采，隐隐觉得，许多人气喘吁吁、汗流浃背来登临春岭，不全是为了眼赏三亚美景，更想提升心的境界和眼的高度，做个登高眺远的脱俗之人。许多人身处山上和山下时，对人世间许多事理的感悟和认知有着天壤之别。当我仰躺山顶，耳边只闻山风嗖嗖，听不到尘世的喧嚣吵闹，眼前只见蓝天白云，看不到人间的丑陋纷争。越向山顶走去，仿佛离人间越远，离天空越近，以至于我所看到的每一张脸都比在闹市中见到的亲切自然。这种感受，十年前我爬中国的五岳时就曾收获过。越是临近艰险的顶峰，剩下的人越少，看到的面孔越亲切，不管认不认得、无论男女老少，都忍不住伸过手去，拉他(她)一把。

临春岭并不险峻，但我此次登山，见到了好些更加亲切的面孔，比如三亚同心义工社的志愿者。三亚同心义工社现已发展到五百多人，分布在三亚大中小企业和党政团体，在社长(他们习惯叫团长)谢金龙的带领下，常年利用节假日为孤寡、残疾、老年人做好事；组织阳光助学，关怀特殊儿童；开展扶贫帮困、乐施行善、关爱自然等公益活动。这天，谢金龙带领二十多名同心义工社成员下午三点多上山捡拾垃圾。他们知道公园有专门的清洁队，仍然不辞辛劳，上山捡拾垃圾。登山时，大多市民比较自觉，个别人难改乱丢陋习。义工们通过自己的行动，为市民做出了表率，传递了正能量。他们全神贯注捡拾路边垃圾的美丽身影,淬炼出一种特殊质地美的光芒,直射人心。

有位约莫四五岁的小男孩,刚把餐巾纸丢在树下,抬头看见义工叔叔正在捡垃圾,连忙转身拾起餐巾纸,向垃圾桶走去。我对这个小男孩知错就改,见贤思齐的行为好生感动,连忙竖起大拇指:小朋友,好样的!他却神态羞怯地回了一句:我长大了,也要当义工!我说,你现在就可以当呀。他朝我点了点头,撒腿朝几位义工叔叔身后跑去。

从他们的言行和我多次登山的体会来看,人可以一辈子不登山,但心中必须有座山。心中有山,活着有奋斗的高地,抬头能看到自己的希望,遇事能往高处想、朝高处看、向高处走。人在高处,心灵会更加晴朗干净。心灵晴朗干净的人,眼里能发现许多美丽;心灵雾霾污浊的人,眼里看到的尽是黑暗丑恶。登山就是为了清心润肺养眼。无论尘世怎么雾霾,只要自己的心灵没雾霾,就不会被身外的雾霾围剿,心中有主心骨,背上有硬脊梁,对人有仁爱心,对社会有责任感,始终朝着心的定位出发,不会丢掉精气神。

从这个意义上说,三亚市政府不仅为市民修建了一个免费爬山的公园,也为市民赠送了一台清心润肺养眼机,难怪有人登山回来,摇头晃脑吟诵道:心灵的风景在山上!

在家门口赏景

为什么旅游？有人说是为了看风景；有人说旅游能增添人的爱心，尤其热爱祖国山河自然之心；有人说旅行能发掘"人生新大陆"，这种说法太蒙。

可是，近些年我越来越不想出远门旅游，缘由很多。

其一，我不喜欢旅游途中的那份拥挤和热闹。尤其节假日，那么多人在景区门口排着长长的队，淌着涔涔的汗，叹着怨怨的气，忍着久久的饿，何苦呢？但我们中国人就是喜欢玩"一窝蜂"，哪里热闹往哪里冲，哪里人多往哪里奔，甚至不怕踩死人。其实，现在的外国人也喜欢玩"一窝蜂"，大把的时间浪费在热闹之中，半点都不心痛。我没有远大理想，尤其退休后，但我心痛时间。我更愿享受清净生活中的那份美好。

其二，我讨厌旅游生活中的种种欺诈。我所经历过的旅游区，还没有遇到完全让人玩得很有尊严的地方，还没有听说完全不宰客的地方。我不知道有的媒体单位，为啥一年到头老盯住三亚不放，好多大城市都有欺客宰客的事，为啥没人报道或做焦点访谈。当然国外也宰，还是法律保护的那种宰。我们去法国戛纳小饭店吃饭，提了两瓶朋友送的三十欧元一瓶的红酒，可店主要求我们每瓶付三十五欧元开瓶费。实在想不通！

我们与其争论。没用,开瓶费一分不能少!找遍全中国,至少没有这么宰客的,可人家并不觉得是宰,制度允许。我们不去那鬼地方,就不会受这冤枉气。后来觉得,我们没理由生气,这不是长了见识吗?至少让我们知晓资本主义宰客,比社会主义有过之而无不及。

第三,我厌恶旅游途中的那些饮食。人在旅途,舌尖在囚途。我曾多次在随团旅游吃饭点观看伙房、餐厅后厨的状况,不说别的,只要看到那洗碗水的脏况、那灶台的乱象,保准有半数人回到桌上食欲大减。好在我当了几十年兵,什么都能吃。

我不愿出远门旅游,并非不爱祖国山河、人间美景。其实,美丽风景一半在地上,一半在人心。只要有好心情,眼中处处有美景,心中日日有美景,更何况在我们三亚呢?三亚的美景我一辈子看不够、品不完、写不尽。二十年前我就发表过关于文化是旅游的灵魂的文章;我曾在《三亚日报》鹿回头副刊写过文化旅游专栏,发表过四十多篇稿子;我的散文《放牧心灵的森林》还曾获得中国旅游散文大赛一等奖。我觉得我们三亚的山水里有我挖不完的旅游宝藏。全中国乃至全世界那么多人不远万里来看三亚,我们三亚人有几个把三亚的美景看够了、品透了?

其实,每座城市、每个地区都有自己的风景,我们常常"不识庐山真面目,只缘身在此山中"。我老家洞庭湖中的赤山岛上,就有云风寺、九臂樟、樟抱腊、香炉山庄、清静山庄、金鸡岭、阁老墓等许多风景,过去我们从未把它们当风景看。有些风景,如阁老墓,至今深掩橘树丛,没有享受半点风景待遇。听说现在益阳市和沅江市正着手把赤山当旅游景区重点开发,声名逐步远播,以至湖南有"到张家界看山,到岳阳看水,到赤山看岛"之说。

要把一座城市建设好,每个市民都要把自己的城市当作自己心中的风景,真心热爱这个城市,用爱去增强建设动力、发掘治理潜力、激发奉献活力。诗人卞之琳在一首诗中写道:你站在桥上看风景,看风景的人也在楼上看你。每个城市的市民都是外地游客眼中的一道风景。当一个人成为别人眼里的风景时,或多或少在潜移默化地感染、影响他人。因而每个市民都有责任塑造好自己的形象,使自己成为本市的一道好风景,别说五星四星,能不丢脸也行。而品好家门口的风景,当好本城市的解说员、推销员,既是激发城市爱心的一种重要手段,也是强化建设使命的一种职责担当。

前些年,每当我陪同一些文化名人去三亚大小洞天、天涯海角、南山等景区和陵水的猴子岛,张辉、杨志忠、代国夫、杨其元、孙冬、李崇实、戴彬森等董事长和总经理都能把每个景点的来龙去脉、历史渊源和文化寓意说得清清楚楚、干脆利落,受到客人由衷点赞。客人赞扬的既是他们个人,也是三亚,在客人心中树立的是三亚景区和三亚人的形象,最终合成为三亚美景。因此,把三亚的美景看够品透,既能增长宣传三亚的文化底蕴,又能提高建设三亚的本领,还可丰富我们的精神生活。

因为三亚的空气质量名列全国之首,有人说三亚是"洗肺"天堂,其实三亚更是"洗脑"天堂。三亚的许多海是"洗脑"海,许多山是"洗脑"山。每一个优美的山海故事,都能给人强大的心灵启迪。我每去大小洞天、天涯海角、森林公园、玫瑰谷、鹿回头、大东海和南山一次,心灵都会受到一次洗礼,思想的软件常常被这些景区更新。"洗脑"多了,能使我们不断拓宽人生的新境界、思维的新天地。据说有几位本想来三亚玩玩后跳海自杀者,因为在景区受到了心灵洗礼,改变了死的主意,回家后重新点燃了生活之火。

如此说来，风景既是大自然的美丽展示，也是人性的美丽绽放。真旅游的人，不光用眼品景，还会用心赏景，用脑思景。在家门口看风景，在自己熟悉的地方寻找敏锐的感觉、丰富的想象、鲜活的激情，从而更新心灵的菜园，是个一本万利的好事，是种更接近日常生活的修行。

老马的心灵之"菜"

我不止一次听老马说过,人心如菜地,菜种好了,不会长草;人心种善了,不会生恶。我没当回事。做老板的,一心赚钱就行了,哪有闲心管别人心中"长草"还是"长菜"呢?后来,我见他果真把"菜"都种出来了,不得不重新审视起老马来。

马宪泉,山东人,务过农,当过兵,做过官,经过商。受孔孟文化熏陶和父母美德影响,从小爱为别人做好事善事。只是过去日子清苦,善量有限。托改革开放的福,近年事业兴旺,腰包鼓了。人家有了钱忙享受、寻潇洒。他只要日子过好点,便忧国、忧民、忧人,特别挂念那些生活在贫困中的人们。从上世纪90年代开始,他长年倾心公益事业,为灾区、学校、敬老院、智障儿童、贫困大学生和文化单位捐款捐物一千一百多万元。每当为别人做了一些好事善事,他内心就收获了一份喜悦,喝酒就觉得格外香,脸上也格外阳光。

后来,老马发现善良的人们都把献爱心放在给钱送物上了,很少有人呵护和关注那些弱势群体孤独的心灵,虽然他们的物质生活不断改善,心灵却仍然生活在贫困之中。特别在对贫困群体的帮扶中,由于缺乏心灵的扶助,以致有的大学生受助四年,毕业后连个感谢的短信都不愿发;有的受助人因为争抢救助物资打了起来;有的贫困农民把别人支援的种猪、种羊、花生种拿来下酒豪饮;有的朋友遇到难处,他慷慨借给人家二十万、三十万渡过了难关,现如今不但钱未还,人也失联了……

从那时起,老马做完好事,再也没有从前的幸福感了,喝酒也不香了,甚至连觉也睡不着了。从那时起,老马便想到了在人心"种菜"的事。他深切感到,物质扶贫只能扶人一时,扶不了人的一世;心灵的贫穷,精神的贫穷,文化的贫穷才是人生最大的、根上的贫穷。中国改革开放三十多年来,人民的生活水平不断提高,物质上绝对贫困的人越来越少,更多的是心灵、道德、文化的"贫困",他们既需要物质扶贫,更需要心灵扶贫;只有做好心灵扶贫,才能真正改变人的命运,让人们从物质和精神上富裕起来……于是,他率先提出了"文化公益·心灵慈善"的理念,决心闯出一条"文化扶贫"的新路子。

从2008年开始,他逐渐从企业管理中脱身,努力学习中国传统文化,特别是传统道德理论,把道德建设作为"文化扶贫"、人心"种菜"的重要内容来研究,并尝试写作、编辑出版了《智慧三十三书》等书籍,启迪教化人心,深受读者喜爱。

然而,在"文化公益""心灵慈善"的实践中,老马又有了新的焦虑:有的人发了财嫌钱少;有的人当了官嫌权小;有的人名声越来越大,人格却越来越差;有的人书读了不少,心田却杂草丛生,甚至出现了心灵戈壁;有的人拿起筷子吃肉,放下筷子骂娘;有的人为找对象发愁,为结婚发愁,结了婚却为离婚发愁;有的人很想当达人,不想做善人;有的人天天骂社会风气不好,却让欲望裸奔、行为缺德、红灯失灵;有的人打开门骂污批霾,关起门排污放毒;有的组织天天喊民主,天天糟蹋民主;有的国家天天挥舞人权大棒打别人,自己天天侵犯人权……如此种种,都是心灵长草的结果。

如何解决这些问题？西方没有灵丹妙药，否则他们不会整天这里枪杀，那里爆炸，闹得人心惶惶。我们必须从源远流长的中华文化，从老祖宗博大精深的思想宝库中汲取营养，从传统文化的核心和主线——"和"文化中寻找精神力量。

老马认为"当下中国，价值多元，拜金盛行，贫富分化，但有一种力量从未泯灭，那就是'和'文化……儒家讲'礼之用，和为贵'、'天时不如地利，地利不如人和'；道家讲'天人合一，道法自然'；佛家讲'因缘和合而生诸法'；官家讲'政通人和'；百姓讲'家和万事兴''和气生财'……一个'和'字影响中国几千年"。他决心用"五和"文化"去净化人们的心灵，疏导人们的心神，美好人们的心态，去"呼唤道德，抢救人心，树立信仰，让人们迷失的心找到回家的路"。

老马从中国传统文化，特别是孔孟思想中借用智慧和指南，从自己从农、从军、从政、从商、从文的"五从"人生经历出发，沿着个人的、社会的、世界的现势一路追寻探索。他发现当下社会的主要矛盾有五个冲突，即人类发展与保护自然的冲突，国家与国家的利益冲突，人民内部的冲突，家庭成员的冲突，人们内心的冲突。冲突的总根源，是"和"的破坏和缺失。要解决这些冲突，首先必须让人心和善、家庭和睦、社会和谐、世界和平、天人和合。人心和则善，家庭和则睦，社会和则谐，国家和则强，世界和则宁，天地和则美。"五和"之间，唇齿相依，互为因果；"五和"理念超越国界，适应所有族群。于是，他首次在中国提出了"五和"文化理念。

在老马看来，人心和善是"五和"的核心和基础。只有人心和善，才有家庭和睦、社会和谐、世界和平、天人和合，才能真正实现中华民族伟大复兴的梦想。当下社会的全民焦虑症，人与人信任缺失，食品安全危机，群体性事件、自杀凶杀案件等问题,都是人心出了问题,都是由于人心的不调和、不友善、不真诚、不满足、不平衡造成的。有的人赚钱很多,日子过得不幸福;有的人读书不少,心中没有阳光;有的人出身贫寒,腐败得却很超人,都是心灵道德贫困的结果。因此,"文化扶贫""心灵慈善"不仅仅局限于经济贫困群体,无论是富人穷人,为官为民,有文化的和没文化的,都需要"五和"文化渗透心灵、滋润心田、哺育心神。

智慧不能独享,"五和"应该变成大家的行动。他决心举毕生之力,弘扬"五和"文化,做好"五和"公益事业。

老马在几十年"五从"实践中深切体会到,说一千道一万,实现梦想要靠干;践行"五和"文化必须从"心灵"起航,从点滴做起。2012年7月,老马在三亚南山召开了"五和"文化新闻研讨会,首次公开提出了自己的"五和"文化理念,在海南新闻学术界引起了很大反响与关注。《海南日报》、海南在线、人民网等率先报道了老马的学术理论。随着"五和"文化影响力的不断提升,2012年9月,《人民日报〈海外版〉》《人民论坛》杂志、新华网等媒体陆续刊发了老马的"五和"理论文章并给予高度评价。

"五和"文化在社会各界的支持下,一步一步从三亚走向京城。2013年5月18日,由三亚市政协与人民政协报社、人民论坛杂志社联合主办,马宪泉担任董事长的三亚五和文化传播有限公司协办的"和文化与中国梦"高峰论坛,在全国政协大礼堂隆重举行。马宪泉这个民间草根学者,代表海南文化界,登上了"和文化与中国梦"高峰论坛大讲台,与于丹、胡鞍钢、张立文、韩庆祥等国内顶级学术名家同台演讲,思想交锋、观点碰撞。他的"五和文化与中国梦"的精彩演讲,提出人心和善是实现中国梦的道德基础;家庭和睦是实现中国梦的基本条件;社会和谐是实现中国梦的重要保障;世界和平是实现中国梦的必备环境;天人和合是实现中国梦的终极目标,轰动全场,获得了中国社科院院长王伟光,海南省政协主席于迅,著名哲学家、中国人民大学一级教授张立文等领导和专家的高度肯定。尤其是"和合学"创立者张立文教授,还专门撰文评价"五和"具备了五性:时代性、良知性、道德性、创新性、国际性。《人民日报》、《光明日报》、人民网等上百家新闻媒体刊发了他的演讲。《人民政协报》、《民生周刊》、人民网政协委员专栏,分别对马宪泉进行了人物专访。《人民论坛》还组织专门的编辑小组,精心筹备三个月,隆重推出《五和文化》特刊,全方位报道了马宪泉的"五和"文化理论与个人先进事迹,在国内学术界和媒体界掀起了深入探讨"五和"文化的研究热潮。

老马在高峰论坛上发表的主题演讲"五和文化与中国梦",创造了五个第一:第一个提出"文化公益·心灵慈善"理念的国内企业家;第一个协办如此高规格全国性论坛的海南文化企业;第一位走上北京全国政协礼堂大讲台,并获得国内顶级学术名家高度肯定的海南企业家;第一位接受人民网政协委员专题人物专访的海南政协委员;第一位人民论坛杂志社聘请为特约研究员的国内民间学者。

论坛结束后,三亚市政协成立了"五和"文化工作小组,由时任政协主席赵普选担任组长,教育、宣传、社科联等界别的十几位政协委员任成员,全力开展"五和文化"的调研和实践工作。2013年7月至9月底,"五和"小组分别在大学和小学召开了老师、家长、学生三方参与的十余次座谈会,发放了五百份问卷调查表,开展了近千人次随机访问。有了这些翔实的调研报告,老马心中更加信心满满。随后,三亚市政协在海南热带海洋学院和河东区中心小学设立"五和"文化教育试点,开设了"五和文化大讲堂",定期邀请热爱传统文化的杰出人士讲座,为学校的德育教育带来了鲜活的民间力量。

2013年10月,在海南热带海洋学院学术报告厅,由马宪泉主讲的"五和文化大讲堂"——《"五和"改变人生》开讲了。他紧扣调研中大学生最为困惑的就业出路、舍友关系等敏感问题,围绕"五和"价值观,为大家解疑释惑。11月7日,"五和文化"又在河东小学开讲。针对未成年人教育需家庭、学校双管齐下的情况,讲座以五年级一个班级的学生为重点,邀请该班部分家长和全校班主任老师听课。在课后调研和座谈会上,同学们反映这样的思想道德课,生动不空洞、深刻不深奥,对学习和生活很给力,让他们在快乐中受到了思想启迪,提升了正能量。学校试点成功后,"五和"小组还在社区、工会、企业等单位开展了"五和"文化的宣传工作,并在海南热带海洋学院设立了"五和文化奖学金",将"五和"文化的践行量化、细化,让大学生们不但能听得到、看得到、做得到,还能分享到"五和"文化的优秀成果。使"五和"文化的传播逐步实现了从殿堂,到会堂,进课堂,从三亚到全国。

2016年1月10日,在三亚举办了中国·三亚"和文化与'一带一路'高峰论坛",2016年8月5日,又在三亚举办了"五和文化唱响中国"大型公益晚会。2016年10月11日,在联合国总部举办的"世界蒙古艺术家当代展"上,中国蒙古族书法家苏伦·巴特尔先生书写的由马宪泉先生首倡的"人心和善、家庭和睦、社会和谐、世界和平、天人和合"的"五和"文化狂草作品,获得了各国驻联合国大使、世界名流、当地媒体的高度赞赏。

近年来,由他组织召集的"五和"志愿者队伍举办了近百场"五和文化公益"活动,不仅为弱势群体送物资送温暖送快乐,还送去了丰富多彩的"五和"思想、文化和智慧。由老马担任院长的海南省五和文化研究院正在精心打造弘扬"五和文化"的

"五个一"工程：一首由马宪泉作词的《五和中国》歌曲，已由著名歌唱家阎维文激情唱响，在电视台、电台播放后，赢得了听众喜爱；一本由马宪泉用自己的心声、自己的语言、自己的故事、自己的行动撰写的伦理书《老马的五和梦》，已由人民出版社面向全国出版发行，仅仅半年就脱销了近五万册；一台与专业演艺公司合作打造的"五和"主题晚会，已经开始在公园、广场、剧院义演，让观众在欢声笑语中感受和文化的正能量；一部"五和"主题电影将在2017年启动拍摄；一座免费向社会开放的"五和"文化书院正在筹建中。

在宣传、宣讲"五和"文化中，老马想起小时候，每当有逃荒讨饭的人路过家门口，母亲总是拿出整个窝窝头送给他们。那时候，一个窝窝头就是一个人一餐的口粮。家里人自己都吃不饱，怎能去施舍呢？可母亲说：我们家少了一个窝窝头，只会使大家一餐吃不饱，而给了讨饭人一个窝窝头，兴许能救人一条命，人命大过天啊！老马从那些逃荒讨饭人对母亲感恩的笑泪中，读懂了母亲在他心田栽种的人生最重要的一棵"菜"——仁善。他从母亲对他的影响中领悟到：喊破嗓子，不如做好样子；最好的理论不被群众所掌握，就会苍白无力。作为一个草根学者，力量非常有限，世界的事我们说了不算，国家的事我们说了不算，但企业的事、家庭的事、自己的事我可以说了算。我必须用我能说了算的所有能力，带头践行和弘扬"五和"文化。

他旗下的几家公司，除了每年响应政府号召，对遭受地震、水灾、旱灾等自然灾害的灾区捐献大量现金之外，还常年定期向三亚满地可希望小学、海口市社会福利院、海口天翼特训学校、五指山贫困大学生等贫困老弱病残群体捐款送物。每逢重阳节、儿童节、青年节等重大节庆，老马所在的公司都会组织年轻员工去福利院帮助老人打扫卫生，去希望小学、自闭症儿童学校与孩子们一起游戏娱乐,传播"五和"文化,使他们不仅享受到物质的资助,更有心灵的慰藉。

经过二十余年的商海搏击,老马总结出了自己的经商体验:商场有竞争,人心要和善;无论做什么生意,最终还是要靠做人;人心是最广大的市场,诚信是长久的利润,和谐是强劲的动力;公司是个小社会大家庭,当老板的不能把员工当作赚钱的机器,必须把员工当成家里人,员工才会把公司当作家,一家人才能和气生财……有了这些感悟,他不但经常为同人们心中"种菜",自己更是身体力行。

前些年,他在三亚的企业运行不景气。屋漏又逢连夜雨,一名员工开车出了车祸,住进了重症监护室,昏迷不醒,生命垂危。高管们见每天花钱如流水,很是替老板揪心。此时的老马,只有一个信念:"人命大过天","就是借钱,也要不惜一切代价,把这孩子的命救活"!每天公司下班结账后,所有微薄收入全部送去医院做医药费。由于医院条件有限,没有把握做太大的手术,老马花高价请来外地专家为他做手术,终于把他从死神手中抢救过来。此事让员工们看到了老马对员工的忠诚和大爱,许多员工说,跟着这样的老板干,就是搭上命也值得。

有的旅游企业一到淡季就想着如何减员,弄得员工人心惶惶。老马说,赚钱有淡季旺季,良心不能有淡旺之分;企业虽有老板和员工之分、管理人员同一般员工之别,但企业是一个利益共同体,只有利益兼顾才能和谐,人和是企业的第一要务;企业要利润,老板要赚钱,但绝不能以损害员工的利益为代价,那种为了减少成本而刻意创造恶劣的工作环境,为了剩余价值最大化而任意增加员工劳动时间,为了减少员工所得而采取严厉处罚,以及为了缓解经营压力而任意裁减员工的做法绝不可取!

老马的生意也有低谷时，在经济形势不景气的时候，他不靠减少员工收入寻找出路，更不随意裁减员工，即使贷款借钱，也要给员工按时发出工资。因而在企业内部形成了积极向上的共同价值观与和谐的人际关系。这种优秀的企业文化与和谐管理一旦形成，就为企业经济效益、社会效益与生态效益的共同提高提供了强有力的精神支持。员工们觉得，在老马手下干活，有踏实感、安全感，浑身有使不完的劲。

老马的成功经验告诉我们，和谐的社会要靠和谐的人格作支撑，和谐的人格呼唤管与爱的和谐，义与利的和谐，法与情的和谐，继承与创新的和谐，共性与个性的和谐，科学与人文的和谐。

老马至今担任海南省东方五和文化研究院院长、海南双猴科技有限公司董事长、山东领翔新材料有限公司董事长、海南省政协委员、三亚市政协常委、三亚市企业家协会副会长等多项职务，不可能不忙。可老马说：中国梦是由千千万万的国家梦、民族梦、家庭梦、个人梦组成的，践行"五和"文化，是实现中国梦的具体行动。"弘扬中国传统'五和'文化是我的理想，让全国人民共同唱响'五和'之歌是我的梦想，让'五和'文化走向世界是我的幻想。"不管是理想、梦想，还是幻想，老马一直行走在"五和"的狂想之路上，他要尽力从自己、家庭、企业做起，从点滴做起，让人好起来，家旺起来，国强起来，世界爱起来，地球绿起来。

这就是老马的中国梦，这就是老马的心灵之"菜"。

七、爱及生活万象

贫困中的收获

晚饭后,两口子闲来散步,触景生情,我又说起了过去务农的辛苦、读书的困苦、教书的清苦、当兵的艰苦。越说越激动,越激动越是"大江东去"无尽头的感觉。妻似有不惑:"一提起那些苦日子,你就嚼得有滋有味,你应该向前看嘛,为啥老喜欢唱'八年前,风雪夜'呢?"

是啊,我为何老钟情过去的贫穷困苦呢?是神经出了毛病,还是误入了时下有人俗称的"协会"?我默默地走着走着……走到街尽头一处水井边,猛然抬头,看到一个小女孩正在打水的情景,心头豁然一亮,这就是我要找的答案——

这女孩顶多八九岁,身高刚好与压水井凸出地面的铁井口平齐。井台左边有个用来搁衣服蔬菜的木墩子,木墩上面放着一本书。她背上背着一个小娃娃,右手握着压水柄,左手拿着一只熟红薯,眼睛盯着木墩子上的书页,一边压水,一边啃红薯,一边看书。随着压水柄艰难地上下运动,一个毛茸茸的小脑袋在她背上左奁右歪的,两根长长的"凉粉"在她鼻孔下上提下拉,两只短裤腿在她小腿上一上一下。

我走过去翻了翻她看的书,是二年级的语文课本。

我说:"你这么认真读书呵?"

"妈妈病了,我今天在家带弟弟,没去上课。"

"爸爸呢?"

"收破烂割伤了脚,住院去了。"

她回答得很平静。似乎妈妈病了,就像去了一趟外婆家;爸爸住医院,就像采购员出差了;而她因带弟弟无法去学校上课,就像……但瞧她那双眼,似有两颗晶莹的泪珠在眼窝滚动。

我心中倏地生出一种怜悯,当即掏出袋中仅有的五十元钱递给她。她连连摇头,不接。我把钱放在她的书上,她急忙将半截红薯含在嘴里咬住,抓起钱塞进我的衣袋之后,眨着那双圆圆的大眼睛,瞥了我一眼,一脸气鼓鼓的样子。

一个八九岁的女孩,在当今城乡许多家庭,至少是过着无忧无虑,衣来伸手,饭来张口的日子。可她在父母患病的困境下,如此勇敢地肩负起生活的重荷,并在重荷中不失其志地痴情读书,即便衣衫褴褛,也决不取分文施舍。是谁赋予她如此硬气、志气和骨气?

我遗憾当时没带照相机,没能照下这个女孩生活学习的沉重和奋起,但那"一举四得"的场景,时常闪现在我记忆的屏幕,敦促我经常回味我的童年、我的过去;促使我在贫困与立志、贫困与成才、贫困与勤奋中寻找必然。

十二岁那年,我上山砍柴。一根锋利的竹桩穿透松软的草鞋,深深地扎进我的脚心。我抱着血淋淋的脚板,在地上不知翻滚了多久,痛得昏睡过去。梦幻中我穿上了与四清工作队队长脚上一样乌亮的黑皮鞋,把一根根竹桩子踏得东倒西歪……后来,尽管我每次砍柴都把竹桩子削得比新郎官嘴上的胡子还干净,能够打赤脚进山砍柴,可那黑皮鞋的影子总在眼前晃动。

十五岁那年,我到离家十五里路的龙山附中读初中,每周六下午回家。星期天在生产队做满一整天工,吃了晚饭赶夜路去学校。从家里到学校的山路上,有两片遮星蔽月的桐树林。走进漆黑的桐林,踩在松软的树叶上,总觉得身后有人跟着我,"沙沙沙"地响个不停。我停住脚,那声音没了,我再走,那声音又响起来;我迈开步,总觉得身后有个人,我猛转身,什么也没看到;我抬起头,好像有个黑影在前面走,我喊一声"谁",那影子又倏忽不见了。

特别是走进我们家乡洞庭湖中赤山岛上特有的那种叫巷子的路上,常常吓得我直想哭叫。巷子左右两边是二三米高的土堤,堤上长着几米高的竹子和杂树,中间夹着一条一米五左右宽的路。人在巷子里走,如同老鼠在下水道穿行。更可怕的是每条巷子里都有一个鬼怪的故事。什么吊颈鬼、生产鬼、砍老壳鬼、猪婆子精、野猫子精,虽然荒诞无稽,可老辈人说起来有鼻子有眼,吓得我夜晚上厕所都要人做伴,连大男人都害怕在这些巷子里夜间独行。

有几次因为生产队收工晚了,我没和同学结成伴,只好硬着头皮独闯巷子。走到杉木村那条巷子中间,忽闻几声尖厉的麂子叫声,吓得我几乎把尿拉进裤裆里。为了壮胆,我将衬衣解开,裸露胸脯,高唱"下定决心,不怕牺牲",踏步前行。唱完了,又重复朗诵多遍。可那麂子的声音真似村民们所说的"鬼魂附体",总在巷子背后的土沟里跟随着我。我走到哪里,它叫到哪里。我觉得光这样喊"不怕牺牲",还是解决不了怕鬼的胆怯,又从背后的米袋里抓出一把大米往左右两侧堤上撒。听老辈人说,米可避邪,鬼怕人撒米。撒了几十步路,顿觉肩上轻了许多,我立马清醒过来——这是我两个星期的口粮呀,撒完了,吃什么?

这时,吓得六神无主的我,突然胆大起来。不是说这巷子里有鬼吗,既然我已吓得人不人鬼不鬼的了,干脆做个鬼算了,看谁斗过谁。于是,每当堤那边的麂子叫一声"呵",我在巷子里也尖叫一声"呵"。它叫轻点我叫轻点,它叫重点我也叫重点。果然,当我把自己当作鬼时,什么鬼也不怕了,反而心静了许多,一直叫到巷子出口,如虎口逃生,撒腿就跑。跑到学校,全身湿透,脑袋像是刚被冷冻过,麻木得没有半点知觉,唯有心脏在床板上"咚咚"地打鼓。

那晚,我噩梦连连。每次从梦中醒来,我总想着哪一天有条公路从我家通到学校就好了,这辈子要是能坐上汽车走夜路,就什么鬼也不怕了。

十六岁那年冬天,学校演《白毛女》,我扮杨白劳。因为我白天上学穿的那件父亲穿过的烂棉衣布裂棉绽,补丁累累,晚上也就成了我演杨白劳的道具。为了达到"漫天风雪一片白,躲债七天回家来"的效果,每次出场前,我故意把棉衣解开,将胸襟上和衣袖口的棉花往外拉出一点。拉多了,棉絮和衣里之间成了空布袋。毕竟我年轻,虽然平时冷点,挺得住,并没在意。有天下课,我路过中三班教室,有个叫宋美丽的女同学忽然把数学练习纸揉成团塞进我棉衣背上的裂口里。我从棉絮缝里掏出那个纸团,攥在手心,望着她们嘻嘻哈哈飘走的身影,心里充满了委屈,但没说一句话。我暗自咬牙:这身烂棉衣,决不能留给"喜儿"和"大春"。

十七岁那年,家里硬是没钱供我在学校买菜吃了。每个星期天返校时,带一两瓶辣椒萝卜或辣椒刀豆、辣椒豆酱、油炸辣椒米粉子之类的干辣菜,在学校食堂买了饭后就着自带的辣菜吃。长此以往,辣进辣出,两头受罪。出恭如同拉犁,满头大汗,气喘吁吁,一蹲近十分钟,起身头晕目眩。由于缺少维生素,一挨冬天,嘴上长泡,溃疡不止。我捂着烂嘴听课,时而走神——这辈子要是每餐能吃上新鲜蔬菜多好,倘能一个星期吃上一餐白菜秆炒肉,那就是神仙过的日子了。每当想到未来白菜秆炒肉的好日子,口水涔涔,滋润了嘴上裂口,也算没有白流。

带着贫困中的种种憧憬和梦想,我走过了童年,蹚过了少年,踏入了青年。

为了梦想,即使每学期因为交不起五六块钱的书杂费被老师点名甚至站起来时,我也决不辍学;为了梦想,感冒发烧拉痢疾,无钱治病时,我也从未缺过一节课;为了梦想,白天"双抢"、挑堤的劳动再苦,晚上也要看几页书,写一段笔记再睡;为了梦想,我在五指山区部队服役五年、当了两年指导员还未探第一次家,以至于回家时,父亲和妹妹在船码头接我时不认识我了。

回首身后那一行坎坷的脚印,贫困是我生活的导师、立志的基石、成才的学校。贫困的土壤里不断滋养了我的理想、激情、进取精神和不屈品格。虽然直到入党后我才逐渐确立为社会主义、共产主义奋斗的理想,但若没有当年为吃饱饭、吃青菜、穿皮鞋、坐汽车而奋斗的初级理想,哪有后来为保卫祖国、建设祖国而奉献的崇高理想呢?

经过贫困的锻炼、铸造、陶冶和洗礼,人生格外自强不息——自强是贫困赐给我的。贫困非但没能使我自卑,反而令我自强、自信甚至有些自傲——天耀勤奋。贫困能为勤奋者带来更多的生存、崛起动力,就像石头缝里长的树,更能坚强地生长,既然能活下来,就会比别人活得更有骨气,更有质量,即便乌云滚滚,也会坚信太阳的力量;即便腐浊横溢,也能处污不腐。

纵览千万自强不息者奋发成才的轨迹,没有贫困,就没有争取出路的奋斗;没有贫困,就没有改变生存状况的拼搏;没有贫困,就没有一个个钢铁汉子的崛起;没有贫困,就没有革命!

没有贫困,就不懂得珍惜幸福生活,感恩美好日子。我时常揣想,若是没有当年的贫困,会有今天的我吗?诚然党是哺育我们的阳光雨露,没有共产党就没有我们的一切。然而,同是在母亲的哺育下,有的人成了国家建设的良才忠魂,有的人却成了花花公子、小偷扒手,为啥?请问他是从哪里出发并如何扼住命运的喉咙,就有可能找到答案。

我祈求我的祖国永远富裕,我祝愿我们的同胞日子一天比一天好。但我永远忘不了贫困,永远要感谢贫困。人们常说,有钱难买老来瘦。我的体会是,有钱难买少年穷。有人说,幸福的生活总使人显得有些空虚,没有理想,因为理想和希望已随苦难一起远去了。我不信。假如这样,且不只有一代更比一代穷才行。那我们的奋斗还有什么意义呢?只是人的一生,吃一点苦不是坏事。

我曾经问过我的儿子:你不会要我去坐牢、讨米,给你重新创造一种贫困的生活,才懂得"锄禾日当午,汗滴禾下土;谁知盘中餐,粒粒皆辛苦"吧?你为什么不能在幸福生活中学会磨砺呢?由于时代和环境所限,他可能始终未曾有过唯有读书学习,奋发进取才能吃饱饭、穿皮鞋的渴望和祈求。早在五岁那年,他脚上便有了皮鞋,且年龄越大,鞋子的档次越高,有好几双皮鞋是在没有穿烂时扔掉的。他的脚长得好快。

令我欣慰的是,他从未想过"我爸是李刚",也从未恨爹不成"山",成年以后,一切靠自力更生。

享 受 清 贫

我时常看到院外那对拾废品的老人,整天鸳鸯似的,形影不离,白天一身热汗,晚上一碗米饭,两条手指长的水煮鱼,老两口敬来敬去,一个罐头瓶子做的茶杯,老两口碰来碰去,从没见他们吵过嘴,脸上总是洋溢着喜悦和满足。我问他俩生活得幸福吗?他们答,有事做,有饭吃,没人欺侮,哪能不幸福呢?

他们的幸福观使我认识到:幸福是一种心理状态,无定式,无模式,无轻重,有钱人享有钱人的福,没钱人享没钱人的福,当官的享当官的福,为民的享为民的福。但是,无论哪种福,都比不上这种清贫之福,它能使人一辈子恬淡、称心、长久地享用,它叫清福——清清静静,清清淡淡,清清白白,清清爽爽,越清越凸显生活的原汁原味与生命的珍贵。因而,我越来越钦慕那些享受清贫之福的人,越来越忘不了那些清贫的岁月。

生活清贫的人出门放心。当年我家门上虽有锁,出门也上锁,只是标明主人不在家。客人到了照样请进,钥匙就在门框上或门框下,伸手一摸准能拿到,你尽管进去自己择菜做饭,米在坛里,水在缸里,家中所有箱柜都无铁将军把守,看上哪个物件随便用。我们在外安心做工,放心玩耍,不用替家物操心,没有钱财牵挂,没有小偷光顾。实在有人光顾,那也是人家瞧得起咱们。

生活清贫的人不怕任何运动。听说上级又来查车查房查吃喝，不少人忙着换车换牌换发票。他们不怕，身居斗室，三代同堂，一人放屁，全家通享，熏了半天，还难走漏一点风声。坐台烂吉普，除了喇叭不响，浑身骨架"嘭嘭"作响，谁见了都要躲避三分，唯恐碰散了，会"栽赃"给他。每到周末，父亲一声吆喝："儿子打酒去！"全家热热闹闹，叫叫喊喊，在门前铺开桌子，用碗作杯，喝个痛快淋漓，没谁心嫉眼红。偶尔有人提醒："风头上，注意影响……"呸！影响谁！掏自己的钱，买地摊的菜，喝就喝个够。吃喝完了，全家人各哼各的小曲，分头收拾碗筷去了。老头儿嘴上横根牙签，打开电视："正好七点，看中央又有啥新闻。"

生活清贫的人吃得开心，活得顺心，不用替自己的身体担心。粗茶淡饭大碗粥，绕着圈儿大口大口喝个饱，七老八十还精瘦精瘦，走路两脚生风，倒落得有钱难买老来瘦，不用担心得这个那个现代病，与脂肪肝、高血脂无缘，无须减肥降压，夜夜睡个快活觉。

生活清贫的夫妻很少离婚。你到民政部门问问，现在闹离婚的有几个是因为贫穷，因为吃不饱穿不暖？大多是由于日子过得太舒适、太安逸了，自己瞎折腾。

生活清贫的女子有自己的美法。一头短发随风拂，四季美景头上插。春天插朵栀子花，夏天插束茉莉花，秋天插枝山菊花，冬天插朵蜡梅花……人间美景信手采，壮丽山河映双颊。红扑扑的脸蛋乖得永远不用描眉抹粉，艳过花儿美过蝶，令所有的美容院目瞪口呆直摇头：都像她们那样儿，我们到哪里去赚钱！

享清福的嫂子不为时髦所累。当有钱人家频频更新家电设备时,她们仍在歌唱自己的享乐仙境——河边爱唱洗衣歌,上山爱唱打柴歌,灶头爱唱炒菜歌,哄着怀中的娃娃唱起了外婆的外婆传下来的催眠歌。

享清福的娃娃也有自己的"清平乐"。过节没钱买鞭炮,烧堆稻草火,砍下蜡树枝往上一搁,蜡树叶经温火烧烤,鼓泡,噼啪啪炸得满天价响。拜祖宗,敬财神,炸瑞雪,炸丰年,炸得全家乐开了花,炸得老奶奶笑掉牙。

生活清贫的儿女没啥非分奢望,父母没给他留下房子、车子、票子,甚至连上学的书费也是东借西凑的。唯一的希望就是老老实实读好书,扎扎实实做学问,用苦读的成果抚平父母额上的皱纹,偿还哺育之恩。若干年后,再回忆自己少年的清苦,愈发觉得苦难是人生的宝贵财富,幸福是苦树上结出的圣果,会倍加珍惜。

生活清贫的朋友情最深。读中学时,我有两个家庭生活清贫的同学,一个叫熊林初,一个叫刘传秋。我们三人都是独崽,林初有爹无妈,传秋有妈无爹,在农村,这种父子(母子)相依为命的家庭,本身就无幸福基础。我虽父母双全,"四清""文革"受尽磨难,且母亲长年患病,日子过得寒碜透顶。生活在这种缺少温度的家庭,逼得我们在理应享受父母关爱的年龄,干起了父母们的活,十岁前就开始挑水、洗衣、做饭、砍柴,甚至缝补衣服。我曾说,我们三个除了不会生崽,女人能做的事我们都能干。当然,能干不一定自觉干,有时衣服破了来不及补,我们都曾用胶布从反面补过衣裤。因为惺惺相惜,我们走得近,玩得铁,有人说我们是"三家村",还有人说我们是"三公婆"。

林初家离学校比较近,他读跑学,心疼我和传秋读住学生生活差,经常把我们叫到家里打牙祭。有时,我们三个人吃他父亲留给他一个人的饭菜。有时我们自己动手做,尽管只有两三个青菜,也是你夹给我,我夹给你。现在想起来,生活在这种家庭环境中,又无半点靠山,我们还咬牙切齿上了高中,着实不易,虽无"耕读传家"的自觉,但有养家糊口、修身养性的担当,从来不指望天上掉馅饼,认准的出路就是流自己的汗,吃自己的饭。

过去的艰苦岁月,仿佛无情地剥夺了我们的青春和快乐,可那些艰苦岁月滋养出来的友谊却牢牢植入了我们的心灵。人的一生中,好多快乐享受如过眼烟云,而人生沧桑中,世态炎凉里结下的友谊,以及生长友谊的故事,永远定格在我们的记忆中。许是过去的日子太艰难,我们对现在的生活非常热爱,从无非分之想,免除了不少烦恼和忧愁。

改革开放的大潮像一架神奇的整形机,改变着千千万万人的命运和面目:一个个过去穷得叮当响甚至流浪过、坐过牢的人,发了、富了、时髦了、潇洒了、土豪了;一个个赚了、发了、红了的人又垮了、穷了,甚至坐牢了、杀头了;一个个曾经赫赫有名的企业家、厂长、书记乃至高级领导,只为一个钱字,一夜之间从辉煌走向凄惨,从崇高走向卑鄙;一个个耐不住清贫的人,一会儿下海,弄得商海水花激扬,雾气蒸腾,看不清东西南北;一会儿上岸,弄得岸上人浮于事,众僧抢食;一会儿弃官从商,扰得商市光怪陆离,官倒横行;一会儿弃商求官,弄得官场买卖横行,良心、党性纷纷贬值,到头来头破血流,人财全空。似乎我和林初、传秋都是改革开放的局外人,我们几十年都过着安分守己的平淡日子。因为没有奢望,没有非分之想,所以生活没有大起大落、大穷大富、大悲大喜,好像一切都由程序控制、老天安排。虽然我当兵遇到了军队这块好土壤和许多好战友好首长的帮衬,干到了正师,但几十年里,我家中没离过扁担、锄头、铁锹和尿桶,手上没少过硬茧。每当我们回眸身后的脚印，脑海中总会滚动着四个字:清贫是福。我们并不反对富裕，我们更赞赏勤劳致富，只是条件没有达到时，没谁想入非非，更不会不择手段。即使有条件享福，也会倍加珍惜，不会糟蹋好日子。

我有个叫潘绍洪的战友，通过艰苦创业，为自己和子孙积累了不薄的财富，在圈子里也算个有钱人。但他在深圳这个酒绿灯红之都，长期过着"五不生活":不抽烟，不喝酒，不打球，不跳舞，不打牌赌博，白天勤奋工作，晚上散步看书看电视，把富日子过得清清淡淡，干干净净，不与任何人争权争财争高低。但若朋友聚会，他埋单最主动;谁家有啥困难，他资助最爽快;社会有需求，他做善事功德最多。

有人笑他有福不懂享。他说，有钱能买到好酒好菜，但买不到好胃口;有钱能买到好床好席梦思，但买不到好觉好梦;家有黄金成吨，一天吃饭也不过三顿;高楼大厦独占鳌头，晚上睡觉也只占一个床头，有钱人要学会守着财富享受清贫，把福日子当穷日子过，才能精神舒畅，身体健康，福运久长。从这个意义上说，他乐于享受清贫的生活之道，也是人生之宏福、天福。不信，朋友们试着过。

没有钱的日子

我这一生,该做的官做了,该享的福享了,人民大会堂里喝过酒、领过奖,外国人的舞台上致过辞,演过讲……沧海桑田,往事如烟。许多美好的时光在脑海中匆匆流逝,无痕无迹,能把记忆深深雕刻的,唯有那些没有钱的日子。

没有钱的日子,活得真难啊!然而,暂时的困苦过去,留下的却是一辈子享用不尽的精神欢乐。

一

在上世纪六七十年代,我家的所有亲戚,都活得像"赵光腚"。我的老同学、堂舅李中秋初中没毕业就含泪退学了。我虽勉强支撑到高中,因无钱交学费,无钱吃饭,肚子里总是唱着《北风吹》。

1969年冬,中秋舅舅报名参军去了。他走的那天晚上,我们学校演节目为他们送行。其中有个表演唱叫《年关》,我演母亲,贺辉明老师演我的女儿。我记得开头的唱词是"年三十,无月光,残灯暗淡透心凉……"表演时我很投入,因为那时的日子确实叫人"透心凉",我有切身的生活体验,感情上来得快。演出结束后,我很想为中秋舅舅送行,但那几天我穷得连菜饭票都是借的,身边没有一件值钱的东西可作为礼物送人。我无颜送他,惭愧地靠在一棵樟树旁,远远地涩涩地望着他穿着崭新的军装跟着队伍走了,心里难受得想哭。

半年后,他从部队来信了。随信给我寄来了十块钱。我听说战士每月只有五块钱的津贴费,他这十块钱来得多么不容易。而当时的我,正为交不起每学期五块钱的学费而留在班上开会;正为买不起一分钱一碗的青菜汤,在饭堂窗口徘徊。他给我寄来的这十块钱真是井中送绳啊!捧着那十块钱,我思绪如海泪如江。古人曾经哀叹"贫居闹市无人问,富在深山有远亲""不信但看筵中酒,杯杯相劝有钱人",我感受的却是"贫在赤山有人问,穷亲最爱帮穷亲"。

没钱的日子,穷人更富同情心,百姓更加重感情。

我入伍后,发现班里有个叫吴亚德的黎族战士的弟妹读书遇到了我当年的困难,我以他的名义寄去了二十块钱。尽管微不足道,但我认为,那也是一份战友情。那时我每月的津贴费也只有六元三角六分钱。后来,邮局的职工把这事告诉了连长,连长又告诉了全连,羞得我脸红气憋——本来想当个穷帮穷的无名英雄,一表扬,心里就不是那个味道了。

二

没有钱的日子,穷人更要面子。

青黄不接时,母亲叫我去借米。我不好意思去。她说,现在这年月,谁能保证不借别人家的米呀,有借有还嘛。其实,母亲不去借,也是为了面子,她一个大队妇女主任去社员家借米,确实难以启齿。为了保全大人的面子,小孩子只好厚着脸皮。

家乡人借米都是用竹升子量的。一升约零点八公斤。我还米时尽量把升口的米堆高点，不让邻里吃亏。我要面子，邻居们也要面子。我堆高，他们刮平。争来争去，都是宁愿少要一点米，也不能少了面子。

有天，我们学生宿舍有人丢了两角钱，老师找我去谈话。尽管老师说得很客气，可他一说到有人丢钱的事，我的脸倏地红似关云长。在生活中，常常有这种情况，做贼的脸不变色心不跳，口若悬河从容笑。不做贼的，因为恐怕别人怀疑自己，反而激动得脸红心跳青筋暴。如果单凭"脸红""心虚"来断案，不知要出现多少冤死鬼！我以为，老师询问我都是不对的，这是对我人格最大的污辱，这是对我面子最大的伤害。莫非因为我穷？莫非因为我没钱买菜？莫非真是"马善遭人骑，人穷遭人欺"？我虽穷，但在道德上决不穷，我从小就铭记着"一个鸡蛋吃不饱，一个名声讲到老"的民间俗语。

我第一次经受金钱考验，是我用五块钱去公社粮站买大米。营业员小谢阿姨因为太忙，把那五块钱当作一块钱找给我了。我走出店门，发现手中那张五块钱，连忙回去退了。自此，只要我去买大米，她都很热情。人多的时候，总是叫我先买。有的人眼瞪瞪瞧着我，以为我是她的亲戚。从那时起，我便觉得有面子真好。票子虽好，但票子买不到面子。从此，我把面子看得比票子重多了。

缺少钱的日子，我反而希望别人找我借钱借物。别人找我借，那是人家看得起我，说明我不穷。只要有，我定倾囊相助。有次我刚把自己袋中所有的菜票借给同学，又来了一个熟人要招待。我只好又去找另一个同学借。他说，你不是刚借给某某了吗？怎么又找我借？原来你是打肿脸充胖子。我脸涩涩的，转身走了。

没有钱的日子，我很理解穷人爱面子。当别人借了我的钱物，忘记还时，我从不找人家要。我认为追账也丢面子，我就缺那几个子吗？因为面子，我被骗过几次钱，都是漂漂亮亮的小伙子干的。当时有人提醒我，这种人不可靠，我也知晓庐山真面目，可我就是做不出有钱不借的事。我不怪人家骗我。树要皮，人要脸。他们骗我，也许实在遇到了难处，又拉不下面子，只好温柔地骗，否则就会动手抢了；也许人家根本不是骗，只是暂时没钱还或忘记还了。我也有借了人家的东西忘记还的时候。

三

没有钱的日子，最怕人家说自己穷。

过去，我们家乡赤山区在沅江县属于缺粮少钱的穷区。地方一穷，姑娘喜欢往外嫁，小伙子只好打单身。因此赤山的青年哥哥最讨厌别人说赤山穷。到外面开会走亲戚，总要打扮得精精干干。有的还特意在上衣口袋插支钢笔，让笔帽凸出口袋，闪烁耀眼的银光——那是文化。文化比钱还金贵。我们没钱，但我们有文化。现在穷，将来未必穷！

1972年秋，我在草尾镇参加青年工作会议时，共华、南大和我们赤山区的男代表同住一间可容三十个床位的大宿舍。大约晚上十点多钟，不知谁放了一个响屁，有人开玩笑说："这个屁肯定是赤山人放的，只有吃红薯长大的人才能放出这种像牛叫的响屁。"

"哪个杂种说的？""有种的再说一句！"所有赤山的会议代表几乎是一声令下翻身落地，个个摩拳擦掌。好在谁也不再吭声，真要有人吭声，恐怕那天晚上会掉几块皮——赤山的姑娘老往湖区嫁,害得赤山的小伙子们打光棍,早已憋着一肚子晦气。

赤山人穷,我家更穷。到现在我也想不通,我家过去为啥穷得那么优秀。我爷爷只有我父亲和姑姑两个儿女,解放后,我父亲还去给姑爷爷家做了两年长工还债。我父母也只生了我和两个妹妹,祖父祖母早逝。上世纪60年代起,我家仅五口人过日子。直到1972年我入伍时,家里还欠五百多块钱的债。那时候找五百块钱比现在找五万块钱还难!现在你穷点,只要勤快,拼命打工干活,可以把钱挣回来。那时我们只能靠在生产队出工分工钱,生产队不增加收入,累死了也挣不到啥钱。

为此,我曾对父母直言,不准任何人给我说媒,我这辈子准备打单身。打单身是假,只缘怕别人笑我穷。我立志:要混出一个人样后再恋爱。我在小学当民办老师时,白天连续教六节课,肠饥肚饿不言愁,晚上秉笔创作。我硬要走出贫穷的围城,开创有钱的生活。入伍后,当战士时我不探家,当排长仍不探家,直到当了两年指导员,实在按捺不住思乡的欲火,才探了第一次家。

看对象那天,见面第一句话我便傻帽帽地问她:"我们家穷,以后讨米怎么办?"

"和你一起讨嘛。"回答得很干脆。

"如果只讨到一口饭怎么办?"

"肯定先给你吃。"

我心中像打翻了一罐蜜糖,甜滋滋的——定了。我认为,只要不嫌我穷,只要能理解我穷,只要乐与我同艰共穷,就是缘。

四

没有钱的日子,吃什么都香。

1964年,我第一次上沅江县城琼湖镇,走了十多里路还坐了半小时的船。一路上我甜蜜地想象着那首"你莫哭,你莫气,我带你到沅江街上去看戏,散戏就去买包子,你吃芯来我吃皮"的儿歌所描绘的在沅江街上吃包子的情景。中午时分,一进入琼湖镇三巷口,街两边香喷喷的包子、馒头和面条的味道直沁五脏六腑,害得我一双馋眼左顾右盼,横着脑袋走路,几次差点碰到别人的扁担扎上。父亲看到我这双饥饿的眼睛,琢磨了好久,终于横下心来,给我买了一碗面条一个肉包子。我觉得这是我人生最美的一餐,那包子香得我没嚼两口就往肚里吞,烫得胸口一阵疼,想吐又吐不出来,泪珠直在眼眶里打滚;那面条鲜得我夹上筷子就直往肚中泻,长大后我走南闯北吃过不少风味面条、山珍海味,总觉得还是第一次去沅江街上吃的那碗面条鲜美。为了那一碗面条一个包子,我走了一天路,脚上打了四个泡。后来听说那碗面条之所以鲜美,是因为里面放了肉骨头汤和味精;后来又听说味精为什么鲜,因为它是用鲜鳝鱼鲜鲫鱼晾干后磨成粉熬出来的鱼汤精;再后来,知道那全是胡扯。

也许是过去胃口好,得不到满足,入伍后直到当了师政委,我还是很能吃。事业上无甚美名,饭桌上倒留下了"徐三斤"(一餐吃一斤米,一斤肉,一斤酒)。一斤米的饭不在话下,一斤肉像吃萝卜,只是一斤酒不敢随便喝,身居政委岗位,醉不起。1992年"八一"前,在屯昌县参加军政座谈会。公安局韩凤光局长来敬酒,我实在不能喝了。他知道我的战斗力,提出用饭代。我不用任何菜,一口气吃完了他装的五大碗。妻子听说后，好一顿责骂:"你是前世亏了饭，人家还以为我平时饿了你哩!"

近年生活太好，嘴巴娇气得挑三拣四了，唯有饭量依旧。今年初，部队拉练，我跟着队伍步行三十七公里，脚没打泡腰不痛。许多年轻官兵问我为啥身体和精神这般好？我说:"人是铁，饭是钢，能吃身体壮。"

这些年，我一直反对大吃大喝，反对铺张浪费。除了政治意识之外，还得益于那些没有钱的日子。人呀，既要向前看，又要经常回头看。没钱没物可以创造，没了高尚的精神和灵魂，可就成了废物。

草 鞋 生 意

在我的记忆中,父亲教给我的、唯一能冠之以手艺的赚钱的本事,就是打草鞋。若干年后,我对父亲说,感谢您在那么困难的年月还让我上过"学钱班"。起初,父亲不知我说的啥意思,后来似乎明白了,一脸的自豪。

那年,我才九岁。生活在上世纪60年代的家乡人民,日里夜里都为肚皮忙乎,顾不了身上裹的脚上穿的。寒冬腊月,我披着蓑衣,打着赤脚去上学,一双脚板冻得像红嘴巴喜鹊。故乡那种黄泥路比涂了油还滑,脚指头无能为力,一溜几尺远,我经常摔跤,身上滚得如同刚加工过的皮蛋。更令我惊心动魄的是,我上学的路边有口水井,井口泥土垮塌成了齿轮状。我从不足一米宽的井边路过,多次险些滑进井中,吓得浑身直哆嗦。

那井中淹死过一个大姑娘。大人们称她"落水鬼",还说"落水鬼"是要找替身的。我没见过"落水鬼",从来不信。可每次从井边路过,又有一种莫名的恐惧感。尤其孤身一人走过井旁时,很害怕看井口,却又忍不住想看它一眼,只见那鬼绿鬼绿的井水,深不见底。再看井水里映出的我,鼻子耳朵老长老长,龇牙咧嘴的,令人毛骨悚然。这时,我最担心"落水鬼"爬出来,攫住我的脚往井里拖,尽量离井口远些,靠水田和水渠那边走。

虽然我没当"替身",却有几次不是摔在水田里,就是滑进水渠里。母亲心疼我,执意要父亲教我打草鞋,说草鞋穿在脚上能防滑,还保暖。

打草鞋,首先要搓好草绳。我的手小,没力气,稻草在手上搓不转,拧不紧,我只好放在大腿上搓。搓不到一丈长,腿上就搓得血痕斑驳。为了不挨冻摔跤,我咬牙忍痛,搓烂了右腿搓左腿,最后搓得腿上起了厚茧。

打草鞋时,我家没有专门的排齿,我学邻居川哥的样,把四齿钉耙插进长板凳的脚缝里,四齿朝天,草绳一头挂在齿上,一头绑在我腰间,屁股往后一撅,就绷紧了。父亲说,打草鞋和做人一样,要实在,实在的草鞋耐得磨,穿得久。我把父亲的话记在心里,织进鞋里,每一道草绳都打得紧紧扎扎。我第一次穿上自己打的草鞋时,只觉得脚板稳稳当当,脚心热热乎乎,头也抬起来了,胸也挺起来了,浑身充满精气神。

后来,公社来了一伙"四清"干部,草鞋备受青睐,身价陡涨。那些官们本来有布鞋胶鞋皮鞋穿,却硬要穿上草鞋,卷上裤腿,让雪白的大腿晃悠在乡村的大路小径上,用以显示他们的"精神"呀"作风"呀"觉悟"呀。受他们的感染,我也恍惚觉得我穿草鞋不仅仅是贫寒所迫,它能给我增添额外的"光荣感"和"革命感"。

有几个吃国家粮的同学羡慕我脚上的草鞋,要买,还夸我打的草鞋漂亮。那时,我口袋里从没装过隔夜钱。两块五角钱的书杂费,都是母亲分N次从老母鸡的屁股里抠出来的,更不必说零用钱了。见有人买我的草鞋,心里美滋滋的,可又觉得卖草鞋就是做生意,做生意就是搞资本主义,很不光彩,"毛主席的好学生"哪能干这种事呢?我心里想收钱,嘴上却说"自己打的,不要钱"。不要钱,也没谁硬塞钱给我,哑巴吃黄连,有苦难言。

因为每天放学回家打草鞋,误了挖野草药的时间,断了我买纸买笔的财源,还是要找母亲拿鸡蛋去卖。母亲问我卖草鞋的钱呢？我只好说了实话。她很生气,说我的草鞋一不是偷的二不是抢的,卖给别人怕什么？他们又不是穿不起。你讲了面子,也没见谁给你一张纸。

第二天,我便开始收钱了。第一双草鞋卖给一个姓冯的同学,他爷爷是公社的铁匠,手头有几个活钱。我收他五分钱,刚好够买一本方格作业簿。他给我一张角票。我没有钱找给他,说了半天好话,他终于同意我回家再拿一双草鞋给他。

我手心握着那一角钱,蓦然觉得一夜之间我成了有本事赚钱的男人,打草鞋的劲头更足了。有时手在草鞋上动,瞌睡催得我眼皮往下掉,我只好捏捏鼻子伸伸腿,甚至打自己一耳光,接着干。我日盼夜想能早日打出一块钱的草鞋来。有了一块钱在手,我就成了富人！

后来,父亲说要想草鞋卖个好价钱,还要提高工艺,用现今的话说叫创新。我便在路上偷偷观察别人脚上穿的草鞋,尤其是女干部穿的。我发现她们穿的草鞋与我打的就是不一样,颜色也不同,精致秀气得多,功夫在哪里呢？怎样才能靠近他们的脚前看看呢？我灵机一动,第二天就去公社干部住房后的垃圾堆里,捡回他们扔掉的破草鞋拆开学习研究一番,很快引进了"干部草鞋"的技艺,将我打的草鞋大胆创新:把草鞋的筋绳和耳绳全换成麻绳,在鞋底掺进苎麻壳和烂布条,并将颜色搭配得像百家布似的。改革后的草鞋更耐穿更美观,价格也由原来每双五分提高到七分。卖一双草鞋后可买一本作业簿和一盒火柴。有段日子,草鞋供不应求,同学又要得急,我只好自己不穿,打着赤脚给别人送草鞋。

半年后，我裤兜里终于有了五角钱的库存。上学时，我常将手伸进袋里捏着那四张角票，两个硬币，捏出了汗也舍不得花。有天，我从供销社门口走过，看到别人买两分钱一斤的西瓜吃，我真想掏出一角钱，像猪八戒那样敞开肚皮饱食一顿。可一想到再打十双草鞋就够买一支钢笔，便吞一口唾液走开了。

如今的农民，再也没谁靠卖草鞋谋生了，许多农民下地干活还穿着皮鞋，打草鞋的手艺在我家乡几近失传。可我总觉得，那些卖草鞋的岁月是本无字书，能教给我很多很多。

珍惜痛苦

什么叫幸福,一千张嘴里有一千个答案。

经历了一段腰椎间盘突出的折磨后,我强烈地感到,没有痛苦就是幸福!

1996年7月至9月,连日的腰痛,使我无法正常生活和上班。睡觉不能翻身不能起床,洗澡不能弯腰不能穿裤子,连想咳嗽也要考虑再三,压抑再三,实在憋不住了,从喉咙里慢慢咳出……一切原来的生活习惯必须按新的程序编排。起床,要先侧身,转体,卧姿,身体移向床边,右脚先下地站稳,左脚才慢慢外移下地。违反了程序就要备受痛苦的惩罚。我向办公楼走去时,二百米道路,竟需叉腰撅臀走二十多分钟。上办公楼时每爬一级楼梯,就像针头刺骨一次。到了办公室里,笔掉在地上也不能弯腰捡起,必须挪开凳子,先蹲下再捡笔,然后扒着桌沿撑着凳子立起身子。我天天淋浴阳光,却从不敢仰望太阳。有天,我见雨过天晴,秋高气爽,情不自禁地抬头瞧了一眼太阳,这下可惹了大祸,连续三个喷嚏,腰痛得我直往地上坐,尿了一裤子,半天无法动弹。

当医生诊断我为腰椎间盘突出时,我几乎成了废人。起床出恭也须双手撑着膝盖鸭步前行,矿泉水瓶成了我应急的尿桶。

在那些痛苦的日子里,任何美食都无法激起我的食欲,任何电视节目都无法使我愉悦,任何兴奋也是我的痛苦,一笑,痛得更厉害。天大的喜事降临,也只能暗自高兴不能笑,不敢笑。偏偏我是外向型性格,人逢喜事哪能不笑呢。在亚特兰大奥运会上,当乔红打败小山智丽时,我和所有电视机前的中国人一样忘形地大笑起来。这一笑,痛得我连声"哎哟"。"哎哟"一声,我笑一声。笑一声,又"哎哟"一声。这种喜悦和痛苦同在,喜悦与痛苦交错,既幸福得要死,又痛苦得要命的体会,真是人生罕见。妻子说:"既然这么痛苦,你就不要笑了。"可我做不到。

在那些痛苦的日子里,我躺在抽掉席梦思的硬板床上,千遍万遍地念叨并认定一个真理:什么是幸福?不是金钱,不是权力,不是女色,没有痛苦就是幸福。

越痛苦越令我珍惜幸福。

在痛苦的日子里,我忽然觉得这辈子最大的遗憾,是在没有痛苦的日子里,浪费了许多幸福的光阴。侃山,我能通宵达旦;打牌,我能废寝忘餐;喝酒,我能一坐数小时不起……从未想到过这些没有痛苦的日子,多么宝贵、多么可爱、多么难得!浪费了,无异于短命。

在那些痛苦的日子里,我对奥斯特洛夫斯基、吴运铎、张海迪等身残志坚的人们,更生出一种强烈的崇敬之情。一个双目失明、长期卧床、全身关节都疼痛、连握笔都很困难的人,要完成《钢铁是怎样炼成的》这部巨著,该付出多少毅力和痛苦啊!一个行走自如的人无论生活多么艰难,都很难想象那些只能长期卧床或依仗轮椅生存者的艰难。在病体恹恹中度过的那些沉重的日子,使我刻骨铭心地感到,生活在痛苦中的人们,只有一种欲望:早日结束痛苦。当痛苦尚未结束、幸福尚未到来之前,只有一种追求:集中全身意志和毅力来抵御痛苦的攻击。

生活在痛苦中的人们,倍感人生的旅程多么不易。既然活得不容易,就会更加珍爱这些不容易的、付出了痛苦代价的每一刻——不能让痛苦白费。所以,许多生活在痛苦中的人,创造了许多没有痛苦的人们难以创造的奇迹,不能不归功于他们珍惜痛苦,珍惜痛苦中的生命。其实,大凡成大器者所走过的求知之路,都与艰难为伍,都是通过百折不挠的韧劲到达目标终点的,痛苦只是强大了他们的韧劲。而生活在行动自如、毫无痛苦中的许多人,面对眼花缭乱的世界,欲望也变得缭乱纷杂。也许,正因为这缭乱纷杂,正因为幸福的日子里没有痛苦纠缠,人们才不知道珍惜,才不懂得立志和专一,以致一生碌碌无为,甚至闯下不少祸端。

有人说,痛苦是人生的老师。只有经历了痛苦的人,才真正懂得珍惜时间、珍惜知识、珍惜幸福、珍爱生命。

在那些痛苦的日子里,我想得最多的是这场痛苦结束后,我该怎样度过没有痛苦的日子——学习、工作、写作、研究……我曾发过很多誓。

然而,不幸的是,当痛苦的日子一旦结束,幸福包裹着我的整个生活时,我日渐背叛了痛苦中的誓言。在没有痛苦的日子里,我浪费了许多幸福的分分秒秒;在顺利的征途上,我忘却了逆境中的艰难;在享受着妻子无微不至的照顾时,我淡漠了孤独日子的寂寞。每每想到这些,心中倍觉痛苦。

心灵的痛苦,比筋骨的痛苦更加入骨三分。

难道只有永远生活在痛苦之中,才懂得珍惜,才知道珍爱吗——我朝生命呐喊,我在灵魂中反思。

身无分文的时刻

现今社会,谁说自己身无分文,人家肯定会用口水淹死你,用眼睛咬碎你,还有啥面子?但是,无论别人怎么看、如何说,我真的遭遇了几次身无分文、狼狈不堪的时刻。

那天,从市里开会回家,妻子和司机顺道买菜去了,我留下看车。一个中年男子兴冲冲走到我身边,伸手向我讨钱。我见他五大三粗、腰圆体壮、红光满面,是个完全可以自食其力之人,心中掠过一丝不悦。

讨钱人一定看见了我的表情,揣度了我的心思,满脸失望,扭过头去。也许他心里想,你给钱我就要,不给拉倒,何必瞧不起人。我瞧他这副窘态,立刻动了恻隐之心——一个大男人奋不顾脸地讨钱,也许真的遇到了难处,该帮人时且帮人吧。于是,我开始搜索上下口袋。

讨钱人见我有了掏钱的动作,两眼顿时闪烁兴奋,脸上有了职业的笑容。

可是,我搜遍全身口袋,硬是没找到一分钱。我对那汉子歉意地说,对不起,今天出门没带钱。讨钱人立马收回笑容,露出一脸不屑,身子一转,屁股朝我。

瞧他这表情,我觉得像是我欠了他的钱没还似的,满心难堪。于是,我又去车上翻公文包,里面曾经放过零钱。不巧,公文包里也没一个子儿。我又去拉开小车前方右侧那个斗,司机有时在里面放些零钱。无奈,还是不见一分钱。我只好再次向他解释,真的对不起,身上车上找不到一分钱,请你等一下,我夫人买菜回来后,叫她给你,好吗?

谁知,他竟然冷笑一声:"我看你坐着小车子,挺着大肚子,肩上还有八个娃娃抬轿子(大校军衔),身上居然没有一个子?不给就算啦,何必骗我们穷百姓?我富不起,还穷不起?少在这里装雷锋,假仁假善,空发慈悲!"说完,他朝地上啐了一口痰,扬长而去。

我呆若木鸡地站在车旁,耳边久久回荡着讨钱人足够文化文采的那番话语。羞愧、委屈、愤怒得一脸火烧火燎。我暗暗叮嘱自己:以后出门,千万别忘记在口袋里放些钱!身无分文时,不仅丢了自己的脸面,还丢了解放军的脸面。

可是,年纪大了,不易长记性。不久,外出陪客,单位打来电话,有更重要的公客等着我陪餐。无奈,只好安排司机在原地作陪,我转移陪场。司机提醒我,带钱没有?我信手摸了一下屁股后的口袋,好像有钱,招辆的士匆匆走了。

车还没开到招待所门口,我就开始掏口袋。麻烦了,没钱!刚才上车时摸到的那叠硬东西是身份证和客人的名片。我只好歉意地对司机说,对不起,我忘了带钱,停车后请你稍等一下,我去借钱。

他扭头瞪了我一眼,眼神比拳头还凶:"没钱打什么的!"

我再次说了声对不起,并声明:我到总台拿钱给你,不误事。

他听我说在总台拿钱,降低了脸上的凶度,自我打圆场:"我看你大小也像个老板,还怕你跑掉吗?"

下车后,我三步并作两步,跑到招待所总台前,连服务员的名字也没叫,只说借二十块钱给我。我从服务员手里抓过钱,跑到的士前,问他要多少钱。他见我手里拿一张二十元,说:"你给十五块就行了。"其实这段路顶多十块钱,他是乱要价。我一是急着上楼陪客,二是刚才下车时没钱给,已经够丢脸了,争论起来更没面子,把二十块钱往他右侧座位上一丢,说声不要找了。

司机的脸顷刻笑成了一朵花:"你虽然坐车不带钱,给起钱来还挺大方的嘛。"

我说,刚才我身上没带钱,让你受惊了,多的钱就算我赔给你的精神损失费。

我转身向楼上跑去,背后隐约听到司机和两个保安议论什么,其中"政委""市委常委""我怎么不认识"几句话说得很夸张,声音特大。

2010年2月,为了写一篇关于旅游城市厕所问题的文章,在市委党校开会午休时,我就近来到党校路口的集贸超市,想看看超市厕所的设置和卫生状况。从厕所出来,有位坐在厕所门外的中年妇女叫我给钱。我说我不是来上厕所的,是来看厕所的,我没在厕所里方便,也没想到你这个厕所是收费的,进门时没看见你,否则我会跟你打声招呼。她听我这么一说,脸色变得十分难看。

看到她这副表情,我下意识地摸了摸口袋。如果有钱,给点钱算了,免得人家不高兴。可是,我又没带钱!她见我摸了口袋还是不给钱,两眼一瞪:"屁话!不上厕所跑到厕所干什么?"我说,你这位大姐太不相信人了,你去问问刚才从厕所出来的那两个人,我在厕所里干了什么?她大嘴一咧:"我才懒得问哩!"我说,真对不起,我没准备上厕所,也没带钱,如果带了钱,就是给你十块百块也没问题,你要相信一个大男人!她冷笑一声:"没带钱就算了,上厕所的钱都不愿给,还有脸说'大男人'呢,连小男人都不是!"

这时,周围摊位投来好些愤怒、鄙夷的目光。我想,再这样争论下去,遇上熟人就难堪了,说了一声我回去拿钱,赶快溜走了。回到党校宿舍,在公文包里找钱时,我越想越觉得不对劲:干吗给她送钱呢?我若送钱了,不是自我证明在她的厕所方便了吗?我不真的成了一个上厕所都不愿给钱的"连小男人都不是"的人了?

那天中午,我心中波翻浪涌,毫无睡意——平生第一次无端被女人如此侮辱,心里难受极了。我多少也是个月薪近万元的干部,能赖她那几毛钱吗?下次可真要记住:出门时千万别忘记带钱,身无分文的时刻,连守厕所的都可以欺侮你!

不久,我的天涯文化旅游随笔之十四《厕所问题》见报了,我原准备把报纸送给那位守厕所的妇人看看,可是,忙活起来忘了这事。

至今,我一想起那个讨钱汉子的脸色,那个的士司机的眼神和看厕所妇人的冷笑,就不再相信"男人不能有钱,男人有钱就变坏"的屁话。现实生活是,好人有钱可以干更多的好事,坏人没钱可能干更多的坏事。一个人若身无分文,是很难捍卫自己的尊严和脸面的。虽然不同的人在不同的岗位和场合,其价值是不同的,就像同一瓶矿泉水,在小摊上只能卖三五元,进了五星级宾馆,可能卖到一二十元。但是,无论在哪里卖,瓶子里必须有水,而且是没有变质的纯净水。人何尝不是如此呢?无论地位如何,一要有本事,二要有点钱。如果身无分文,连一个叫花子都打发不了,从厕所出来没法付费,哪来的面子?

纸　被

在我故乡的风俗中,唯有死人入棺时,才垫纸被,盖纸被。活人盖纸被,显然犯了大忌。我却不知始于何时,有了盖纸被的嗜好。每晚若没看一阵书报,若无书刊枕头或盖身,一定睡不着觉。尤其找到好书好报好杂志,总爱趁夜深人静且读、且思、且记,万念聚于书中,让思绪在字里行间穿行、飞跃、撞击。一旦灵感点火,便手指发痒,秉笔通宵。实在疲劳之极,将身体放平在凳子、沙发或床铺上,随手拖几张报纸或拿几本书刊当被子,盖住胸口和肚脐,便梦国神游去了。冥冥中常与书仙、书圣相遇。

起初,家人见我盖纸被,觉得不吉利,后来都见怪不怪了。

少年时,我捧上一本好书就不知白天黑夜,寝食可废。虽一日三餐难饱肚,只要每天有书报可读,心里仍觉得快活。在纸被下,我抖落饥饿疲惫,浸淫书山学海,吮吸知识营养,常常与古人、贤人、洋人神交,如故友重逢。潜心聆听智者的教诲,让灵魂和灵魂对话,心灵有种无限的满足和净化感。

遗憾的是,这种享受总要担惊受骂。有天,母亲嘱咐我放学回家后,锄净菜地两垄狗尾巴草。我的书瘾来了,想坐在苦瓜棚里先看上几章书再加油干。怎奈一进入"铁道游击队",就出不了苦瓜棚。母亲收工回来,察看地里无一锄痕,直朝我扑来。我猛然惊醒。棍子从东头打来,我往西头蹿去,比游击队扒火车钻青纱帐还神速、惊险。更糟的是我时常边做事边看书,剁猪草时看书,常剁到手上,左手食指至今留下六条刀疤,我没为这些疤痕掉过一滴泪;走路时看书,左脚踏空,掉进水沟里,伤了脚筋,跛了半月,我默默忍受,不敢呻吟;烧饭时看书,烧焦了饭闻不到焦味。有天,我边烧火边看《苦菜花》。锅里冒了焦烟,我仍然埋头往灶中添柴火。母亲见我"又看傻了",气汹汹来抢我的书要往火中丢(此前她已向我发出过烧书警告),情急之中,我慌忙将书丢进没烧火的里边灶中,使劲用屁股顶住灶门,苦苦哀求不能烧。书是我借邻居蒋叔的,蒋叔也是借别人的,烧掉了,我拿什么赔人家!那年月,吃苦菜是常事,买《苦菜花》可就难如上青天了。就是有卖的,我身上也掏不出一个银壳子。母亲毕竟是母亲,见我下跪告饶,心一下子软成了豆腐,眼泪溃溃地将灶中火炭全扒出来,转身又往锅里倒进半瓢凉水。吃饭时,母亲给我和父亲、妹妹碗里装了一碗半焦饭,她自己碗里全是黑乎乎的锅巴。我端起饭碗,怎么也咽不下去,一任泪水在碗中泡饭。

从这以后,我放学回家最喜欢干的家务活是摇摇篮。一只手摇,一只手拿着书放在膝上看,绝无后顾之忧。小妹妹睡着了,我照样忘情地摇。母亲见妹妹睡了,就叫我去做其他事。倘若此时读到精彩情节或优美描写,像是打开了一扇神秘的天窗,我总想进去探个究竟,不忍释手,就偷偷揪一下妹妹白莲藕般的小腿。拧重了我不忍心,拧轻了她不哭,我只好去捏她的鼻子。妹妹一哭,我又能继续摇摇篮看书了。用妹妹的哭声满足我的书瘾,够残忍了。可我没觉得残忍,我只想争得看书的机会。

在那个焚书坑文的年代,我们这代人真正的不幸不是吃不饱肚子,穿不暖衣服,也不是放学就得下地干苦活,而是闹书荒。我们那个偏远乡村,别说图书杂志,连报纸都稀罕如油。好在公社机关建在我们村的村口。出工休息时,我常借故从公社办公室窗前走过,发现里面无人,溜进去如饥似渴地看上一阵报纸。读到名言佳句,紧紧张张地抄在纸上或手上,回家后再抄到笔记本上。有时因久没看报,哪张报纸都想扫描一遍,结果一篇文章没看完休息时间就过了,只好恋恋不舍下田去。有时,我真想偷走那张登有好文章的报纸,可我是学毛著积极分子,不敢。

"双抢"的一天,去公社上厕所,瞧见我蹲的茅坑前躺着半张报纸,上面登有一篇叫《韶山日出》的散文。我从腰后抽出镰刀把报纸钩到跟前读后,觉得文字很美,硬想把这张报纸捡回家,又恐被人看见。于是,我在茅坑上佯装便秘,哼哼唧唧好一阵,待别人全走了,急忙捡起报纸往裤兜里一塞,小偷般闪了出来。回到家里,我用清水漂净报上的污垢,风干后剪下文章,连看了好些日子。

当兵从戎后,我才真正享受了盖纸被的自由,领略了唐代刘禹锡"数间茅屋闲临水,一盏秋灯夜读书"的情景。节假日,我躺在五指山下南圣河边的沙滩上,美美地看上半天书,再枕着光滑的卵石,盖着洒满阳光的书刊报纸,睡上一会儿,觉得是比神仙还美的享受。

1980年,我从连队调到师政治部宣传科工作。这里不仅有琳琅满目的书山任我跋涉攀登,且读书写作成了本职工作。虽未破万卷,多读日增神。办公桌上,书报护胸度过了许多午睡晚休。我记得老主任刘仕楚同志,带我写的第一个材料是396团社会主义教育的经验。当晚研究,第二天交稿。经过两次修改,我把稿子抄正已是凌晨四点半钟。我摇摇晃晃回到招待所床前一看,不知谁乘虚占领了我的床铺。再瞧前后左右,已无空铺,我只好折回招待所客厅,并拢四张茶几,盖上几张报纸打个盹。五指山的蚊子,多得伸手能抓一把,馋得木头都想咬几口,我盖住手脚没盖住脸,它们轮番朝脸上俯冲轰炸,烦得我两手胡拍乱打,无法入睡。忽然我手触纸被,计上心来:将整张报纸盖在脸上,在鼻孔处撕出一个小洞,睡到天亮。第二天醒来,谁都问我的鼻子怎么啦,我也觉得有些痛。后来照镜子,从嘴唇到鼻尖红肿得变了形,全是蚊子偷袭后留下的伤痕。

在纸被下,我做过漫长的作家梦。我晓得自己没本钱当作家,我只想填补祖上的空白、故乡的空白。我家祖宗十代里,有木匠做得很精细的,有裁缝做得很精致的,有头剃得很利索的,有医行得很权威的,有猪杀得很干净的,有书教得很地道的,就是没有文章写得像个作家的。我的家乡沅江市杨阁老,清朝就出过状元,解放后出过工程师、研究员和教授,就是没出过舞文弄墨的作家。我看的书也有好几箩筐了,就是没有看到一本我家乡人写的,没有一本写我家乡的,我不服这口气。十五岁那年我就口吐狂言:"我要当作家,我不能让祖宗留下这个遗憾,不能让家乡留下这个空白。"

带着这个梦,我走进了家乡脸朝黄土背朝天的田地;带着这个梦,我迈进了军营龙吟虎啸的练兵场;带着这个梦,我五进军校,钻研着与作家梦不沾边的专业;带着这个梦,我走上了师级领导岗位。辛勤笔耕,必有收获,数百万字从我笔下挺进了报刊和出版社。

有天,趁去海口开会的机会,我顺便给报社送去两篇文章。老编辑摘下眼镜,瞪了我一眼,满脸不惑:"这些年你官做得蛮顺的,还写稿子做什么?听说在部队爬格子的人爬官台很难,你不怕因文误官?"是啊,在常人眼里,做官总比作文好,作家算不了什么,业余作家更不足挂齿。在为社会奉献的大军里,业余作家要背负比别人更沉重的担子前行,每跋涉一步,都要付出比别人更大的艰辛和代价,至少我尝过文道阻梗官道的滋味。我为什么还要写作呢?是因为要弥补那个遗憾,要填补那个空白?其实,我家乡五百年内也没有出过做大官的,我祖宗十三代下来,连个保长、乡长也未曾做过,为什么我不企图填补做官的空白?莫不是纸被蒙住了我的双眼,拴住了我的心?

清代名士张心斋说:"少年读书,如隙中窥月。中年读书,如庭中赏月。老年读书,如台上望月。"而我觉得,我这一辈子读书,总如农民种地,永远有盼头,永远无止境。如今我已退休,还在坚持写作,写得很累,把自己弄得退而无休。有人问我:你这是为什么?我大言不惭地回答:理想不死,仍在梦中。

在纸被下,我忘却了辛劳烦恼、人事纷争、飞短流长、功名利禄,我找到了永远不必翻新、打折、典当的幸福和快乐,我寻觅到了人生始终如一的冲击点。虽然永无尽头,永无终点,却每天心底充实,活得扎实,不愁明天怎么过。

父亲心中的树圣

父亲去世不久,有天傍晚我来到一片椰林,冷不防恍惚看见父亲在椰树前沉吟的身影,还隐约听到父亲对椰树由衷的赞叹。我心头一悚:父亲与椰树的情未了!

父亲来琼前,原本不识椰树,更不了解椰树的品性。只缘一次种树,使他与椰树结缘。

二十一年前的一天中午,我下班回家途中,发现营区改道施工挖倒一棵树围约七十公分的椰树,椰叶晒得蔫恹恹的,遮揽着两串嫩绿饱满的椰子躺在地上。此情此景,令我不禁想起前些天一位因车祸重伤,仍然袒露胸襟,哺乳怀中婴儿的母亲。

我问罢施工队,他们不打算移栽这棵椰树,说这么高大的树没法栽活。我觉得,让一棵正源源不断将自己清甜可口的椰汁,奶乳般倾心奉献给人类的椰树如此早早夭折,不但非常可惜,还有一种深深的罪孽感。因我有十多年栽培盆景的经验,不想放弃抢救这棵椰树的责任。

下午,父亲见我和战士们将大炮般沉重的椰树抬进院子,立马迎上前来,眼中集结着重重疑惑和痛惜,一连三声问道:能种活吗?我知道,父亲很爱也很会种树,但他从没种过这么高大无根的树。我说,椰树的生命力极强,只要科学种管,一般会活(因为这棵椰树在烈日下曝晒了两天,我不敢说绝对)。当我将椰树的碎根清除,叶片修整好,小椰子砍掉,亲自和战士抢锄挖坑时,他见有个士兵力气太小,从其手中夺过锄头,撸起袖子,朝掌心啐了一口唾沫,使劲挖起土来。他虽年过花甲,每锄挖下去,都使人感到地动树颤,相当我和战士挖两锄头。他一边挖,还一边扭头问我:这么大的椰树,根都没了,叶也蔫了,你还将树蔸剃得像光头,种不活,不是浪费战士的力气了?

战士们连忙说,爷爷,没浪费,这棵椰树是我们连长的营长的团长栽的,老前辈每次回来,都在椰树下给我们讲部队光荣传统和绿化祖国的责任。要是能把这棵椰树移栽活,也是对我们的一份慰藉,再累也值得!

半个月后,父亲见这棵椰树非但没死,还椰叶返青、树干光泽了,久皱的眉头总算舒展开来,主动要求承担每天早晚喷水的任务。只是每次给椰树喷水,他都恨不得两眼贴上去瞧个究竟——他还担心这树相是回光返照,喝酒时,杯子到了嘴边,时常望着这棵椰树发愣。

三个月后,父亲见椰树头上冒出了嫩绿的新叶,终于认可它被救活了,乐得眉毛胡子扭起了秧歌,逢人便说,这椰树真是坚强伟大、善解人意,一个光树蔸栽下去,居然活了!

我从心底里敬佩椰树生命的血性,虽然我无法看到椰树坚强勇敢的心中蕴藏的巨大能量,但从它头顶不断生长的新绿,我看到了椰树坚强不屈、坚忍不拔、任劳任怨的生命力、生存力和战斗力。它给我带来精神愉悦的同时,更多的是灵魂的震撼和心灵的激荡,这是椰树输送给人类巨大的正能量和精气神。从此后,但凡工作生活中遇到艰难困苦或委屈,只要想起这棵起死回生的椰树,我便有了信心和梦想、勇气与力量。

那些日子,父亲与人聊天时,聊得最多的是椰树。他说,椰树从不要人除草施肥、喷药杀虫,为啥长得这么葱绿粗壮?椰树每年只掉几片叶子,从不麻烦人们为它打扫,为啥这样懂事乖巧?当他听说椰树全身都是宝,树杆可以建房子,树叶可以编席子,外壳的纤维能做椰棕、扫帚和刷子,内壳能做椰雕工艺品,椰肉能做椰糖、椰饼、椰粉、椰奶、榨椰油,椰子水是最纯净最有营养的天然饮料时,两眼闪烁钦慕之光。尤其听说椰子肉和水还可做出美味可口的椰子鸡和椰子饭时,喃喃自语:老天爷为啥不给我们家乡也赏赐这种宝树呢?

一天,他游天涯海角回来,有点燥热,我给他倒了一碗椰子水喝下,顿感浑身凉爽,连连咂嘴说,难怪海南人长寿,有这种清凉解毒的椰子水喝,比什么补品都强啊!

父亲在榆林大院转了几个月,他认为院里长得最俊美最令人尊敬的是满院子气宇轩昂、顶天立地、遮天蔽地、抗风滤暑、生生不息的椰树。尤其那天路过营建工地回到家中,像是发现了惊天绝密似的对我说,这院子地下一米五深处全是海泥、海沙,海里的东西都是苦涩的,难怪你们大院的椰树长得好,从小吃苦生长出来的树木就是不一样。

我说,老爸,我国大西北沙漠里的胡杨树连苦水都没得喝的,长得比椰树更艰难。父亲坚持说,这也是椰树的特点呀,它们虽然生长在雨水充沛、土地肥沃的海南,却从不娇生惯养,养尊处优,需人打理,靠自强不息,脚踏实地往上长,长成柱、长成梁、长成伞,任劳任怨为百姓生财送福添阴凉。胡杨虽然受过苦,能给人多少好处呢?他越说越动情,仿佛在作椰树知识学术报告:椰树一年四季开花结果,每棵树上儿孙满堂,老母猪每年下几窝崽还要歇口气呢,你见过只顾开花结果,从不歇气的树吗?我活到六十多岁,还没见过这么满心满意痛爱人、造福人的树圣啊!

后来,他叹了一口气说,要是我们家乡能种椰树,我回去把那些一年不打药施肥就没得收成的桃子、梅子、橘子树统统砍掉,全种上椰树,并动员村民都种。每家只要种五亩,每棵树一年只结八十个椰子,一年收入就是好几万块钱……

　　我见父亲快要变成椰痴了,刻意转移话题。您只知道海南的椰树好,还不知晓海南人的好呢,是海南人的美德养育了海南的椰树,海南的椰树凝聚了海南人的高尚品质。我当兵这些年,遇到了不少像椰树一样朴实无华、大爱无私、勤劳善良、乐于助人的海南好人。从新兵学技术、入党提干,到当团、师主官,在我人生的路上有许多海南人像椰树一样庇荫我、关爱我、滋润我。老班长林尤德、王德茂,老技工吴淑聪,老连长李赏民,老搭档周宗凯、赵子导等,都是我心中的椰树。只要看到椰树,我就想起海南的首长和战友,想起海南的父老乡亲。我幻想自己也能成为一棵椰树,用经年不竭的果实造福人民,报效海南,即使岁月掏空了躯干,也要静静倒毙在琼州的山野,化作一捧福荫海南人民的泥土。

　　父亲听我叙说了海南人帮助我成长进步的故事后,严肃认真地朝我点点头:你千万别忘记海南人的恩德呀!

　　我无言以答。在报恩的德行上,我不如椰树,我说得多,做得少。三十年前我就说过,只要读懂了椰树,就读懂了海南人,读懂了海南人民的精神、美德、品格、胸怀和气节。海南人最穷,没有上街要饭的;海南人最恨,没有上山为匪的;海南人最冤,极少自杀寻短的,他们珍惜人生,珍爱苍生,珍重情谊,用淳朴、勤奋、仁善、厚道的生活打发日子,即便幸福不了自己,也从不为难别人。

　　父亲回家那天,不知从哪里找来一棵椰树苗,执意带回老家。我说,如果哪里都能种椰树,它就不叫椰树了。父亲依依不舍地放下椰苗,带着两个椰子和几袋椰糖、椰饼,满怀遗憾地走了。路上,他时而凝望一排排远去的椰树,两眼溢满敬重之情。

其实,我曾对父亲说过,海南还有黄花梨等许多名贵树木。可他说,我就喜欢这种年年月月为人民送口福添财富的树。我理解父亲,虽然当过多年村官,其习性和思维仍未离开农民的价值观,他认为,椰树就是树中的白求恩、焦裕禄和雷锋;椰树就是他心中的树圣、树英雄。

时至今日,我还在为那天的事情愧疚。我为啥不让父亲把那株椰苗带走呢,即便种不活,能了却他的一份心愿,甚至仅仅为了满足一个"椰粉"的好奇心,不也是一件美好的事情吗!如今父亲已逝,后悔无泪。明年清明回家,我一定要在他的坟头摆上两个椰子,让他看看心中树圣的后代,绵延他老人家在天堂的椰梦。

管闲事的报应

　　自古道：善有善报，恶有恶报。我这辈子不知碰了什么鬼，总能摊上管闲事的恶报。我甚至抱怨说，我爱众生，怎奈众生不爱我？

　　直到如今，孩子他妈还指着我的鼻尖说："你这么爱管闲事，小时候肯定是个调皮捣蛋鬼！"

　　我小时候是否调皮捣蛋，"电脑"里无信息检索，人嘴里没故事传过。我只晓得父母给我取了个不雅的小名叫"良妹子"，还在我后脑勺上留过一条长辫子。为了剪掉打架时常令我吃亏的"满清辫"，不知与母亲吵闹过多少次。虽然那辫子在我读小学二年级的一天，忍无可忍时偷了母亲的剪刀奋然剪除了，但"良妹子"这个小名，直到我当了师级领导回乡探亲时，还有人叫。尽管听起来脸涩涩的，但还必须应答，不然，乡亲们会说我"当了官，摆臭架子"。几十年来我一直和乡亲们处得好，不摆架子是头功。

　　为何将男孩唤作女儿名，又弄条辫子作陪衬，我至今不甚明白。莫非我从娘肚里拱出来就是个不安分的人，必须引进一点女人味儿，来"稀释"我的阳刚之气？

　　白费父母良苦心，易名无法改性情。用辩证法的观点看，应该否定"天变一时,秉性难改"。从实践的结果看,似乎真是"秉性难改"。这瀛寰众生,每个人都有至死难改的毛病,否则就真有所谓"完人"。

爱管闲事,成了我"永垂不朽"的秉性。

一

我家几代单传,小时候父母绝对禁止我下水游泳。而我一热起来就皮肤发痒,非游泳不可。母亲发现了,曾以提走我的裤子相威胁。她晓得我从小要面子,不敢光屁股回家。我用潜进水里不露头的办法吓唬她,她怕我真的让水憋死,于是又将裤子送到水塘边。自此后,凡见我下水游泳,都是晚上睡觉前"修理"。轻时,双膝舔踏板,重时,皮肉吻竹枝。

一天,我们村七八个男孩在村口土地庙前的池塘偷学游泳。众父母收工时发现,各自追打各家的儿子,顿时村口鬼哭狼嚎。因为我有游泳挨打的切肤之痛,再加上我是大队儿童团长,见伙伴们被打得在地上抱头滚动,怒火中烧,挺身而出:"学游泳有什么过错?你们不要打了,是我带他们下水的,要打就打我,不怪他们!"

众父母住手抬头,一双双怒目集火射向我,连牙齿缝里都透着怨气。

傍晚,父亲刚刚回到村口,各位家长将他拦住,七嘴八舌:

"你的崽胆子太大了,该好好管教一下!"

"你的崽淹死了不要紧,我们家死不起!"

我正吃着晚饭,父亲气势汹汹地冲进门,直往灶坑跑。凭以往"血的教训",我顿感大难临头,胆战心惊,筷子都掉在地上了。父亲从烧火柴中抽出我捆柴时破的竹篾,一声炸雷:"跪下！"竹篾便暴雨般劈头盖脑落在我身上,那滋味现在想起来还毛骨悚然。我欲申诉,不行。在父亲的权威面前,我越申诉,他越加刑。那时,我们乡村的父母根本不懂什么叫人权,打人好像成了他们的爱好,打儿没商量。因我是久经考验的"运动员",抗打经验足,首先想到的是保护好眼睛。打瞎了眼睛,这辈子可就废了。我立马紧闭双眼,双手快速护住头顶。

一阵钻心的刺痛过去,我觉得背上渐渐湿了,而且有了血腥味。

好心的邻居秀外婆冲进来,一边抢夺我父亲手上的竹篾,一边劝道:"外孙呀,好汉不吃眼前亏,你说不是你带他们游的就行了,你这一琴锤子大的人,管么之闲事,皮肉吃苦啊!"

尽管秀外婆的义举使我免了继续挨打,可手上背上已是皮开肉绽,血迹斑斑,连续十多天不能仰卧。

——应该说,从小我就尝到了管闲事的苦头。

二

当兵从戎后,在与党组织和上级首长保持一致,坚决执行指示命令的前提下,我还是改不了喜欢操点闲心、管点闲事的毛病,落得自己从无清闲之日。有人劝我说:"你管那么多闲事干什么,是怕自己不得老吗?"不知咋的,我偏偏长了一个爱操闲心爱管闲事的脑袋。

有天,邻居家的自来水龙头忘了关,深夜里来水了,哗哗的流水声传来,别人听了可以心静如水,我听了却怎么也睡不着,忍不住要叫人。我起床朝他家喊了好几声,没人理会。

妻说:"算了吧,你的嗓门又大,弄不好,该醒的没叫醒,不该醒的反被你吵醒了,深更半夜吵醒人家,会不高兴的。"

我也怕惊动更多的人,很不情愿地回到床上,和衣躺下。

躺了半小时,还是睡不着,总觉得那白白流掉的自来水如同流我的血一样心痛。我欲翻墙进去帮他们关上,又怕引起更大的误会。有什么法子呢?想来想去,忽然想到了打电话。

电话铃响了三次,邻居终于醒了:"他妈的,深更半夜打什么电话,什么鬼事?!"

我一听邻居那口气,气都没敢喘一声,连忙放下了话筒。

一会儿,他们家的水龙头不吼了。

第二天,邻居对我说:"昨天凌晨两点钟,不知哪个王八蛋给我家打电话,把我吵醒了。一接,没人说话,只听到水龙头的流水声。这人也真有办法管闲事。"

——因为管闲事,我又当了一次"王八蛋",还有苦难言。

三

后来,还因管闲事管出了人命,我理应汲取前车之覆了。无奈,江山易改,禀性难移,前车之覆,后车难鉴。

一天,我和几个机关干部从大院门口步行进来。忽听背后传来争吵声,转身一瞧,见两个哨兵拖着一人进了门岗值班室。我欲前去察看,陈科长、艾助理拦住我说:"你何必亲自去,我们去看看就行了。"

我止步片刻,思想又不安分起来:会不会打了人?会不会出大事?十五大以前可要以稳定为重,千万不能给上级首长添烦恼!思想不安分,双脚不由自主地往前移动。尽管众人劝阻,我仍执意躬亲。

来到值班室门口,我朝里面大声问道:"出了啥事?"

一个左脸青肿的便衣青年走了出来,见我肩上"两杠四毛"的军衔,一愣之后,堆出满脸痛苦的笑:"没啥事,没啥事,我喝醉了酒,闹着玩的。"

"'闹着玩的'？怎么玩得鼻青脸肿？"

带岗班长连忙解释说:"他在大院门岗旁边撒尿,我去制止。他非但不听,还动手打人。于是我们去拖他进来。他不进来。于是……"

我正准备批评带岗班长简单粗暴,那青年横到我面前,噙着酒气插嘴说:"不怪他,是我不对,是我不对。"

我见他无大伤,让他先走,并送到门口。

这时,他的一帮朋友也醉醺醺地迎面走来(是有人报信赶来的),团团围住我掌舞拳挥:

"你当首长的,怎么还打人？"

"你这个政工干部要讲政治嘛!"(有人通报我是副政委)

"你官大算什么？我们要告你!"

人众嘴杂,又全是醉鬼,我无法解释,只能忍气吞声恭闻直往脸上喷的耳边灌的酒气、酒话、酒沫星子。

操闲心,管闲事——美德乎？罪过乎？谁断乎？

活了六十多年,我一直没想过,也从未停止管闲事。我想,今后若是遇到与己无关,与人有利的闲事,我还会义无反顾地管的,无论有啥报应,也无论别人是否爱我,我觉得只要我无愧于人,我对人充满爱就行了。

2017年春节前后,哪个在职的领导家我都没去,只去了三所监狱,看了几个正在服刑的、我去了对他们也无关紧要的熟人。有人在酒桌上调侃我:老同志,你都六十五岁了,怎么还闲心不老,那些人坐牢关你啥事？特别是那个强奸未遂犯与你何干？我说,等你们哪天坐牢了,你们就不会问这个问题了。当然,我决不想你们坐牢。正因为不想你们坐牢,我建议你们找机会去监狱看看,包括看看你们的亲人朋友,有好处。

"五不"舞

三十年前,我就深切体会到,跳舞是项健身、养心又安全省钱的好活动。如果打球特别是打高尔夫球既锻炼又愉悦,但要花太多钱,常人玩不起;大街上跑步亦可锻炼,但左躲右闪,碰碰撞撞,很难愉悦,还不安全。跳舞比其他运动更具有养身养心功能。

我跳的是"五不"舞:不要场地,不要音响,不要舞伴,不要老师,不要花钱。早晨起床,我坐在床边跳"脑袋舞":扭动脖子带动头,上下左右各四下,再写四个"8"字,如此轮番多次,坚持三年后,颈椎不痛了。开会办公,坐过两小时后,我跳"扭腰舞":站在办公桌前或阳台上,扭动腰背,左右四下,蹲起各四下,重复多次。睡觉之前跳"肚皮舞":双手托头,两脚蹬床,臀部悬空,上下抖动肚皮。如此两舞,坚持数年,腰椎间盘突出的痛苦基本消除,至少十六年没因腰椎间盘病卧床不起。洗澡之前,我跳"体操舞":将猴年马月的广播体操东拉西扯在一起,随心所欲地做几个,使浑身筋骨舒服、身体发热后,痛痛快快洗个澡,吼几嗓,也算浴室歌伴舞。当然,更多的时候,我边看电视边舞蹈,学习锻炼两兼顾。有时,只要妻子心情好,又遇上电视里唱着适合跳舞的歌曲时,我们在家中客厅静静地舞上两曲,情绵绵,甜蜜蜜。喝高酒后,我还给妻子表演过天鹅湖,虽然动作有点中西结合,不伦不类。

妻子看完我的舞蹈,笑得前仰后倒,忍不住骂我:"老不死,哪有这么好的精神和心情!好像全世界只有你最快活。"我说,我一生没有遗憾、没有怨气、没有仇人,每天都觉得生活幸福,哪能心情不好呢?她说,你真的没一点遗憾?我说,我遗憾不起来。有多个朋友多次对我说,你要是没有这些毛病(比如急躁、冲动、骂人)多好。我说,我没有这些毛病,还叫徐国良吗?我没有这些毛病,不是害得别人失去了好些进步、发展的机会?我从来不为自己的毛病遗憾,我就是我——我不是完人,我没法做完人,我从来也没想过做完人。

这些年,观芸芸众生,看人前人后,我最大的体会是:官不在大,永不坐牢就是福;钱不在多,身体健康就是福;寿不在长,能走能吃就是福;子女不在多,有人尽孝就是福。吃不了,喝不了,动不了,活100岁又有啥乐趣!趁我还能动弹,跳跳舞,喝喝酒,写写字,何乐不为?

有一天,朋友动员我陪他们去跳广场舞,我不从。他们说我思想不开放,不喜欢热闹。其实,与开放、热闹无关。我三十六岁与团长坐着敞篷汽车检阅全团三十个阅兵方队,不热闹?我五十七岁代表三亚与成龙等明星同台演讲,纪念奥运火炬传递一周年,不热闹?我六十五岁去人民大会堂开会、吃国宴不热闹?四十多年台上台下,热闹够了,退休后我只想清静,在清静中享受静的自由,品尝静的快乐,聚集静的力量,培育静的品德。在家静静地跳,偷偷地乐,就是一种静中有动的美丽生活。这种不花一分钱,不惊动一个人,不用考虑动作对和错,不必看别人脸色的随心所舞,能使我领略一番别样的静福。

白岩松说:当下时代,最大的奢侈品,不是香车别墅,也不是金钱地位,而是心灵的宁静。我颇有同感。在这聒噪的年月,一个人倘能保持一颗宁静的心,风尘难迷眼,乱世难闹心,名利难夺志,与人无争,心宽神阔,多好!当然,更直接的好处是,在我静舞之时,常有灵感迸发。我的好些散文,如《唱酒》《蛇法》《纸被》《我家窗口的动物园》等,都是静舞中灵感顿生后的即兴之作。

现在,有人离开广场似乎跳不了舞,锻炼不了身体。恕我直言,那不是真想跳舞,而是跳热闹。跳广场舞引发的纠纷和冲突频频曝光后,我心难静。跳舞本来是件快乐的事,为何弄得泼粪、开枪、放藏獒唬人等如此难堪呢?都因热闹引起。

好热闹,人来疯,是国人的毛病。前些年,有个朋友练功,特喜欢热闹。后来误入邪道。我说,你在家不能练吗?干吗非要成群结队,热热闹闹呢?他说:就是要成群结队,才能显示我们这些人的力量;就是要热热闹闹,练起来才有劲头。后来我终于明白,他们不是真心锻炼,只想热闹。不但想热闹,还想制造一点动静。

中国人口如此之多,城市如此拥挤,能跳广场舞的地方越来越少。如果因为自己的健身和快乐而"污染"别人的视觉、听觉,影响别人的休息、学习、工作和安宁,于礼不让,于德不许,于法不容,矛盾加剧,在所难免。我们中国人最讲究礼数,一种行为如果违背常礼,扰民闹民,无论是个体还是群体,都无法长久。在中国有人管,到了外国更有人管。最近在纽约布鲁克林日落公园跳广场舞的中国领头大妈,被警察戴上手铐带走就是一例。那些给别人带来苦恼和忧愁的广场舞,怎能换来自己真正的健康与快乐呢?

当然,跳广场舞的很少"土豪",大都是"平民"和退休干部职工,这些长年生活在社会底层的人,有点热闹心理、结伴心理、广场心理，也应理解。如果全国各地的政府和社区能像三亚一样，给他们建设几块跳广场舞的地方，那是最好不过的了。实在没法建，只能为德为礼而移舞场。诸如我者，用"五不"舞健身悦心，也不失为一种锻炼身体、颐养心情的好办法。

柴 火 饭

近年回乡,同学战友招待我的首选佳肴,是柴火饭。我妻子最是钟情用柴火烧出来的锅巴粥、红薯饭、南瓜饭、豆角饭,以及用柴火煎熬出来的鱼肉和汤水。许多小店,认准这一生财之道,在店门上洋洋洒洒地写着"农家柴火饭"。许多农民因为柴火饭赚了大钱。连三亚、海口这些旅游城市也兴起了柴火饭。

我问朋友,为何用柴火烹饪出来的饭菜要比燃气和电器烹饪出来的饭菜香酥可口?为何吃得几天柴火饭就再也不想吃燃气饭了?大家七嘴八舌,除了从物理上说一堆理由之外,更多的是阔论情感因素,似乎人人都是情感专家。

这些年,祖祖辈辈烧柴草的农民大都用燃气电器做饭炒菜了,不仅城里人,连乡下人吃柴火饭也成了稀罕事。诚然,吃柴火饭首先吃的是一种乡情、民情、岁月之情。而于我,对柴火饭的情感,特别纠结。每当柴火饭菜上桌,连农民都赞不绝口时,我却心事重重。我虽吃柴火饭,从不鼓吹柴火饭,以致家人、朋友认为我不爱吃柴火饭。其实,并非不爱,而是因为柴火在我心中烧结了太多苦痛的记忆。

生活所迫,我十岁开始做饭,十二岁上山砍柴。手臂无力,握不牢成人柴刀,刀尖多次飘到脚背上,疼得我在地上打滚,血迹满身。我一生因为砍柴受伤最多,手脚上至今留下若干清晰的刀痕。比受伤更难过的是找不到柴火砍。在上世纪六七十年代"以粮为纲"的岁月里,家乡许多生长竹木的山、堤都被开垦种粮了,烧柴成了农民除粮食之外的第二大生存难题。每逢春天,老柴砍完了,新柴刚发芽,傻子都知道刚长嫩芽嫩叶的柴火砍回家很难晒干,没有火力,送进灶膛,满屋生烟。可是,不砍嫩柴,烧什么?用嫩柴熏烧出来的饭菜,酸甜苦辣咸五味全被烟味掩盖或替代了。

　　1970年正月,久雪未晴,家里来了拜晚年的,居然没有柴火做饭。我见客人进了门,跑到屋场左侧,砍了几抱做防风林的竹子回来。当一根根带着雪花的竹枝送进灶膛,满屋子浓烟滚滚,满屋人咳嗽连连,炒菜的母亲更是满脸泪水奔流。饭菜熏熟后,满屋人头发、衣服、鞋子和桌上的碗筷全是烟味,连爬在墙头觅食的老鼠都被浓烟熏得掉下地来。那餐饭吃了什么,我早无记忆,唯有满嘴烟味,久久残留心间。

　　因为从小烧火做饭,烟熏火燎,我经常眼泪渍渍,眼眶红红,好像常年患红眼病似的。因此,我得了"烟眼病",只要有一点烟雾刺激,便眼泪直流。听说有机会当兵,我立马报名,一是为了保卫祖国,二是想逃离烟熏火燎的日子。

　　令我想不到的是,来到五指山区部队,做饭仍是烧柴,几乎所有的星期天都是在砍柴中度过的。连队规定:每人每个星期天必须砍100斤木柴。驻地附近山头早已砍光,我们必须蹚过南圣河到十里外的山上找柴。砍柴回来,人人身上都有伤口血痕,特别是山蚂蟥咬过的地方,血流不止,过河时,冷水浸泡,疼痛难忍。有次团里开恩,派车拉我们新兵到黑洞陡峭的山上砍柴。因车子不能上山,只能停在山沟装柴,我们尽量寻找最大的原始林木,锯断后滚下山去。滚木材时,宛若山体滑坡或雪崩,轰轰隆隆,地抖山摇。一个天津籍新战友,初次见此情景,心慌脚乱,直往前跑,被巨大的木柴从身上碾过。他和我一样,是家中独子。可惜,连领章帽徽还没戴上,就牺牲在柴火下了。

那些年,为了做饭,五指山区的军民砍伐了不计其数的原始森林,也丢了不少性命。从文化市去黑洞的悬崖下,一次翻车就死了七人……

每每想起这些,我对柴火饭就少了些许胃口,甚至悲情四溢。

我回家探亲,从不要求吃柴火饭,并非不懂得柴火饭的香甜可口,尤其现今的柴火饭,全是干木材烧出来的,没有过去的浓烟味,真的好吃。但我更知,做一餐柴火饭要烧掉许多柴火,要流许多汗水,我不忍用别人的辛苦换取自己的口福,尤其不想让八十岁的老母为了柴火饭去忍受烟熏火烤,汗流满面。可母亲生性固执,她认准了的事,没得商量。即使给她修建了一栋农家别墅,她仍执意保留柴灶。每次我回家,都要做柴火饭给我吃。为了让老母少受烟熏劳累,我在灶屋安了两个排气扇,还在墙上贴了瓷砖。实在于心不忍时,我便重操旧业,自己烧火。母亲知道我怕烟熏,总是将我从灶边赶走。

每次烧柴做饭,都能让我感受烟雾刺眼的滋味,都能令我回首缺粮少柴的岁月;都能叫我反思离家四十多年的作为,感慨多多。近年落马的"大老虎"们,大多是吃柴火饭,甚至是在贫困山村、贫困家庭吃柴火饭、柴火粥长大的,他们若能经常想想过去砍烧火柴、做柴火饭、喝柴火粥的滋味,哪能堕落到如此贪得无厌呢?从这种意义上说,让人们特别是官员常回乡下做做柴火饭,尝尝做柴火饭时烟熏火烤的艰苦,也是不无益处的。

老婆的菜地

想了好久,叫夫人吧,也配。叫妻子吧,亦雅。可我总觉得叫老婆虽俗,但爽口、顺口、好张口。

老婆在成为我的老婆之前,虽然生长在农村,但不会做饭,更不会种菜。学校毕业就去医院当医生,这在当年、当地是个颇有温度和"萌气"的职业。再加上医生这个职业没有下岗的风险,下岗了也能找到饭碗,她做梦也没想过这辈子还要干种菜的活。

天有不测风云,人有难料生活。她万万没想到当年嫁给我,随军来到五指山区文化市后,种菜成为生活的必需、生存的条件。文化市不是市,它只是海南保亭县南圣公社的一个黎族小村。中华先祖把市当作村级单位称呼,并不鲜见,浏阳市的文家市也不是市。文化市里虽然有部队,但没有菜市场,偶尔有些小贩到山外倒些咸鱼蔬菜摆卖,也因长途颠簸蔫不拉唧,还贵得要命。部队吃菜,全靠自力更生。随军家属每家都在山坡上开出一小块菜地,即便是富贵娇嫩的都市姑娘,来文化市做了军嫂,也必须首先上好"南泥湾"这个学校,学会开荒种菜才行。不然,吃什么?

我老婆踏进文化市后,很快入"市"随俗,每天傍晚从医院下班后急匆匆赶回家,挑着粪桶,提着锄头、铁锹往菜地跑。先挖地、种菜,后摘下晚上和第二天吃的菜,再浇完菜水,才回家做饭。吃完晚饭,为了让鸭子多下蛋,我和老婆还得穿着高勒胶鞋,打着手电筒去菜地、草丛、厕所后、猪圈旁、垃圾堆上拾捡蜗牛回来敲碎喂鸭。

有时她累得腰驼背弓,忍不住发几句牢骚:嫁给你好滑稽,人家以为我真到了灯红酒绿莺歌燕舞的文化市里享清福呢,谁知我在五指山的"南泥湾"开荒种菜喂鸡鸭。

后来,虽然遇上了市场经济,但因海南物质匮乏,物价太高,再加上三十多年我家一直住在接地气的房子里,房前窗后都有可耕之地,老婆始终没有丢弃种菜的习惯。来三亚后,种菜很费劲,一是虫害,尤其辣椒、豆角最爱枯叶生虫,若种黄瓜、苦瓜,因是屋檐或大树下的地,半天晒不到太阳,不是烂根,就是"计划生育"但不"优生优育",偶尔结几个瓜,也是歪头扭脑,卷成一团,看着就叫人眼寒心酸,不忍下嘴。二是雨灾,每下一场暴雨,更别说台风,所有菜苗,丢盔卸甲,全军覆没,连最强壮的木瓜,只要泡上两三天雨水,立马叶垂头低,比吊颈鬼死得还要快。

今年四月下旬,三亚连降两场暴雨,老婆种下的所有蒿菜、白菜、生菜通通倒在机枪般的雨弹下。那几日,她每天起床做的第一件事,就是开门看菜地。她原以为,这些趴下的菜苗雨过天晴后,还能慢慢站立起来。从第三天开始,当这些菜苗的叶茎全烂了时,她才明白,这些菜们,不是潜伏,而是夭折。我想她会有些伤心,毕竟费了那么多心思和力气。可她连气也没叹一口,拿起锄头,毫不犹豫地将整片菜地重新翻了过来,把所有烂死的、垂死的菜苗毫不留情地埋进了土里,让它们"化作春泥又护菜"。

吃晚饭时,我说,眼看丰收在望的菜地被暴雨糟蹋了,你心痛不?她头一昂,我这辈子失去了那么多都不心痛,还在乎这点菜吗?我立马低头不语。我知道她心气不顺——她嫁给我后,别说夫贵妻荣,还从恋爱时的国家干部弄成一个企业员工退休,与那些随军前的农民,退休时的处级夫人们相比;与她同时上班的院长、科长、主任同学相比,她心里自然不平衡。后来,她渐渐想通了:无论钱多钱少,官大官小,活着一日三餐,死了烧个精光;不求生命有多么长,只求活得有质量。

万事想通后,老婆只有三爱:一爱孙女,二爱种菜,三爱打点小牌。老婆种菜时,孙女喜欢跟在身后,奶奶栽菜她栽菜,奶奶扯草她扯草,奶奶挖地她挖地,拿不起大锄头,她用奶奶锄草的小锄挖。她虽然只有三岁,但在奶奶的影响下,很像个干活的料。

老婆侍候菜地也像带孙女一样,近乎溺爱。现今的这片菜地,她已改造了三次土壤。原来是用建筑垃圾填埋起来的车库进去道,只有二十多平方米。她挥镐抡锄抠掉建筑垃圾,花三百七十元买了一车红土填进去。不承想,这红土晴天像铁板,雨天如米汤,种啥菜都不长。她又抠出红土,请朋友拉来一车沙土。只是沙土不存水不保肥,妻子又烧些土杂肥,放些农家肥,还将削下的水果皮,摘下的烂菜叶,全埋进地里。土壤改良好了,她还嫌菜地肥力不够,买了个带盖的塑料桶放进卫生间,把我每天拉的小便接上,每星期给菜地浇上一次。她说,这是真正的有机无菌杀虫肥,里面偶尔还有茅台或五粮液,让资源重复使用,价值再生。

可是,有些菜,咋浇水施肥都不长,枉费了她一片苦心。她到邻居岳大嫂家去取经后,长了见识,改良了育种办法和管理措施。该搭棚的搭棚,该捉虫的捉虫。她说,打农药,是光鲜了饭桌,祸害了子孙。人去捉虫,虽然累点,苦得其所,健康其身。

在老婆的精心育种下,后来菜地肥了,虫灾少了,蔬菜生长得绿油油的,瞧上一眼都令人舌根生出馋意来,心中倍添"绿色情结"。